Knaur.

Knaur.

Im Knaur Taschenbuch Verlag ist außerdem folgender Titel des Autors erschienen:
Totenstill

Über den Autor:
Chandler McGrew ist in Texas geboren und aufgewachsen und lebte mehrere Jahre in Alaska. Heute wohnt er gemeinsam mit seiner Frau Irene, den Töchtern Amanda und Charlie sowie einem Hund und einer Katze in den Bergen von Maine.

Chandler McGrew

Eiskalt

Thriller

Aus dem Amerikanischen
von Paul Lukas

Knaur Taschenbuch Verlag

Die amerikanische Originalausgabe erschien 2002
unter dem Titel »Cold Heart« bei Bantam Books, New York.

Vollständige Taschenbuchausgabe
September 2005 Knaur Taschenbuch.

Umschlaggestaltung: ZERO Werbeagentur, München
Umschlagabbildung: FinePic, München
Satz: Ventura Publisher im Verlag
Druck und Bindung: Clausen & Bosse, Leck
Printed in Germany
ISBN-13: 978-3-426-63192-8
ISBN-10: 3-426-63192-X

5 4 3 2 1

Verdammt, sie alle sind für René.

Lass mich nicht darum beten, vor Gefahren geschützt zu werden, sondern darum, dass ich ihnen furchtlos ins Auge sehe.
Lass mich nicht darum betteln, dass mein Schmerz gestillt wird, sondern darum, dass ich den Mut habe, ihn zu besiegen.
Lass mich auf dem Schlachtfeld des Lebens nicht auf Verbündete vertrauen, sondern auf meine eigenen Stärken.
Lass mich nicht in gespannter Angst darum flehen, gerettet zu werden, sondern auf die Geduld hoffen, um meine eigene Freiheit zu gewinnen.

Gebet des Bodhisattva

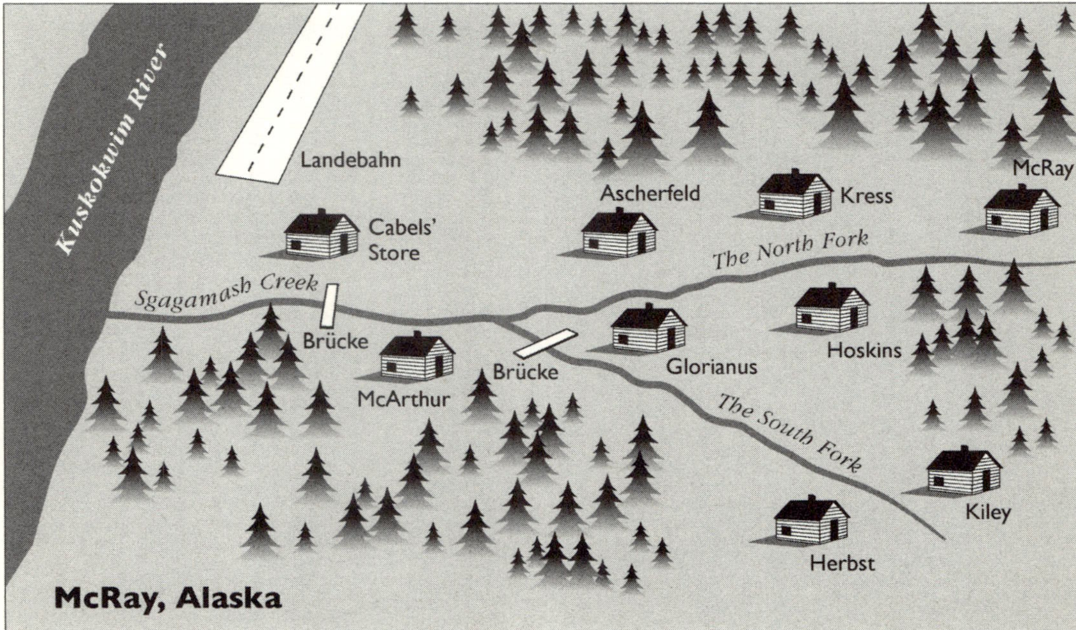
Kuskokwim River
Landebahn
McRay
Ascherfeld
Kress
Cabels' Store
The North Fork
Sgagamash Creek
Brücke
Hoskins
Glorianus
McArthur
Brücke
The South Fork
Kiley
Herbst
McRay, Alaska

Houston, 23. Juli

Der Tod wartete drei Blocks weiter.

Micky Ascherfeld beobachtete die Straßen durch das Fenster auf der Beifahrerseite des Streifenwagens, das eine kühle Barriere bildete. Ihr Partner Wade Smith summte eine Country-Melodie und nickte dazu mit dem Kopf wie einer dieser Perpetuum-mobile-Vögel in den Schaufenstern des Galleria-Shops.

Sie hielten vor einer roten Ampel, und Micky warf einen kurzen Blick auf zwei Teenager, die sich an der Straßenecke gegenseitig herumschubsten. Aber die beiden taten sich nicht wirklich etwas. Micky erkannte potenzielle Gewalt, wenn sie sie sah.

Hitzewellen verwandelten ferne Gebäude und Fußgänger in Luftspiegelungen. Als der Streifenwagen von der Kreuzung losfuhr, stellte sich Micky vor, dass die Reifen geschmolzenen Asphalt von der Straße abzogen. Es war erst ein Uhr. Gegen drei wurde mit Temperaturen von über vierzig Grad gerechnet. Sie hielt die Hände vor die Schlitze der Klimaanlage.

Sie rollten dahin und ließen den Verkehr an sich vorüberziehen.

Ihr Auftrag an diesem Tag war, während ihrer Runde nach zwei Verdächtigen Ausschau zu halten, die in mehreren Elektroläden Blitzüberfälle verübt hatten. Das Pärchen, ein weißer Jugendlicher und eine schwarze Frau in den Zwanzigern, stürmte mit Pistolen bewaffnet in die Geschäfte, schnappte sich das Geld in der Registrierkasse und die handlichsten Geräte und flüchtete anschließend zu Fuß. Aber Micky glaubte nicht, dass die beiden an einem Tag wie diesem irgendwo herumrennen würden.

Sie bemerkte ein Blumengeschäft, und ihr Herz pochte. Plötzlich war es kalt in dem Streifenwagen, und sie schob beide Hände unter die Oberschenkel. Als sie an dem Laden vorbeifuhren, versuchte sie, die Erinnerungen aus ihren Gedanken zu löschen, indem sie im Kopf das Mantra aufsagte.

Kein Problem.

Kein Problem.

Bis sie das Blumengeschäft weit hinter sich gelassen hatten. Bis das verhasste Bild, das es heraufbeschworen hatte, verblasste.

Wade hielt vor einer weiteren roten Ampel.

»Alles in Ordnung?«, fragte er.

»Ja.«

»Hast du wieder dein altes Problem?«

Sie schüttelte den Kopf.

Der Mord an ihren Eltern war aktenkundig. Aber was das Houston Police Department anging, hatte Micky den psychologischen Schaden überwunden, den das Trauma verursacht hatte. Als sie zur Polizeischule gegangen war, lagen die Morde vier Jahre zurück. Sie hatte den Schmerz und die Angst so tief in sich vergraben, dass selbst der Psychologe der Abteilung nicht genug davon finden konnte, um sie für dienstuntauglich zu erklären.

Aber man konnte Gefühle wie diese nicht vor einem Partner verbergen. Nicht wenn man seit vier Jahren zusammen auf den Straßen arbeitete. Und vor dem eigenen Geliebten konnte man sie erst recht nicht verstecken, und sie waren seit drei Jahren ein Liebespaar, obwohl die Dienststelle auch davon nichts wusste.

»Ich hatte nur kurz was gesehen«, sagte sie.

»Den Blumenhändler?«

»Ja.«

»Warum redest du nicht mit dem Arzt?«

»Mir geht's gut«, erwiderte sie. Aber sie mied Blumenläden, Beerdigungen, Friedhöfe und Hochzeiten. Solange sie nicht an düstere enge Orte ging, war alles in Ordnung.

Kein Problem.

»Es geht dir *nicht* gut.« Wade sah zu, wie sich der überladene Kleinlaster eines Klempners über die Kreuzung schlängelte. »Du bist einunddreißig Jahre alt, und du bist nervlich ein Wrack. Du kannst das nicht alleine in Ordnung bringen.«

»Das weiß ich«, sagte sie und versuchte ein Lächeln. »Aber ich hab mich jetzt so lange allein damit auseinander gesetzt. Ich kann damit umgehen.« Ein Bild ihres Vaters, wie er in einer Blutlache auf dem weiß gekachelten Boden lag, schoss ihr durch den Kopf. Sie konnte die um seine Leiche verstreuten Blumen riechen. Sie kroch wieder durch den Laden ihrer Eltern. Das leise

Geräusch von tappenden Gummisohlen irgendwo hinter sich.

»Du solltest dir hin und wieder von anderen Menschen helfen lassen.« Wade klang trotzig, und dieser kindliche Ton kam ihr bei einem Mann seiner Größe komisch vor. Sie stieß ein dumpfes Lachen hervor und wusste sofort, dass sie ihn gekränkt hatte. Sie berührte seinen Arm, aber er wich zurück.

»Es tut mir Leid, Wade. Ich hab nicht über dich gelacht.«

»Worüber dann?«

Worüber hab ich schon zu lachen?

Ich bin eine Verrückte, die sich als Polizistin ausgibt.

»Wie hast du es auf der Polizeischule nur durch den Übungsparcours für bewaffnete Durchsuchungen geschafft?«, fragte Wade zum tausendsten Mal. Hierbei wurde von den Rekruten verlangt, ein Gebäude nach bewaffneten Verbrechern zu durchsuchen. Paarweise, bei Nacht und mit Platzpatronen in ihren Pistolen. Verkleidete Polizeibeamte tauchten unerwartet auf. Manche mit Revolvern, andere in der Rolle von unschuldigen Zuschauern.

Micky zitterte, als sie daran zurückdachte.

»Ich weiß nicht«, sagte sie.

Nicht einmal Wade würde je herausfinden, dass sie es nur mit Hilfe von illegal erworbenem Valium und ihres Mantras, das sie während der gesamten dreißigminütigen Tortur ständig wiederholt hatte, durch den Lehrgang hatte schaffen können.

Wade fuhr über die Kreuzung. Bürogebäude und Geschäfte grenzten an Parkplätze vor kleinen Einkaufspassagen. Auf der verzweifelten Suche nach Schatten schirmten die Fußgänger ihre Augen mit den Händen ab.

»Du hattest letzte Nacht wieder diesen Albtraum«, sagte Wade.

Verdammt.

Sie erinnerte sich am nächsten Morgen nicht mehr daran, wenn sie diese Träume hatte. Einzig der graue Schleier, durch den sie am nächsten Morgen alles wahrnahm, so als hätte die nächtliche Ruhe ihrem Körper nicht gut getan, ließ sie ahnen, dass irgendetwas nicht in Ordnung war.

»Tut mir Leid«, war alles, was sie herausbrachte.

»Ist schon gut. Ich hab dich in den Arm genommen, und du bist schließlich wieder eingeschlafen. Aber es ist beängstigend. Ich komme mir so verdammt nutzlos vor, wenn du diese Probleme hast.«

»Du bist nicht nutzlos«, antwortete sie und sah dabei aus dem Fenster. »Ich liebe dich.«

»Ich liebe dich auch«, sagte er und umkurvte vorsichtig einen einparkenden Truck. »Vielleicht sollten wir mal ein paar Tage rausfahren.«

»Wie sollen wir das machen?«

»Wir haben bald frei. Warum fahren wir nicht an den See? Das könnten wir nächste Woche tun.«

Es gefiel ihr sehr draußen am See. Eigentlich war es ein künstlicher Weiher. Eine Gruppe begeisterter Angler, darunter ihr Onkel Jim, hatte das Land oben in East Texas gekauft, als es noch spottbillig war, und dort ihre eigene abgelegene Grube zum Angeln ausgehoben.

»Ich werde nie verstehen, warum du hier in Houston bleibst«, erklärte Wade. »Warum sagen wir nicht einfach ›Hol's der Teufel‹ und suchen uns einen Job auf irgendeinem Revier in der Provinz?«

»Das würdest du tun?«, fragte sie. Wade war für die Beförderung zum Detective vorgeschlagen. Das war es, was er sich immer gewünscht hatte, sein Ziel seit seiner Kindheit.

»Du würdest für mich aufs Land ziehen?«

»Auf der Stelle.«

»Du würdest es hassen und ich auch«, erklärte sie ihm.

»Warum würdest du es hassen?«

»Ich würde es hassen, weil du es hassen würdest. Ich würde es hassen, weil ich dann aufgegeben hätte.«

»Du willst also für den Rest deines Lebens so weiterleben, tapfer mit deinen Dämonen kämpfen und niemals zufrieden sein?«

»Zufriedenheit wird überbewertet.«

»Manchmal erinnerst du mich an eine deiner Buntglasarbeiten«, sagte Wade. Buntglas war Mickys Leidenschaft. Zwei ihrer Arbeiten hingen in einer Galerie der Stadt, und im Jahr zuvor hatte sie ein Stück für über tausend Dollar verkauft. »Du bist so schön, dass ich dich am liebsten irgendwo an einer Wand aufhängen würde.«

»Unbequem«, erwiderte Micky.

»Du weißt, was ich meine. Irgendwas in dir scheint einfach zerbrochen zu sein, und egal, was ich tue, ich kann's nicht reparieren.«

»Manche Sachen kann niemand reparieren.«

»Ich wünschte, du würdest irgendwann eine der abstrakten Arbeiten fertig stellen, die du angefangen hast.«
»Die abstrakten Arbeiten sind nicht gut.«
»Sie *sind* gut. Aber jedes Mal, wenn ein Bild anfängt interessant zu werden, machst du es schlecht und fängst wieder mit den alten Motiven an.«
»Den Leuten gefallen die alten Motive.«
»Aber was gefällt dir?«
»Es ist nur ein Hobby«, sagte sie.
Er trommelte mit den Fingerspitzen auf dem Lenkrad, und sie beobachtete, wie die Hitze aus dem Motorraum aufstieg und den Tag aufheizte.
Meine Vergangenheit kommt wieder hoch.
»Du bist nicht verantwortlich für das, was passiert ist«, sagte Wade.
Sie fuhren langsam auf eine weitere rote Ampel zu.
»Du scheinst jede davon zu erwischen«, stellte sie fest, deutete mit dem Kopf auf das Rotlicht und lächelte.
»Hast du's eilig?«
»Nicht, wenn du's nicht eilig hast.«
Reifen quietschten, und Hupen plärrten, und verängstigt aussehende Fahrer rasten über die Ampel, noch bevor sie umsprang. Wade reckte den Hals, um zu sehen, was der Grund für all diese Aufregung war. Als die Ampelanzeige umschlug, fuhr er langsam wieder an und schaute weiter nach hinten.
Der wie ein Schlachtschiff gebaute Truck war vier Wagen hinter ihnen und kam schnell auf die Kreuzung zu. Servolenkungen kreischten, als sich die Fahrer verzweifelt bemühten, ihm auszuweichen. Die Wagen, die nicht

schnell genug waren, wurden von dem schweren Lkw einfach zur Seite geschoben. Funken flogen, und die Luft war erfüllt vom Klang knirschenden Metalls, vom Hupen, von lauten Flüchen und vom Gestank glühender Reifen.

»Er hält nicht an«, rief Micky, als sie die Mitte der Kreuzung erreichten.

Als der große Truck das letzte Auto aus dem Weg räumte, trat Wade das Gaspedal durch.

Micky sah mit offenem Mund, wie die Vorderfront des metallenen Monsters auf sie herabstieß. Der gewaltige Kühlergrill sah aus wie das Gesicht eines boshaft grinsenden Riesen, der es darauf abgesehen hatte, sie beide zu verschlingen. Der Aufprall war jäh und heftig.

Wade knallte mit dem Kopf an das Fenster der Fahrerseite, als die riesige Stoßstange in den Wagen krachte. Beide Airbags explodierten wirkungslos und verschwanden, während der Streifenwagen vom Boden gehoben wurde. Als der Wagen mit einem widerlichen Ächzen wieder auf der Fahrbahn aufschlug, wurde das Dach eingedrückt. Drei Reifen platzten, als das Gewicht des großen Lkws den Streifenwagen über die Bordsteinkante, quer über den Bürgersteig und auf den Parkplatz einer Oben-ohne-Bar schob. Metall knirschte auf Asphalt. Der heulende Motor des Trucks und sein knirschendes Getriebe kamen zu dem chaotischen Lärm noch hinzu.

Wade sank auf das Lenkrad, während Micky verzweifelt zu begreifen versuchte, wo sie war und was sie tun sollte. Blut machte ihre Hände glitschig und brannte in ihren

Augen. Sie wusste nicht, ob es ihres oder Wades Blut war. Aus seiner Nase, seinem Mund und seinem rechten Ohr tropfte Blut, aber sie konnte ihn nicht berühren. Ihre Hände gehorchten ihr nicht, und ihr Gehör und ihr Sehvermögen waren beeinträchtigt.

Ein weiterer harter Schlag, und der Wagen ruckte zur Seite.

Micky blinzelte, als sich ein kleiner Baum quer über die Motorhaube des Streifenwagens legte und dann verschwand.

Wade drehte sich zu ihr, Verwirrung in den Augen. Sein Kopf wackelte, aber er zerrte an seinem Pistolenhalfter.

Will er auf den Truck schießen?

Mit einer Hand, die so heftig zitterte, dass sie gegen das Fenster schlug, griff sie nach ihrer eigenen Pistole, einer kompakten Glock-Automatik. Sie konnte den ledernen Druckknopfverschluss des Halfters nicht öffnen.

»Bleib bei mir, Wade!«, rief Micky über den Lärm des Trucks hinweg.

Instinktiv zog sie mit einem Ruck die Pumpgun aus ihrem Gestell zwischen den Sitzen. Wades Augen waren glasig geworden, und es tropfte zu viel Blut von der Seite seines Kopfes.

Der Streifenwagen rammte zwei parkende Autos. Metall wurde knirschend zermahlen, als der Truck heruntergeschaltet wurde und sie über einen weiteren Bordstein auf den Gehweg vor der kleinen Einkaufspassage hob. Vor ihnen schrien Passanten und deuteten mit den Fingern auf sie, und Micky betete, dass sie sich weit genug von dem Irren fernhalten würden, der den Laster

fuhr. Wer immer hinter dem Lenker des großen Sattelschleppers saß, würde sich nicht mit einer kurzen Attacke zufrieden geben.
»Bleib bei mir!«, rief sie, als das Wagenfenster platzte und die Scheibe an der Vorderfront der Baby Doll Topless Bar zerbrach und nach innen fiel.
Schreie und zersplitterndes Glas.
Ächzendes Metall und zerbröckelnder Beton.
Und dann waren sie plötzlich in einer Hölle gefangen, die nach einer Mischung aus Alkohol, Zigaretten, überreifen Hormonen, einer Klimaanlage und nach Geld stank. Reifen wühlten heißen Asphalt auf, und Keilriemen kreischten; der Streifenwagen fiel wieder herab und zitterte wie ein Hund, der sich nach einem kalten Bad schüttelt.
Der große Lkw wich langsam zurück, fuhr rückwärts über den Parkplatz. Micky tastete nach dem Mikrofon des Funkgeräts. Aber sie hielt mitten in der Bewegung inne, als der Truck knarrend stoppte. Einer seiner Scheinwerfer hing an einem dünnen schwarzen Kabel herunter. Der andere schien Micky lüsterne Blicke zuzuwerfen.
Wieder knirschte das Getriebe.
»O mein Gott«, flüsterte sie, als sie sah, dass der Truck vorwärts rollte.
Diesmal gab es kein Entkommen. Diesmal würden sie zwischen den sechs Tonnen des gepanzerten Trucks und der unnachgiebigen Masse des Betons zermahlen werden. Sie packte Wade an der Schulter seiner Uniform und zog ihn zu sich herüber. Sein volles Gewicht. Er fiel

quer über sie und drückte ihr die Schrotflinte schmerzhaft gegen die Brust.

Der Truck schubste sie seitlich durch das Fenster der Bar und trieb Mickys Kopf in den Türrahmen. Vor ihren Augen blitzte es, und sie kämpfte dagegen an, bewusstlos zu werden.

Aber sie empfand keinen wirklichen Schmerz. Noch nicht.

Der Schmerz würde später kommen.

Falls sie überlebte.

Wieder war das Geräusch quietschender Reifen zu hören, als der Truck versuchte, sie durch das Gebäude zu schieben. Der Motor des Lasters heulte wütend auf, und der Streifenwagen schaukelte.

Wer zum Teufel fährt dieses Ding?

Wo bleiben die Cops?

Blut wärmte ihre Brust und den Bauch und bedeckte ihre Finger. Die Seite von Wades Kopf fühlte sich seltsam weich an, als ob er unter seiner blutigen Haut keinen Schädel hätte. Die Vorderseite ihrer Uniform war blutrot bespritzt.

Der Truck legte den Rückwärtsgang ein und schüttelte den Streifenwagen wieder ab.

Sie mussten raus aus dem Auto. Beim nächsten Mal würde der Laster den Streifenwagen zusammendrücken und sie beide zerquetschen wie überreife Melonen.

Micky tastete nach dem Türgriff.

Verklemmt.

Was für eine Überraschung.

Wades Gewicht und die Schrotflinte drückten sie gegen

die Tür, und die Tür selbst war gewellt und verbogen und in den Überresten der Seitenwand verkeilt. Sie würde sie keinesfalls öffnen können. Sie warf einen Blick über die Schulter und starrte direkt in die Augen einer der Tänzerinnen.

Das Mädchen war dünn und blass und hatte unglaublich große Brüste. Selbst für einen unanständigen Abend in den Flitterwochen hatte sie eindeutig zu wenig an.

»Helfen Sie mir!«, keuchte Micky und versuchte, Wades Gewicht von sich zu schieben, damit sie sich im Sitz umdrehen konnte. Ein rasender Schmerz schoss ihr den Rücken hinauf.

Ich bin also verletzt.

»Helfen Sie mir! Los!«, schrie sie.

Es waren auch Gäste in der Bar, aber niemand traute sich vorwärts durch das Meer umgestürzter Tische und am Boden liegender Stühle. Das Mädchen kaute auf seiner Unterlippe, machte aber einen vorsichtigen Schritt, und das zertrümmerte Glas knackte unter ihren hochhackigen Schuhen.

Micky schaffte es, sich umzudrehen. Sie reichte dem Mädchen die Schrotflinte, und die Tänzerin verzog das Gesicht, legte das Gewehr aber behutsam in einer Nische ab und kam rasch zurück.

Micky warf einen Blick über die Schulter; der Truck fuhr noch immer rückwärts. Aber es blieben ihnen höchstens noch Sekunden. Sie streckte die Hände nach der Tänzerin aus und stieß sich ab.

Das Sicherheitsglas des Wagens hatte sich in unzählige harmlose kleine Kristalle aufgelöst, und als sie versuchte, sich durch das Autofenster zu schlängeln, brach ihr Oberkörper die letzten von ihnen weg. Das Fenster der Bar aber war in große Scherben zersplittert, die aussahen wie lange silberne Schwerter mit messerscharfen Schneiden und wie Dolchspitzen. Micky starrte auf eines der gemein gekrümmten tödlichen Glasstücke, das direkt auf ihr Herz deutete.

Skalpellglas.

Scharf genug, um mich in zwei Teile zu schneiden.

Zögernd griff die Tänzerin über das gefährliche Stück der kristallenen Trümmer hinweg. Sie umfasste Mickys Hände fest mit ihren weichen Handflächen und zog.

Gutes Mädchen.

Wenn ich fast draußen bin, muss ich mich nach links rollen.

Wenn ich absacke oder gerade nach unten falle, werde ich aufgespießt wie der Priester in Das Omen.

Micky betete, dass der Angriff aufgehört hatte. Dass dem geisteskranken oder betrunkenen Fahrer Zweifel gekommen waren oder dass er seine Strategie ändern würde. Aber sie stellte sich den Kerl hinter dem Lenker des Trucks vor, wie er schaltete und zermalmend anfuhr, schaltete und anfuhr, wieder und wieder in den Streifenwagen donnerte, bis dieser eine nicht wieder zu erkennende Masse aus zerquetschtem Metall war und Wade …

Was war mit ihm?

»Hol mich raus!«, brüllte sie.

»Ich versuch's ja!«, rief das Mädchen.

Mickys Knie schrammten über den Türrahmen, und

Wade rutschte zwischen ihre Beine. Sie rollte sich nach links und fiel, Glas verstreuend, auf den Kachelboden. Das Mädchen fiel mit ihr. Micky holte tief Luft. Ihre Beine zitterten ebenso stark wie ihre Hände. Sie konnte bereits das fürchterliche Geräusch des Lkws hören, dessen Motor wieder aufheulte.

»Zurück!«, schrie Micky, stieß das Mädchen in die nächste Nische und raffte die Schrotflinte an sich. Sie drehte sich um in das schreckliche Licht der texanischen Sonne, die gleißend von der Windschutzscheibe des Trucks widergespiegelt wurde und in ihren Augen brannte.

Die Schrotflinte wog eine Tonne. Aber sie entsicherte sie und überprüfte automatisch die Kammer nach einer Patrone.

Noch bewegte der Lkw sich nicht.

Vielleicht hatte der Fahrer sie mit dem Gewehr gesehen und war in Panik.

Ausgeschlossen.

Er musste wissen, dass die Schrotflinte gegen die schwere Panzerung und die kugelsichere Scheibe seines Trucks nichts ausrichten konnte.

Die ersten Sirenen heulten. Es war Hilfe unterwegs.

»Kannst du aussteigen?«, rief sie Wade zu.

Er gab keine Antwort.

»Halte durch«, sagte sie. Sie griff in den Streifenwagen und strich sanft über sein vom Blut klebriges Haar.

Er lag zusammengesackt quer über dem Sitz.

Aber er atmete.

Sie legte die Schrotflinte auf die Motorhaube, als der

Fahrer des Lkws wieder zu sich kam und den ersten Gang einlegte.

»Scheiße«, flüsterte sie.

Der Truck rollte vorwärts.

Die Sirenen wurden lauter.

Der Boden schwankte.

Micky machte einen vorsichtigen Schritt zur Seite und zertrat dabei Glas unter ihren Füßen. Sie hob die Schrotflinte an die Schulter. Als die Geschwindigkeit des gepanzerten Wagens zunahm, hämmerte sie alle fünf Kugeln in die Windschutzscheibe und den Grill des Monsters. Das kugelsichere Glas zersplitterte, zeigte ein spinnennetzartiges Gewirr aus Sprüngen, aber es hielt, und aus dem gemarterten Kühler und zerfetzten Schläuchen schossen Wasser und Dampf durch den Grill.

Nichts, was sie tun konnte, würde den Truck davon abhalten, wieder wie ein riesiger Rammbock in die Seite des Streifenwagens zu donnern, und noch eine Attacke würde Wade nicht überleben.

Das leer geschossene Gewehr baumelte an ihrer Seite.

Der Grill schwoll an. Plastik, Lack und Stahl.

Gottes Faust, fest entschlossen, den Streifenwagen zu zerquetschen.

Zarte Hände packten ihren Ärmel. Sie war auf den plötzlichen Ruck nicht gefasst und stolperte, fiel auf die junge Tänzerin, drückte das Mädchen in die Nische und raubte ihnen beiden den Atem, während der Truck mit voller Wucht in den Streifenwagen krachte.

Gefangen zwischen den mit Stahl verstärkten Gitterstäben und zerbrochenem Beton, zusammengepresst

zwischen den beiden Seiten des vorderen Fensters, wurde der Polizeiwagen zusammengeknüllt wie ein Papiertaschentuch. Die Stoßstange donnerte durch die Fahrertür, ein Teil der Seitenwand fiel in sich zusammen und das Dach des Streifenwagens wurde krachend in die Sitze gedrückt.
Das Mädchen zitterte unter Micky, hielt sie fest umklammert, und Micky zog sich instinktiv in einer fötalen Stellung zusammen, als durch den Aufprall das ganze Gebäude vibrierte. Erst als der wahnsinnige Bastard wieder den Rückwärtsgang einlegte – Metall kreischte an Metall, als der Streifenwagen tapfer Widerstand leistete –, schob sie sich auf die Füße und konnte das ganze Ausmaß der Zerstörung sehen.
Wade war tot.
In diesem Wagen konnte nichts überlebt haben. Seine Hand ragte aus dem zersplitterten Fenster, und sie starrte sie wie betäubt an.
Kein Ring.
Sie wusste, dass er sie heiraten wollte. Sie hatte so das Gefühl, dass er, als er den See vorgeschlagen hatte, daran dachte, ihr einen Heiratsantrag zu machen, während sie dort wären. Sie war sich nicht sicher gewesen, ob sie dazu bereit war, falls sie das jemals sein würde. Aber in diesem Moment wünschte sie sich mit aller Kraft, einen Ring zu haben, den sie ihm an den Finger stecken könnte.
Wieder knirschten die Gänge. Der Bastard riss die Zähne aus dem Zahnkranz des Lkws.
Wer hat dir bloß das Fahren beigebracht, du Scheißkerl?

Sie riss ihr Halfter auf und schaffte es, ihre Pistole in beide Hände zu nehmen.
Der Truck stand jetzt mitten auf dem Parkplatz und glänzte in der Sonne im matten Grau eines Kriegsschiffes. Die Windschutzscheibe glitzerte wie Diamanten, wo ihre Schrotkugeln das Glas zerbrochen hatten. Sie zielte auf die Stelle, wo der Kopf des Fahrers sein sollte, drückte die Beine durch und wartete.
Mit Blaulicht und heulenden Sirenen schossen zwei Streifenwagen vorüber. Die uniformierten Beamten würden die Situation erkennen, aussteigen und ihre Wagen als Deckung benutzen. Schnell würden weitere Wagen eintreffen, die Polizisten die Gegend absperren und Zuschauer aus dem Schussfeld führen.
»Sie da! Werfen Sie Ihre Waffen runter und kommen Sie mit erhobenen Händen raus. Hier spricht die Polizei von Houston. Kommen Sie mit erhobenen Händen raus!«
Der Truck stand, den Motor im Leerlauf. Nichts rührte sich.
Niemand atmete.
Micky kam der Gedanke, dass der Truck selbst vielleicht wahnsinnig war. Vielleicht war er leer und überlegte sich, was er als Nächstes tun sollte.
Im Moment machte diese Vorstellung genauso viel Sinn für sie wie jede andere. Aber es konnte auch sein, dass sich der Verrückte hinter dem Steuer einen Dreck darum scherte, dass die ganze Polizei von Houston im Begriff war, über ihn herzufallen wie eine alles vernichtende, todbringende Lawine. Und diese Möglichkeit war zu beängstigend, um auch nur daran zu denken.

Der Truck rollte wieder vorwärts. Langsamer als zuvor. Als ob der Fahrer nicht einmal merkte, dass er sich bewegte.
»Zerschießt die Reifen!«
Das Megafon tat in ihren Ohren weh.
Ein Salve von Schüssen aus Handfeuerwaffen brach los. Der Truck stoppte. Aber die Reifen des gepanzerten Wagens waren darauf ausgelegt, Pistolenschüssen standzuhalten. Der Bastard hätte auf den nackten Felgen fahren können, wenn er gewollt hätte.
Aber scheinbar wollte er nicht.
Der Truck rollte ganz langsam weiter und kam in der Mitte des Parkplatzes zum Stehen.
Als sein Motor abgeschaltet wurde, herrschte eisiges Schweigen.
»Er hat ihn ausgeschaltet«, flüsterte die Tänzerin.
Micky warf ihr einen Blick zu, war im Begriff, dem Mädchen zu sagen, dass das ja wohl offensichtlich war. Aber die Tänzerin kauerte in der Nische, das Gesicht kreidebleich, die Arme fest über ihren nackten Brüsten verschränkt. Die eine mutige Tat hatte alles aufgebraucht, was sie zu geben hatte. Micky wollte sie darauf hinweisen, dass sie sich gerade kostenlos entblößte, so wie sie dasaß, die Knie hochgezogen bis zu ihren Schultern.
Aber das Mädchen hatte ihr das Leben gerettet.
»Ja«, sagte Micky stattdessen, richtete die Pistole aus und wischte sich mit dem Ärmel Blut aus den Augen.
»Vielleicht ergibt er sich«, sagte das Mädchen.
»Vielleicht«, sagte Micky und visierte die Windschutz-

scheibe an. Das Megafon dröhnte noch immer. Sie hoffte, dass sich jemand um den Lkw herumschlich, um ihr und Wade zu helfen.

Der Gedanke machte sie ganz krank.

Für Wade gab es keine Hilfe mehr.

Sie taumelte zurück zum Wagen, nahm eine Hand von der Waffe, prüfte einen Puls, von dem sie wusste, dass er nicht da sein würde. Sie streichelte sein Handgelenk und kämpfte mit den Tränen, die ihr die Sicht trübten. Sie musste ein klares Ziel haben, wenn der Bastard aus dem Truck kletterte. Wenn er eine plötzliche Bewegung machte, dann, das wusste sie, würde man sie voll unterstützen, wenn sie es einen sauberen Schuss nannte. Ein Polizeibeamter war tot.

Als sich beide Türen des Lkws gleichzeitig öffneten, stockte ihr der Atem. Sie hatte sich so sehr auf den Fahrer konzentriert, auf die Person, die versuchte, sie beide umzubringen, dass sie die Möglichkeit eines Beifahrers gar nicht in Erwägung gezogen hatte. Hinter den breiten Türen erhaschte sie einen Blick auf eine dicke Hand in einem schwarzen Handschuh und auf einen schwarzen Ärmel.

Das Megafon plärrte. »Lassen Sie die Waffen fallen! Nehmen Sie die Hände hoch!«

Dick gepolsterte Beine tauchten unter den Türen auf, und ein Schauer schoss ihr den Rücken hoch.

Handfeuerwaffen knallten und der Trommelwirbel zweier Maschinenpistolen ratterte durch die Bar.

Es war ein lautes Donnern zu hören, wie von einem explodierenden Benzintank.

Metall und Glas krachten auf Asphalt.
Ein heftige Erschütterung warf sie zurück.
Die Tänzerin schrie.
Hinter Micky wurden Türen geschlagen, und Schuhe klapperten auf Fliesen. Anscheinend waren der Barkeeper und die übrigen Anwesenden abgehauen.
Zu dem Pistolen- und Maschinengewehrfeuer kam das Donnern eines Schrotgewehrs.
Micky richtete ihre Waffe auf eins der dicken Beine und erkannte, dass ihr Schuss verschwendet sein würde. Sie wusste genau, was hier geschah. Es war der schlimmste Albtraum jedes Streifenbeamten.
Die Männer in dem Truck waren von Kopf bis Fuß in dick gepolsterte Schutzkleidung und kugelsicheren Kunststoff gekleidet. Sie hatten Maschinenpistolen, und obwohl sie das in diesem Moment unmöglich wissen konnte, war sie sich doch sicher, dass sie panzerbrechende Patronen verwendeten. Das waren Polizistenmörder.
Und die Polizisten bekamen gerade die volle Wucht ihres Angriffs ab. Und sie war Polizistin.
Also feuerte sie trotzdem.
Der rechte Fuß des Mannes wurde hochgerissen und knallte wieder nach unten.
Gut.
Die Kugel hatte seine Schutzkleidung nicht durchschlagen. Dafür war Neun-Millimeter-Munition nicht stark genug. Aber der Aufprall würde hinten auf der Wade des Mistkerls einen bösen Bluterguss zurücklassen. Er würde es spüren.

Der Mann drehte sich um und ging mit schwerfälligen Schritten um die Tür des Trucks herum, um die offene Tür zwischen sich und die Polizisten draußen auf der Straße zu bringen. Er sah sich suchend um, drehte sich langsam nach rechts und links, die kurzläufige Mordmaschine mit dem großen Magazin auf Hüfthöhe. Aber die Sonne blendete ihn. Micky war im Dunkeln und rührte sich nicht.
Der Mann stapfte direkt auf sie zu.
»Scheiße«, flüsterte die Tänzerin und schob sich aus der Nische.
»Bleib hier!«, rief Micky, als der Mann den Lauf des Gewehrs in ihre Richtung schwenkte. Micky hechtete mit ausgestreckter Hand auf das Mädchen zu, versuchte, sie an der Taille zu erwischen, aber die Kugeln waren zuerst da. Wie Hornissen schwirrten sie über Mickys Kopf, Querschläger zwischen Glas und Metall, und gruben sich in Vinyl und Fleisch.
Drei saubere rote Löcher tauchten im Oberkörper der Tänzerin auf. Sie wurde gegen den Tisch in der Nische zurückgeworfen, ihre Augen starrten verständnislos hinunter auf ihr eigenes Blut zwischen ihre winzigen zarten Hände, und dann gab es draußen eine weitere Explosion. Ein weiterer Benzintank.
Noch mehr Sirenen.
In all dem Getöse, so als wären ihre Ohren Richtmikrofone, abgestimmt auf den Mann mit der Maschinenpistole, hörte Micky das charakteristische Geräusch eines auf eine leere Kammer fallenden Bolzens, das der letzten abgefeuerten Salve folgte. Das leere Magazin fiel

klappernd aufs Pflaster, ein volles rastete ein, und sie wusste, dass sie nur noch Sekunden zu leben hatte.
Sie überlegte, ob sie hinter der schweren Bar aus Eiche in Deckung gehen sollte. Aber dort würde der Scheißkerl als Erstes nachsehen. Sie musste versuchen, hinten herauszukommen, wo sie sich davonstehlen und sich den übrigen Polizisten anschließen konnte. Die Toilettentüren befanden sich hinter der hufeisenförmigen Bar. Aber vielleicht gab es dort kein Fenster, und selbst wenn, gefiel ihr der Gedanke nicht, erwischt zu werden, während sie halb drinnen und halb draußen steckte.
Die Pistole zitterte in ihrer Hand, und sie knallte sie fest auf den Boden. Ein reißender Schmerz schoss ihren Arm hinauf und in die Schulter.
Das Zittern hörte auf.
Kein Problem.
Sie machte sich nicht vor, dass dieser Kerl aufgeben und gehen würde, wie es der Mörder ihrer Eltern Jahre zuvor getan hatte. Das war kein Halbstarker auf Droge, dem es darum ging, etwaige Zeugen loszuwerden. Dies waren zwei bewaffnete Psychopathen, die darauf aus waren, Polizisten zu ermorden.
Sie kroch weiter.
Alle Menschen aus der Bar waren verschwunden.
Irgendwo waren sie rausgekommen.
Wo?
Hinter der dritten Nische gab es eine weitere Tür mit einer Notverriegelung.
Sie erhob sich in eine knieende Position und drückte den Messingriegel nach unten. Ihre Kraft reichte gerade so,

um sich hindurchzuzwängen. Aber als sie hineinkroch – wobei die hydraulische Tür zu versuchen schien, ihr in den Hintern zu beißen –, fand sie sich in einem langen schmalen Flur wieder, der von zwei kleinen fluoreszierenden Leuchtkörpern hoch oben an den schmutzigen Wänden erhellt wurde. Vier hölzerne Türen säumten jede Seite.
Als sie sich auf die Füße kämpfte, fiel die Tür hinter ihr zu.
Nur keine Panik!
Kein Problem.
Sie streckte beide Hände aus, legte ihre Handfläche an die eine Wand, die Pistole gegen die andere, und lehnte den Hinterkopf gegen die kühle Tür. Schweiß und Blut machten die Wände glitschig. Hier im Korridor klangen die Pistolenschüsse gedämpft.
Sie hatte definitiv den falschen Weg gewählt.
Dies war kein Ausgang.
Es war ein illegaler Massagebetrieb. Und es würde in keinem der Massageräume ein Fenster geben. Nur einen Tisch, der gleichzeitig als Bett diente, wo die Tänzerinnen für sich und die Eigentümer in kürzester Zeit einen Haufen Geld verdienen konnten. Aber kein Fenster. Das Letzte, was sie in einem dieser Räume finden würde, war ein anderer Weg nach draußen.
Sie saß in der Falle.
Genauso wie vorher.
Und eine panische Angst zehrte an ihren Kräften.
Sie untersuchte die Tür, aber die hatte natürlich kein Schloss. Das Management würde es nicht riskieren, dass

irgendein Betrunkener gegenüber einem der Mädchen gewalttätig werden und sich dort drinnen verbarrikadieren könnte. Und es gab nichts in diesem Flur, womit sie die Tür hätte verkeilen können.
Sie drehte sich um und wandte das Gesicht wieder dem Gang zu, weigerte sich, den Schauplatz vor ihr zu etwas werden zu lassen, was er nicht war.
Hier gab es keine Blumen.
Keine Werktische.
Keine mit getrockneten Pflanzen und gläsernen Vasen gesäumten Wände, keine Rollen grünen Blumendrahts.
Sie war nicht sechzehn.
Und ihre Eltern lagen nicht tot auf dem Boden.
Sie aber würde das bald, wenn sie sich nicht beeilte. Sie öffnete die erste Tür zu ihrer Rechten.
Dunkelheit empfing sie.
Sie tastete innen nach dem Lichtschalter. In der Decke blitzte eine weitere Neonröhre auf.
Der spartanisch eingerichtete Raum war rund anderthalb Meter breit. An einer Wand stand ein an einen Operationssaal erinnernder Tisch, der mit dem gleichen Papier bedeckt war, wie es Ärzte in ihren Praxen verwenden. Der schwarz-weiß gekachelte Fußboden war abgenutzt und schmutzig, und die Wände waren eingedellt, als hätten Ellbogen und Knie heftig gegen die billigen Oberflächen geschlagen.
Sie dachte darüber nach, den Tisch hinaus in den Flur zu schieben, um die Tür zur Bar zu blockieren. Aber mit seinen Wänden und Fächern aus rostfreiem Stahl war er zu schwer, als dass sie ihn hätte bewegen können, und zu

breit, um durch die Tür zu passen. Offensichtlich war er an Ort und Stelle zusammengebaut worden. Und so wie er in die Ecke des Raumes gezwängt war, gab es keinen Platz, an dem sie sich hätte verstecken können.

Sie trat wieder in den Flur hinaus.

Eine weitere donnernde Salve Gewehrfeuer war ganz in der Nähe zu hören.

Der Scheißkerl ist in der Bar.

Leise schloss sie die Tür zu dem Massageraum. Sie war sich ziemlich sicher, dass der Mann sie unter seinem kugelsicheren Helm, mit den Geräuschen von draußen und seinen eigenen Bewegungen in der Bar und der geschlossenen Tür zwischen ihnen nicht hören konnte. Aber Denken war eine Sache, panische Angst eine andere. Jeder Schritt, jeder Atemzug hallte durch den Flur, als würde er von der kompletten Anlage der Grateful Dead verstärkt.

Kein Problem.

Sie eilte durch den engen Korridor, bewegte sich von einer Seite zur anderen, öffnete jede Tür, knipste jedes Licht an, knipste es wieder aus, schloss jede Tür so leise wie möglich. In jedem Zimmer dasselbe.

Ich muss nur lange genug überleben, bis die Cops genug Feuerkraft haben, um diesen Kerl auszuschalten.

Aber Beamte auf Streife führten keine panzerbrechende Munition mit sich. Es war mehr als wahrscheinlich, dass irgendjemand zum nächstgelegenen Waffengeschäft geschickt werden musste, um welche zu kaufen oder zu beschlagnahmen. In der Zwischenzeit würden die beiden da draußen kaum aufzuhalten sein. Und

das bedeutete, dass der Bastard in der Bar früher oder später die Tür entdecken würde, die in den Korridor führte.
Micky erreichte die letzte Kammer zu ihrer Rechten. Der Raum sah genauso aus wie die anderen. Aber es gab nichts, wo sie sonst hätte hingehen können. Und genauso wie sie würde der Mistkerl erst jedes einzelne Zimmer absuchen müssen.
Aber sie konnte sich nicht überwinden hineinzugehen. Sie hyperventilierte. Wenn sie ihren Atem nicht in den Griff bekam, würde sie ohnmächtig zu Boden fallen, und der Scheißkerl würde sie am Ende in den Rücken schießen, während sie bewusstlos war. Aber sie hatte ihren Atem so wenig unter Kontrolle wie ihre Hände, die wieder zitterten wie Blätter im Wind. Sie nahm ihren linken Ärmel in den Mund, biss fest zu und inhalierte durch die feinen Maschen des Stoffs.
Sie warf einen Blick den Korridor hinunter, auf die dünne Metalltür zwischen sich und dem Killer, und plötzlich war es, als wäre das Metall dunkles Glas und als könnte sie den Mistkerl durch die Tür hindurch sehen.
Er schaut auf die Tür.
Er dreht sich zu ihr um.
Er hebt die Maschinenpistole.
Sein Finger sucht den Abzug.
Sie stürzte in das winzige Zimmer.
Das Feuer aus der automatischen Waffe riss ausgefranste Löcher in die Mitte der Metalltür zwischen dem Korridor und der Bar und löschte die Lichter im Flur. Micky kauerte an der Wand des winzigen Massage-

raums und schlug die dünne Tür zu, während der Bastard weiterschoss.
Von fern war das Geräusch weiterer Sirenen und Schüsse zu hören.
Sie haben es also noch nicht geschafft, den Partner dieses Mistkerls zu überwältigen.
Das Zimmer zog sich um sie zusammen.
Es war stockdunkel, aber sie war sich sicher, dass die Wände auf sie zukamen. Die Decke senkte sich. Sie biss auf den Ärmel und schnappte würgend nach Luft.
Jetzt werde ich mir wohl gleich in die Hose pinkeln.
Wut stieg in ihr hoch und milderte die Angst, die sie blockierte.
Noch ist er nicht durch die verdammte Tür durch.
Und er musste ins Zimmer kommen, um sie zu töten.
Na ja, genau genommen nicht.
Die Wände bestanden aus hauchdünnen Rigipsplatten, und die Tür zum Massageraum war eins dieser hohlen Billigprodukte aus der Abteilung für Sonderangebote. Tatsächlich musste der Bastard nur erkennen, wo sie war, und konnte dann mitten durch die Wand ballern.
Sie stützte sich auf das Seidenpapier auf dem Tisch und wäre beinahe hingefallen, als es über das glatte Vinyl rutschte.
Sie legte ihre Pistole auf die Tischplatte und ging ans andere Ende des Zimmers. Es kam ihr vor, als berührte die Wand hinter ihr beinahe ihren Rücken. Die Klaustrophobie machte sie fast wahnsinnig, aber ihre Angst vor dem bewaffneten Banditen und ihre wachsende Wut wirkten als Dämpfer. Sie krümmte sich, packte die

Tischkante mit beiden Händen und presste ihr Knie gegen die hintere Wand.
Der Tisch gab wenige Zentimeter nach und schrammte über den dreckigen Fußboden.
Die durchschossene Metalltür kreischte draußen auf den Fliesen, es hallte durch den Flur.
Der bewaffnete Mann betrat den Korridor.
Zitternd holte sie tief Luft und zog noch einmal.
Der Tisch gab weitere drei Zentimeter nach.
Die Metalltür im Flur krachte, als ob jemand brutal dagegen getreten hätte.
Micky zog fester.
Der Tisch gab ein bisschen mehr nach, und sie zwängte ihr Knie zwischen ihn und die hintere Wand. Sie platzierte beide Hände auf dem Tisch und setzte gleichzeitig ein Bein als Hebel ein. Der Tisch schob sich weit genug an der Wand entlang, dass sie sich seitlich hinter ihn zwängen konnte. Aber nicht weit genug, um in die Hocke zu gehen und sich dort zu verstecken. Und die Tür versperrte er noch immer nicht.
Sie schob mit den Füßen, den Hüften und beiden Armen.
Der Tisch glitt gerade ein wenig leichter über den Boden, da brach im Flur eine der Holztüren krachend ein.
Sie schob fester. Wieder ein paar Zentimeter.
Aber jetzt hatte sie weniger Hebelwirkung.
Jeder noch so angestrengte Ruck schien den Tisch kaum zu bewegen.
Eine weitere Tür krachte.
Er war fast da.

Eine weitere Tür brach in Stücke.
Sie glitt vorsichtig die Wand hinunter, presste beide Füße gegen den Tisch und schob ihn mit all ihrer Kraft fest gegen die Tür. Sie holte sich ihre Pistole und hockte sich hin, den Tisch zu ihrer Rechten, und zur Linken die hintere Wand.
Eine weitere Tür wurde eingetreten.
Dann noch eine.
Sie zitterte am ganzen Leib. Wieder schlug sie die Hand, die die Waffe hielt, auf den Boden, aber diesmal funktionierte die Schockbehandlung nicht.
Eine weitere Tür.
Mit jedem Krachen lief ihr ein Schauer über den Rücken.
Noch eine.
Sieben waren bereits zerstört.
Blieb noch eine.
Sie stützte beide Ellbogen auf ihre bebenden Knie und hielt ihren Finger so locker wie möglich am Abzug.
Kein Problem.
Aber es gab ein Problem.
Sie verlor die Kontrolle.
Sie war nicht mehr in dem Massagesalon.
Sie fing an, in der Dunkelheit Dinge zu sehen.
Und sie konnte Blumen riechen.
Chrysanthemen und Rosen. Und den chemischen Geruch des Frischhaltemittels, das man in das Blumenwasser gibt, damit sich die Blüten länger halten. Die Schüsse draußen wurden dumpfer, rückten mehr und mehr in die Ferne.

Micky war sich nicht mehr sicher, ob sie ein Cop in Houston oder ein sechzehn Jahre altes Mädchen war. Der bewaffnete Mann war so nahe, dass sie durch die dünne Tür seinen rasselnden Atem hören konnte.
Aber sie war sich nicht mehr wirklich im Klaren darüber, ob der Mann auf der anderen Seite der Tür ein in einen schwarzen Schutzanzug gekleideter mordlustiger Irrer oder ein achtzehn Jahre altes Bürschchen mit einer Pumpgun, einer Skimaske und einer verspiegelten Sonnenbrille war.
Sie funktionierte nicht wie ein Polizist.
Sie war kaum noch in der Lage, wie ein Mensch zu funktionieren.
Das nervtötende Geräusch, als der Türgriff probiert wurde, und das Knallen der Tür gegen den schweren Tisch hallten in dem beinahe leeren Zimmer wider. Dann unheilvolle Stille …
Gewehrfeuer riss Löcher in die Wand des Korridors, und Nadeln von Sonnenlicht durchbohrten den hinteren Teil des Zimmers, als sich die Kugeln durch den Rigips fraßen. Micky starrte auf die winzigen Lichtstrahlen und fragte sich, warum der Bauherr hier Holz und keinen Beton gewählt hatte.
Aber wie durch ein Wunder lenkten die mehrfachen Schichten des Stahltisches alle verirrten Kugeln von ihr ab. Sie zog den Kopf zwischen die Beine und zielte mit ihrer Pistole weiterhin nach vorne.
Kein Problem.
Es ist der schwarz gekleidete Mann.
Es ist nicht der Junge.

Der Junge ist weg.
Vielleicht ist er wieder da.
Der Junge wurde nie gefasst, ist nie vor Gericht gestellt worden.
Was, wenn er das ist?
Was, wenn er wegen mir zurückgekommen ist?
Wenn sie ihn beim ersten Mal nicht aufhalten konnten, wie sollen sie ihn dann jetzt aufhalten?
Die Schüsse hörten auf, und die Überreste der Tür krachten wieder gegen den Tisch. Der Tisch bewegte sich einen Millimeter.
Sie lehnte sich dagegen, presste ihr ganzes Gewicht in Richtung Tür.
Irgendetwas fiel klappernd auf den Boden des Korridors.
Ein weiteres Magazin. Vielleicht war dem Bastard die Munition ausgegangen.
Klick.
Das Geräusch eines weiteren Magazins, das in die Waffe geschoben wurde.
Katschack.
Das Schloss des Gewehrs war zugeknallt worden.
Sie zuckte zusammen, als sich Zentimeter neben ihrem Ellbogen noch mehr Löcher in der Wand auftaten. Staub von der zerbröckelten Gipswand, von der Isolierung und der Seitenwandung verteilte sich überall im Zimmer und ließ die Sonnenstrahlen aussehen wie beim Showdown in einem alten Peckinpah-Western. Zu ihrer Rechten hörte Micky das eklige Krachen von berstendem Holz.

Der Bastard benutzt die Pistole, um sich den Weg mitten durch die verdammte Wand freizuschießen.
Draußen quietschten Reifen. Die Polizisten mussten entdeckt haben, dass sie einen der Verbrecher verloren hatten, und versuchten herauszufinden, wo er war. Aber sie hatte jetzt keine Hoffnung mehr, dass einer von ihnen rechtzeitig zu ihr gelangen würde. Sie wussten nicht, wo sie war, und wenn sie durch die Rückwand schossen, konnte es genauso gut passieren, dass sie sie umbrachten. Sie versuchte, sich noch enger zusammenzuziehen, hatte sich aber schon so klein gemacht, wie sie nur konnte.
Im Korridor brach Pistolen- und Gewehrfeuer los.
Die Maschinenpistole antwortete.
Mein Gott! Sind die Cops in der Bar?
Holz zersplitterte, als der Bewaffnete in die Kammer hereinbrach. Er war nur knapp einen Meter von ihr entfernt und feuerte in den Flur hinaus.
Sie wusste, was sie zu tun hatte.
Sie warf sich über den Tisch.
Der Koloss ähnelte in der dick gepolsterten Schutzkleidung eher einem Gorilla als einem Menschen.
Das Zimmer quoll über von Getöse und Staub, dem Gestank nach Gips und altem Sex, nach Gewehrpulver und Schweiß. Der Raum um sie herum wurde allmählich größer, wo er vorher beengend gewesen war, sie in seiner erstickenden Umarmung erdrückt hatte. Das ganze Gebäude schien kurz vorm Zerplatzen zu sein, unfähig, so viel Gewalt aufzunehmen.
Sie musste aufspringen und ihre Hände um den Kopf

des Bastards legen. Musste eine verwundbare Stelle freilegen. So wie es jetzt war, war der Mann unbezwingbar. Sie musste ihm den Helm runterreißen, ihm die Waffe an den Hals drücken und ihm sein verfluchtes Gehirn rausblasen.

Unerklärlicherweise stellte sie fest, dass sie auf ihre Knie starrte, direkt vor ihrem Gesicht.

Aber ich stehe.

Oder?

Nein.

Sie stand nicht.

Sie hatte sich nur vorgestellt, dass sie aufgesprungen war und den Mann angegriffen hatte.

Aber es war ein guter Plan!

Ja. Das war es.

Leider war ihr Körper anderer Meinung.

Ihre Pistole ruhte in ihren auf den Knien liegenden Händen. Sie konnte jetzt gerade noch die Rückseite des Helms über der Tischplatte sehen. Früher oder später würde er sich umdrehen und sie entdecken. Oder die Polizisten draußen würden anfangen, durch die Rückwand zu ballern.

Ich bin so oder so tot.

Steh auf!

Steh auf und tu was!

Los!

Solange er dir den Rücken zuwendet.

Ihre Gedanken rasten, aber sie zitterte, und ihr ganzer Körper war wie Pudding.

Sie *hatte* sich in die Hose gepinkelt.

Eine beschämende Wärme überzog ihren Po.
Der beißende Geruch von Urin griff ihre Nase an.
Der Bewaffnete bewegte sich auf den hinteren Teil der Kammer zu. In ihre Richtung. Der Tisch bot weniger und weniger Deckung. Sie konnte die Schultern und den Rumpf des Mannes sehen, als er direkt vor ihr stand. Sie versuchte, auf den Abzug zu drücken, aber selbst ihr Zeigefinger war gelähmt vor Angst.
Kein Problem.
Eine Schrotflinte dröhnte im Korridor, und Isolierung und kleine Teile der Decke rieselten auf sie herab wie in Zeitlupe fallender Schnee.
Sie zuckte, und die Pistole feuerte.
Die plötzliche Bewegung und der Lärm rüttelten sie aus ihrer Lähmung, und sie feuerte einen Schuss nach dem anderen ab. Die Kugeln durchbohrten die Polsterung nicht, aber der Mistkerl wurde aus dem Gleichgewicht gebracht und taumelte gegen die Wand.
Aber die Kugeln gingen ihr aus.
Sie hatte nur noch den Bruchteil einer Sekunde zu leben.
Als ihr Schlagbolzen auf eine leere Kammer klickte, ließ sie die Pistole zwischen ihren Beinen herunterfallen und saß still, Tränen auf den Wangen, Blut im Gesicht und Pisse am Hintern, und Angst und Hass schnürten ihr die Brust zu.
Der Mann schüttelte sich und drehte sich zu ihr um.
Zum ersten Mal sah sie ein Gesicht hinter dem kugelsicheren Kunststoffhelm, und die auf Micky gerichteten Augen sollten sie für immer verfolgen.
Es war fast dieselbe Situation wie an ihrem sechzehnten

Geburtstag. Sie erinnerte sich, wie sie in die verspiegelte Sonnenbrille ihres Angreifers gestarrt und darauf gewartet hatte, dass der Scheißkerl abdrücken würde. Sie hatte Glück gehabt an jenem Tag. Der Killer mit der Skimaske hatte sie nicht gesehen durch die Lamellentür, hinter die sie sich in dem winzigen Vorratsschrank geduckt hatte. Sie würde niemals vergessen können, wie sich die harten Terrakotta-Töpfe schmerzhaft in ihren Rücken gedrückt hatten. Das Wissen darum, dass schon die geringste Bewegung dazu führen würde, dass diese sich mit einem kratzenden, einen Schauer über den Rücken jagenden Geräusch aneinander reiben würden.

Aber nun war ihr das Glück ausgegangen.

Der stupsnasige Lauf der schwarzen Maschinenpistole schwenkte in ihre Richtung.

Das schreckliche Hämmern von Maschinengewehrfeuer brach los.

Aber es kam nicht von vorn.

Es riss weitere schimmernde Löcher in die hintere Wand des Zimmers.

Die Kugeln trieben den Mann in Richtung Korridor. Er sah aus, als hätte ihm jemand auf den Rücken geschlagen.

Er drehte sich zur hinteren Wand und ignorierte dabei Micky, als wäre sie bereits tot.

Die Pistole zuckte in seiner Hand, und er feuerte eine drei Sekunden lang andauernde Salve ab, die das Magazin wieder leerte.

Sie wusste, dies war ihre letzte Chance.

Aber sie konnte nichts weiter tun, als blöde dazusitzen

und zuzusehen, wie der Mann nach einem weiteren Magazin griff.
Als zu warten, bis sich die Mordmaschine auf sie richten würde.
Er klopfte mit seiner freien Hand auf den Rücken seines Anzugs und sah aus wie ein alter Bär, der versucht, einen Schwarm wütender Bienen wegzufegen. Sie begriff, dass er nach einem weiteren Magazin tastete, und das einzige, das noch übrig war, war nur Zentimeter außerhalb seiner Reichweite auf seiner Schulter festgeschnallt. Solange er es nicht losbekam, konnte er nicht nachladen.
Jetzt oder nie.
Sie zog die Luft ein, die so trocken war wie Spinnennetze in der Wüste, und versuchte, die sie lähmende Angst abzuschütteln.
Ein Riese von einem uniformierten Polizisten stürzte aus dem Flur herein und landete auf dem Mann wie ein Puma, der sich auf ein Schaf fallen lässt. Dann noch einer. Der Bewaffnete war stark und wahrscheinlich mit Drogen aufgeputscht, aber der sperrige Anzug behinderte ihn. Die beiden Beamten pressten ihn zwischen Tisch und Wand und bemühten sich, ihm den Helm vom Kopf zu reißen. Einer von ihnen drehte sich zu ihr, und sein bestürzter Gesichtsausdruck war beinahe komisch, aber er konzentrierte sich rasch wieder darauf, den Mann zu überwältigen.
Es war so schnell vorbei, dass Micky immer noch wie erstarrt dasaß, nachdem der Mann schon in Handschellen aus der Bar geführt worden war. Einer der Beamten blieb bei ihr, bis die Sanitäter eintrafen.

Kein Problem.
Mit Hilfe der Sanitäter schaffte sie es, hinaus ins Tageslicht zu gehen.
Vorbei an der toten Tänzerin.
Vorbei an dem zertrümmerten Streifenwagen.
Hier drängten sie sie zur Eile, aber sie sah trotzdem, dass Wades Hand noch immer aus dem Fenster ragte.

Houston, 26. Juli

Der Mann war groß und dünn, und seine Haut war von der Sonne gegerbt. Nur sein weißes Haar verriet sein Alter. Er trug verblichene Jeans und abgetragene Stiefel. Eine ovale silberne Schnalle von der Größe seiner Faust zierte seinen Gürtel. »Im Korridor steht ein bewaffneter Wachposten.«

Micky starrte an die Decke ihres Krankenzimmers.

Eine Kugel war durch ihre Schulter gegangen und hatte das Schlüsselbein nur knapp verfehlt. Sie hatte sich die Verletzung in dem Augenblick zugezogen, als die Tänzerin erschossen worden war. Eine andere Kugel hatte ihre Wange gestreift, und ihr Arzt sagte, es würde eine haarfeine Narbe zurückbleiben. Sie hatte einen Bandscheibenschaden, drei gebrochene Rippen und eine Gehirnerschütterung.

»Die hatten panzerbrechende Munition«, sagte sie.

»Hat der Wachposten auch.«

Sie drehte sich auf dem Kissen herum.

»Ich hab es überprüft«, sagte der große Mann.

»Ich weiß nicht, was ich jetzt tun soll, Onkel Jim«, flüsterte sie.

Er nahm ihre Hand.

»Erst mal holen wir dich hier raus. Dann kommst

du wieder nach Hause. Wir werden es uns dort überlegen.«

»Es war derselbe Mann«, sagte sie und drehte sich wieder zur Decke.

»Wer?«

»Derselbe Mann, der meine Eltern umgebracht hat.«

Er drückte ihre Hand. »Das ist lange her, Liebes.«

»Ich weiß nicht, was ich tun soll«, wiederholte sie.

Stille lastete über dem Raum. Micky wusste, dass Jim so stehen bleiben und für immer ihre Hand halten würde, wenn sie das brauchte.

Eine Krankenschwester stellte klappernd ein Tablett auf dem Nachttisch ab und warf Jim einen bedeutungsvollen Blick zu.

»Ich glaube, sie ist hier, um dir etwas zu geben«, sagte er.

»Wade hat gesagt, ich sei wie eine meiner Buntglasarbeiten. Er sagte, er wolle mich betrachten wie ein Kunstwerk.«

»Wade hat dich geliebt«, sagte Jim.

Die Schwester entnahm einem Glasfläschchen mit einer Spritze eine klare Flüssigkeit und führte sie in einen Plastikschlauch an Mickys Katheder ein.

»Du bist alles, was ich noch habe«, sagte Micky.

Jim drückte ihre Hand fester.

Als sie aufwachte, lächelte Jim auf sie herab, und sie fragte sich, ob sie nur kurz gedöst oder ob er in der Zwischenzeit gegangen und wiedergekommen war. Die Sonne strahlte durch die dünnen Vorhänge hinter ihm.

»Da ist jemand, der dich sehen möchte«, sagte er.

Sie drehte den Kopf.
Auf der anderen Seite stand Damon Kress, die großen Hände auf das Stahlgitter des Bettes gestützt. Er hatte einen blonden Zweitagebart. Seine eisblauen Augen waren blutunterlaufen.
»Gleich nachdem ich davon gehört habe, bin ich hergekommen«, sagte er.
Bei Damons Anblick fielen ihre Abwehrmechanismen in sich zusammen. Tränen schossen ihr in die Augen, und sie unterdrückte ein Schluchzen. »Wade …«
»Ist schon gut«, sagte Damon, beugte sich vor und streichelte ihre Wange. »Jim hat mir erzählt, was passiert ist.«
»Ich konnte nichts machen. Ich bin einfach weggelaufen.«
»Ich weiß«, beschwichtigte Damon sie und gab ihr einen Kuss auf die Wange. »Es gab nichts, was du hättest tun können. Mach dich nicht selber fertig.«
»Du verstehst nicht«, schluchzte sie und drehte sich weg. Aber da stand Jim. Sie konnte sich nicht verstecken.
»Ich lass euch beide allein«, sagte Jim.
Als er gegangen war, zwang sich Micky, Damon anzusehen. Sie hatten sich in dem Jahr kennen gelernt, als Micky zur Polizei gegangen war. Micky hatte in einem Mordfall aussagen müssen, und Damon, von Beruf Psychologe, war von der Verteidigung als Gutachter hinzugezogen worden. Obwohl sie in diesem Fall auf verschiedenen Seiten standen, hatten sich Micky und Damon anfangs voneinander angezogen gefühlt. Aber

sie erkannten schnell, dass ihre Persönlichkeiten zu verschieden waren. Damon war ein Getriebener, zielstrebig und ehrgeizig, während Micky dazu neigte, in sich gekehrt und, von ihrem Job einmal abgesehen, eher unschlüssig zu sein, was ihre Zukunft betraf.

Trotzdem war Damon derjenige, an den sie sich gewandt hatte, als die Albträume über den Tod ihrer Eltern wieder anfingen. Damon hatte sie vertraulich behandelt, wie ein wohlwollender Freund, nicht wie ein Arzt. Die Albträume ließen nach. Waren weniger heftig. Sie erzählte ihm, dass sie weg waren.

Damon hatte sich danach einen Namen gemacht und mit verschiedenen gestörten Patienten gearbeitet. Manchmal fragte sich Micky, ob ihre Vergangenheit je seine Diagnosen beeinflusst hatte. Aber sie und Damon hatten einen seit langem bestehenden Pakt.

Damon erwähnte ihre Vergangenheit nie.

Die Zeiten, in denen er sie analysiert hatte, waren vorbei.

»Ich muss nicht verstehen«, sagte Damon. »Ich bin's. Weißt du noch?«

»Ich hab dich länger nicht gesehen«, sagte sie schließlich.

»Ich war wieder auf Reisen«, erwiderte er.

»Was hast du gemacht?«

»Hauptsächlich mit verschiedenen gestörten Patienten gearbeitet.« Sein Abscheu lag eher in seinen Augen als in seinen Worten. Damon war acht Jahre älter als sie. Aber sie hatte sein Alter zuvor nie wahrgenommen.

»Mit solchen wie mir«, meinte Micky.

»Noch haben sie dich nicht eingesperrt.«
»Vielleicht sollten sie das.«
Stille lastete über ihnen.
»Es gibt einen Grund, warum diese Patienten eingesperrt sind, Micky. Glaub mir, du gehörst da nicht hin.« Seine Stimme klang kalt und abweisend. Sein Gesicht war plötzlich aschfahl.
»Was ist los, Damon?«
»Es ist eine Menge passiert, Mick. Nichts davon war gut. Wenn man meinen Beruf hat, fängt man an, ein bisschen hart zu werden, das ist alles.«
»Du warst nie hart.«
»Menschen werden seelisch verletzt, wenn sie eingesperrt sind. Mehr als sie es schon waren. Lass uns über dich reden.«
»Besser nicht.«
»Du wirst mir doch jetzt nicht verrückt, oder?«
»Ich dachte, ihr Seelenklempner mögt das Wort nicht.«
»Wir verwenden es unter Freunden.« Er versuchte wieder zu lächeln.
Im Korridor fiel eine Bettpfanne auf den Boden.
Jim schaute herein, schüttelte den Kopf und machte die Tür wieder zu.
»Ich kann nicht klar denken, Damon.«
»Ist alles in Ordnung?«
»Ich werd mich schon nicht umbringen.«
»Versprochen?«
Er beugte sich zu ihr hinunter, bis sie gezwungen war, ihm direkt in die Augen zu schauen. Sein Gesicht war schärfer geschnitten, als sie es in Erinnerung hatte, die

Wangenknochen näher an der Oberfläche. Aber es stand ihm gut. Er sah immer besser aus mit den Jahren.

»Versprochen?« wiederholte er.

»Ich verspreche es.«

»Gut. Möchtest du was trinken? Hier ist etwas Wasser.« Er deutete mit dem Kopf auf einen blauen Plastikkrug.

Sie schüttelte den Kopf. »Wirst du weiter mit deinen Patienten arbeiten?«

»Ich dachte, wir reden über dich.«

»Ich wechsle das Thema.«

»Ich habe eigentlich keine Patienten. Ich halte Beratungen ab. Eine davon hat ein Mann namens Melrose aufgesucht. Er hat versucht, sich mit einem Esslöffel umzubringen.«

Sie zuckte zusammen.

»Das war der Gute.«

»Es gab Schlimmere?«

»Vegler.«

»O mein Gott«, sagte sie. Martin Vegler hatte vor drei Monaten im ganzen Land für Schlagzeilen gesorgt. Er war ein ruhiger bescheidener Mann, der in einem Vorort von Chicago lebte. Keiner seiner Nachbarn hatte ihn gekannt, aber sie schienen ehrlich überrascht zu sein, dass der unschuldig aussehende kleine Kerl zweiundzwanzig Leichen ordentlich in seinem Keller vergraben hatte.

»Wie bist du an den geraten?«

»Seine Anwälte haben mich engagiert.«

Sie runzelte die Stirn. »Um ihn für geisteskrank zu erklären? Damit er davonkommt?«

»Im Wesentlichen.«

»Und hast du?«
»Ich hab den Job gekündigt.«
»Gut.«
»Es nimmt einem etwas. Allein nur in der Nähe von jemandem wie Vegler zu sein.« Er goss sich selbst einen Plastikbecher Wasser ein und ließ sich Zeit beim Trinken.
»Ich wünschte, du würdest nicht mit solchen Leuten arbeiten. Du bist nicht die Art von Mensch, die mit solchen Dingen umgehen kann, ohne davon verletzt zu werden.«
Seine Stimme klang ungewohnt scharf. »Und du bist es?«
»Du hast zu viel Herz«, erklärte sie. »Auch wenn du es nicht zeigst.«
Er grinste höhnisch.
»Ich weiß nicht, ob das jemals wahr gewesen ist, Micky. Jetzt ist es das nicht.«
»Für Menschen wie die kann man nichts tun. Das hast du selbst gesagt.«
»Ich glaube nicht, dass ich einem Mann wie Vegler helfen kann. Aber wenn das irgendjemand früher hätte kommen sehen, hätte man seine Anfälle vielleicht unter Kontrolle kriegen können.«
»Unter Kontrolle? Das glaubst du?«
Damon zuckte die Achseln. »Ich weiß nicht mehr, was ich glaube.«
Er hatte einen abwesenden Blick, und sein Gesichtsausdruck war härter, als sie es je bei ihm gesehen hatte. »Manche Dinge sollte niemand erleben müssen.«

Damons Gesichtsausdruck wurde weicher. »Du wirst bei Jim einziehen. Stimmt's?«
»Richtig. Für eine Weile.«
»Gut. Es würde ihn umbringen, wenn du es nicht tust.«
Sie schloss die Augen.
»Entschuldige«, sagte Damon. »Ich hätte mich anders ausdrücken sollen.«
»Ich komme mir so verloren vor.«
»Du bist nicht verloren. Ich hab dich gefunden.«

Damon war während der sechs Wochen, die sie im Krankenhaus lag, jeden Tag da. Anschließend besuchte er sie drei Wochen lang täglich bei Jim. Micky trug noch immer einen Verband um die Schulter, aber die Wunde verheilte. Auch ihrem Rücken ging es schon viel besser. Aber nicht ihrem Herzen.
Sie weinte nicht jeden Tag. Nicht so, dass es jeder sehen konnte. Und sie lief nicht mehr herum und rannte gegen Wände. Das war schon eine Verbesserung. Sie wurde besser darin, ihren Kummer zu verbergen.
Eines Tages saßen sie und Damon schweigend auf der Veranda und sahen zu, wie Jim die Pferde pflegte.
»Musst du nicht wieder an die Arbeit?«, fragte sie. Die Sonne hatte sich verzogen und über der flachen Weite der texanischen Prärie türmten sich Sturmwolken in unglaubliche Höhen auf.
»Einer der wenigen Vorteile, beratender Psychologe zu sein«, sagte Damon, während er die mächtigen Wolken betrachtete. »Ich komme und gehe, wann ich will.«
»Du bist jetzt also reich und unabhängig.«

»Wie die Kennedys.«
»Im Ernst.«
Ein Stirnrunzeln trat an die Stelle seines üblichen Lächelns. »Ich bin jetzt gewissermaßen im Fluss.«
»Im Fluss? Was zum Teufel soll das heißen?«
»Ich möchte dich nicht im Stich lassen.«
»Mir geht's gut.«
»Trägst du deshalb deine Pistole mit dir herum?« Die Pistole lag griffbereit zwischen ihnen.
Micky weigerte sich, Damons Blick zu folgen.
»Hast du deshalb seit drei Wochen dieses Haus nicht verlassen?«, fragte er.
»Ich werde es tun, wenn ich so weit bin.«
»Jim sagt, deine Dienststelle hat angeboten, dich mit Einschränkungen wieder in den Dienst aufzunehmen.«
»Ein Schreibtischjob.«
»Vielleicht ist ein Schreibtischjob das, was du brauchst.«
»Hör auf, mich so herablassend zu behandeln.«
»Aber das tue ich doch gar nicht. Ich versuche dir ein Freund zu sein.«
»Wenn du mein Freund bist, dann sag mir, warum du dich selbst aufgibst.«
»Soll das ein Streit werden?«
»Klar«, erwiderte sie lächelnd. »Streiten wir uns! Sag mir, warum du nicht arbeitest. Du hast deine Arbeit immer geliebt.«
»Richtig«, stimmte er zu. »Aber das ist vorbei. Ich brauche etwas, worin ich mich *einklinken* kann. Ich hab bloß noch keine Ahnung, was das sein könnte.«
»Warum willst du was anderes machen?«

»Weil ein Psychologe die Wahrheit sagen muss. Und die Wahrheit macht einen nicht frei. Nicht mehr. Die Wahrheit macht einen fertig.«

Sein Gesicht hatte einen harten Zug angenommen, den sie noch nie bei ihm gesehen hatte, und seine Augen starrten auf irgendetwas in der Ferne, das sie nicht sehen konnte. »Ich hab immer geglaubt, dass Menschen sich füreinander interessieren. Das tue ich jetzt nicht mehr. Ist das Erklärung genug?«

Sie legte eine Hand auf seinen Arm. »Ich interessiere mich für dich. Du interessierst dich für mich. Jim interessiert sich für uns beide. Er liebt uns. Das weißt du.«

»Ja, klar. Da ist Jim.«

»Hör doch auf damit«, sagte sie. »Du wirst noch sentimental auf deine alten Tage.«

»Zwei Krüppel«, bemerkte er, als er sich schließlich umdrehte und sie lächelnd ansah. »Und wir können uns nicht mal gegenseitig kurieren.«

»Du musst wieder in den Sattel steigen.«

»Du auch.«

»Nein«, entgegnete sie. »Noch nicht.«

»Tja«, sagte Damon und stand auf. »Wir sitzen hier und reden von Pferden, und Jim macht die ganze Arbeit.«

Sie beobachtete ihn, wie er zum Korral schlenderte, und fragte sich, was sie in dem Gespräch vermisst hatte. Damons Wunden schienen ebenso tief zu sein wie ihre eigenen, aber genau wie sie wollte auch er nicht darüber reden. Vielleicht war ihre Freundschaft in diesem Fall sogar eher hinderlich. Sie waren das lange Schweigen des anderen so sehr gewöhnt, dass sich keiner von ihnen

öffnen und dem anderen seinen Kummer zeigen konnte. Und auf eine merkwürdige Art und Weise irritierten Damons Gefühle Micky auch. Sie störten sie in ihrem eigenen Schmerz. Wie konnte er es wagen, seine eigenen Qualen durchzumachen, wo sie es doch war, die gelitten hatte?
Sie nahm ihre Waffe und ging zurück ins Haus, als die ersten Regentropfen auf die Veranda prasselten.

»Du hast einen Brief von Damon bekommen«, rief Jim ihr aus dem Flur entgegen. Micky eilte zu ihm. Jim lächelte verschmitzt und hielt den Umschlag neckend auf Armlänge von sich.
»Gib ihn mir!«
»Ich dachte, du hättest ihn nicht vermisst.«
Sie und Damon hatten ihren Streit an diesem letzten Tag fortgesetzt, und aus einem verletzenden Geplänkel war etwas Schlimmeres geworden. Etwas, das nie zuvor zwischen ihnen vorgekommen war. Es war, als ob ihre Gefühle füreinander sie auseinander reißen würden. Damon war gegangen, und sie hatte seit sechs Monaten kein Wort von ihm gehört.
Sie schnappte sich den Brief und riss ihn auf.

Mick,
Ich weiß, dass dir alles, was du gesagt hast, um mir wehzutun, Leid tut. Ich bin sicher, du bist bedrückt. Also schreibe ich dir, um dir zu sagen, dass alles in Ordnung ist.
Mehr als das.

Ich glaube, ich habe gefunden, wonach ich gesucht habe. Und du wirst nicht glauben, wo.
In Alaska.
Der Freund eines Freundes hat einen Bruder, der einen alten Mann kennt, der immer oben in den Bergen gelebt hat. Der Freund hat mich überredet, die Hütte des Alten für ein paar Wochen zu mieten. Aus Wochen sind Monate geworden. Schließlich habe ich die Hütte gekauft. Jetzt denke ich darüber nach, für immer hier zu bleiben.
Alaska? Gottes Eisschrank?, wirst du dir sagen.
Aber McRay ist der großartigste Platz auf Erden. Hier laufen Elche herum so groß wie Elefanten, als würde die Gegend ihnen gehören. (Wenn ich genauer darüber nachdenke, stimmt das wohl auch.)
Ich hätte dich anrufen sollen. Aber ich habe mich zu sehr geschämt. Es tut mir Leid, dass wir uns gestritten haben.
Ich hatte hier viel Zeit, darüber nachzudenken, worum es bei dem Streit eigentlich ging. Allein sein ist schrecklich. Du bist der einzige wirkliche Freund, den ich je hatte.
Ich kenne dich, Mick. Ich habe viel über dich nachgedacht, also hör gut zu und sieh, wie gut ich dich kenne.
Du bist noch nicht wieder im Dienst. Oder?
Du wohnst noch immer bei Jim. Stimmt's?
Du sagst, es gehe dir besser, aber du weißt, dass das nicht wahr ist.
Wie bin ich?

Mick, komm mich besuchen. Setz deinen Arsch in Bewegung und tu's einfach. Das ist mein Ernst. Ich ruf dich an.

Liebe Grüße, Damon.

Micky warf Jim über den Brief hinweg einen Blick zu.
»Du hast mit ihm geredet«, schimpfte sie.
Jim lächelte. »Er hat gesagt, ich soll dir nicht erzählen, dass er angerufen hat.«
»Alaska?«
»Ganz schön kalt, schätze ich.«
»Ganz schön verrückt«, sagte Micky, steckte den Brief zurück in den Umschlag und ging wieder ins Haus.
Jim folgte ihr. Das Wohnzimmer war groß und hatte eine hohe Balkendecke. Weiches morgendliches Sonnenlicht schien durch die Fenster. Navajo-Teppiche bedeckten den Fliesenboden, und an den mit Stuck verzierten Wänden standen dunkel glänzende Holzmöbel. Micky ließ sich in einen ledernen Lehnstuhl fallen und legte den Brief in ihren Schoß.
»Du musst irgendwas tun.« Jim saß auf einem Sofa ihr gegenüber.
»Alaska? Was zum Teufel macht er in Alaska? Eskimos analysieren?«
»Vielleicht den Problemen anderer Leute für eine Weile aus dem Weg gehen.«
»Du glaubst, das ist es, was ich brauche? Alaska wird mir nicht helfen.«
Er zuckte mit den Achseln. »Du hast lange genug den

Kopf hängen lassen, Mädchen. Trauer ist gut. Zu ihrer Zeit. Aber was du jetzt durchmachst, ist keine Trauer. Das ist eine Krankheit.«

»Wie kannst du so etwas sagen?« Nach allem, was sie durchgemacht hatte? Wie konnte er es wagen?

»Ich kann das sagen, weil es stimmt. Weil du mir wichtig bist. Und weil ich alt bin und nicht ewig hier sein werde. Du kannst hier wohnen, solange du willst. Du weißt, dass alles, was ich habe, an dich geht. Aber du kannst dich hier nicht verstecken. Nicht noch länger, Micky.«

Sie konnte es nicht fassen. Von allen Menschen auf der Welt, so hatte sie geglaubt, wäre Jim der Letzte, der sie im Stich lassen würde.

Und nun warf er sie raus?

Schickte sie in die Wildnis?

»Alaska? Spinnst du jetzt auch?«

»Du bist krank, Micky, und du willst dir nicht helfen lassen. Du hörst nicht auf mich oder auf Damon oder auf deine Freunde bei der Polizei. Du sprichst nicht einmal mit einem Arzt. Du beharrst einfach darauf, dass du mit allem allein fertig werden kannst. Micky Ascherfeld ist ja so überirdisch zäh, dass sie keine Hilfe braucht. Vielleicht hast du das von mir. Falls das so ist, tut's mir Leid.«

»Ich brauche nur noch ein bisschen Zeit.«

»Mein Gott«, sagte Jim kopfschüttelnd. »Hör dich nur an. Ich bin fast so weit, dir eine runterzuhauen, ich schwör's.«

Sie konnte nicht glauben, was sie hörte. Jim hatte nie die

Hand gegen sie erhoben, nicht einmal während ihrer schlimmsten Jahre als Teenager.
Er stand auf. »Damon wird anrufen. Rede mit ihm. Tu wenigstens das.«
Sie nickte, von Jims Ernsthaftigkeit erschüttert.
Aber als er in der Tür stehen blieb, war sein Gesichtsausdruck weicher geworden.
»Er hört sich viel besser an als bei seiner Abreise«, sagte er. »Ich weiß nicht, welche Art von Magie er da oben gefunden hat. Aber Magie ist das, was auch du brauchst.«
»Ich brauche mehr als Magie«, flüsterte sie, nachdem Jim gegangen war.

Aber der Gedanke arbeitete den ganzen Vormittag in ihrem Kopf.
Nach dem Mord an ihren Eltern hatte sie ihre Probleme für sich behalten. Sie hatte nicht einmal Wade erlaubt, sich in ihren Kummer einzumischen, abgesehen davon, dass er nachts bei ihr war, um sie zu trösten. Jetzt war Wade tot, aber nichts hatte sich geändert, abgesehen vom Ausmaß ihrer Verzweiflung.
Ihr hatte vorher niemand helfen können, und ihr konnte auch jetzt niemand helfen.
Das Telefon klingelte, und sie wartete darauf, dass Jim wie üblich dranging. Aber nach dem achten Klingeln hob sie ab.
»Jim ist außer Haus«, sagte Damon.
»Hast du das arrangiert?«
»Clever, oder?«

»Machiavellistisch.« Es war typisch Damon. Er bekam stets das, was er wollte.
»Wie geht's dir?«, fragte sie.
»Gut.«
»Dein Brief hat mir gefallen.«
»Komm mich besuchen.«
»Um in einem Iglu zu leben?«
Er lachte. »So ist das hier ganz und gar nicht. Eher wie die Schweiz. Aber ohne diese Arschlöcher, die mit ihren verfluchten drei Meter langen Hörnern rumlaufen und einen damit aufwecken. Aber im Ernst, Micky, es würde dir hier sehr gefallen.«
»Mir den Arsch abzufrieren.«
»Nein. Es ist seltsam. Ganz anders als die texanische Kälte. Man gewöhnt sich schnell dran, und den Schnee wirst du lieben. Du wirst nicht glauben, was ich gemacht habe.«
»Dann sag's mir.«
»Na ja, hier hat sich jetzt jeder über den Winter verkrochen. Aber ich hab gelernt, Gold zu waschen.«
»Ist das dein Ernst?«
»Und ob. Es gibt hier so einen alten Kerl und zwei Hippies in mittleren Jahren, die das Zeug direkt aus den Bächen holen. Ich hab sogar meinen eigenen Claim angemeldet. Wie John Wayne in *Land der tausend Abenteuer*.«
»Unglaublich.«
»Ich liebe diesen Ort.«
»Du hörst dich gut an.«
»Es *geht* mir auch gut.«

»Wer ist dieser alte Kerl?«
»Aaron McRay«, erklärte Damon.
»Wie der Ort?«
»Der ist nach ihm benannt. Er lebt allein am Oberlauf des Sgagamash Creek. Es heißt, er habe die meiste Zeit seines Lebens damit verbracht, überall hier im Tal nach einer geheimnisumwitterten Mine zu suchen. Aber man kriegt aus Aaron nichts raus. Er ist ein richtiger Einsiedler. Hasst alle. Aber er hat eine Hütte zu vermieten.«
»Warum hat er zwei Hütten?«
»Du musst den alten Kauz kennen lernen. Er ist aus seiner Hütte unten beim Laden ausgezogen und hat sich eine andere so weit oben im Canyon gebaut, dass wahrscheinlich nur einmal im Jahr Licht reinfällt. Er mag Menschen nicht besonders.«
»Dann wirst du also reich«, stellte sie fest.
»Es geht mir nicht um Geld«, erwiderte Damon.
»Um was dann?«
»Das ist schwer zu erklären. Wie schon gesagt, habe ich jetzt meinen eigenen Claim. Irgendwie stellt das was mit dir an. Nach Gold zu suchen. Es zu finden.«
Sie schüttelte lächelnd den Kopf. Wenn es Gold gab auf seinem Claim, dann Gott bewahre. Wenn Damon sich etwas in den Kopf gesetzt hatte, gab er niemals auf.
»Und Marty und ich sind an etwas dran«, verkündete er.
»Marty?«
»Einer unserer Minenarbeiter. Marty und Stan. Ein wildes Paar.«
»Hals- und Beinbruch«, sagte sie. »Oder was immer man zu einem Goldgräber sagt.«

»Komm hierher«, sagte er. »Hier wird's dir besser gehen, Mick. Die Gegend ist wie Medizin.«

»Vielleicht.«

»Wirklich?«

»Vielleicht«, wiederholte sie fest.

»Diese andere Hütte steht leer. Gleich flussabwärts von meiner.«

»Ich werd drüber nachdenken.«

»Sag ja. Nur für einen Besuch.«

»Ja. Aber nur für einen Besuch.« Sie starrte auf das Telefon und fragte sich, was bloß in sie gefahren war. »Ich muss aber vorher mit Jim reden.«

»Ich ruf dich morgen wieder an.«

Als sie den Hörer auflegte, wusste sie bereits, dass sie hinfahren würde, und schließlich tat sie es auch.

Als sie in Houston das Flugzeug bestieg, lagen die Außentemperaturen um die dreißig Grad. Der Wetterkanal in der Flughafenbar berichtete von Schnee in weiten Teilen Alaskas.

Nach einem perfekten Flug über die Berge war die Landung in Anchorage weich. Die ganz in Weiß gehüllte Stadt war von einer eisblauen Wildnis umgeben, die aussah, als könne ein ganzer Kontinent voller Unzufriedener auf Nimmerwiedersehen darin verschwinden. Die grauen Wasser des Cook Inlet schlängelten sich zwischen den Bergen hindurch. Jenseits der Stadt wies wenig darauf hin, dass jemals Menschenhand das Land berührt hatte.

Als sie aus dem Flughafengebäude trat, brannte ihr die eiskalte Luft sofort im Hals und raubte ihr den Atem.

Ein freundlicher Mann von der Abfertigung hatte ihr erzählt, dass keine Straßen nach McRay oder auch nur halbwegs in die Nähe des Ortes führten. Er verwies sie an einen örtlichen Flugdienst, wo sie Zeke Rasmussen begegnete.

Ja, erklärte ihr Zeke, er könne sie nach McRay fliegen. Was in Teufels Namen sie dort vorhabe?

»Einen Freund besuchen.«

Zeke lachte. Noch ein Verrückter von außerhalb. *Außerhalb*, so lernte Micky schnell, war überall, alles außer Alaska. Den anderen Staaten – mit Ausnahme von Hawaii, das die Einwohner Alaskas mehr oder weniger als Halbschwester betrachteten – begegnete man mit Herablassung.

Zeke flog sie in einer großen zweimotorigen Cessna nach McRay. Er klärte sie darüber auf, dass es sich bei dem rosa Leuchten am Horizont um einen aufziehenden Schneesturm handelte. Um eine Menge Schnee. Micky konnte sich nicht vorstellen, dass es noch mehr davon geben sollte. Es sah jetzt schon aus, als müsse sich die Erde unter ihnen unter dem Gewicht der hoch aufragenden Schneewehen verbiegen. Wenn es erneut schneite, davon war sie überzeugt, würden die spitzen Gipfel verschwinden und würde der gesamte Staat zu einer einzigen weichen weißen Decke werden. Sie brausten über das Gebiet des Kuskokwim Rivers hinweg, und der arktische Wind peitschte das Flugzeug voran wie ein Besen ein Staubkorn.

Als sie den hohen Pass überflogen hatten und langsam an Höhe verloren, deutete Zeke auf eine winzige Rauchwolke unter ihnen und sagte: »Das ist McRay.« In dem dichten, fast bis an das Ufer des Flusses reichenden Wald waren kleine verstreute Lichtungen zu sehen. Blechdächer und winzige rauchende Schornsteine verrieten die zwischen den Bäumen versteckten Hütten. Plötzlich befanden sie sich über der unglaublich kleinen, unbefestigten Landebahn.

Aber Zeke brachte das Flugzeug so herunter, dass es nur ein einziges Mal hart aufsetzte. Es rollte aus, kam am Ende der Landebahn zum Stehen, und während sich der Propeller noch drehte, sprang Zeke schon heraus. Er warf hölzerne Bremskeile vor die Räder und ließ Mickys Schrankkoffer und Rucksack einfach auf den Boden fallen. Micky zog die mit Wolfsfell gefütterte Kapuze ihres Parkas fester ums Gesicht und zog sich ihre dicken Fausthandschuhe an.

»Wo ist der Terminal?«

»Der was?«, lachte Zeke.

»Wohin muss ich jetzt gehen?«, fragte sie. Das Licht wurde schwächer, und die Berge wirkten wie etwas aus der fernen wilden Vergangenheit. Zeke warf einen besorgten Blick über die Schulter in Richtung des aufkommenden Sturms.

»Wo ist Ihr Freund?«, rief er über den Motorenlärm des Flugzeugs und den böigen Wind hinweg.

»Keine Ahnung!« Sie stampfte mit den Füßen auf, die trotz ihrer Winterstiefel schon kalt geworden waren.

Zeke deutete mit dem Kopf auf einen Weg, der sich am Ende der kurzen Landebahn durch die Fichten schlängelte. »Halten Sie nach Rauch Ausschau.«

Er müsse los, erklärte er ihr. Er dürfe sich nicht vom Unwetter überraschen lassen. Ihm bliebe nur noch eine Stunde Tageslicht. Sie sah zu, wie sein Flugzeug in den dunkel werdenden Wolken verschwand, und horchte, als der Wind die leiser werdenden Motoren übertönte. Und nun war sie ganz plötzlich allein.

Ihr kam der Gedanke, dass sie hier auf dieser Landebahn sterben könnte und womöglich erst nach Monaten gefunden werden würde. Vielleicht war dies das einzig Gute, das sie mit dieser nutzlosen Reise erreicht hatte. Vielleicht würde sie ganz einfach erfrieren.

Wo zum Teufel steckt Damon?

Reifenspuren, die für einen Jeep oder Truck zu schmal zu sein schienen, schlängelten sich zwischen den Bäumen hindurch.

Sie straffte die Schultern und schnappte sich den Rucksack. Den Schrankkoffer würde sie notgedrungen zurücklassen müssen. Sie sah zu den Bergen hinauf, die schon unter Wolken begraben waren, und marschierte los.

Nachdem sie etwa dreißig Meter in den Wald hineingegangen war, erregte ein brummendes Geräusch ihre Aufmerksamkeit, und sie erstarrte. Ihre Pistole steckte tief unten im Rucksack. Aber Zeke hatte ihr klargemacht, dass diese Waffe dort, wo sie hinging, sowieso ziemlich nutzlos war. Mit einem kleineren Kaliber als einer 357er Magnum ließ sich ein Bär sowieso nicht aufhalten.

Der Honda-Four-Wheeler überquerte die Kuppel des Hügels, noch bevor sie begriffen hatte, dass das, was sie hörte, nicht im Geringsten nach einem Bären klang. Es dämmerte ihr erst später, dass kein überwinternder Bär, der etwas auf sich hielt, so dumm sein würde, an einem frostigen Tag wie diesem nach draußen zu gehen. Das kleine Fahrzeug sah aus wie eine Kreuzung aus einem Motorrad und einem Aufsitzrasenmäher, aber es hüpfte den holprigen Pfad mit der Selbstsicherheit einer Bergziege hinunter. Der Fahrer fuhr derartig schnell, dass er nicht mehr anhalten konnte, um Micky herumkurven musste und nach einer 180-Grad-Drehung zum Stehen kam. Micky machte ein verblüfftes Gesicht, als der Fahrer die Kapuze seines Parkas zurückwarf und ihr eine behandschuhte Hand entgegenstreckte. Micky griff über die Lenkstange und spürte den Druck einer kleinen, aber kräftigen Hand. Sie starrte in das Gesicht und war überrascht, dass es sich bei dem Fahrer um eine Frau handelte.

»Rita Cabel«, stellte sich die Fahrerin vor, sie hatte eine Stimme wie Stahlwolle, dichtes graues Haar und leuchtend blaue Augen. Micky schätzte ihr Alter auf fünfzig, aber sie konnte auch zehn Jahre älter sein. Als sie von dem Four-Wheeler stieg und Mickys Rucksack hinten in den Korb warf, wirkte sie eher wie eine Dreißigjährige. Sie bewegte sich mit der natürlichen Anmut einer jüngeren Frau.

»Steigen Sie auf«, forderte Rita sie auf. »Es sei denn, Sie wollen hier draußen bleiben und erfrieren. Damon erwähnte, dass Sie kommen würden. Ich wusste, er würde es vergessen.«

»Er hat mich vergessen?«

Rita lachte. »Sie wissen nicht, wie er ist, wenn er an irgendetwas dran ist. Er und Marty versuchen, den Boden um ihre Claims zu erhitzen, indem sie Wasser in Fässern zum Kochen bringen, Rohre in den Boden treiben und den Wasserdampf durch sie hindurchschicken.«
Micky sah die Frau erstaunt an.
»So können sie den Kies umgraben und ihn, gleich wenn der Bach im Frühling auftaut, durch die Waschrinne rieseln lassen«, erklärte Rita.
Rita fuhr Micky zu der Hütte, die Damon von Aaron McRay für sie gemietet hatte. Diese war klein, aber sauber. Ritas Mann Clive hatte ein Feuer im Ofen gemacht, und es stand auch eine Kanne Kaffee bereit. Rita klärte Micky über die Feinheiten eines Holzfeuers auf und zeigte ihr, wie man Steifen alter Wolldecken auf sämtliche Fensterbänke und unter die Türen stopft, um die Zugluft so weit wie möglich draußen zu halten. Dann verabschiedeten sich Rita und Clive und versprachen ihr für den nächsten Tag eine Führung durch den Ort.
Micky verschloss die Tür hinter ihnen mit dem einfachen Riegel. Sie lauschte, wie die riesigen Hände des Windes am Dachvorsprung zerrten und versuchten, das Dach von der Hütte zu reißen. Sie starrte hinaus in die Dunkelheit, die so schwarz war, als befände sie sich mitten in einem riesigen Tintenfisch, und schauderte.
Aber die Hütte war gemütlich, das Licht der Kerosinlampe beruhigend, und das Dach wirkte, als ob es den Kampf mit dem Wind gewinnen könnte. Sie stieg zum Dachboden hinauf und fand ein altes Federbett, das

zwar nach Staub roch, aber sauber und recht bequem war.

Sie holte ihre Waffe aus dem Rucksack, überprüfte die Kammer und legte sie neben sich aufs Bett.

Und sie fragte sich gähnend, wie viel weiter weg von allem sie überhaupt noch sein konnte. Als sie einschlief, war sie in Gedanken bei Wade.

Sämtliche Laternen in der Hütte brannten hell während dieser langen arktischen Nacht.

McRay, vier Jahre später
2. Mai, 11:30

Micky beugte sich über den roh behauenen Tisch, der in der Mitte ihrer Blockhütte stand, und zog voller Konzentration die Augenbrauen zusammen. Sie trug dicke Handschuhe. Der speziell angefertigte Lötkolben war trotz seines dicken Griffs aus Eschenholz heiß, und sie hatte sich zuvor verbrannt. Sie goss das Blei um die ungleichmäßig geformten Glasstücke, fügte das weiche Metall behutsam in die Zwischenräume zwischen den Scheiben und achtete darauf, dass es nicht in das aus der Gegend stammende handpolierte Stück Quarz floss.

Ihr Markenzeichen.

Ein Käufer in Anchorage hatte die Arbeit in Auftrag gegeben. Es wurde von Micky keine exakte Abbildung des Motivs erwartet, das der Besitzer wünschte – von unten betrachtete laichende Lachse –, sondern die Interpretation eines Künstlers, und das war es, was der Besitzer bekam.

Sie legte letzte Hand an ihre Lötarbeit und betrachtete die auf dem Tisch verbliebenen Glasscherben. Einige hatte sie passend zugeschnitten, aber nie verwendet. Andere, mit verschiedenen Schattierungen und variierenden Farbspielen, lagen weiter weg und waren für den Fall, dass sie beschloss, eins der Stücke zu ersetzen, noch nicht zugeschnitten. Eins lag, von den anderen getrennt, alleine da. Seine Schattierung und charakteristische Färbung waren genau das gewesen, was sie wollte.

Es irritierte sie, dass sie nicht Acht gegeben hatte, als sie es zuschnitt.

Normalerweise brach ein Glas entlang der mit einer Reißnadel gezogenen Sollbruchlinien oder ließ sich mit ihrer speziellen Schneidezange stückweise abbrechen. Manchmal aber, aus unzähligen Gründen – dem Druck des Werkzeugs, der ungleichmäßigen Kraft ihrer Hände oder einfach der unvorhersehbaren Hartnäckigkeit eines leblosen Objekts –, brach das Glas nicht glatt durch. Stattdessen brachen die einzelnen Glasschichten und bildeten dünnste zackige Kanten, die schärfer waren als Rasiermesser.

Stücke wie diese nannte sie Skalpell-Glas.

Sie schnitt sie neu zu und verwendete sie irgendwo anders.

Das durch ihr Fenster scheinende Licht des Frühlings war perfekt für die Arbeit mit Buntglas. Anfang Mai hing die Sonne über den Kuskokwim-Bergen wie eine über den Helm eines Grubenarbeiters linsende Lampe und schien golden auf ihren Tisch. Obwohl die Sonne zu dieser Zeit des Jahres offiziell irgendwann nach fünf Uhr am Morgen auf- und nicht vor zehn Uhr abends unterging, war McRay wegen der hohen schneebedeckten Berge auf drei Seiten fast ständig in Zwielicht getaucht. In der Wildnis waren das Licht und das Wetter König.

Der Frühling konnte das schmale Tal mit Leben überschwemmen, aber es konnte genauso gut passieren, dass er es unter einem plötzlichen Schneesturm begrub oder die tiefer gelegenen Ebenen durch wochenlangen sintflutartigen Regen überflutete, der den breiten beschaulichen Kuskokwim River in eine wütende Flut von grausamer Stärke verwandelte. Schnee konnte die Berge in einer Nacht unter sich begraben, und am nächsten Tag konnten die Sonne und die warmen Chinook-Winde dann alles wegschmelzen. Oder als äußerst zerstörerische Lawinen donnernd bergab schicken, die klaffende Wunden in den Wald rissen.

Draußen stritten die Eichelhäher kreischend mit den Raben um die Reste des Abendessens vom vergangenen Tag. Micky wusste, dass sie die Lebensmittel nicht so nahe der Hütte wegwerfen sollte. Aber die Vögel waren zu dieser Jahreszeit so zahlreich, dass sie jedes Stückchen wegräumten, bevor ein Grizzly Wind davon bekommen konnte. Außerdem tauchten die großen Räuber jetzt gerade erst wieder auf.

Ein krächzender Schrei war zu hören, als einer der Vögel einen anderen von seinem Futter verjagte, und dann herrschte Stille.

Es war, als hätte die ganze Welt einmal tief Luft geholt. Sie legte beide Hände auf den Tisch und wartete darauf, dass die Vögel wieder zu streiten beginnen würden.

Es hatte lange gedauert, bis sie sich an die Stille in McRay gewöhnt hatte. Es war ein himmelweiter Unterschied, dem Verkehr vor dem eigenen Schlafzimmerfenster zuzuhören oder dem schwachen Rauschen des

Nachtwindes unter dem Dachvorsprung. An das Heulen von Sirenen gewöhnt zu sein oder stundenlang nichts zu hören als ein durchs Unterholz flatterndes Schneehuhn.

War es nicht sogar stiller als gewöhnlich?

Seit Houston waren vier Jahre vergangen. Die Temperaturen waren im Durchschnitt fünfzehn Grad niedriger, und die Einwohnerzahl war ein paar Millionen geringer. Aber es war die Stille, an die sie sich am schwersten gewöhnt hatte.

Micky hatte den Stein eingesetzt und stellte das Eisen zurück in die Glut des Holzofens. Das Fenster war fertig. Natürlich gab es immer Stellen, die man verbessern könnte. Sie würde sie für immer und ewig überarbeiten und polieren, wenn sie sich nicht zwang, es gut sein zu lassen. Während der vergangenen Wochen hatte sie Dutzende von Glasscherben wieder entfernt und auf der Suche nach der richtigen Balance von Farbe und Licht ersetzt. Auf der Jagd nach der Perfektion, die nur in ihrem Kopf existierte.

Aber Cary von der Mendenhall Gallery wurde ungeduldig. Clive Cabel war gestern kurz vorbeigekommen und hatte ihr eine telefonische Nachricht von ihr übermittelt. Die Galeristin wollte die Arbeit im nächsten Postflugzeug sehen, und das würde in etwa fünf Stunden kommen. Gelegentlich jedoch war Rich zu früh dran.

Sie ging um den Tisch herum und sah sich das Buntglasfenster genau an.

Perfekt war es nicht.

Aber das waren sie nie.

Beinahe konnte sie etwas Gutes in der Arbeit sehen. Etwas Magisches.
Wenn sie dieses Stück Glas entfernen und jenes ersetzen würde. Wenn sie diese Ecke umgestalten würde. Wenn sie aus der Arbeit weniger eine Darstellung von Fischen als eine Studie von Licht und Schatten machen würde …
Sie zog ihre Hand zurück.
Sie warf einen Blick auf die Lattenkiste in der Ecke und fasste einen Entschluss. Es war Zeit, es einzupacken. Man kann seine Kinder nicht ewig behalten.
Als sie das Fenster sicher in der Kiste verstaut hatte, war es fast Mittag, und ihr Magen fing an zu knurren. Sie nahm eine Kanne mit Milch aus dem Regal über dem Holzofen und bereitete sich eine Schale mit Müsli zu. Sie öffnete eine Dose mit Butter – einem jener reichlich vorhandenen, lange haltbaren Nahrungsmittel, die Dorfbewohner in der Wildnis als Standardkost ansahen –, schmierte eine üppige Portion auf die vom letzten Abendessen übrig gebliebenen Brötchen, trug die Mahlzeit zum Tisch hinüber und rückte einen dreibeinigen Hocker heran.
Ihre Hütte war behaglich, mit einer geräumigen Wohnfläche unten und einem offenen Dachboden zum Schlafen darüber, und dabei nicht so groß, dass sie ihr zu viel Arbeit machte. Als sie eingezogen war, hatte das Blockhaus drei große Fenster, und sie verbrachte einen Großteil ihres ersten Sommers damit, drei weitere aus Buntglas zu schaffen und einzubauen. Das Fenster auf dem Dachboden ließ sich öffnen, was es ermöglichte, Durchzug zwischen ihm und den Türen auf der Vorder- und

Rückseite zu machen. Die Türen selbst waren massiv mit handgearbeiteten schwarzen Eisenscharnieren und Schlössern und geschnitzten, x-förmig verstärkten Fichtenbrettern.

Sie schaute sich in der Hütte um und dachte an Houston.

War das wirklich schon vier Jahre her?

McRay war inzwischen zu ihrem Zuhause geworden. Ihr schien es, als hätte sie an jenem Tag, als sie aus Zekes Flugzeug gestiegen war, nicht ein fremdes, unbekanntes Land, sondern einen Zufluchtsort entdeckt.

Draußen schrien sich die Eichelhäher wieder die Lunge aus dem Hals.

12:00

Dawn Glorianus starrte auf die nassen Kleider, die auf dem vom Winter noch braunen Gras ausgebreitet lagen. Auf der Lichtung auf dieser Seite ihres Blockhauses bildeten Rasen und Stoff ein Patchworkmuster. Ihre Mutter beharrte darauf, dass die Wäsche besser roch, wenn sie auf diese Weise trocknete anstatt auf einer Leine.

Schnee lag am Fuße der großen, um die Hütte stehenden Fichten, wo die Sonne nicht hinkam. Die Temperatur betrug knapp zehn Grad. Aber es war warm genug für Dawns Mutter Terry, um zu beschließen, dass es Zeit für den Frühjahrsputz war. Jedes Stück Winterkleidung, jede Decke, jede lange Unterhose, jede Socke wurde gründlich mit der Hand in dem großen verzinkten Bottich gewaschen, der gleichzeitig als Badewanne diente.

Terry kniete über dem schäumenden Wasser und schob mit sich hebenden und senkenden Schultern ein Laken das Waschbrett rauf und runter. Dawn warf einen Blick auf das Taschentuch in ihrer rechten Hand. Terry hatte es gewaschen, aber nun wusste Dawn nicht, wohin damit. Und sie war mehr mit dem Ärger ihrer Mutter beschäftigt. Wenn Terry eine ihrer Launen kriegte, war es sinnlos, mit ihr zu reden. Dawn wusste, dass sie Terrys Zorn erregt hatte, auch wenn sie nicht glaubte, dass es ihre Schuld war.

Dawn hasste McRay.

In McRay lebten die Menschen wie Tiere. Sie machten doofe Sachen, wie ihre Kleider in einem Bottich zu waschen. Blöde Sachen, wie sie zum Trocknen auf den Rasen zu legen. Obwohl die Temperaturen in der Sekunde, in der die Sonne hinter den Bergen versank, unter den Gefrierpunkt fallen würden. Obwohl die Kleider am Morgen sowieso alle hart gefroren sein würden.

In McRay bekam man seine Schulausbildung durch die Post. Und wenn man je die Lust verspüren sollte, einen Jungen kennen zu lernen, konnte man das ganz einfach vergessen.

Dawn wusste nicht viel darüber, wie ihre Altersgenossinnen außerhalb McRays lebten. Aber da sie viel las, war sie sich ziemlich sicher, dass sie Menschen des anderen Geschlechts kennen lernten, Dates hatten und andere wundervolle Dinge taten, auf die sie noch zwei lange Jahre würde warten müssen.

An ihrem achtzehnten Geburtstag, am selben Tag noch, würde McRay, Alaska, Geschichte sein.

Aber alles, was Dawn diesmal gesagt hatte, war, dass sie alt genug sei, um allein nach Anchorage zu fliegen. Sie hatte es nicht nötig, von einer Anstandsdame auf einen jährlichen Einkaufstrip begleitet zu werden. Sie konnte bei ihrer Brieffreundin Judith übernachten.

Mehr brauchte Terry nicht zu hören. Sie explodierte. Genau wie Dawn befürchtet hatte.

Aber bei Terry war eine Explosion etwas anderes als der Wutanfall normaler Eltern. Terry schrie nicht oder warf mit Sachen um sich. Sie stapfte nicht durch ihr Häuschen und stemmte die Hände in die Seiten oder saß da und erhitzte sich langsam wie ein Teekessel.
Terry *machte sauber*.
Sie fegte den Fußboden, bis Borsten aus dem Besen brachen.
Anschließend wischte sie.
Sie schüttete kochend heißes Wasser auf die nackten Dielenbretter und schwang den Schrubber, als wäre er ein Hockeyschläger, bis die Seifenlauge an den Wänden klebte.
Sie holte jeden Teller und jeden Topf aus den Geschirrschränken und staubte sie *und* die Schränke ab.
Sie polierte die Innenseiten der beiden Fenster, bis Dawn sicher war, dass sie das Glas gleich aus den Rahmen wischen würde. Dann ging sie nach draußen und schrubbte die andere Seite der Fenster.
Und dann begann sie Wäsche zu waschen.
Sie holte Eimer um Eimer aus der North Fork, erhitzte sie über dem glühenden Ofen, bis es so ungemütlich wurde, dass man es in der Hütte nicht mehr aushielt. Und während sie ein Kleidungs- und Wäschestück nach dem anderen auf dem Waschbrett zu Tode prügelte, hatte sie schon die nächsten beiden Eimer auf dem Ofen stehen.
Aber Dawn wusste, dass Terry sich jetzt langsam beruhigte. Ziemlich bald würde sich die Feder, die sich in ihrem Inneren zusammengezogen hatte, wieder ent-

spannen, und dann würde sie wieder in der Lage sein, fast wie ein normaler Mensch zu sprechen.

Terry wischte sich mit dem feuchten Ärmel ihres Hemdes die Stirn ab. Ihre Schultern hingen herab. Als sie sich auf ihr Gesäß zurückfallen ließ und die Hände auf den Rand des Bottichs legte, sprach Dawn sie leise an.

»Tut mir Leid, Mama«, sagte sie.

Terry drehte sich langsam um und sah zu den dunklen Augen ihrer Tochter auf. Dawn stand unter dem prüfenden Blick ihrer Mutter regungslos da. Da war Liebe in Terrys Gesicht.

Liebe.

Schmerz.

Angst.

Und noch etwas.

Etwas, das Dawn zu sehr erschreckte, als dass sie hätte versuchen wollen, es zu verstehen.

Terry stand auf und wischte sich die Hände an ihrer Jeans ab. Sie hatte aufgesprungene, verhärmte Hände, aber ihre Finger waren lang und zart. Sie war noch immer eine schöne Frau, und Dawn hatte ihr gutes Aussehen von beiden Seiten der Familie geerbt. Ein gewinnendes Lächeln und eine schlanke Gestalt von ihrem Vater, hohe Wangenknochen und dunkles Haar von ihrer Mutter.

»Du weißt nicht, wie es da draußen ist, Schatz«, sagte Terry. »Sie haben deinen Vater umgebracht.«

Dawn hatte keine Lust auf den immer gleichen Streit. Es gab kein Argument, das ihre Mutter davon überzeugen würde, dass es *Sie* nicht gab. Dass ihr Vater bei einer verrückten Gewalttat getötet worden war. Als unbeteiligter Zuschauer war er bei einem bewaffneten Raubüberfall erschossen worden. Es hätte jedem passieren können.

»Wenn ich achtzehn bin, gehe ich weg von hier«, verkündete Dawn.

»Ich kann dich nicht aufhalten.«

»Aber du kommst nicht mit«, sagte Dawn. Sie wollte ihre Mutter nicht verlassen. Sie wollte nur verdammt noch mal einfach weg aus McRay.

»Nein«, antwortete Terry und sah sich auf der kleinen Lichtung um, betrachtete die hohen Berggipfel und den azurblauen Himmel, der weltweit seinesgleichen suchte. »Nein. Mein Platz ist hier.«

»Man kann sich nicht vor der Welt verstecken, Mama«, sagte Dawn.

»Doch, das kann man.« Terry beugte sich vor, hievte den Bottich hoch und schüttete das seifige Wasser auf den Boden. Dawn sah zu, wie es ein Rinnsal bildete und anschließend in die durchweichte Erde sickerte wie Blut in einen Verband.

»Auch hier draußen sterben Menschen«, wandte Dawn ein. Aber sie hatte dafür keinen Beweis. Solange sie lebte, war niemand in McRay gestorben.

Ein Eichelhäher sprang von seinem Platz in einer toten Fichte und flog mit einem wütenden Schrei davon. Terry und Dawn sahen ihm zu. Auf dem Pfad, der an dem kleinen Bach entlangführte, knirschten Stiefel, und Dawn wusste sofort, wer es war. El Hoskins.

Sie drehte sich weg, tat, als hätte sie nichts gehört, und schlüpfte hinters Haus. Sie konnte El nicht leiden und

wollte nicht höflich zu ihm sein müssen. Terry hatte ihr bei zahlreichen Gelegenheiten erklärt, dass sie freundlicher sein müsse. El war ihr Nachbar und hatte sie beide immer mit Respekt behandelt. Aber El hatte einfach etwas an sich, das Dawn nicht geheuer war. Zum Beispiel die Art und Weise, in der er darauf bestand, *Eldred* genannt zu werden, obwohl ihn jeder in der Stadt hinter seinem Rücken El nannte. Jeder außer Dawns Mutter.
Sie hörte den Gruß ihrer Mutter, und zu ihrem Entsetzen grüßte El zurück. Er ging nicht weiter den Pfad hinunter. Er blieb stehen, um sich zu unterhalten.
Toll.
Dawn sank gegen die Holzblöcke der Hütte und drehte das nasse Taschentuch in den Händen. Die raue Borke stach ihr in den Rücken, und sie setzte sich anders hin und machte es sich bequem.
»Unterwegs zum Laden?«, fragte Terry.
»Mhmm«, erwiderte El. Dawn konnte den Kies vor der Tür der Hütte unter seinen Stiefeln knirschen hören. Er war näher gekommen.
»Ein guter Tag dafür«, sagte Terry.
»Mhmm«, antwortete El.
Das war auch so eine Sache, die Dawn wahnsinnig machte. Die Art, wie er redete. Man musste ihm die Wörter aus der Nase ziehen. Das und die dämliche Sonnenbrille, die er die ganze Zeit trug. Er sah aus wie ein Hausmeister, der versucht, wie ein Filmstar auszusehen. Er war groß und dünn, und seine Hemden hingen ihm ständig hinten aus der Hose heraus.
Dawn wusste, auch ohne einen heimlichen Blick auf ihn

zu werfen, dass er diese große 44er Magnum an der Hüfte trug. Die Pistole sah aus, als sei sie schwer genug, um ihn durch ihr Gewicht hinunterzuziehen. Er ließ beim Gehen immer die Hand auf ihr liegen, als wäre er jederzeit bereit, sie schnell zu ziehen.
Einmal hatte Dawn unten beim Geschäft der Cabels zufällig mitgehört, wie sich Stan Herbst und Marty Kiley über El lustig machten. Aber ihre Mutter hatte den Kopf geschüttelt und sie von der Unterhaltung weggezogen.
»Er ist ein netter Mann«, hatte Terry gesagt. »Aber ich wünschte, er würde diese Pistole nicht ständig mit sich herumtragen. Die macht mich nervös.«
»Alle Pistolen machen dich nervös«, erwiderte Dawn.
»Du hast Recht«, gab Terry zu. »Aber ich schätze, die Menschen brauchen sie hier. Anders als in der Stadt.«
Aber Dawn glaubte nicht, dass El die Pistole zum Schutz mit sich trug. Ihrer Meinung nach trug er sie zur Schau. Sie hatte ihn unten beim Laden gesehen, wie er sich im Fenster betrachtete, als er sich unbeobachtet glaubte.
»Könnte ich eine Tasse Kaffee haben?«
Els Frage riss Dawn aus ihren Träumereien.
Kaffee?
El war noch nie in ihrem Haus gewesen. War nie eingeladen worden.
Jetzt lud er sich selbst ein?
Terry ließ sich mit der Antwort einen Moment Zeit.
»Sicher, Eldred«, sagte sie. »Geht's Ihnen gut?«
»Mhmm«, erwiderte El.

Dawn linste um die Ecke. Ihre Mutter sah El neugierig an, aber er starrte mit diesen dämlichen verspiegelten Gläsern einfach durch sie hindurch. Terry ging ins Haus. El sah sich kurz um und hätte Dawn beinahe entdeckt, aber sie zuckte zurück.

»Wo ist Ihre Tochter?«, fragte er.

Terrys Antwort wurde durch die dicken, mit Rinde bedeckten Holzblöcke gedämpft. Ein Topf klirrte auf dem Ofen. Es folgte wieder eine Zeit des Schweigens und dann schlug ein weiterer Topf knallend auf dem Boden auf.

Was zum Teufel war da los?

Terrys Schrei durchschnitt die Luft wie eine Schere, die einen dicken Stoff aufschlitzt. Als Dawn das hörte, rannte sie um die Ecke des Hauses und auf die Tür zu. Es war dunkler drinnen, und die Gestalten glichen eher Silhouetten als wirklichen Menschen.

Ihre Mutter schrie noch einmal.

Ein weiterer Topf fiel zu Boden. Dann noch einer.

Aber sie fielen nicht aus den Schränken.

Sie wurden herausgerissen.

Ein entsetzlicher Lärm brach los, als Terry die letzten Töpfe und das Geschirr aus den Schränken zerrte. Sie schrie jetzt nicht mehr. Das Geräusch, das aus ihrem Mund kam, war ein heiseres Gurgeln, das Dawn Angst und Schrecken einjagte.

Terry musste sich umgedreht haben, um den Kaffee aus der Blechdose zu nehmen, und El hatte das große Jagdmesser gezogen, das er in einer Scheide an seinem Stiefel trug.

Während Dawn wie gelähmt zusah, hob El das Messer noch einmal, und dann noch einmal, stieß es so tief zwischen Terrys Schulterblätter, dass der Griff ihr blutiges Hemd berührte. Er musste jedes Mal seinen Ellbogen auf ihrem Rücken abstützen, um es aus ihrem Fleisch zu hebeln.

Terrys Kopf kippte vornüber, und sie sackte über dem Küchentresen zusammen, während er weiter auf ihren schlaffen Körper einstach, bis er über ihr kniete. Das Blut quoll so breit und dick über den Boden, dass Dawn glaubte, es würde nie wieder aufhören zu fließen. Dass es wie ein Fluss an ihren Füßen vorbeiströmen und die Fork selbst blutrot einfärben würde.

Terrys Gesicht war zur Tür gedreht. Dawn starrte wie gebannt auf die Augen ihrer Mutter und ihren seltsam ruhigen Gesichtsausdruck. Dawn hätte Überraschung erwartet. Etwas wie dies war mit Sicherheit das Letzte, womit ihre Mutter in McRay gerechnet hatte.

Hier war noch nie jemand gestorben.

El tastete nach dem Messer und versuchte, es mit einem Ruck wieder herauszuziehen. Ein weiterer entsetzlicher kehliger Laut kam über Terrys Lippen, und Dawn schnappte nach Luft. El wirbelte herum. Ein Außerirdischer mit einem menschenähnlichen Gesicht und riesigen Augen aus Glas.

Dawn konnte nicht fassen, was hier geschah. Wusste nicht, wie sie ihren Körper dazu bringen sollte, auf ihren Verstand zu hören. Ihr Verstand schrie ihr immer wieder zu, sie solle rennen. Aber sie war unfähig, sich zu bewegen.

El kam mühsam auf die Beine und ließ von dem riesigen Messer ab, das ihre Mutter am Boden festnagelte.
Er riss die monströse schwarze Pistole aus dem Halfter und richtete sie auf sie.
Sie wich zwei Schritte zurück, sah aber noch immer auf den Lauf der Waffe, der groß genug zu sein schien, um hineinzukriechen.
Sie fragte sich, ob sie die riesige graue Kugel würde auf ihre Augen zufliegen sehen.

12:10

Micky stand auf der Veranda vor ihrem Haus und starrte auf den Weg, der sich auf ihrem Hof gabelte. Ein Pfad führte durch den Wald direkt zum Geschäft der Cabels. Der andere folgte dem Bach und führte vom Laden das ganze Tal hinauf bis zu Aaron McRays Hütte.

Bach oder Wald?

Sie hatte es eilig. Vielleicht war Clive beschäftigt, und sie wollte sicher sein, dass er die Zeit finden würde, um die Lattenkiste abzuholen.

Sie entschied sich für den Wald.

Aber sie war kaum losgelaufen, als ein schriller Schrei sie wieder anhalten ließ. Er klang beinahe wie der Schrei einer Frau. Micky horchte für einen Moment, hörte aber nichts mehr. Sie tat das Geräusch als das Schreien eines Eichelhähers ab.

Dann veranlasste sie das *Pop-Pop* zweier schallgedämpfter Schüsse erneut, stehen zu bleiben. Die Schüsse kamen von der anderen Seite des Baches. Sie wandte sich in diese Richtung.

Entweder Stan oder Marty hatte einen Fund gemacht. Sie feuerten immer ihre Gewehre ab, wenn das der Fall war.

Ihre und Damons Claims erstreckten sich etwa dreihundert Meter entlang der South Fork, und sie hatten dort vier verschiedene Waschrinnen mit langen Waschbrettern aufgebaut und einen Teil des Wasserlaufs abgeleitet.

Damons Claim lag gleich gegenüber dem von Marty und Stan. Aber es war nicht Damon, der geschossen hatte. Er hatte seit dem letzten Jahr nicht mehr auf seinem Claim gearbeitet. Und Damon hasste Schusswaffen. Seine Erfahrung mit Gewalt stammte überwiegend aus zweiter Hand. Aber sie hatte ihm dennoch einen Schrecken eingejagt.

In den vier Jahren, die sie nun in McRay lebte, hatte Damon immer seltener von den Erlebnissen gesprochen, die ihn dazu getrieben hatten, seinen Beruf aufzugeben. Aber sie wusste um den inneren Druck, der ihn gezwungen hatte, sein Leben zu ändern. Und sie verstand, warum er nichts mit Schusswaffen zu tun haben wollte. Der Massenmörder Vegler hatte seine Opfer mit einem Gewehr getötet.

Vergangenen Sommer hatte Micky einen Tag mit Damon, Marty und Stan verbracht. Marty hatte versucht, ihr die Feinheiten des Goldwaschens zu erklären. Mit seinem wirren Bart und den buschigen grauen Augenbrauen sah er aus wie ein Zwerg bei Tolkien. Seine Schultern waren breit von der jahrelangen harten Arbeit. Stan sagte stets, Marty solle eine lange dünne Pfeife rauchen wie Gandalf. Aber Marty war stark wie ein Pferd.

»Man holt es mit der Schaufel herauf und kippt es rein«,

hatte Marty erklärt und genau das getan. »Warum zeigst du's der Dame nicht?« Er warf Stan einen Blick zu, der sagte, Stan könnte vielleicht mehr mit seiner Schaufel tun als sich nur auf sie zu stützen.

Stan stakste in Richtung der anderen Waschrinne davon.

Der Kies rutschte über das Waschbrett am Boden der Schleuse hinunter. Die schwersten Steine und Trümmer fielen zwischen die Leisten.

»Gold ist schwerer als alles andere«, erklärte Marty, suchte die größeren Kiesel heraus und warf sie zur Seite.

Micky beugte sich vor, um etwas sehen zu können. Leuchtende Sprenkel Gold schimmerten im eisigen Wasser.

Damon war auf der anderen Seite des Baches und fummelte an einem Schlauch an Martys Dieselpumpe herum.

»Was macht er da?«, hatte sie Marty gefragt.

»Damit spülen wir den Kies von den Hängen in die Waschrinne dort drüben.« Marty zeigte auf eine Stelle am Bach unterhalb von Damons Position. »Aber die verfluchte Pumpe gibt ständig den Geist auf. Es ist die Mühe nicht wert.«

»Damon wird sie schon in Gang kriegen.«

Marty lachte und fuhr sich mit der Hand über seinen kahlen Schädel. »Das würde er wohl. Aber er verbringt hier oben nicht mehr so viel Zeit wie früher.«

»Warum nicht?«

»Es hat ihn gepackt.«

»Gepackt?«

»Er hat angefangen, nach *der* Mine zu suchen.«
»Doch nicht nach Aarons Mine?«
»Nach genau der.«
»Damon sagte mir, das sei ein Mythos.«
»Das glaubt er jetzt nicht mehr. Er denkt, es gibt sie wirklich.«
»Das ist nicht Ihr Ernst.«
»Sie kennen Damon.«
»O Gott«, murmelte sie.
»Das geht vorbei«, beruhigte Marty sie.
»Da kennen Sie ihn noch nicht lang genug.«
»Vielleicht haben Sie Recht«, stimmte Marty grinsend zu.
Plötzlich ertönte ein lautes röchelndes Fluchen unterhalb von Stans Waschrinne. Micky und Marty rannten hinüber und beugten sich unter die Streben, um Stan die Hand zu reichen. Er war auf dem losen Kies ausgeglitten, die Böschung hinuntergerutscht und hatte es fertig gebracht, gleichzeitig den Griff der Schaufel zu zerbrechen. Marty schüttelte den Kopf, während Stan sich den Staub abklopfte.
»Die verdammten Schaufeln kommen aus Taiwan«, murmelte Stan.
»Ich hab noch nie jemanden gesehen, der so viel Werkzeug kaputtmacht wie du«, sagte Marty und spuckte aus.
»Ich glaube, ich hab noch eine in meinem Schuppen«, erklärte Stan.
»Wer's glaubt! Du gehst doch bloß, damit du dich auf deinen Arsch setzen kannst.«

»Du hast kein Recht, so mit mir zu reden.«
»Stan, du bist der faulste Bastard, den ich kenne«, schimpfte Marty und zwinkerte dabei Micky zu, die ein bisschen nervös zu werden begann. »Bleib hier und versuch dich ein bisschen nützlich zu machen, falls das möglich ist. Ich hab noch eine Schaufel in dem Versteck unten an der Fork.«
Marty marschierte den Weg hinunter, und Stan machte eine Zeremonie daraus, seine Pfeife zu stopfen. Als er sie schließlich angezündet hatte, war er von großen Rauchschwaden umgeben.
»Gefällt es Ihnen hier?«, fragte Stan.
»Ja«, sagte Micky.
Stan kaute auf der Pfeife und nickte wissend. »Netter Ort, um zu sinnieren.«
»Zu sinnieren?«
»Das heißt nachdenken. Oder grübeln.«
»Das weiß ich«, sagte Micky.
»Netter Ort dafür.«
»Ich nehme an, das ist er.« Im Gegensatz zu Marty, der leicht zu durchschauen war, verwirrte Stan sie. Versuchte er, sie mit seinem Vokabular zu beeindrucken? Oder meinte er es ernst?
»Manchmal kann ich stundenlang dastehen und die Berge anstarren«, erklärte er.
»Sie sind schön.«
»Das macht Marty wahnsinnig.«
»Kann ich mir vorstellen.«
»Das ist Teil der Schönheit«, sagte Stan.
Damon hielt die Schlauchteile zwischen seinen Ober-

schenkeln fest und starrte, die Arme in die Hüften gestemmt, ebenfalls zu den Bergen hinauf. Seine Silhouette, die sich im Licht der Sonne abzeichnete, sah aus wie eine Statue aus Bronze.

»Damon hat mir erklärt, die Goldsuche in festem Gestein lohne sich nicht«, bemerkte sie.

Stan hob Martys Schaufel auf und warf einen halben Spaten Kies in die Waschrinne. »Meistens tut's das auch nicht. Außer, man hat ein großes Unternehmen. Denn dazu braucht man eine Menge schwerer Ausrüstung.«

»Warum dann die Zeit verschwenden und nach einer neuen Goldmine suchen?«

»Na ja, wenn man die Hauptader findet, ist das ein Vermögen wert. Ich hab mal ein Stück Gold gesehen, eingeklemmt zwischen zwei Quarzkristallen, das war so dick wie Ihr kleiner Finger. Wenn man so eine Ader findet, sind die Kosten für die Ausrüstung ziemlich egal. Aber es geht nicht um das Gold.«

»Wie meinen Sie das?«

»Leute wie Damon. Oder Aaron. Wenn sie sich in den Kopf gesetzt haben, diese Ader zu finden, geht es ihnen nicht ums Geld. Es geht um das *Finden* selbst.«

Micky starrte auf Damons Rücken.

Sein Körper zeichnete sich vor den Bergen ab und wirkte genauso unbeugsam wie diese. Und sie wusste genau, was Stan meinte.

»Mein Gott«, murmelte sie noch einmal.

Sie lächelte in Erinnerung an Stans Freude, als er ein Nugget von der Größe eines Zehncentstücks aus Martys Waschrinne gefischt hatte.
Er würde es nicht zugeben.
Aber auch bei ihm und Marty ging es um das Finden.
Sie marschierte weiter. Fort von den Schüssen, die sie gehört hatte.

12:15

»Komm schon, Dawn«, lockte El.

Er stand auf Terrys frisch gewaschener Wäsche. Sein Hemd und seine Hose waren mit Blut befleckt, und auf seinen Stiefeln war so viel Blut, dass er auf einem Teil der feuchten Bettlaken rote Fußabdrücke hinterließ.

»Du kannst nicht durch die Büsche rennen. Du kommst hier nicht weg.«

Er schritt über die Wäsche und kickte ein Handtuch zur Seite, das an seinem Fuß hängen geblieben war. Er stand in der Mitte des Weges und starrte hinunter auf die Erlensträucher auf beiden Seiten des Baches. Es gab eine Lücke zwischen den Bäumen, die gerade groß genug war, dass Terry und Dawn dort hatten Wasser holen können.

Dawn war geradewegs von der Haustür weggerannt und instinktiv in dem dichten Blätterwerk untergetaucht.

Jetzt schaute sie zu El hinaus und wagte es nicht, sich zu bewegen oder zu atmen. Ihre Gedanken rasten. Der grobe Kies schnitt ihr in die Knie und die Ellbogen.

»Du kommst hier nicht weg!«, wiederholte er und deutete mit dem Kopf nach rechts. »Hier lang geht's zu meinem Haus.« Dann sah er in die andere Richtung, auf die

Hütte und über die Brücke. »Und da lang musst du an mir vorbei. Du kommst hier nicht weg, Dawn.«
Ruhig schnipste er die seitliche Öffnung der Einzelfeuerpistole auf, entfernte zwei leere Patronenhülsen und ersetzte sie durch zwei neue Patronen, die er seiner vollen Hosentasche entnahm.
Zitternd wie ein Blatt im Wind kroch Dawn weiter die Böschung hinunter. Sie bekam die schrecklichen Bilder nicht aus ihrem Kopf – Terrys zerbrechlicher Körper zitternd auf dem Boden, als El auf sie einstach, die dunkle Leere in dem großen, auf ihr Gesicht gerichteten Pistolenlauf.
Aber El war im Blut ihrer Mutter ausgerutscht, und seine Schüsse waren ins Leere gegangen. Selbst im Tod hatte ihre Mutter noch auf sie aufgepasst. Am Ende hatte sie ihre Tochter vor genau einer jener Kreaturen gerettet, die sie in ihren schlimmsten Albträume heimsuchten.
»Ihr müsst alle sterben«, sagte El. »Ihr könnt hier nicht länger bleiben.«
Was Dawn am meisten erschreckte, war die beiläufige Art, in der er das sagte. Als würde er anmerken: »Wir müssen darauf gefasst sein, dass es regnen könnte.«
Was war nur los mit ihm?
Und was meinte er mit alle?
Redete er von ihr und ihrer Mutter?
Er trat einen Schritt näher an die Böschung heran, und sie konnte sein Gesicht nicht mehr sehen. Aber jetzt konnte sie die Pistole wieder sehen, die an seinem blutverschmierten Hosenbein herabhing. Das und einen Stiefel.

Sie hielt den Atem an und versuchte, nicht mehr zu zittern.
Er flüsterte jetzt, als wüsste er genau, wo sie war. Wie nahe er vor ihr stand.
»Du kannst nicht länger leben. Das musst du verstehen, Dawn. Deine Mutter wusste das. Sie hat mir den Rücken zugedreht, damit es nicht wehtut. Ich will dir auch nicht wehtun. Aber du kannst hier nicht bleiben.«
Sie wollte ihn anschreien, dass er gehen und sie in Ruhe lassen solle. Aber in dem Moment, in dem er sie hörte, würde er sie erschießen.
Ihre einzige Hoffnung war, dass er nicht wirklich wusste, wo sie war.
Das Problem war, dass sie den Atem nicht länger anhalten konnte. Die ganze Luft wollte in einem einzigen gigantischen Stoß aus ihr heraus. Sie hatte Schweiß auf den Händen und Schweiß im Gesicht, der ihr in die Augen und ins Genick tropfte. Sie atmete so langsam aus, dass die Luft nur ganz leise zwischen ihren Lippen zischte und sie ein heftiges Stechen in ihren Lungenflügeln verspürte.
Auf die gleiche Weise atmete sie wieder ein. Aber es war nicht schnell oder kräftig genug, um das Bedürfnis ihres Körpers nach Sauerstoff zu befriedigen. Sie tat es wieder und wieder, was den Schmerz verstärkte, und betete, El möge es aufgeben und gehen.
Als er einen Satz nach vorn machte und krachend durch die Zweige brach, hätte sie beinahe geschrien. Knurrend und stampfend wie ein verwundeter Grizzly stolperte er herum. Die Sträucher zuckten und schlugen ihr ins Ge-

sicht. Sie war in ihnen gefangen wie eine Fliege in einem Spinnennetz.

»Komm da raus!«, brüllte El.

Sie konnte jetzt beide Stiefel sehen, Zentimeter von ihr entfernt, und ein Rasiermesser der Angst schnitt ihr das Rückgrat in Scheiben.

Er stand auf dem Taschentuch.

Sie hatte es immer noch in der Hand gehabt, als sie über den Rand der Böschung und runter zur Fork geklettert war, und musste es fallen gelassen haben, als sie in das Dickicht eingetaucht war. Erst als El drauftrat, war ihr das Stückchen Stoff wieder eingefallen. Jetzt schien es auf ihr Versteck hinzuweisen wie eine Leuchtreklame. Hatte El es schon bemerkt?

Dawn sah sich langsam um, ob es irgendeine Fluchtmöglichkeit gab. Aber sie wusste, da war keine. Aus dieser Entfernung würde El sie ganz sicher nicht verfehlen. Sie saß in der Klemme.

Aber bis auf eine Ecke war das Taschentuch von seinem großen schwarzen Stiefel verdeckt. Wenn er nicht direkt draufschaute, würde er es vielleicht nicht bemerken …

»Komm schon raus, du kleines Miststück«, sagte El. Er trat nach dem Unterholz. Aber es lag keine Wut in seinen Bewegungen. Er hob die Stimme gar nicht, auch wenn er zuvor gebrüllt hatte. Er hörte sich fast an, als wäre er gelangweilt. Als rede er mit sich selbst.

Sie rollte sich eng zusammen und hielt den Atem an, bis sie das Gefühl hatte, ihre Lungenflügel würden platzen.

12:20

Micky hatte ein Drittel des Weges zum Laden der Cabels hinter sich und war in Gedanken bei dem Brief an Jim, den sie gerade geschrieben hatte und in dem sie noch einmal erklärt hatte, ja, es ginge ihr gut, aber nein, sie habe nicht die Absicht, McRay zu verlassen. Und nein, da sei nichts zwischen ihr und Damon. Sie seien nur Freunde. Jim hatte gehofft, dass mehr aus ihrer Beziehung werden würde, aber er würde sich damit abfinden müssen. Sie und Damon waren nie dazu bestimmt gewesen, etwas anderes zu sein als Freunde. Damon brauchte keine Frau auf die Art und Weise, wie manch andere Männer sie brauchten. Damon brauchte eine Orientierung. Einen Fokus. Etwas, in dem er in einer Weise aufgehen konnte, wie er in seiner Praxis aufgegangen war.

Über ihrem Kopf schnatterten zwei Eichhörnchen, spielten unterwegs Versteck mit ihr, und sie dachte an Aaron McRay. Der alte Mann war so agil und putzmunter wie eins dieser kleinen Tiere. Micky wusste nie, wann Aaron sie auf den Arm nahm oder wie er diese verrückten Sachen sagen konnte.

Seine dunklen Augen flackerten, wenn er irgendeine grobe Bemerkung ausstieß. Sie testete oder neckte.

Micky war erst drei Wochen im Ort gewesen – zwei Wochen länger als geplant –, als Aaron an ihre Tür geklopft hatte.
»Kaufen Sie das Haus oder verschwinden Sie«, hatte er gesagt.
»Wie bitte?« Sie wusste nicht, ob sie den alten Mann aus der Kälte hereinbitten oder ihm die Tür vor der Nase zuschlagen sollte.
»Meine Hütte«, erwiderte er und nickte nicht ihr, sondern der Wand zu.
»Sie sind Aaron McRay.«
»Was sie nicht sagen.«
»Ich bin hierher eingeladen worden. Ich dachte, sie wüssten das. Tut mir Leid.«
»Das wusste ich. Wollen Sie nun oder nicht?«
»Was denn wollen? Die Hütte? Ich bin nur zu Besuch.«
»Erzählen Sie mir nicht so 'n Scheiß.«
Er spuckte Tabakbrühe in den Schnee neben der kleinen Veranda. Ein braunes Rinnsal rann durch die Barthaare auf seinem Kinn. »Sie werden nirgendwo hingehen.«
»Wer sagt denn das?«
»Das tun sie nie.«
»Sie?«
»Die Arschlöcher, die nach McRay ziehen.«
Sie konnte sich nicht zurückhalten. Sie lachte ihm ins Gesicht.
Seine finstere Miene hellte sich ein wenig auf. »Finden Sie das lustig?«
»Ich hab einen merkwürdigen Sinn für Humor.«

»Gut. Wollen Sie nun das verdammte Haus oder nicht?«
»Wie bereits gesagt, ich bin nur zu Besuch.« Hatte Damon erwähnt, dass der Alte ein bisschen schwachsinnig war? Sie konnte sich nicht erinnern.
»Sind Sie verrückt?«
Las er ihre Gedanken? »Wie bitte?«
»Hab gehört, sie wären vielleicht verrückt.«
Micky lachte schallend. »Nur leicht psychotisch.«
»Psü… was?«
»Ja«, sagte sie. »Ich bin verrückt.«
»Gut. Frauen gehören aber nicht in die Wildnis.« Seine finstere Miene hatte sich jedoch definitiv aufgehellt.
»Wirklich.«
»Das ist 'ne Tatsache.«
»Sagen Sie.«
»Sage ich.«
Er wandte sich um und wollte gehen.
»Möchten Sie einen Kaffee?«, fragte sie spontan.
Er warf einen Blick über die Schulter. »Ist er gut?«
»Nein.«
»Sicher.« Er drängte sich an ihr vorbei und setzte sich an den Tisch.
Sie konnte nicht anders, als über das absurde Gespräch zu lachen.
Später war sie zu der Überzeugung gelangt, dass Lachen der Schlüssel zu Aaron war.
Er sagte etwas Befremdliches.
Sie lachte.
Dann guckte er wütend und sagte etwas noch Gröberes oder politisch Unkorrektes.

Er lächelte. Ohne die Zähne zu zeigen. Nur ein schmallippiges höhnisches Grinsen.
Aber sie hatte auch entdeckt, dass Aaron unglaublich nett sein konnte.
Im selben Winter, während Damon mit Marty und Stan irgendwo unterwegs war, schaute Micky eines Morgens aus ihrem Schlafzimmerfenster und sah, dass der Schnee so hoch lag, dass er die halbe Wand ihres Schuppens bedeckte. Ihr Holzstapel – den sie von Clive erworben hatte, zu dessen scheinbar unerschöpflichem Angebot an Dienstleistungen es auch gehörte, Holz zu verkaufen – war von tiefem Pulverschnee bedeckt, und eine hüfthohe Schneewehe versperrte fast ihre Haustür.
Das Feuerholz war sechs Meter weit weg. Sie hatte es noch nicht vor dem Gebäude aufgestapelt und stellte schweren Herzens fest, dass sie den ganzen Tag dafür brauchen würde, es freizuschaufeln.
Sie wollte sich gerade dazu aufraffen, als sie vor dem Haus das Knirschen einer Schaufel hörte. Sie schaute aus dem Dachbodenfenster und sah auf den Rücken von Aarons hellblauem Parka. Er schaufelte ihren Holzhaufen frei. Sie machte den Reißverschluss ihrer Jacke zu, kämpfte sich durch die Schneewehe, griff sich eine Schaufel und schloss sich ihm an.
Sie grüßte ihn.
Er nickte.
Nachdem sie zwei Stunden schweigend gearbeitet hatten, stützten sie sich schnaufend auf ihre Schaufeln.
»Das wäre nicht nötig gewesen«, sagte sie. Es war früh am Nachmittag, aber die Sonne war längst weg und das

Nordlicht bildete grüngelbe horizontale Streifen über den Gipfeln.

»Hat mir eben Spaß gemacht, Ihr Holz freizuschaufeln«, erwiderte der Alte und deutete mit dem Kopf auf den Stapel Holzscheite, der von dickem Eis überzogen war. »Typisch *Cheechako*, so was zu machen.« *Cheechako* wurden von sämtlichen Alteingesessen die Neulinge genannt.

»Ich hätte es unter dem Dachvorsprung aufstapeln sollen«, pflichtete sie ihm bei.

»Ist ja jetzt wohl zu spät.«

»Es ist nie zu spät«, lachte sie und sah zu, wie er wieder den Weg zu seiner Hütte hinaufstapfte. »Danke!«

Aaron hob eine behandschuhte Hand über die Schulter, schaute aber nicht zurück.

»Ich nehm sie!«, rief sie ohne nachzudenken.

»Sie nehmen was?« Er marschierte weiter.

»Die Hütte.«

Er drehte sich um.

»Sie haben gar nicht nach dem Preis gefragt.«

»Der ist mir egal«, erklärte sie und dachte an das Geld aus der Versicherungspolice ihrer Eltern und aus der von Wade, das in irgendeinem Banktresor verstaubte.

»Nehmen Sie sie«, antwortete Aaron mit einem schmallippigen Lächeln. »Ich geb sie Ihnen.«

Micky stand im Schnee und schüttelte den Kopf.

Einen Monat später hatte der Vertrag in ihrer Post gelegen.

In einem Streifen Blau sauste einer der Eichelhäher zwischen den Bäumen herab und krächzte in ihre Richtung, und sie dachte, wie sehr Aaron doch einem Eichelhäher ähnelte. Ständig am Krächzen, aber ohne je zuzubeißen.

Wieder zerriss ein Schuss die Stille.

Er kam direkt von der anderen Seite des Baches. Vielleicht waren das doch nicht Marty und Stan. Vielleicht hatte El einen Bären entdeckt. Zu dieser Jahreszeit zeigten sie sich durchaus und stöberten manchmal bei den Hütten herum. Clive hatte ihr gesagt, sie solle mit einem Löffel auf einen Topf schlagen, um sie zu verscheuchen – Lärm beunruhigte die großen Tiere –, die meisten Leute vertrauten jedoch lieber auf Gewehrfeuer.

Normalerweise aber waren die Grizzlys nicht aggressiv. Nicht, solange man nicht zwischen ein Muttertier und ihr Junges geriet.

Micky fragte sich träge, ob sie umkehren und ihre Pistole holen sollte. Einfach wegen des Lärms, den sie machte. Aber sie hatte bereits den halben Weg zum Laden zurückgelegt. Sie fing an zu pfeifen und schnippte beim Gehen mit den Fingern, einfach nur um einen umherstreifenden Bären wissen zu lassen, dass sie kam. Einen Bären zu erschrecken war fast genauso schlecht wie vor ihm wegzulaufen.

Der Pfad war schmal und kurvig, voller Felsblöcke und vereinzelter Klumpen hart gefrorenen Schnees. Normalerweise schossen Hasen aus dem Gehölz, wenn sie den Weg entlangging, aber heute waren sie seltsam zurückhaltend. Sie entdeckte nur einen, der in einiger Entfer-

nung zu ihrer Linken hinter einer uralten Fichte hervorlinste, aber er war schnell wieder verschwunden.
»Nervös, alter Junge?«, fragte sie. »Du weißt doch, ich kann keiner Fliege was zuleide tun.«
Vielleicht hatten die Schüsse die Kaninchen verschreckt. Howard MacArthur und die meisten anderen Männer der Gemeinde jagten die großen Hasen wegen des Fleisches, aber keiner tat das so nahe bei ihrer Hütte. Trotzdem hatten die Tiere genug Verstand, um zu wissen, was der Klang von Schüssen für sie bedeutete.
»Tut mir Leid«, flüsterte sie in den leeren Wald. Ein sich urplötzlich ausbreitendes Gefühl der Beklemmung trübte die Atmosphäre um sie herum. Sie starrte auf die Stelle, an der sich der Hase versteckt hatte.
Sie wusste genau, wie er sich fühlte.
Sie konnte spüren, wie er zitterte, konnte seine Angst fühlen.
Für das Kaninchen würde der Schuss nachhallen wie Kanonenfeuer, würde der Boden unter seinen weichen Pfoten durch die schreckliche Explosion vibrieren. Seine winzige Nase würde in der Luft nach dem Eindringling schnuppern, die Ohren würden zucken, die Augen sich verzweifelt nach links und rechts bewegen, jeder Schatten im Wald würde zu einem bösen Omen für drohende Schmerzen und den Tod.
Und plötzlich empfand sie einen starken Hass auf die Jäger.
Es war eine irrationale und gefühlsgelenkte Reaktion, die sie mit einem angenehmen Spaziergang an diesem wunderschönen Tag sollte zerstreuen können. Aber die

Schüsse berührten eine wunde Stelle in ihrem Herzen, und sie hatte das ebenso irrationale Gefühl, dass die Angst nicht verflog, sondern wuchs. Sie hatte den verrückten Gedanken, dass es nicht der Hase war, der sich in Gefahr befand.
Sie war es.
Ihr Herz pochte, und ihr Atem beschleunigte sich. Ihre Handflächen waren feucht, und ihr Mund war trocken. Sie warf einen Blick auf den Pfad hinter sich und eilte weiter.

12:25

El wirbelte herum und schoss, während er noch versuchte, Dawn zu überreden, aus ihrem Versteck zu kommen und aufzugeben.

Jetzt hatte er ihr den Rücken zugewandt und durchsuchte das Gestrüpp.

Als er schoss, hatte sie sich instinktiv geduckt. Seine plötzliche Bewegung hatte das Gewirr der Zweige aufgelöst, und nun brauchte er sich nur noch umzudrehen und würde sie sehen können.

Sie fühlte sich wie ein Kaninchen.

Der Schuss donnerte noch in ihren Ohren, und Tränen tropften von ihren Wangen auf den steinharten Boden unter ihren Händen.

Was hatte ihn wieder loslegen lassen?

Ein Geräusch in den Sträuchern?

Ein Windhauch?

Bis zur North Folk waren es nur wenige Meter durch die Zweige zu ihrer Rechten, und sie überlegte noch einmal, ob sie versuchen sollte zu entkommen.

Er hatte sie mit seinen ersten beiden Schüssen verfehlt, als sie von der Hütte weggelaufen war. Aber sie konnte sich nicht vorstellen, dass er sie aus dieser Entfernung verfehlen würde, sollte er sie entdecken. Und das Gestrüpp würde ihre Flucht so sehr verlangsamen, dass er die ganze Pistole leer schießen konnte, bevor sie auch nur den Bach erreicht hätte. Wahrscheinlich hätte er nachgeladen, noch bevor sie es zum sicheren anderen Ufer geschafft haben würde.

Falls er ihr nicht einfach nachjagte und sie erstach.

Das mit Blut und Matsch beschmierte Taschentuch klebte noch immer unter seinem rechten Stiefel. Sie zog den Kopf ein und versuchte, sich so klein zu machen wie möglich. El schlug auf das Gestrüpp ein und sah sich suchend um.

»Nun komm schon raus«, sagte er mit einer erneuten Ruhe in der Stimme, die nun noch beängstigender war als zuvor.

Wie konnte jemand tun, was er getan hatte, tun, was er tat, und dabei so ruhig sein?

Plötzlich wusste sie, was ihr an El immer auf die Nerven gegangen war.

In seiner Stimme lag nie irgendeine Emotion. Als ob kein Leben in ihm wäre, als bewegte er sich automatisch wie eine Maschine, als brodelten in seinem Körper und seinem Hirn nur Chemikalien.

»Komm schon, Dawn. Wenn du getroffen bist, wirst du da drin verbluten, und die kleinen Tiere werden deine Knochen abnagen. So willst du doch nicht sterben. Komm raus und du kannst bei deiner Mutter sein. Ich werde die Hütte hinter euch abschließen. Das ist besser. Dann bist du bei deiner Mutter.«

Bei der Erwähnung ihrer Mutter brannten ihr wieder die Tränen in den Augen. Rotz rann ihr über das Gesicht, tropfte wie Tränen auf den Boden und ekelte sie an, aber sie hatte Angst, ihn wegzuwischen. Sie hätte sich furchtbar gern die Nase geputzt. Sie fürchtete, irgendein unheimlicher Instinkt würde El auf sie aufmerksam machen, und er würde herumwirbeln und einen Schuss in ihre Richtung abgeben. Sie versuchte, sich noch fester an den Boden zu pressen.

Es schien gerade erst einen Moment her zu sein, seit sie Zeugin der schrecklichen Szene in der Hütte geworden war. Aber gleichzeitig kam es ihr auch vor, als kauere sie schon seit Stunden, wenn nicht Tagen in den Sträuchern. Sie hatte keinen Zweifel, dass der Horror für immer weitergehen würde. Dass sie sich hier für alle Ewigkeit verstecken, den Atem anhalten und das Zittern ersticken müsste, während sie wie gelähmt vor Entsetzen darauf wartete, dass ihr der Todesstoß versetzt wurde.

El wirbelte wieder herum, und sie erstarrte und machte sich auf den tödlichen Schuss gefasst. Ihre Augen – ihr ganzer Körper – waren auf das blutverschmierte Stück weißen Stoffes fixiert, das sich unter seinem Stiefel drehte.

Warum geht das nicht ab?

Ist Blut so klebrig?

Sie spürte, wie die verspiegelten Brillengläser den Wirrwarr der Zweige absuchten. Fühlte den Blick auf sich liegen. Ohne es zu wollen, atmete sie in keuchenden Zügen, von denen keiner lang genug war, um ihre brennenden Lungenflügel zu füllen. Sie konnte das Zittern ihrer Hände in der Erde nicht unterdrücken.

Schließlich drehten sich die Stiefel um in Richtung der

aufsteigenden Böschung, und ein Funken Hoffnung setzte sich in ihrem Herzen fest.
Aber das verfluchte Taschentuch musste sich ausgerechnet in dem Moment lösen, als El seinen ersten Schritt zurück zur Hütte machte.
Sie sah, wie er sich bückte. Seine Finger zupften das blutige quadratische Stück Baumwolle vom Kies. Er hob das Taschentuch auf und untersuchte es gründlich. Dann schnüffelte er daran, wie es wohl ein Bluthund tun würde.
»Hab dich«, sagte er mit derselben ruhigen tonlosen Stimme. »Ich wusste, dass ich dich getroffen habe. Wenn du nicht tot bist, musst du da rauskommen, Dawn. Du kannst den Weg nicht hinaufgehen, ohne an mir vorbeizukommen. Du kannst hier entweder verbluten, oder ich kann es kurz für dich machen. Nun komm schon hoch zur Hütte. Ich hab nicht den ganzen Tag Zeit.«
Er denkt, das Blut auf dem Taschentuch ist von mir. Wenn er glaubt, ich bin tot, wird er dann einfach weggehen?
El warf das Taschentuch zur Seite und verschwand über der Böschung.

12:45

Howard MacArthur lauschte, ob ein weiterer Schuss fallen würde. Er rieb sich mit dem Ärmel seines blauen Baumwollhemdes den Schweiß von der Stirn. Blaue Baumwollhemden waren alles, was Howard besaß. Er trug sie im Sommer wie im Winter zu blauen Baumwollhosen.

Nicht zu Bluejeans.

Zu Stoffhosen.

Für seine fünfundachtzig Jahre hatte er ein verblüffend scharfes Gehör, seine Augen jedoch benötigten die Hilfe flaschenglasdicker Brillengläser, und er kam nicht annähernd so gut zurecht, wie er vorgab. Rheuma hatte nahezu jedes Gelenk in seinem großen Körper steif werden lassen, aber nur Clive Cabel wusste, wie viel Aspirin und sonstige Schmerzmittel er bestellte. Howard verachtete das Alter fast so sehr, wie er Beileid oder Mitgefühl hasste. Als seine Frau Elizabeth 1965 starb, hatte er beides tapfer hingenommen. Seit ihrem Tod war er immer allein gewesen und hatte niemand irgendeinen Anlass gegeben, ihn zu bedauern.

Die Schüsse waren aus der Nähe des Grundstücks der Glorianus gekommen.

Howard räumte draußen vor seiner winzigen Hütte auf.

Sie war die kleinste im Dorf, noch winziger als Marty Kileys aus einem einzigen Schlafzimmer bestehender Schuppen. Howard brauchte nicht viel Platz für Kinkerlitzchen. Die meiste Zeit seines Lebens hatte er in einem kleinen Schutzzelt an abgelegenen Orten gelebt, wo er für verschiedene Fischereiunternehmen arbeitete. Er war ein schweigsamer, zurückhaltender Mann und hatte früh im Leben das Glück gehabt, eine Frau kennen zu lernen, die von ihrem Mann nicht erwartete, dass er jeden Tag zu Hause war. Sie hatten eine wunderbare Ehe geführt, auch wenn Gott sie nicht mit Kindern gesegnet hatte, und Howard mochte Kinder.

Er hatte Dawn Glorianus gleich gemocht, als sie und ihre Mutter vor sechs Jahren eingezogen waren, und er mochte sie noch immer. Aber das Mädchen tat ihm ein wenig Leid.

Nicht jeder war für ein Leben in der Wildnis geeignet.

Als die ersten zwei Schüsse ertönten, hob Howard gerade einen schwarzen Müllbeutel auf, der unerklärlicherweise neben der hinteren Veranda gelandet war statt in dem Kasten, in den er gehörte. Der Beutel war im Winter unterm Schnee begraben gewesen, und nun hatten sich Spitzmäuse darin eingenistet. Er schaufelte den Müll in eine andere Tüte, um ihn, wenn es Zeit für sein Frühjahrsfeuer wurde, beseitigen zu können, indem er das Ganze in seinem röhrenförmigen, fast zweihundert Liter fassenden Ofen verbrannte.

Die Schüsse klangen gedämpft, als kämen sie tief aus dem Wald oder als wäre die Waffe irgendwie abgedeckt.

Er fragte sich, ob Terry einen Bären entdeckt hatte. Aber dann fiel ihm ein, dass Terry gar keine Schusswaffe besaß, ja nicht einmal eine in der Nähe des Hauses haben konnte. Howard verstand, warum.

Jeder in McRay wusste über Dawns Vater Bescheid. Und jeder im Ort kümmerte sich auf die eine oder andere Weise um die Mutter und ihre Tochter. Die beiden waren wie zwei verwaiste Welpen, die nicht für sich selbst sorgen konnten, auch wenn sie überzeugt waren, es zu können. Howard war froh gewesen, als sie die von Harry Townsend geräumte Hütte bezogen hatten, konnte er doch nun auf seinen täglichen Spaziergängen wieder jemandem zuwinken, und sie wohnten damit so zentral, dass sie zu allen Seiten Nachbarn hatten.

Natürlich war ihr nächster Nachbar El Hoskins.

Howard konnte den Mann nicht leiden. Aber zumindest war er ein Mann. Howard war der festen Überzeugung, dass Frauen allein draußen in der Wildnis nichts zu suchen hatten. Aber in letzter Zeit schien sich der Ort mit ihnen zu füllen.

Er stellte die Schaufel weg und schlenderte herum, bis er die zu Terrys und Dawns Hütte führende Brücke sehen konnte. Die Sonne blendete ihn, aber er schaute sowieso nicht wirklich hin.

Er horchte.

Als nach ein paar Minuten keine weiteren Schüsse abgefeuert worden waren und niemand schreiend den Weg herunterrannte, kam er zu dem Schluss, dass es El gewesen sein musste, der auf einen Hasen geschossen hatte, und ging ins Haus, um sich eine Tasse Kaffee zu holen.

Er hatte ihn kaum eingeschenkt und sich hingesetzt, als der dritte Schuss ertönte.

Das hörte sich nicht an, als ob jemand Kaninchen jagte.

Zum einen war dieser Schuss zu nahe. Er wusste, dass es sich Terry von niemandem gefallen lassen würde, so nahe bei ihrem Haus herumzuballern. Nicht, solange es kein Notfall war. Und wenn jemand so viel Ärger mit einem Grizzly hatte, dann musste Howard dort hingehen.

Niemand im Ort hatte auch nur halb so viel Erfahrung mit den großen Bären wie er, und wenn das El mit seiner verfluchten Schweinskeule war, die er an der Hüfte trug, dann war der Idiot wahrscheinlich im Begriff, das Tier zu verwunden, und er und womöglich noch jemand anders würde getötet werden.

Howard stellte den Kaffee auf den Tisch und kam unter Schmerzen auf die Beine. Er griff hinter die Tür und schnappte sich ein kurzläufiges Schrotgewehr. Das rohrförmige Magazin war sowohl mit Schrot als auch mit harten Bleikugeln geladen. Es war ein Bärentöter. Anders als seine Jagdgewehre war dies ausschließlich eine Waffe zum Selbstschutz, nur gut auf kurze Distanz, die Entfernung, aus der Bären angriffen. In den richtigen Händen hatte sie genügend Wucht, um einen dieser gefährlichen Kerle auf der Stelle zu stoppen.

Er eilte den Weg zur Brücke hinunter, ohne sich die Mühe zu machen, die Tür hinter sich zu schließen, und spürte, wie seine alten Knochen allmählich in Gang kamen. Es schien, als müsste sein ganzer Körper mal richtig gut geölt werden. Noch bevor er die Brücke erreicht hatte, schnappte er bereits nach Luft. Er zwang sich, ein wenig langsamer zu gehen. Es würde niemandem etwas nützen, wenn er stürzte und sich ein Bein brach oder vor lauter Eile einen Herzinfarkt bekam.

Wäre das nicht ein Ding?

El verjagt einen Grizzly, kommt rüber, um es ihm zu erzählen, und findet ihn mausetot mitten auf der Brücke.

Er lehnte sich über das grob behauene Geländer der Brücke, die er selbst gebaut hatte. Sie war breit genug, dass zwei Personen sie gleichzeitig überqueren konnten oder Clive mit seinem Four-Wheeler darüber fahren konnte, auch wenn Clive, wenn das Wasser nicht zu hoch stand, meistens direkt durch die Fork fuhr. Howard starrte in das glasklare Wasser hinunter und dachte wie schon tausendmal zuvor, wie schön es doch war. Wie flüssiger Kristall. Das Gletscherwasser hatte einen blauen Schimmer und funkelte in der Sonne. Dies wurde durch Erosion verursacht, durch das Auswaschen der Berge, die eines Tages so flach sein würden wie die texanischen Prärien. Aber Howard rechnete nicht damit, dass er das noch erleben würde, und wollte es auch nicht.

Woran zum Teufel denkst du, alter Mann?

Er atmete durch und machte sich, das Gewehr in der linken Armbeuge, auf das letzte Stückchen Weg. Er fragte sich, ob Micky die Schüsse gehört hatte. Auch Micky konnte es nicht leiden, wenn in der Nähe ihres Hauses geschossen wurde, und dies aus ungefähr dem gleichen Grund wie Terry. Howard hatte sich den merkwürdigen Zufall durch den Kopf gehen lassen, der dazu geführt hatte, dass gleich zwei verletzte Frauen in einer solch unmittelbaren Nachbarschaft in einer derart abgelegenen Gegend lebten. Er wusste, was die beiden dazu getrieben hatte, hierher zu kommen, aber manchmal fragte er sich, ob das nicht der Beginn einer Sintflut war.

War McRay im Begriff, sich zu einer Art Zufluchtsort für Überlebende städtischer Tragödien zu entwickeln?

Er hoffte nicht.

Die Orte Alaskas waren schon immer so etwas wie Asyl gewesen. Aber bis vor wenigen Jahren waren die Menschen, die in den abgelegenen Dörfern Trost suchten, Männer wie er, Menschen, die sonst nirgendwohin passten. Manche kamen wegen eines Schmerzes, der ihnen widerfahren war, andere konnten einfach die Zivilisation nicht ertragen. An Orten wie McRay passierte das nicht. In McRay konnte ein Mann er selbst sein. Hier gab es keine Stechuhren oder Fabriksirenen. Niemand war zu einfach oder zu fein gekleidet. Man kam und ging, wie es einem beliebte, und niemand steckte seine Nase in die Angelegenheiten des anderen.

Aber anders als Micky Ascherfeld schien es Terry trotz ihrer Übersiedlung nach McRay nicht besser zu gehen. Terry war durchaus freundlich, grüßte und stattete gelegentlich auch einen Besuch ab. Aber die Frau war wie ein Buch mit sieben Siegeln. Sie klärte einen über die Ermordung ihres Mannes auf, und darüber, warum sie hier war. Aber sie ließ wissen, dass, was sie anging, seine Ermordung kein für sich allein stehendes Ereignis war. Terry war nicht mit ihrer Tochter nach McRay gezogen, um über ihren Schmerz hinwegzukommen. Sie war hier, um sich mit ihrer Tochter zu verkriechen. Sie fühlte sich belagert und versuchte standzuhalten, indem sie so viel Entfernung, so viel Wildnis wie nur möglich zwischen sich und ihr einziges noch lebendes Familienmitglied und den Rest der Welt brachte.

Sie und besonders Dawn taten Howard Leid. Aber er versuchte nie, mit Terry zu diskutieren. Menschen hatten ihre eigenen Vorstellungen und ihre eigenen Leben zu leben. Er glaubte nicht daran, dass man sie vor sich selbst retten konnte. Vielleicht würde Terry schließlich da herauskommen, oder vielleicht würde sie den Rest ihres Lebens in dem Fegefeuer verbringen, das sie für sich selbst entfacht hatte. Howard war kein Psychiater, und er glaubte auch nicht, dass ihr einer dieser verfluchten Seelenklempner hätte helfen können.

Wie schaffen uns alle unsere eigene private Hölle.

Micky andererseits war eher eine Frau nach Howards Geschmack. Jedes Mal, wenn er mit ihr sprach, weckte sie in ihm den Wunsch, vierzig Jahre jünger zu sein. Howard hatte Mickys Geschichte von Damon gehört. Micky war mehr Schrecken und Leid widerfahren, als sich Terry Glorianus auch nur vorstellen konnte.

Micky war Teil eines Schreckensszenarios gewesen.

Hatte es persönlich erlebt. Vielleicht war das der wahre Unterschied zwischen den beiden Frauen. Vielleicht war es schlimmer für Terry, weil bei ihr das Grauen ganz in ihrem Kopf stattfand. Sie hatte nicht gesehen, wie ihr Mann getötet wurde, und vielleicht machte es das umso schlimmer.

Micky hatte aus ihrem Trauma herausgefunden und ihr Leben in Ordnung gebracht. Howard hatte gelernt, Micky in einem Maße als einen Teil von McRay zu akzeptieren, in dem er Terry nie akzeptieren würde. Wenn er an Terry dachte, dann eher so wie ein Mann an ein altes herrenloses Tier denkt, um das er sich kümmert. Er kümmert sich darum. Aber es würde niemals sein eigenes sein.

Terry war wie ein herrenloses Tier. Und herrenlose Tiere werden immer wieder verletzt. Auch an Orten wie McRay.

Micky war mehr wie ein Wolf. Einen Wolf konnte man einmal, vielleicht zweimal verletzen. Aber die Tiere lernten dazu. Sie leckten ihre Wunden und wurden schlau. Micky konnte sich ziemlich gut um sich selbst kümmern.

Aber Howard wusste auch etwas, von dem er sich nicht sicher war, ob es Micky bewusst war. Er wusste, dass El in sie verschossen war. Howard hatte El eines Tages dabei ertappt, wie er sie anstarrte, als er sich unbeobachtet fühlte, und die Intensität des Blickes, mit dem er sie ansah, machte Howard nervös. Seit diesem Tag hatte Howard es sich angewöhnt, El zu beobachten.

Der Pfad schlängelte sich in einer Neunzig-Grad-Kurve

durch die Bäume und Erlensträucher eine kleine Böschung hinauf, so dass Terrys Hütte durch die Kuppe eines kleinen Hügels verdeckt war. Howard behielt das Unterholz im Auge. Ein durch Schüsse aufgeschreckter Bär würde den offenen Pfad wahrscheinlich meiden und sich in den Schutz der Bäume zurückziehen.

Howard war mehr als einmal in seinem Leben von einem Grizzly überrascht worden. Wenn die großen Kerle durch Schüsse aufgeschreckt wurden, konnten sie aus den dichten Sträuchern herausbrechen wie ein Zug, der sich selbstständig gemacht hatte. Und Angst verwandelte einen Grizzly in eine mörderische Maschine, die fast eine Tonne wiegen konnte und Krallen hatte, die so lang waren wie die Finger eines erwachsenen Mannes und spitz wie Eispickel.

Howards bester Freund war in der Nähe von Cordova gestorben, als ein Muttertier aus dem Wald gestürmt kam. Bevor der Mann auch nur sein Gewehr heben konnte, war das Tier schon über ihm. Seine Brust und die Schultern hatten ausgesehen wie zerhacktes Fleisch, aber es waren nicht die Krallen, die ihn getötet hatten. Er war gestorben, als das Tier seinen ganzen Kopf ins Maul genommen und seine riesigen Eckzähne in beide Schläfen gegraben hatte.

Jedes Mal, wenn Howard darüber nachdachte, konnte er es nicht verhindern, wieder das abscheuliche Knirschen zu hören, mit dem die Zähne des Tieres eingedrungen waren. Konnte er nicht anders als sich zu fragen, ob dies das letzte Geräusch war, das sein Freund gehört hatte.

Howard pfiff und schnalzte laut mit der Zunge, um jedes Lebewesen in der Umgegend wissen zu lassen, dass er kam.
Besser ein misstrauisches Ungeheuer als ein überraschtes.

12:50

Die Lichtung beim Geschäft der Cabels war die größte freie Fläche im Tal. Das große Blockhaus stand in der Mitte, die Vorderseite wies auf den Weg zu Mickys Haus. Micky warf einen Blick über die Lichtung zu ihrer Rechten, an der runden Telefonantenne vorbei auf die Start- und Landebahn. Zu ihrer Linken überquerte die Brücke den Sgagamash, und der Pfad führte zu Howard MacArthurs Hütte.

Clives Werkstatt war an die der Landebahn zugekehrten Seite des Ladens angebaut und mit einem niedrigen Blechdach bedeckt. Die Schiebetür zur Werkstatt war geschlossen. Micky konnte Clives Four-Wheeler nirgends sehen und fragte sich, ob er da war. Vielleicht lieferte er Waren aus. Sie machte sich Vorwürfe, weil sie so lange gezögert hatte. Wenn Clive ihr Glas heute nicht zur Startbahn bringen konnte, war sie angeschmiert.

Micky stieg die Treppe zu der breiten Plattform vor dem Haus hinauf. Die schweren Türflügel waren mit identischen Schnitzereien verziert, die Adler darstellten, über zerklüfteten Bergen schwebend. Dreißig Zentimeter hohe Buchstaben, geschnitzt aus demselben einheimischen Fichtenholz, erklärten, dass dies der Cabel General Store war. Zu ihrer Rechten wies ein Schild mit einem gemalten Telefonhörer darauf hin, dass sich hier das einzige Telefon der Gegend befand.

Der Laden wurde mit Holz beheizt und mit Kerosinlampen beleuchtet. Das Telefon aber brauchte Strom. Sonnenkollektoren auf dem Dach speisten eine Reihe von Marinebatterien. Ein kleines Windrad auf dem Dachfirst half ebenfalls. Das Telefon war McRays einzige direkte Verbindung zur Außenwelt, und Clive wartete es gewissenhaft. Er hatte Micky erklärt, dass McRay das letzte Telefon des Staates hatte, dessen Signale per Radiowellen gesendet wurden. In allen anderen Dörfern gab es inzwischen moderne Funktelefone. Aber Clive war stolz darauf, dass er nicht mit Hightech ausgestattet war.

Der Service wurde nur von wenigen genutzt. Wenn einmal jemand einen Anruf tätigte, war es wahrscheinlich einer der eingeborenen Inuits oder Athapasken auf dem Weg zu oder von ihren traditionellen Fischercamps. Außerdem gab Clive regelmäßige Wetterberichte nach Anchorage durch. Ansonsten stand die kleine verglaste Kabine im Laden meistens leer.

Als Micky die Tür öffnete, schlug ihr der starke süßliche Geruch von frisch geröstetem Kaffee, Zimt, Tabak entgegen und das scharfe, salzige Aroma der dicken gedörrten Stücke Elchfleisch und geräucherten Lachses, die an Ketten über dem Ladentisch hingen. Der Lachs erinnerte Micky an ihre Glasarbeit, die darauf wartete, verladen zu werden. Der getrocknete Fisch war rubinrot, hatte weiche rundliche Konturen, und das Fleisch, das hart war wie Leder, strahlte ein blutrotes Licht aus. Es war dermaßen salzig, dass man es unmöglich kauen konnte, ohne mit einem Bier nachzuspülen. Clive nutzte das häufig als Vorwand, um sie dazu zu bringen, etwas mit ihm zu trinken.

Rita lehnte am Ladentisch. Sie sah von dem Buch auf, in dem sie las, und sah Micky über ihre Brillengläser hinweg an.

»Hallo, Süße. Einkaufen?«

Micky nickte. Sie schlenderte zur Theke hinüber und drehte das Buch um.

»Ein Liebesroman?«, fragte sie.

»Ich hab meine Träume«, erwiderte Rita lachend und zuckte die Achseln. »Wie geht's dir? Hab dich seit ein paar Wochen nicht gesehen.«

»Ich musste mit dieser letzten Arbeit fertig werden, bevor Rich heute kommt, sonst dreht mir mein Agent den Hals rum.«

»Hast du's geschafft?«

»Ich brauche Clive. Er muss es abholen. Ich hab alles verpackt. Ich dachte, ich könnte ihn dazu bringen, ein paar Waren zu meinem Haus zu transportieren und die Kiste auf dem Rückweg mitzunehmen. Ist er da?«

»Er schläft wahrscheinlich im Hinterzimmer«, meinte Rita. »Der faule Sack.«

Clives Faulheit war ein alter Witz in McRay. Der Laden der Cabels und ihre Schlafquartiere im oberen Stockwerk waren stets makellos, die Holzblöcke poliert und glänzend, das Innere so tipptopp wie das Äußere. Jeder wusste, dass, wenn er eine helfende Hand brauchte, Clive bereit war, alles stehen und liegen zu lassen und zu

helfen. Micky bestand stets darauf, ihn zu bezahlen, aber sie wusste, dass Clive das meiste, um das sie ihn bat, auch gern umsonst getan hätte.
Jetzt kam er mit großen Schritten aus dem Zimmer hinter dem Ladentisch, in den Händen ein mit Öl verschmiertes Teil einer Maschine, wischte es mit einem Lappen ab und zwickte etwas mit einer spitzen Kneifzange ab.
Er lächelte, als er Micky sah.
»Ich dachte, du schläfst«, sagte Micky.
»So was mach ich auch im Schlaf«, erwiderte Clive grinsend und gab seiner Frau einen Stups.
»Er muss uns gehört haben und ist aufgesprungen«, stichelte Rita.
»Hab ich dich sagen hören, du brauchst jemanden, der eine Kiste abholt?«, fragte Clive und schob sich neben Rita an den Ladentisch. Rita wandte sich wieder ihrem Buch zu, aber Micky war sicher, dass sie jedes Wort hörte.
»Ja«, antwortete Micky. »Es ist wichtig, dass Rich sie heute mitnimmt.«
»Einkaufen willst du auch?«
»Ja. Ich brauche Kaffee, Tee, Milch, Zucker, Mehl und Cracker. Hast du noch welche von diesen großen Packungen Kartoffelchips?«
»Ich konnte letztes Mal keine kriegen. Aber wir haben die großen Dosen mit den gemischten Nüssen, die du so magst.«
»Ich mag die Chips«, sagte Micky.
Clive lachte. »Ich werd welche besorgen, sobald wieder

eine Sendung in Anchorage eintrifft. Schätze, wir haben alles aufgekauft.«

Auch Micky lachte. Eine große Bestellung Chips für den Cabel General Store waren fünf Kartons.

»Ich hab dich länger nicht gesehen«, bemerkte Clive.

»Ich werde wieder öfter rausgehen, so wie das Wetter jetzt ist. Ich musste die Arbeit fertig machen.«

»Warst du mal oben bei Aaron?«

»Nein«, erwiderte sie und fühlte sich augenblicklich schuldig. »Vielleicht gehe ich heute Nachmittag zu ihm hinauf und schaue, wie's ihm geht.«

»Es geht ihm gut«, beruhigte Rita sie.

»Woher weißt du das?«

»Wie soll's ihm schon gehen?«, erwiderte Rita. »Der alte Kauz ist schlimmer als der Teufel und doppelt so alt. Der wird uns noch alle überleben und dann behaupten, das Land gehöre ihm, und es weiterverkaufen.«

»So ist er überhaupt nicht«, sagte Micky.

»Das sagt ihr«, meinte Rita und tat so, als wäre sie viel zu beschäftigt, um die Unterhaltung fortzusetzen.

»Hast du eine Liste?«, fragte Clive und zwinkerte Micky zu.

»Was?«, fragte sie, plötzlich ganz weit weg. Sie stellte sich Aaron vor, ganz allein oben in seiner Hütte, und hatte das überaus seltsame Gefühl, dass er furchtbar einsam war, obwohl sie wusste, dass dem alten Mann Besucher nichts bedeuteten.

»Eine Liste«, wiederholte Clive lächelnd.

Micky schüttelte den Kopf.

»Hier.« Clive schob ihr über den Ladentisch einen klei-

nen Schreibblock und einen Stift zu. »Schreib alles auf, was du brauchst. Rita wird es eintragen, und ich bring dir die Sachen vorbei, sobald ich diesen Vergaser wieder in den Four-Wheeler eingebaut habe.«
Micky sah zweifelnd auf das Stück aluminiumfarbenes Metall in seinen Händen. »Wirst du das heute noch schaffen?«
»Braucht nicht länger als 'ne Minute, das wieder einzubauen«, versicherte Clive. »Wahrscheinlich bin ich damit fertig, bevor du mit dem Einkaufen durch bist. Falls ich eher da bin als du: Wo steht die Kiste? Für dich und die Waren wird der Platz auf dem Wheeler nicht reichen.«
»Gleich drinnen im Zimmer«, sagte Micky, die das Bild des einsamen Aaron vor ihrem inneren Auge nicht mehr loswurde. Sie hatte keine Ahnung, warum sie das so beunruhigte. Es war, als riefe er nach ihr, und ein überwältigendes Gefühl sagte ihr, dass sie zu ihm gehen sollte. »Ich schreib alles auf. Bist du sicher, dass es dir nichts ausmacht, wenn ich nicht da bin? Die Kiste ist nicht allzu schwer.«
»Kein Problem.«
Micky konnte plötzlich nicht mehr atmen. Ihre Kinnlade klappte herunter, und sie starrte Clive blöde an.
Warum hatte er das gesagt?
Warum hatte er diesen Ausdruck verwendet?
»Alles in Ordnung, Micky?«, fragte Clive, legte seinen Kopf auf die Seite und sah sie mitfühlend an.
Sie schaffte es, den Mund zu schließen und zu nicken, versuchte sich zu konzentrieren, die irrationale Angst

um Aaron aus dem Kopf zu kriegen und wieder ganz in die Wärme des Ladens zurückzukehren. In die Sicherheit des Hier und Jetzt.

»Ich weiß nicht, was in mich gefahren ist«, sagte sie kopfschüttelnd.

Aber Clive war bereits hinter dem Ladentisch hervorgekommen. Er führte sie zu einem Schaukelstuhl vor dem Ofen, den er und Rita sowohl zum Heizen als auch zum Kochen benutzten.

Rita hörte auf, so zu tun, als ob sie lesen würde, und setzte sich neben Micky. »Du bist weiß wie die Wand, Schätzchen. Was ist passiert? Ist eine böse Erinnerung hochgekommen oder so was?«

Micky atmete tief und langsam aus und versuchte sich zu entspannen. »Ich weiß nicht«, entgegnete sie. »Ich hab mir auf einmal ganz schreckliche Sorgen um Aaron gemacht. Ist das nicht dumm?«

Clive und Rita tauschten einen Blick aus.

»Ich sag dir was«, sagte Rita. »Der alte Bock ist zäher als du, ich und Clive zusammen.«

»Dumm«, wiederholte Micky.

»Manchmal spielt einem der Kopf einen Streich«, erklärte Rita. »Was du brauchst, ist eine schöne heiße Tasse Tee.« Sie eilte ins Hinterzimmer, kam mit einem Tablett zurück und stellte es neben dem Ofen ab. Sie schenkte Micky eine dampfende Tasse Tee ein und reichte ihr einen Keks mit Schokoladenstreuseln.

Das war dumm von mir, dachte Micky.

Die Schüsse und das Kaninchen haben mir einen Schrecken eingejagt.

Und diese verfluchten Eichelhäher.

Warme goldene Sonnenstrahlen schimmerten durch die Scheibe an der Vorderseite des Ladens und zeichneten lange Schatten auf die dunklen Möbel im Inneren des Ladens. Die Wände waren mit hohen Holzregalen gesäumt, die bis zur Decke voll gestopft waren mit Büchsen, Glasgefäßen und Pappschachteln. Da gab es Decken, Schlafsäcke und die allgegenwärtigen Gummistiefel. In dem Laden wurden Pullover und lange Unterhosen, Schaufeln und Spitzhacken, Gewehre, Pistolen und Munition verkauft, und man roch den Brennstoff für Laternen und den feinen, süßen Duft von getrockneten Lebensmitteln, Crackern, Chips und Mehl.

Was es im Cabel General Store nicht gab, brauchte man auch nicht.

Rita behauptete, dass Clive nicht Waren einkaufte, sondern die Dinge, die er selbst brauchte, und von Zeit zu Zeit nahm jemand anders etwas davon ab. Und sie hatten immer geöffnet. Clive meinte scherzhaft, Ladenschluss sei fünfzehn Minuten nachdem alle gegangen seien.

»Habt ihr die Schüsse vorhin gehört?«, fragte Micky. »Drüben bei der Glorianus-Hütte?«

Clive und Rita tauschten erneut einen Blick aus und schüttelten beide den Kopf.

»Ich war die meiste Zeit im Schuppen«, erklärte Clive. »Hab an dem Vergaser gearbeitet, und Rita hatte ihren Kopf in dem Schundroman. Wir hätten einen Schuss wahrscheinlich nicht gehört. Bei Terrys Haus, sagst du?«

»So hat es sich angehört.«
»Vielleicht war es Damon«, sagte Rita.
»Damon hat kein Gewehr«, erinnerte Clive sie.
»Zuerst dachte ich, es wäre Marty oder Stan«, führte Micky aus. »Aber dann fiel ein dritter Schuss, direkt auf der anderen Seite der Fork, und es klang eher wie eine Pistole. Ich hab mich gefragt, ob El vielleicht ein Bär über den Weg gelaufen ist.« Sie dachte an den hohen Schrei, den sie gehört hatte. Aber sie war sich sicher, dass das bloß ein Eichelhäher oder vielleicht ihre Einbildung gewesen war. Aus irgendeinem Grund war sie nervös heute. Es war sehr gut möglich, dass ihr Kopf ihr einen Streich spielte.
»Ich hoffe nicht«, meinte Clive. »Bären tun besser daran, sich von El Hoskins fern zu halten.«
»Der Knabe ist verrückter als ein Scheißbär«, stimmte Rita zu. »Irgendwann wird er mit dieser verfluchten Pistole noch mal jemanden verletzen.«
»Er ist einfach nur ein Idiot«, sagte Clive. »Eines Tages wird er sich mit der verfluchten Kanone *selbst* umbringen.«
»Er ist nicht einfach nur ein Idiot«, widersprach Rita. »Frag Marty oder Stan. Sie sind El ein paar Mal begegnet, als er wirklich düsterer Stimmung war. Sie gehen ihm beide aus dem Weg. Früher oder später wird er Ärger machen.«
»Damon meint, er sei wahrscheinlich für niemanden eine Gefahr«, wandte Micky ein, ohne daran zu glauben.
»Damon ist Seelenklempner«, sagte Rita und verzog das

Gesicht. »Die glauben, man müsse dem Teufel nur gut zureden.«

»Wenn El auf einen Bären geschossen hat, könnt ihr drauf wetten, dass er ihn nicht getroffen hat«, erklärte Clive. »Aber das wäre auch gut so. Denn wenn er ihn getroffen hätte, hätte er ihn nur verwundet, und dann wäre richtig die Hölle los.«

»Höchstwahrscheinlich hat er bloß gejagt. Schluss damit«, sagte Rita. »Der Kerl macht mich nervös.«

Micky gestand ihr nicht, dass El sie weit mehr als nur nervös machte.

Seit dem Tag, an dem sie sich zum ersten Mal begegnet waren, hatte sie schreckliche Angst vor ihm.

Es war am Anfang ihres ersten Sommers in McRay, und Micky gewöhnte sich gerade an den Gedanken, wirklich dort zu leben. Gewöhnte sich an die neuen Rhythmen, neuen Geräusche und Gerüche. Gewöhnte sich daran, aufzuwachen, wenn ihr danach war. Zu arbeiten, wann sie wollte.

Sie war nach einem Besuch bei Aaron auf dem Weg zurück zu ihrer Hütte. Ließ sich Zeit. Warf ein paar Steine in den Bach, pflückte wild wachsende Blumen wie ein Schulmädchen.

Sie kam um eine Kurve, und vor ihr stand El.

Regungslos.

Starrte sie durch diese verfluchte Sonnenbrille an.

Der Teil ihres Gehirns, der mit Logik oder Vernunft nichts zu tun hatte, schrie ihr zu, sie solle rennen. Ihr Unterbewusstsein sagte ihr immer wieder, dass El derselbe Mann war, der ihr durch jeden Raum des Geschäfts ihrer Eltern gefolgt war. Der sie wie ein verwundetes Tier gejagt hatte. Derselbe Mann, der sich in der fünfzig Pfund schweren Schutzkleidung vorwärts geschleppt und sie durch diesen schrecklichen engen Korridor verfolgt hatte.

Derselbe Mann, der sie in ihren Träumen heimsuchte.

Er hatte sie seit ihrer Jugend verfolgt, seit ihrer Vergangenheit, von den Niederungen und der brennenden Hitze Südtexas' bis zu den hohen Pässen und der eisigen Kälte des ländlichen Alaska, und nun stand er vor ihr und trug dieselbe verfluchte Sonnenbrille.

Sie wollte ihn anschreien, er solle sie abnehmen.

Stattdessen hatte sie sich auf die Unterlippe gebissen und El fixiert.

»Ich bin Micky Ascherfeld«, hatte sie sich vorgestellt. Sie trat auf ihn zu, streckte die Hand aus und wünschte, ihre Waffe läge darin.

»Mhm«, antwortete El, ohne sich zu rühren.

»Ich bin Ihre Nachbarin. Auf der anderen Seite des Baches.«

»Mhm«, sagte El wieder.

Was zum Teufel war los mit dem Mann?

Sie starrten einander an. Es herrschte Totenstille. Micky warf einen Blick auf Els Hand, die noch immer auf dem Griff seiner Pistole lag.

»Ich muss weiter«, bemerkte sie, ließ die Blumen neben dem Weg fallen und schlich sich an ihm vorbei.

An jenem Tag hatte sie den ganzen Weg bis zur nächsten Kurve spüren könnten, wie sich seine Blicke in ihren Rücken brannten.

»Ich hoffe, er hat Terry nicht geängstigt«, sagte Clive und warf Micky einen Blick zu. »Du weißt, wie sie ist.«

»Was Terry braucht, ist eine abgeriegelte und bewachte Wohngegend«, erklärte Rita kopfschüttelnd.

»Vielleicht fahre ich mal rüber, wenn ich deine Kiste zurückgebracht habe«, schlug Clive vor. »Um mich zu vergewissern, dass alles in Ordnung ist.«

»Nimm dein Gewehr mit«, sagte Rita.

12:55

Dawns ganzer Körper schmerzte. Sie konnte nicht viel länger in derselben Position ausharren. Aber sie hatte Angst, dass jede winzige Bewegung die Sträucher rascheln lassen würde und El von seinem Sitz in ihrem Hinterhof aus sehen könnte, dass sie sich bewegten. Der feuchte Boden war eisig, und die Kälte bohrte sich wie Nadeln durch ihr Hemd und ihre Jeans.

Wenn ich hier bleibe, werde ich erfrieren.

Sie streckte eine zitternde Hand aus und griff nach dem Zweig direkt vor ihren Augen. Die Sträucher raschelten im auffrischenden Wind. Auch wenn es dadurch kälter wurde, so würde die Brise doch zumindest ihre Flucht verschleiern.

Dawn kam der Gedanke, dass El vielleicht gelogen hatte.

Vielleicht wartete er gar nicht bei ihrem Haus.

Vielleicht war er weiter den Weg hinuntergegangen und hatte nur gesagt, er würde warten, damit sie blieb, wo sie war und keine Hilfe holte.

Oder aber er saß gleich oben auf der Böschung und wartete einfach nur darauf, dass sie ihren Kopf herausstreckte.

Sie betete darum, dass der Wind stärker würde.

Das Rauschen des Wassers, das über den steinigen Grund der North Fork plätscherte, hörte sich an wie wütende Stimmen, als sie sich anstrengte, irgendeinen Hinweis auf Els Anwesenheit zu erhaschen. Ihre Gedanken waren von Kummer, Angst und Fassungslosigkeit erfüllt. Sie musste sich zusammenreißen und Hilfe holen.

Sie dachte an Micky Ascherfeld. Micky wohnte am nächsten. Gleich auf der anderen Seite des flachen Baches gabelte sich der Weg und führte den Hügel hinauf zu ihrem Blockhaus.

Aber Micky war eine Frau. Dawn wünschte sich jetzt einen Mann. Einen großen, starken Mann. Die besten Aussichten hatte sie, wenn sie das Flüsschen durchquerte und dann den Weg hinunter direkt zu den Cabels lief. Clive hatte Gewehre, und im Geschäft gab es das Telefon. Sie konnten die Staatspolizei anrufen und wirkliche Hilfe holen.

Aber sie musste aus diesen Sträuchern raus, bevor sie die Fork durchqueren konnte.

Sie kroch voller Angst weiter, einen Zentimeter nach dem anderen, und rechnete jederzeit damit, dass ein Schuss fallen würde. Sie fragte sich, ob sie ihn hören würde oder schon tot wäre, bevor der Knall ihre Ohren erreichte.

Der Boden war hart und eisig. Als sie den Abhang hinuntergerutscht war, hatte sie sich ihre Fingernägel eingerissen, und ihre Hände waren wund. Ihre Kleider blieben immer wieder an den Zweigen hängen, und sie musste nach jedem Hindernis tasten, sich losmachen,

bevor sie sich wieder langsam vorwärts schieben konnte. Nach oben schauen, für den Fall, dass sich in den Zweigen eine Öffnung auftat und sie plötzlich ungeschützt wäre.
Als sie an die Stelle gelangte, an der El auf ihr Taschentuch getreten war, hielt sie den Atem an. Ihr Blick blieb am Rand des über der Uferböschung verschwindenden Weges hängen. Der Bach war näher hier, und es gab kein Unterholz zwischen ihr und dem Wasser, das sein Rauschen gedämpft hätte. Sie würde es ganz sicher nicht hören, wenn El jetzt näher käme. Ihre einzige Hoffnung war, sich durch den Bach zum anderen Ufer zu schleichen, bevor er zurückkam.
Wenn er kam.
Warum sollte er oben bei unserer Hütte auf mich warten, wenn er weiß, dass ich in den Sträuchern bin?
Würde er nicht einfach weiter den Bach hinuntergehen und darauf warten, dass ich ihm über den Weg laufe?
Entlang des geraden Laufs der Fork hätte er eine perfekte Schusslinie.
Für einen Moment blieb sie unentschlossen liegen.
Aber sie musste irgendetwas tun.
Ihre Mutter war tot.
Und El würde bald jemand anders töten. Da war sie sich sicher.
Sie schlängelte sich durch die letzten schützenden Zweige auf die Mitte des Weges hinaus. In ihrem ganzen Leben hatte sie sich noch nie so ausgeliefert gefühlt, so verwundbar und allein. Platt auf den Pfad gedrückt lag

sie da, wartete, horchte, schaute, und ihr Herz schlug dumpf in ihren Ohren.

Sie konnte den Bach nicht durchqueren, solange sie nicht wusste, wo El war. Sie musste über den Rand dieser Böschung schauen. Aber ihr Körper weigerte sich, ihrem Befehl, nach oben zu kriechen, zu folgen. Sie konnte El vor sich sehen, gleich über dem Kamm und groß wie eine Fichte. Wie er, die tödliche Pistole in der einen und das blutige Messer in der anderen Hand, gehässig auf sie heruntersah.

Wie lange kann ich hier so warten?

Sie zitterte so stark, dass ihr der Kiefer wehtat.

Els Ruf übertönte das Plätschern des Baches, er klang wie das teilnahmslose Summen einer riesigen Biene.

»Komm schon raus, Dawn. Du kannst nicht ewig da unten bleiben. Du bist verletzt. Du musst doch frieren. Komm schon raus.«

Seine Stimme weckte einen Brechreiz in ihr.

Gleichzeitig aber beruhigte sie sie.

Er war nicht gleich hinter dem Rand der Böschung. Seine Stimme kam aus der Nähe ihrer Hütte.

Sie begann auf dem Bauch liegend rückwärts zu rutschen, auf das Wasser zu, schob sich mit beiden Händen hinunter, versuchte zu verhindern, dass der Kies, der neben und unter ihr winzige Lawinen bildete, Geräusche verursachte. Als sie fühlte, wie ihre Füße in die eisige Strömung eintauchten und glitschige Steine unter ihren Stiefelspitzen knirschten, hielt sie inne.

Meine Füße werden innerhalb von Sekunden durchnässt sein.

Als ob das jetzt eine Rolle spielen würde.
Sie krallte sich in die gefrorene Erde wie ein verängstigtes Tier.
In ein paar Minuten werde ich tot sein.
Entscheide dich.

13:00

Howard erreichte den Rand des Glorianus-Grundstücks, wo die Sträucher endeten und der Weg die offene Wiese durchschnitt, die hinauf zu Terrys und Dawns Veranda führte. Das Blockhaus schien dunkel zu sein, und obwohl Rauch aus dem Ofenrohr aufstieg, sah er keinerlei Bewegung hinter den Fenstern.

So wie er Terry kannte, konnte es gut sein, dass sie sich, als sie den ersten Schuss hörte, die kleine Dawn geschnappt und drinnen verbarrikadiert hatte. Howard wollte die Frau nicht erschrecken, indem er mit einem geladenen Gewehr in der Hand vor ihrer Haustür auftauchte, und dazu gab es auch keinen Grund. Wenn El auf einen Bären schoss, tat er das mit Sicherheit nicht in Terrys Haus.

Der Aufstieg von der Brücke hatte ihm wieder den Atem genommen. Er stellte das Gewehr ab und griff nach dessen kurzem Lauf, um sich darauf zu stützen. Sollte sich herausstellen, dass dieser Feldzug umsonst war, würde er Terry um eine Tasse Kaffee und ein Stück von ihrem Kuchen anhauen, den sie regelmäßig backte. Es wehte ein böiger Wind, und er zerrte an seinem Hemdkragen, heilfroh, dass er seine Gänsedaunenweste trug. Als er wieder ein wenig zu Atem gekommen war, legte er das Gewehr über den Ellbogen, steckte aber seine linke Hand in die Westentasche, um sie aufzuwärmen. Er ging auf die Hütte zu, als er hörte, wie El nach Dawn rief.

Warum war Dawn wohl weggelaufen?

Natürlich stritt sie sich ständig mit ihrer Mutter. Das Mädchen war jetzt in diesem Alter, und Howard wusste, dass sie es hasste, in der Wildnis zu leben.

Aber warum war El hier und suchte Dawn, und was hatten die Schüsse zu bedeuten?

Hatte er sie abgefeuert, um das Mädchen auf sich aufmerksam zu machen?

Wo war Terry?

Howard kam der Gedanke, dass Terry, falls Dawn weggelaufen war, in Panik geraten sein könnte und auf der Suche nach Hilfe zu El gegangen war. Oder vielleicht war etwas viel Schlimmeres passiert. Vielleicht war das Mädchen mit einem Bären aneinander geraten, und El und Terry versuchten jetzt, sie zu finden.

Howard beschleunigte seinen Schritt.

Er ging um das Blockhaus herum, und die Sonne traf ihn direkt in die Augen. Er konnte Els Silhouette kaum erkennen. Er sah jedoch die Pistole in Els rechter Hand herunterhängen, und ein leichter Zweifel schlich sich zitternd in sein Herz. Aber im Augenblick sorgte sich Howard weit mehr um Dawn.

»Was ist los, Eldred?«, fragte er, noch immer außer Atem, in einem so beiläufigen Ton wie nur möglich. »Wo ist Dawn?«

El drehte sich um und sah ihn an.

Howard nahm die linke Hand aus der Weste und versuchte seine Augen vor dem blendenden Sonnenlicht abzuschirmen.
El hob die Pistole, und Howard klappte die Kinnlade herunter, als er erkannte, dass er einen schrecklichen Fehler gemacht hatte.
Der Knall der Pistole war nicht annähernd so schockierend wie das gewaltsame Reißen seines Brustbeins, als sich die schwerkalibrige Kugel hineinbohrte. Der Boden kam schnell auf ihn zu, trieb ihm den Atem aus der Lunge und schlug ihm die Brille aus dem Gesicht.
Howards Kopf arbeitete blitzschnell.
Ich muss das Gewehr hochkriegen.
Den Scheißkerl erschießen.
Er ist wie ein verwundeter Grizzly. Aber kalt und berechnend. Nicht rasend vor Wut.
El war übergeschnappt.
Das passierte Menschen in der Wildnis.
Howard sah so was nicht zum ersten Mal.
Die Leute kriegten einen Hüttenkoller während der unglaublich langen dunklen Winter. Wurden vollkommen bekloppt.
Howard bemühte sich, das schwere Gewehr allein mit dem rechten Arm anzuheben, konnte es aber nur über den Boden schleifen. Er hörte einen weiteren Schuss; die Kugel bohrte sich Zentimeter neben seinem rechten Auge in den Kies und die aufspritzende Erde nahm ihm die Sicht. Er zuckte, und die Schrotflinte feuerte neben seinem Fuß in den Boden.
Das war sein einziger Schuss.

Zum Nachladen fehlte ihm die Kraft, und es spielte sowieso keine Rolle mehr.

El stand breitbeinig über ihm, und Howard starrte zu der Sonnenbrille hinauf, die das Gesicht eines Dämons verbarg. Er sah, wie die Pistole angehoben wurde, bis sie direkt auf seine Augen zielte, und wusste, dass er nie wieder im Sgagamash Creek fischen würde.

»Scher dich zum Teufel«, schleuderte Howard ihm entgegen.

Die große Pistole zuckte noch einmal.

13:00

Rita zählte die Rechnung zusammen, und Micky zahlte in bar.

»Der Vergaser ist fast drin«, verkündete Clive. Er sah aus seiner Werkstatt und wischte sich an einem Lappen die Hände ab. »Ich komm dir gleich nach. Ich muss Damon erreichen wegen seiner letzten Bestellung. Manche von den Sachen, die er braucht, kommen in den nächsten paar Wochen nicht rein.«

»Ich glaube, er ist heute mit Stan oder Marty oben im Tal. Aber bei Damon weiß man nie: Er könnte unterwegs sein, auf der Suche nach Gold.«

»Dann erreiche ich ihn später.«

»Wenn ich ihn sehe, sag ich ihm, dass du nach ihm suchst. Ich hab für Aaron ein paar Sachen abgeholt. Ich werde hinaufwandern und ihn besuchen.«

Rita zog eine Grimasse, und Micky lachte.

»Er ist wirklich nicht so übel«, protestierte sie.

»Wie du meinst«, erwiderte Rita.

Micky öffnete die schwere Tür und trat auf die Veranda hinaus. Die Brise, die das Tal durchwehte, traf sie, und sie war überrascht, wie kalt sie war. Hoch am Himmel waren noch immer Federwolken zu sehen, und unter ihnen schien die Sonne. Aber als sie den Rand der Lichtung erreichte und den Weg zurück zu ihrer Hütte einschlug, wurde ihr klar, dass sie besser dort ihren Weg unterbrechen und sich eine dickere Jacke, Handschuhe und vielleicht einen Hut schnappen sollte. Eins der Dinge, die Aaron sie gelehrt hatte, war, dass nur *Cheechakos* nach draußen gingen, ohne auf schlechtes Wetter vorbereitet zu sein. Wenn das Wetter plötzlich umschlug und einen überraschte, war man ganz allein selbst schuld.

Aaron hatte ihr eine Menge beigebracht.

Wie man ein Feuer mit Asche bedeckt, damit es die ganze Nacht brennt.

Wie man Brot in einem Dampfkochtopf auf einem Holzofen backt.

Wie man auf Schneeschuhen läuft.

Wie man heute und nicht im Gestern lebt.

Das war das Wichtigste, was sie von Aaron gelernt hatte. Das war es auch, was er ihr nur mit größter Mühe hatte vermitteln könnten und das zu lernen ihr am schwersten gefallen war.

Fünf Monate nach dem Zwischenfall mit ihrem Holzstapel hatten sie und Aaron auf seiner Veranda gesessen und zugesehen, wie sich die Berge in der Ferne in unzähligen Blautönen färbten. Über den Baumkronen der Fichten spielten zwei Raben Fangen, und Micky fühlte sich beinahe wohl.

»Hören Sie auf, mit Toten zu leben«, sagte Aaron.

Sie starrte ihn an, als hätte er zwei Köpfe.

Wie konnte er es wagen, so etwas zu ihr zu sagen? Wie

konnte er es wagen, sich auf diese Art und Weise in ihren Kummer einzumischen?

Und woher weiß er, dass ich an Wade gedacht habe?

»Jetzt werden Sie davonstapfen und denken, dass ich ein alter Scheißkerl bin. Aber Sie wissen, dass ich Recht habe.«

»Es geht mir schon viel besser«, behauptete sie.

»Nein, das tut es nicht.« Sein grauer Bart passte so gar nicht zu seinen blauen Augen, die viel zu jung zu sein schienen für seine gerunzelten Augenbrauen und seine knorrigen alten Hände.

»Was wollen Sie heute bloß von mir?«, fragte sie und war tatsächlich kurz davor zu gehen.

»Schauen Sie sich um.«

Er wies mit der Hand auf das Tal um sie herum. Die Sonne stand hoch am Himmel, Wildblumen leuchteten blau im Gras, und der Kuskokwim war breit und grau vom Schmelzwasser des Frühlings. »Dieser ganze verdammte Planet ist von Leben erfüllt. Denken Sie darüber nach. Denken Sie dran, wie viel mehr Leben es hier gibt als Tod.«

Sie drehte sich von ihm weg.

»Und trotzdem verschwenden Sie ihre Zeit damit, über den Tod nachzudenken«, erklärte er. »Wissen Sie, was dann passiert?«

Sie wartete.

»Wundervolle Menschen wie ich, an die Sie hätten denken können, werden tot sein, wenn Sie es endlich tun.«

Sie lachte, wusste sie doch, dass es genau das war, worauf er abgezielt hatte. Er lachte ebenfalls.

Aber es war eine ernst gemeinte Lektion gewesen, und sie wusste das.
Ob sie durch eine gute Schule gegangen war oder sie sowieso an der Schwelle zur Genesung gestanden hatte, wusste sie nicht. Aber danach fing sie an, sich in McRay mehr zu Hause zu fühlen, und wenn sie auch nach wie vor oft an Wade denken musste, so waren es nun schöne Erinnerungen. Das Bild von ihm im Streifenwagen, die Erinnerung an ihre Eltern, mit dem Gesicht nach unten in den Lachen ihres eigenen Blutes liegend, waren glücklicherweise verschwommen und kamen nur noch selten in ihr hoch.
Das war Aarons Geschenk an sie.

Sie war fast bei ihrer Hütte angekommen, als sie wieder an den Hasen dachte. Sie schlich sich lautlos vom Weg hinunter und machte vorsichtig einen Schritt auf die andere Seite der riesigen Fichte. Aber das Tier war nicht mehr da. Sie warf einen Blick in den tiefen Wald; das Sonnenlicht schimmerte bernsteinfarben und golden auf dem dichten Teppich aus Kiefernnadeln. Aaron wäre vielleicht in der Lage gewesen, herauszufinden, wohin das Tier verschwunden war, aber die Fährte eines Kaninchens auf dem weichen Waldboden zu lesen, überstieg noch immer Mickys Fähigkeiten.
Sie glaubte, irgendetwas im Bach platschen gehört zu haben, und wandte sich augenblicklich der Böschung zu. Aber der Wald zwischen dem Weg und der Fork war zu dicht. Sie konnte den Bach nicht sehen, und es kamen keine weiteren Geräusche aus dieser Richtung.

Aber irgendetwas an diesem Geräusch machte sie wieder schrecklich nervös.
Die Schüsse.
Das ängstliche Kaninchen.
Ihre Intuition wegen Aaron.
Nun das Platschen.
Für sich genommen war das alles leicht zu erklären und kein Grund zur Sorge. Zusammengenommen aber wuchs sich das zu einer gewaltigen weiblichen Neurose aus. Aaron würde sich kaputtlachen.
Sie war von ihrem flotten Marsch verschwitzt und der aufkommende Wind ließ sie frösteln. Sie eilte in die Hütte, um sich ihre dickere Jacke zu holen, hielt inne und überprüfte kurz die Lattenkiste, rüttelte an allen Seiten, obwohl sie wusste, dass sie vollständig verschlossen war.
Sie tauschte ihre Jacke gegen die mit Gänsedaunen gefütterte und vergewisserte sich, dass ihre Handschuhe in den Taschen steckten. Sie nahm eine Wollmütze von einem Kleiderhaken neben der Tür und zog sie auf. Ihr Haar schaute kaum darunter hervor. Sie trug es jetzt immer ganz kurz. So ließ es sich leichter pflegen. Es gab keinen Friseur in McRay. Alle paar Monate bezahlte sie Rita dafür, dass sie ihr die Haare schnitt, und sie hielt sich nicht damit auf, sich in ihrem einzigen Spiegel zu bewundern. Rita war kein Schlachter. Aber ihren Hauptberuf sollte sie besser auch nicht aufgeben.
Micky dachte wieder an die Schüsse und die Möglichkeit, dass ein Bär herumlief, und holte die Pistole aus

ihrem Nachttisch. Sie überprüfte die Kammer, legte die Waffe dann auf den Arbeitstisch und versuchte sich zu erinnern, wo sie ihr Halfter hingetan hatte. Seit sie aus Houston weggezogen war, hatte sie es nicht mehr getragen. Schließlich fand sie es im Regal unter dem Küchenwaschbecken. Sie hielt es in beiden Händen und starrte es an. Das Gefühl, das Gewicht und die Glätte des pechschwarzen Leders brachten augenblicklich die hässlichen Erinnerungen zurück, die sie sich unter Aarons Anleitung so rigoros ausgetrieben hatte.

Sie legte das Halfter neben die Waffe auf den Tisch und wich zurück. Plötzlich wollte sie es nicht mehr anfassen. Sie warf einen Blick auf ihre Armbanduhr, die an einem Nagel an der Wand hing, und dachte, wie sehr die Pistole und die Uhr doch ihr früheres Leben symbolisierten.

Zeit.

Und Gewalt.

Zeit bedeutete wenig in McRay.

Ein Tag konnte eine Ewigkeit dauern, oder aber sie schaute von ihrem Arbeitstisch auf und fragte sich, wo er geblieben war.

Und Gewalt, die Gewalt der Pistole, war eine Sache aus ihrer Vergangenheit.

Sie griff sich ein paar Taschenbücher, die sie für Aaron bestellt hatte, trat wieder in die Sonne hinaus und schloss die Tür hinter sich.

Besser ohne die Pistole.

Aaron sagte immer, ihre frühere Dienstwaffe sei eine

Mädchenpistole, die außer für das Schießen auf Zielscheiben sowieso für nichts zu gebrauchen sei.

Für den Fall, dass ein Bär in der Nähe war, würde sie dabei bleiben, zu pfeifen und mit den Fingern zu schnippsen.

Als sie den Bach erreichte, ließ sie ihren Blick das Ufer auf- und abgleiten. Sie konnte in beiden Richtungen fünfzig Meter weit sehen, ehe der Bach sich um eine Biegung schlängelte. Aber sie konnte nichts Ungewöhnliches entdecken. Keinen Bären. Niemanden, der im Bach herumtollte. Es war ein normaler Frühlingstag, und das Flüsschen floss dahin, wie es das seit Millionen von Jahren getan hatte, bevor sie hierher gekommen war. Niemand brüllte am anderen Ufer. Niemand rannte durchs Unterholz.

Aber eine böse Vorahnung nagte an ihr.

Der Wind ließ für einen Moment nach, und es wurde vollkommen still im Wald.

Sie überlegte, ob sie zu Terry hinüberrufen sollte. Aber eine Hand schien sich um ihre Stimmbänder gelegt zu haben, und sie blieb stumm.

Ihr Rufen würde Terry womöglich Angst machen. Micky hatte bei zahlreichen Gelegenheiten mit Terry und Dawn gesprochen, und sie kannte deren Geschichte. Terry hatte Angst vor der Luft um sie herum. Die Frau war wie ein kleiner Vogel, der so verängstigt war, dass er an einem Herzanfall sterben konnte, bevor ein Jäger ihn fing. Micky hätte Terry gern geholfen, wusste aber nicht, wie sie das anstellen sollte. Sie spürte, dass die schroffe Methode, die Aaron bei ihr angewandt hatte, bei Terrys Ängsten zum Scheitern verurteilt wäre. Sie hatte das Thema Aaron gegenüber angeschnitten, und er hatte ihr zugestimmt.

»Jemanden wie Terry kann man nicht wieder hinkriegen«, erklärte er. »Sie ist nicht nur angeschlagen, sie ist zerbrochen.«

»Sie hat einfach Angst«, erwiderte Micky kopfschüttelnd. »Ich weiß, wie es ist, wenn man Angst hat.«

»So wie Sie in Houston?« Außer Damon war Aaron der Einzige im Ort, der die ganze Geschichte kannte.

»Die Angst kommt zurück«, sagte sie.

»Aber so viel Angst? So viel Angst, dass man sich nicht rühren kann? Dass man sich in die Hose macht?«

»Nein.«

»Tja, aber solche Angst wird Terry für den Rest ihres Lebens haben. Angst, dass es sie das Leben kosten wird, wenn sie auch nur für einen Moment den Schutz verlassen, den sie und Dawn ihrer Meinung nach hier gefunden haben. Sie verbringt ihre ganze Zeit damit, einen Weg zu finden, wie sie Dawn hier halten kann, wenn diese erst mal volljährig ist, und es macht sie fertig zu wissen, dass sie es nicht kann.«

»Woher zum Teufel wissen Sie das alles?«

»Der Unterschied zwischen Ihnen und Terry ist«, führte Aaron weiter aus, »dass Sie sich tief im Inneren wünschen, es ginge Ihnen besser. Terry nicht. Sie wünscht sich nicht, keine Angst mehr zu haben, weil keine Angst zu haben bedeuten würde, dass sie im Irrtum ist. Es würde bedeuten, dass die Welt kein böser Ort ist. Dass sie ihren Mann nicht als Opfer ausgewählt hat. Dass sein Tod nichts als eine verflucht sinnlose Tragödie war. Das Schlimmste ist: Wenn ihre Tochter nicht sehr bald hier rauskommt, wird die Angst ihrer Mutter langsam auf sie abfärben, und sie wird ebenfalls voller Angst sein.«

Micky wusste genau, was er meinte.

Die Tatsache zu akzeptieren, dass es sich bei den Männern, die ihre Eltern und ihren Geliebten und das Mädchen in dem Striplokal kaltblütig ermordet hatten, schlicht um Kriminelle gehandelt hatte, die ihnen zufällig über den Weg gelaufen waren, beschmutzte ihr Andenken. Sie wollte Gründe für ihren Tod, und wusste doch, dass es keine gab. Und schließlich, als sie akzeptiert hatte, dass es keine Gründe gab, war sie auf dem Weg zur Genesung.

Und was Aaron über Dawn sagte, war ebenfalls richtig.

Terry würde sich nie erholen. Das Beste, was Dawn tun konnte, war wegzugehen, bevor ihre Mutter sie mit ihrer Krankheit ansteckte.

Noch immer von bösen Vorahnungen geplagt, wandte Micky sich bergauf. Aarons Hütte lag anderthalb Meilen das gewundene Tal hinauf, aber sobald sie um die Biegung vor ihr herum wäre, würde sie Els Grundstück sehen können. Seine Hütte stand unten nahe am Wasser, und sie war unzählige Male daran vorbeigekommen, aber nie, ohne sich zu fragen, wie hier nur jemand leben konnte.

Sogar Els Grundstück war irgendwie bedrohlich. Es schien, als ob die Hütte selbst gern so schnell wie möglich aus dieser Lichtung herauswollte. Und Micky war schon nervös.

An Els Hütte vorbeizugehen würde schlimm genug sein. Und der Letzte, dem sie an diesem Nachmittag begegnen wollte, war El.

13:10

Hätte Micky kehrtgemacht und wäre in Richtung Laden gegangen, als sie den Bach am Fuß ihrer Hütte erreichte, hätte sie die in den Sträuchern kauernde Dawn entdeckt. Das Mädchen hatte sich schließlich innerlich gewappnet und war durch die North Fork gerannt, während Micky in ihrer Hütte stand, auf die Pistole hinuntersah und sich nicht überwinden konnte, sie zu tragen.

Dawn hatte mehr Lärm gemacht als erwartet, als sie platschend den schmalen Bach durchquerte. Nachdem sie sich den flacheren Abhang auf der anderen Seite hinaufgekämpft hatte, versteckte sie sich sofort wieder tief im Unterholz.

Alles, was sie nun sehen konnte, waren ein paar Meter Weg draußen vor ihr und hier und da ein Stück des anderen Ufers.

Den Mut zusammenzunehmen, um endlich aufzustehen und durch den Bach zu laufen, war fast unmöglich gewesen.

Dann hörte sie Howard McArthurs Stimme, und irgendetwas machte Klick in ihrem Kopf.

Ohne nachzudenken hatte sie sich nach oben getastet und mit den Lippen unhörbare Worte geformt. Hatte erfolglos versucht zu schreien. Sie wollte zu Howard rennen, sich ihm in die Arme werfen, ihm sagen, dass er sie retten solle.

Gleichzeitig fragte ein anderer Teil ihres Gehirns immer wieder, wer wen rettete.

Sie musste Howard warnen, dass El Menschen umbrachte. Ihre Finger gruben sich in den losen Kies, und ihr Kopf ragte gerade über den Rand der Böschung, als sie nur wenige Meter vor sich den überraschten Gesichtsausdruck des alten Howard sah.

Els Pistole donnerte, und ein heller Blutfleck breitete sich vorne auf Howards frischem blauen Hemd aus. Er fiel hart auf den Rücken, und sein Kopf drehte sich von links nach rechts, als sage er sich selbst, dies passiere nicht wirklich.

Dawn aber hätte es ihm bestätigen können.

Sie hing da, umklammerte mit den Händen den Rand der Böschung wie ein Mensch, der sich an der Kante einer Klippe festkrallt, während El sich langsam über Howard beugte und den langen schwarzen Lauf auf dessen Gesicht richtete.

Wie hypnotisiert sah sie zu, wie El mit dem Daumen den Hahn spannte, drehte jedoch den Kopf zur Seite, als er erneut abdrückte.

Der Schuss donnerte durch das Tal.

Dawn wimmerte.

Sie ließ los und rutschte den Abhang wieder halb hinunter. Regungslos hing sie da, unfähig, sich zu rühren, das Gesicht in der kräftig riechenden Erde vergraben, und wartete zitternd.

Kommt er jetzt?

Es kam ihr vor wie eine Ewigkeit, bis sie den Mut aufbrachte, sich noch einmal nach oben zu ziehen. Sie hob den Kopf, sah sich ganz schnell überall auf der Lichtung um und unterdrückte das Schluchzen, das sie beinahe erstickte.

Howard lag der Länge nach in der Sonne. Mit seinem linken Auge stimmte irgendetwas nicht, aber sie konnte aus dieser Entfernung nicht erkennen, was es war.

Er bewegte sich nicht.

Und El war nirgends zu sehen.

In welche Richtung ist er gegangen?

Hat er die Brücke zu Howards Grundstück überquert?

Sie hätte ihn gehört, wenn er den Weg hinauf zurück zu seiner eigenen Hütte gegangen wäre, und es war mehr als wahrscheinlich, dass er einen letzten Blick hinunter auf den Bach geworfen und sie entdeckt hätte.

Oder ist er wieder in unserer Hütte?

Bei der Vorstellung, dass El wieder in ihrem Haus war, bei der Leiche ihrer Mutter, schoss ihr ein Schauder des Ekels den Rücken hinauf.

Sie rutschte wieder zum Bach hinunter und kniff die Augen fest zu.

Aber im Grunde ihres Herzens wusste sie, dass sie dort nicht bleiben konnte. Er würde jede Minute zurückkommen und nach ihr suchen.

Also rannte sie los.

Der eisige Wasserlauf griff nach ihren Hosenbeinen, zwang sie, langsamer zu werden, und es platschte laut.

Sie schnappte nach Luft, als ihr ein stechender Schmerz von den Zehenspitzen bis in die Knie schoss. Über die Steine schlitternd warf sie ängstliche Blicke über die Schulter zurück und rechnete damit, dass El jeden Moment hinter ihr die Böschung hinunterstürzen würde.

Aber sie schaffte es ans andere Ufer und kämpfte sich nach oben, überquerte den schmalen Pfad und grub sich in die wartenden Sträucher. Ihr Gesicht war zerkratzt, ihre Hände und Arme waren wund und blutig, und von der Taille abwärts war sie fast überall bis auf die Haut durchnässt. Der Wind wurde stärker und ließ sie frieren. Sie musste schnell irgendwohin, wo es warm war, oder sie würde an Unterkühlung sterben.

Was hatte El gemeint mit »Ihr müsst alle sterben?« *Alle* hatte sich nicht angehört, als rede er von ihr und ihrer Mutter.

Er war verrückt.

Konnte er so verrückt sein, jeden im Ort umzubringen?

Plötzlich hatte sie eine böse Vorahnung. Sie sah El mit großen Schritten über die Lichtung auf den Laden zugehen. Sah Rita und Clive ahnungslos auf der Vordertreppe stehen. Ihn kommen sehen …

Wenn El zu der Brücke gegangen war, die zum Laden hinüberführte, musste sie sich beeilen. Sie hatte den Bach bereits durchquert. Sie konnte vor ihm beim Geschäft der Cabels sein.

Sie schlang die Arme um sich, hielt sich fest an den Schultern, versuchte, sich so gut sie konnte vor der zunehmend eisigen Brise zu schützen.

Sie trat vorsichtig auf den ungeschützten Weg hinaus, schaute nach rechts und links wie ein schrecklich verängstigtes Häschen.
Dann rannte sie los.

13:25

»Kriegst du das Ding repariert oder nicht?« Rita lehnte am Türpfosten, ihr Buch in ihrer herabhängenden Hand.

Clive warf einen Blick über den Four-Wheeler hinweg. »Irgendwas nicht in Ordnung?«

»Es ist wichtig für Micky, dass diese Kiste abgeholt wird.«

Er legte seine Zange auf den Sitz, stand auf und wischte sich die Hände an der Hose ab.

»Und?«

»Du hast ihr gesagt, dass du dich drum kümmerst. Das ist alles.«

Clive runzelte die Stirn und sah auf die Uhr. »Rich ist frühestens in drei, vielleicht vier Stunden hier. Ich bin fast fertig. Warum die Eile?«

Rita klopfte mit dem Buch gegen ihr Bein, bevor sie antwortete.

»Es gefällt mir nicht, was Micky über diese Schüsse gesagt hat.«

»Möchtest du, dass ich nachsehe?«

»Zu Fuß?«

Clive zog ein Gesicht und deutete auf den vergaserlosen Four-Wheeler. »Also, was willst du nun?«

»Ich weiß es nicht«, erwiderte Rita und warf einen nervösen Blick zurück in den Laden. »Beeil dich halt. Okay?«
Clive schüttelte den Kopf und machte sich wieder an die Arbeit. Er musste den Vergaser nur noch auf die neue Dichtung des Honda aufsetzen und die Schrauben anziehen. Er wischte ihn sauber und räumte sein Werkzeug auf. Anschließend steckte er den Kopf durch den Türrahmen.
»Ich bin fertig«, erklärte er. »Ich werd jetzt zu Micky fahren.«
»Sei vorsichtig«, sagte Rita.
»Mein Gott, Rita«, seufzte er und machte einen halben Schritt in den Laden. »Was ist heute nur los mit dir?«
»Es ist bescheuert«, lenkte sie ein und warf das Buch auf den Ladentisch. »Micky hat mich ganz rappelig gemacht. Nimm dein Gewehr mit, okay?«
»Klar.«
Er öffnete die Schiebetür und schob den Honda raus auf die Wiese. Der Wind wurde stärker, und die Wolken standen nicht mehr so hoch am Himmel. Er machte den Reißverschluss seiner Jacke zu und zog sich ein paar Handschuhe über. Er drückte auf den Anlasser und ließ den Motor mit dem Daumengashebel aufheulen. Rita trat auf die Veranda und winkte ihm zu, und er hielt den Daumen hoch und schaukelte auf dem Weg zu Mickys Hütte davon.
Er fuhr schnell und fragte sich, ob er Micky einholen würde, bevor sie ihre Hütte erreichte. Nicht, dass das

eine Rolle spielte. Er fuhr einfach ein Rennen mit sich selbst, gab seinem Kopf etwas zu tun auf einem Weg, den er Dutzende Male gefahren war. Der Honda hüpfte und holperte, er ließ die Lenkstange durch seine Finger gleiten und balancierte geschickt auf den Fußballen auf den Fußstützen.
Der Motor erzeugte ein heiseres, aber hohes Heulen, das durch die Bäume hallte und in beiden Richtungen des Tals mindestens eine Meile weit zu hören war. Aaron schimpfte jedes Mal über den Lärm, wenn Clive Waren bei seiner Hütte ablieferte. Aber der alte Mann bestellte immer mehr, und Clive hatte festgestellt, dass Aaron von Jahr zu Jahr weniger von seinem täglichen Bedarf in seinen Rucksack zu packen schien.
Micky hingegen machte nie eine Bemerkung wegen des Lärms. Clive hatte das Gefühl, dass sie ihn irgendwie gerne hörte. Er vermutete, dass der Four-Wheeler für sie und andere wie Terry Glorianus die Zivilisation symbolisierte, sie beruhigte, dass sie nicht das Ende der Welt erreicht hatten, als sie nach McRay gezogen waren.
Kurz vor der Treppe von Mickys Hütte hielt er an und stellte den Motor ab.
Die plötzliche Stille wirkte bedrohlich, als ob der Wald ringsum totenstill gewesen wäre, bevor er eintraf. Er sah sich auf der Lichtung um und warf einen Blick auf den zur Fork führenden Weg. Der Wind bewegte die Bäume, und er hatte das merkwürdige Gefühl, dass er beobachtet wurde. Es war ihm nicht geheuer, aber er schüttelte es ab.

In McRay gab es nichts, wovor man Angst haben musste. Selbst die Bären schreckten vor dem Lärm des Four-Wheelers zurück. Er war besser als bellende Hunde, um Bären zu verjagen.

Der Gedanke an bellende Hunde erinnerte ihn an Scooter.

Scooter war der einzige vierbeinige Einwohner im ganzen Dorf gewesen.

Anders als die meisten anderen Orte Alaskas war McRay nicht von streunenden Hunden überlaufen. Aaron hatte nie welche gezüchtet, hatte nie einen Hundeschlitten gefahren, und die Leute, die später hierher gezogen waren, kamen entweder, um Gold zu suchen oder um zu jagen. Sie hatten kein Interesse daran, sich ein Rudel Tiere zu halten oder Schlittenhunde zu benutzen, da sie entweder auf Schneemobilen oder zu Fuß unterwegs waren, und bis zur Start- und Landebahn war es nirgendwo in McRay allzu weit. So hatte es immer eine mehr oder weniger unausgesprochene Übereinkunft zwischen den Bewohnern gegeben, dass der Ort keine Hunde brauchte.

Bis auf Scooter.

Scooter war eines Tages auf der Veranda vorm Laden aufgetaucht.

Er war ein sibirischer Husky, dünn wie eine Ratte, hatte frische Narben an den Hinterläufen und am Maul und hinkte mit dem rechten Vorderbein, das nie ganz heilte. Er hatte einen außergewöhnlichen weißen Streifen Fell zwischen den Schulterblättern. Clive wusste sofort, dass der Hund, wo immer er auch herkam, eine weite Strecke zurückgelegt hatte, um Menschen zu finden. Und Aaron hätte ihm nicht zu erklären brauchen, dass die Narben von Wölfen stammten, die immer wieder Huskys fraßen, die so dumm waren, die Sicherheit von Heim und Herd zu verlassen.

Scooter zog in den Laden, und Rita pflegte ihn langsam gesund.

Im Laufe des Sommers wurde er zum lebenden Inventar auf der vorderen Veranda, und im Winter nahm er einen speziellen Platz am Holzofen für sich in Anspruch, wo er sicher sein konnte, jeden Brocken Essen zu finden, den jemand, der in einem der Schaukelstühle saß, zufällig fallen ließ. Er wurde dick und frech, auch wenn die Narben nie wieder vollständig mit Fell bedeckt waren. Alles in allem sah Scooter aus wie das perfekte Maskottchen für McRay. Alt, zäh und angegriffen, aber durchaus noch bei Kräften.

Scooter hatte die Angewohnheit, jeden Tag gegen fünf einen Rundgang durchs Tal zu machen. Selbst im Winter entdeckten Leute seine Spuren auf einer festen Route, die zu Mickys Haus, an Damons Haus vorbei und anschließend fast bis hinauf zu Aarons Hütte führte. Aber der Hund kehrte stets um, bevor er Aarons Haus erreichte, ganz so, als würde er nach dem Alten sehen, sich aber davor hüten, ihn zu stören.

Anschließend lief der Hund auf der Suche nach einem Leckerbissen den Weg wieder hinunter zu Terrys Haus, wobei er den Bach unterhalb von Els Hütte durchquerte, als wollte er es vermeiden, an Els Grundstück vorbeilaufen zu müssen.

Alle im Dorf liebten Scooter.

Alle bis auf El.

Seit jenem Tag vor vier Jahren, als die beiden einander zum ersten Mal gesehen hatten, bestand unverkennbar Feindschaft zwischen ihnen.

El war erst zwei Tage im Ort, als er mit der großen Pistole an der Hüfte und der Sonnenbrille, die seine Augen verdeckte, in den Laden spazierte. Als er an diesem Tag mit der Sonne im Rücken in der Tür stand, sah er aus wie ein Mann, der versucht, wie ein Cop auszusehen. Er schob die linke Hüfte vor, seine rechte Hand lag auf dem Pistolengriff, sein Kopf im Nacken, und er starrte diesen Zinken von einer Nase hinunter auf das Innere von Clives Laden.

Clive hatte El am Tag zuvor kennen gelernt, aber Rita war zum ersten Mal mit ihm konfrontiert, und als Clive zu ihr hinüberschaute, sah er etwas in ihren Augen, das er da noch nie gesehen hatte.

Angst.

Scooter erhob sich von seinem Platz neben dem Ofen, und Clive bemerkte, dass sich seine Nackenhaare aufgestellt hatten. Die Augen des Hundes waren schmal wie Schlitze und fest auf die Silhouette in der Tür gerichtet. Ein tiefes, raues Knurren drang aus seiner Kehle. Clive fürchtete, dass der Hund im Begriff war, sich auf El zu stürzen, und stellte sich eilig zwischen die beiden.

El war ein paar Zentimeter kleiner als Clive, und er war dünner und drahtiger. Er sah an Clive vorbei und starrte auf den Hund, und Clive wusste sofort, dass, aus welchem Grund auch immer, ein natürlicher Hass zwischen den beiden bestand.

»Rita«, sagte er scharf. »Bring Scooter ins Hinterzimmer.«

Sie scheuchte den Hund vor sich her um den Ladentisch herum. Aber Scooter wehrte sich den ganzen Weg dagegen, wich zurück, versuchte jedoch an ihren Hosenbeinen vorbeizuschauen, sein Kopf hin- und herpendelnd wie der eines Boxers, der versucht, um einen Ringrichter herumzukommen, und das tiefe Knurren wurde fast, aber nicht ganz, zu einem Bellen. Als Rita Scooter in den Schuppen gebracht hatte, schloss sie die Tür und kehrte an den Ladentisch zurück.

»Tut mir Leid«, erklärte Clive. »Ich weiß nicht, was in ihn gefahren ist.«

»Ich mag Hunde nicht«, sagte El.

»Scooter hat so was noch nie gemacht«, entgegnete Clive.

»Mhmm«, erwiderte El, dessen Hand noch immer auf der Pistole lag.

Der Mann machte Clive entschieden nervös.

Von da an schlossen sie Scooter stets im Schuppen ein, wenn sie El näher kommen sahen, und es gab keine Schwierigkeiten.

Vor einem Jahr war Scooter dann von seinem Rundgang nicht zurückgekehrt. Clive machte sich am nächsten Morgen auf die Suche nach ihm.

Er stellte fest, dass der Hund bis zu Mickys Haus gekommen war.

Sie erzählte Clive, dass sie ihm ein paar Kekse und Speck

gegeben und zugesehen hatte, wie er auf seiner festen Runde den Weg hinaufgelaufen war.

Damon war nicht zu Hause, also ging Clive zu Aarons Hütte, aber der alte Mann hatte den Hund nicht gesehen. Nun blieb noch der Teil von Scooters täglichem Rundgang, der ihn wieder den Hügel hinab führte. Der Teil, auf dem der Hund an Els Haus vorbeikam. Je näher Clive der kleinen Furt durch die Fork in der Nähe von Els Blockhaus kam, desto besorgter wurde er. Bei den Gefühlen, die Scooter El gegenüber hegte, und Els Hass auf den Hund musste sich Scooter, dessen war sich Clive sicher, an Els Hütte vorbeigedrückt haben wie ein Geist, um hinunter zu Terrys Grundstück zu gelangen.

An diesem Tag starrte Clive auf den nur zentimetertiefen Bach, der fast frei von Schmelz- und Regenwasser war. Es war ein trockener Frühling gewesen, und der Schnee früh geschmolzen. Er wusste instinktiv, dass der Hund wenigstens bis hierher gekommen war. Es gab kein Zeichen von Scooter im Wald, und er glaubte nicht, dass Wölfe ihn gekriegt hatten.

Es kamen zwar Wölfe ins Tal, und Scooter ging in Nächten, in denen der Mond hell schien, oft auf die Veranda hinaus, um sie heulen zu hören. Dann zitterte der Hund unter Clives Hand, aber Clive spürte, dass Scooters Anspannung mehr zu bedeuten hatte als bloß die Furcht vor alten Feinden. Es lag in diesen Lauten für Scooter eine unheimliche Anziehungskraft. Scooter wusste, dass die Wölfe gefährlich waren, aber sie übten auch einen starken Reiz auf ihn aus.

Trotzdem, Scooter war ein verdammt kluger Hund. Dass er nicht nach Hause gekommen war, musste das Werk von etwas weit Heimtückischerem sein als von Wölfen, und Clive war sich ziemlich sicher, was das war.

Er watete durch das seichte Flüsschen, kämpfte sich zum Weg hinauf und ging in Richtung von Els Hütte zurück. Er war bereits wütend, obwohl er keinerlei Beweise für irgendein Vergehen hatte.

Als er aus dem Wald kam und auf die Lichtung trat, die Els Haus umgab, war er von dem Durcheinander nicht überrascht. Er sah es nicht zum ersten Mal, aber es berührte doch etwas in ihm.

Dies war nicht in Ordnung.

Die Menschen lebten mehr oder weniger so, wie sie wollten, in den Wäldern.

Aber in McRay waren die meisten Leute ordentlich. Sie hielten ihre kleinen Blockhäuser sauber, weil sie sich stunden- und tagelang darin aufhielten. Und wenn der Frühling kam, harkten sie vor dem Haus, sammelten den Müll des Winters auf, stießen herabgefallene Äste zurück ins Unterholz und nahmen Reparaturen vor.

Els Hütte hatte jahrelang leer gestanden, verwahrloste und verrottete, und anfangs war Clive glücklich gewesen, zu wissen, dass sich hier ein neuer Eigentümer niederließ. Besser, es kümmerte sich jemand um das Haus, als dass es endgültig verfaulte und der Wald es wieder in Besitz nahm.

Aber El tat das ganz und gar nicht.

In einem Fenster war die Scheibe gesprungen, und El

hatte es mit Lumpen zugestopft. Das Ofenrohr, das eines Winters von einem starken Wind erfasst worden war, hing noch immer halb abgebrochen herunter, und der Rauch stieg nicht oben, sondern durch eine gebogene Öffnung im unteren Verbindungsstück auf. Und wenn auch das Feuerholz durchaus ordentlich an einer Wand aufgeschichtet war, so stapelten sich daneben doch Tüten mit Müll, und eine davon war aufgerissen. Die Lichtung war mit Papier, Dosen und Abfall übersät, und Clive sah voraus, dass die Bären zurückkommen würden, um sich den Rest vorzunehmen.

Vielleicht hält El die großen Tiere für seine Müllabfuhr. Ist der so blöd?

Dann fragte sich Clive, ob der Bastard die Bären bewusst köderte. Wenn die Tiere bei seiner Hütte herumstöberten, lieferte das El einen perfekten Vorwand, einen von ihnen zu erschießen.

Plötzlich wünschte sich Clive, er hätte selbst ein Gewehr mitgebracht.

Er stand auf der mit Abfall übersäten Lichtung und hatte furchtbare Angst, dass El in der undurchsichtigen Dunkelheit des Hauses mit dieser großen 44er Magnum direkt auf seine Brust zielte. Er konnte den auf sein Brustbein gerichteten Lauf spüren und fühlte sich plötzlich nackt. Ungeschützt. Er stellte sich Scooter vor, wie er den Weg hinunter über den Bach trottete, seine Nase in der Luft, die Augen wachsam. Wie er dasselbe spürte wie Clive in diesem Moment.

Augen.

Clive ging mit großen Schritten über die Lichtung, und

El trat aus der Hütte und schloss rasch die Tür hinter sich.
Genau wie Clive vermutet hatte, hatte El ihn die ganze Zeit beobachtet.
El blieb auf der obersten Stufe stehen, und Clive kam so ungezwungen wie möglich auf ihn zu.
El hatte die Pistole bei sich und trug diese Sonnenbrille. Er sah seine Nase hinunter, als Clive näher kam.
»Haben Sie Scooter gesehen?«, fragte Clive und blieb am Fuß der Treppe stehen. Er wusste, dass El den Hund gesehen hatte und hatte den Verdacht, dass er ihn aus dem höhlenähnlichen Schutz seiner verdunkelten Hütte heraus genauso beobachtet hatte wie ihn.
El schüttelte den Kopf.
Clive sah sich auf der Lichtung um und dann den Weg rauf und runter.
»Er war bei Mickys Haus«, erklärte er, bemüht, nicht anklagend zu klingen.
»Bei mir ist er nicht vorbeigekommen«, erwiderte El. »Ich mag Hunde nicht. Das hab ich Ihnen schon mal gesagt.«
Els Hände lagen auf dem Geländer der Veranda, als rechne er halb damit, dass Clive die Treppe hinaufstürmen, sich auf ihn stürzen und versuchen würde, ins Haus zu kommen. Clive fragte sich, was El wohl machen würde, wenn er das täte. Plötzlich fragte er sich, wie gefährlich El tatsächlich war.
Er konnte erkennen, dass El Angst vor ihm hatte, begriff aber nicht warum. Clive war dem Mann gegenüber stets von perfekter Höflichkeit gewesen. Aber er spürte eine

wirkliche Furcht hinter den dunklen Brillengläsern, die Souveränität signalisieren sollten, und fragte sich, ob sie nicht schon die ganze Zeit da gewesen war.
War das der Grund, warum El ständig die große Pistole mit sich führte und die Sonnenbrille trug? Um seine Angst zu verbergen?
Plötzlich machten eine Menge Dinge Sinn.
Und ebenso plötzlich wusste Clive, dass die Angst dieses Mannes schnell in Gewalt umschlagen konnte, wenn El glaubte, dass er unter Druck gesetzt wurde.
Clive war einen Schritt von der Treppe zurückgetreten. Er bemerkte, dass Els Hände das Geländer der Veranda so fest umklammerten, dass seine Knöchel weiß geworden waren. Der Mann war wie eine zusammengerollte Schlange, und Clive begriff, dass er um ein Haar herausgefunden hätte, wozu El fähig war.
»Ich weiß nicht, wohin er verschwunden ist«, hatte Clive erklärt und war weiter zurückgewichen.
El beobachtete ihn, und seine Gläser blinkten in der Sonne.
»Mhmm«, hatte er gesagt.
Als er den gewundenen Pfad entlangging, der zu Terrys und Dawns Hütte führte, wusste Clive, dass El Scooter getötet hatte. Und auch alle anderen im Ort kamen zu der Überzeugung, dass El es getan hatte. Es war nur ein Grund mehr, ihn auszuschließen, wenn El auch ziemlich gut darin war, sich selbst auszuschließen.
Clive schüttelte die Erinnerung ab. Aber die alte Wut kehrte zurück, als er auf die Fork hinunterstarrte und wusste, dass der Bastard gleich auf der anderen Seite des

Baches war. Er schnallte die Gummiseile an dem Korb hinten auf dem Four-Wheeler los und warf sie neben dem Fahrzeug auf den Boden. Er war in Gedanken bei El, als er Mickys Tür aufmachte.

13:30

Der Lärm von Clives Four-Wheeler dröhnte durch die Bäume oberhalb von Dawns Versteck. Es hörte sich an, als ob er zu Mickys Haus fuhr. Dawn war jetzt näher am Laden als an Mickys Hütte, und das Motorengeräusch war schnell im Wald verklungen.

Ihre Intuition sagte ihr, dass El gleich auf der anderen Seite des Baches war. Er hatte zwar gesagt, dass er bei der Hütte auf sie warten würde, aber sie glaubte, dass er log. Vielleicht wollte er ihr nur Angst machen, damit sie blieb, wo sie war, während er alle anderen umbrachte.

Sie konnte seine Worte nicht aus dem Kopf bekommen.

»Ihr müsst alle sterben. Ihr könnt hier nicht länger bleiben.«

El hatte nicht nur von ihr und ihrer Mutter gesprochen. Er hatte auch Howard umgebracht. Als er *alle* sagte, hatte er wirklich jeden gemeint.

Falls er als Nächstes zum Laden unterwegs war, konnte sie vor ihm da sein, aber sie wusste, dass sie wertvolle Zeit damit vergeudet hatte, sich zu verstecken. Während sie sich zusammengekauert hatte, gelähmt vor Angst, war er an Howards Haus vorbei und zur Brücke hinuntergelaufen. Es war gut möglich, dass er schon da war.

Sie zwang sich, ihr neues Versteck zu verlassen, und stand zitternd auf dem Weg.

Sie hasste den Gedanken, dass ihre Angst El die Zeit gegeben hatte, vor ihr beim Laden zu sein. Sie musste Rita warnen.

Sie rannte den Kiesweg hinunter, bis ihre Lunge brannte wie Feuer.

Weiter vorne wurde der Pfad breiter, und Sonnenlicht fiel durch die Bäume. Sie war fast bei der Lichtung angekommen. Als sie sie erreicht hatte, blieb sie stehen.

Der Laden lag dreißig Meter weiter zu ihrer Rechten, und die Fenster glänzten in der Sonne.

Zu ihrer Linken konnte sie gerade noch das von der Sonne gebleichte Holz der Brücke sehen.

Was, wenn El schon im Laden ist?

Was, wenn er auf dem Weg gleich auf der anderen Seite der Fork ist?

Für einen langen Moment stand sie unentschlossen da, bereit, beim geringsten Anlass wieder den Weg hinauf und in den Wald zu rennen. Aber zwei Raben platzten kreischend und klagend aus den Bäumen auf der anderen Seite des Baches. Die großen schwarzen Vögel flatterten über die Fichten und Erlensträucher am gegenüberliegenden Ufer.

El war auf dem Weg.

Dawn gab jede Vorsicht auf und rannte los.

13:45

Der Weg stieg stetig an und war an manchen Stellen gerade breit genug, dass sich Micky durch die Zweige der Sträucher zwängen konnte. Dann wurde er plötzlich wieder breiter und mündete in ein kleines enges Tal oder auf eine Schneise, die eine Lawine durch das Unterholz und die Bäume gerissen hatte. Unter den Kiefernadeln huschten Spitzmäuse umher, und von ihr aufgestörte Eichhörnchen schnatterten sie entrüstet an.

Die Wolken standen allmählich tiefer am Himmel. Sie streiften die Gipfel der Berge über ihr, und die Temperatur fiel mit jedem Schritt. Sie begann sich zu fragen, ob ein Ausflug zu Aarons Haus eine so gute Idee war.

Mit dem alten Mann eingeschneit zu werden, war nicht gerade das, was sich Micky unter Spaß vorstellte. Aber auch bei dem Gedanken umzukehren wurde ihr angst und bange. Sie konnte die irrationale Sorge um Aarons Sicherheit nicht vertreiben. Der sich verdunkelnde Tag wirkte bedrohlich.

Wo der Weg an der North Fork entlangführte, übertönte das Rauschen des Baches jedes andere Geräusch. Aber sobald sie sich in den Wald zurückzog, fauchte und wehte der aufziehende Wind.

Wo sich die Fork Aarons Blockhaus näherte, war sie nur einen knappen Meter breit und rund zehn Zentimeter tief. Das Gletscherwasser floss klar wie Glas zwischen glänzenden grau-grünen Steinen dahin. Es würde jetzt jeden Tag soweit sein, dass Forellen in der schmalen Wasserstraße auftauchten. Die Fische würden zappelnd stromaufwärts schwimmen, ihre silbernen Rücken, glitzernd wie mit Pailletten besetzte Seide, der Luft ausgesetzt.

Die Tundra neben dem Kuskokwim war zum größten Teil Moorboden, diese einzigartige Symbiose aus Wasser, Moos und niederen Pflanzen. Aber hier in dem hoch gelegenen Tal war der Boden steinhart und mit vom langen Winter braunen Gras bedeckt. Bald würde dieses Gras grün werden und ein Meer von blauen und violetten Wildblumen die Sinne blenden.

Hundert Meter höher, und Micky konnte zurück auf das Tal hinunterschauen und unten das Dach des Cabels Store sehen. Noch weiter entfernt wand sich der Fluss auf seinem Weg zum Beringmeer wie eine riesige graue Schlange. Zwei Meilen entfernt stießen zwei Adler, die sich nur stecknadelkopfgroß von der blauen Decke des Himmels abzeichneten, herab und kreisten über den seichten Stellen des Wassers.

Aarons Hütte bot von allen Häusern in McRay die beste Aussicht, und das war angemessen. Schließlich war McRay Aarons Stadt. Von seiner Veranda aus konnte er auf die metallenen Dächer aller anderer Hütten hinunterschauen, mit Ausnahme der von Marty, die zu tief im Wald lag. Aaron konnte jeden Nachmittag mit seinem

Kaffee im Schaukelstuhl sitzen und seinen Herrschaftsbereich betrachten.

Der aufkommende Wind schob Micky auf Aarons Hütte zu, und der schmaler werdende Bach plätscherte neben ihr. Der Pfad wurde steiler, als sie sich der Stelle näherte, an der die Hütte in Sicht kommen würde.

Der Wind drehte plötzlich heftig und brauste wieder das Tal hinunter. Micky stieg der süßsaure Geruch von Holzfeuer und brennendem Müll in die Nase.

Aaron war also auf jeden Fall zu Hause. Sie hatte befürchtet, dass er unterwegs und auf Goldsuche sein könnte.

Sie lächelte bei dem Gedanken, was der alte Mann wohl sagen würde, wenn sie bei ihm auftauchte.

»Schnappen Sie sich eine Schaufel.«

Oder irgendetwas ebenso Freundliches.

Er versuchte nicht mehr, sie zu kränken. Und er würde sie auch nicht zum Arbeiten zwingen. Aber er verschwendete nicht viel Zeit auf eine Unterhaltung. Sie konnte ihm entweder helfen bei dem, was er tat, oder sich hinsetzen und zuschauen.

Sie verlagerte das Gewicht der Bücher unter ihrem Arm und eilte die letzten Meter zur Lichtung hinauf.

Der Qualm war hier dichter.

Aber er löste sich bereits auf. Der böige Wind hielt ihn nah am Boden und wehte ihn in grauen Wolken die Schlucht hinauf.

Die Taschenbücher fielen vor Mickys Füßen auf den Boden.

Was von Aarons Hütte übrig war – verkohlte Balken,

verrußtes Glas und die dunkle metallene Masse seines großen alten Herdes –, war in sich zusammengebrochen. Der Geruch war jetzt ausgeprägter.
Das war kein Müll.
Was sie roch, war Aarons Welt, die hier unterging.
»Aaron!«, schrie sie.
Dies war ein Hochtal. Eine Kerbe in den zerklüfteten Bergen. Aarons Lichtung bestand aus einer zweitausend Quadratmeter großen flachen Felsbank. Jenseits des Hauses verengte sich das Tal zu einer tiefen Schlucht. Das Seitengebäude und der Geräteschuppen standen noch, an den felsigen Abhang gepresst, hinter den Überresten der zerstörten Hütte. Der Rest der Lichtung war mit vertrocknetem Gras bedeckt, das Micky bis zu den Knien reichte. Glücklicherweise war es noch feucht vom Tau der vergangenen kühlen Nacht, sonst wäre der Brand vielleicht zu einer Feuersbrunst geworden.
»Aaron!«
Sie hastete über die Lichtung, aber die Balken waren noch so heiß, dass sie nicht näher als sechs Meter an den riesigen Haufen Glut herankam.
Sie warf einen Blick auf die enge Schlucht hinter der Hütte. Eine halbe Meile weiter vorn mündete sie in einen hohen Pass. Micky versuchte blinzelnd zu erkennen, ob sich dort etwas bewegte.
Aber der Qualm trieb in diese Richtung.
Wenn Aaron diesen Weg genommen hatte, dann hätte er das Feuer gerochen und wäre zurückgeeilt.
Er war nicht auf der Lichtung. Und auf dem Weg hinauf war sie ihm nicht begegnet.

»Aaron!«, schrie sie noch einmal und starrte auf den schrecklichen Trümmerhaufen.

Denk nach.

Wenn er nicht den Weg hinaufgegangen ist, und du ihm nicht begegnet bist, hast du ihn vielleicht verpasst.

Das konnte sein.

Aaron kam und ging, wie er wollte, und es gab in diesem Tal ein ganzes Spinnennetz an Wegen.

An einem Tag wie diesem war er höchstwahrscheinlich früh aufgestanden. Wahrscheinlich war er unterwegs und suchte nach dieser verfluchten Mine.

Aber was, wenn nicht?

Wie lange brauchte ein Feuer, bis es ein Blockhaus niedergebrannt hatte?

Eine Stunde?

Vier?

Die Flammen flackerten kaum noch auf dem Holz, das sich in Asche und heiße Holzkohle verwandelt hatte.

War das Feuer in der Nacht ausgebrochen?

Hatte der Qualm Aaron bewusstlos gemacht?

Sie ging an den Außenwänden der Hütte auf und ab, ging so nahe, wie sie es wagte, an die Hitze heran. Auf der Seite, auf der ihr der Wind entgegenblies, musste sie sich Mund und Nase mit der Jacke zuhalten. Der Qualm brannte in ihren Augen und kratzte in der Lunge.

Nichts in den Trümmern sah nach menschlichen Überresten aus. Aber die Balken und Holzblöcke und das geschmolzene Metall des Dachs lagen gehäuft übereinander wie zerbrochene Mikado-Stäbchen. Sollte jemand in

der Hütte gewesen sein, war er eingeäschert oder zermalmt worden.
»Aaron!«, schrie sie und sah sich fieberhaft am Rande der Lichtung um.
Hatte er es aus dem Feuer geschafft, war aber dem Qualm erlegen?
Er war ein zäher alter Bastard, aber nicht annähernd so zäh, wie er vorgab.
Durch die dünnen grauen Rauchwölkchen über der Glut hindurch bemerkte sie eine Fläche, wo das tote Gras zusammengedrückt war, als ob irgendetwas Schweres hindurchgeschleift worden wäre.
Sie hatte kaum die Unheil verkündende Spur erreicht, als sie blutrote Spritzer im Gras entdeckte.
Sie trockneten im Wind.
Blut.
Die Spur machte einen scharfen Knick und verschwand im Gras. Aber wenn sie die Spitzen der Halme genau betrachtete, konnte sie soeben die dünne Zickzack-Linie ausmachen, die die wogende braune Decke teilte. Sie ging zu der Stelle hinüber, an der das platt gedrückte Gras in die gegenüberliegende Böschung überging.
»Aaron!« Sie rannte jetzt.
Keuchte.
War schweißgebadet.
Was zum Teufel soll ich tun, wenn ich ihn finde?
Die riesige Weite des Landes unter ihr wirkte jetzt feindselig.
Leer.
Eine kalte, grausame Wildnis.

Keine Krankenwagen.
Kein Notruf.
Aaron bewahrte einen großen Verbandskasten hinter seiner Haustür auf.
Weg.
Erinnere dich an deine Ausbildung.
Sie verlangsamte ihre Schritte. Suchte die Felsen und Bäume ab.
Die in dieser Höhe verkümmerten Fichten sahen im grauen Licht des bewölkten Himmels noch kleiner aus.
Aaron lehnte an einem Felsbrocken. Seine Füße waren gespreizt. Sein Kopf hing auf der Brust.
Seine Hände lagen in seinem Schoß, und er starrte auf die Schlucht.
Er sah aus, als ob er dort nach irgendetwas suchte und es nicht richtig erkennen könnte.
Aber da war ein kleines Loch in der Mitte seiner linken Brusttasche.
Blut durchnässte seine Hose und den Bauch seines Flanellhemdes.
»Oh, Aaron«, keuchte Micky und ließ sich neben ihm fallen.
Sie hob seinen Arm, und er war kalt und ein wenig steif in ihrer Hand. Die Leichenstarre tritt vier bis sechs Stunden nach dem Tod ein. Aber Anstrengung beschleunigt und Kälte verzögert sie. Es ließ sich unmöglich sagen, wie lange er schon tot war. Sie sah sich noch einmal das Feuer an.
Zwei, vielleicht vier Stunden, bis es derart niedergebrannt war?

Aber das war nur eine Schätzung.
Sie schniefte, atmete laut durch die zusammengepressten Lippen. Aaron würde sich für sie schämen, wenn sie zusammenbrach wie ein schluchzendes Kind.
Sanft legte sie seine Hand wieder hin, befühlte das Loch in seinem Hemd und betrachtete die gleichmäßige runde Wunde in seiner Brust. Da waren verbrannte Stellen auf dem Flanell und winzige schwarze Pulverflecken um die Wunde herum.
Der Schuss war aus der Nähe abgegeben worden.
Sie ließ das Hemd wieder los und sah über ihre Schulter hinweg noch einmal auf die Überreste der Hütte. Sie folgte mit den Augen Aarons blutiger Spur.
Die Kugel musste sein Herz knapp verfehlt haben. Er hatte noch genug Kraft gehabt, um sich aus dem brennenden Haus zu schleppen, aber natürlich stand er unter Schock und war orientierungslos. Er konnte den Weg nicht finden, der ins Tal führte, wo er Hilfe bekommen würde.
Aber vielleicht hatte er den Weg auch gar nicht gesucht. Vielleicht hatte er einfach nur versucht, seinem Mörder zu entkommen.
Es war erstaunlich, dass er es so weit geschafft hatte.
»Wer hat das getan, Aaron?«, fragte sie. »Warum?«
Die Möglichkeit, dass es sich um Selbstmord handelte, konnte sie ausschließen. Zum einen wählt der typische Selbstmörder den Kopf als Ziel. Außerdem müsste der Rand der Wunde auch verbrannt sein, wenn sich Aaron selbst in die Brust geschossen hätte. Wenn er die Pistole gegen seinen Körper gedrückt hätte, wäre das ganze

Loch ein sternenförmiger Riss, verursacht von den unter der Haut explodierenden Gasen.
Der Schuss war aus der Nähe abgefeuert worden.
Aber nicht so nah.
Und nebenbei, warum auf sich selbst schießen und anschließend zum Sterben hinauskriechen?
Ein Bild schoss ihr in den Kopf.
El.
El und diese verfluchte riesige Pistole.
Sie biss sich auf die Unterlippe und kämpfte gegen ein Schluchzen.
Aaron hatte El nicht gemocht. Niemand mochte El. Aber Aaron hatte natürlich den Mund nicht halten können.

Im letzten Sommer war es zwischen El und ihm zu einer wütenden Szene gekommen.
Micky war an diesem Tag im Laden gewesen und hatte sich mit Rita unterhalten.
»Wenn es drauf ankäme, wüsstest du nicht einmal, was du mit dieser verfluchten Schweinskeule machen sollst, Junge.« Aaron saß im Schaukelstuhl, die Füße auf dem kalten Ofen, und trank ein Sodawasser.
Ritas Augen wurden schmal wie Schlitze, und Micky drehte sich zur Tür.
El hatte wie üblich die Hand auf dem Pistolengriff liegen und blickte wütend auf Aaron hinunter.
Alles stand still.
Alles bis auf Aarons Mund.
»Warum schiebst du deinen *Cheechako*-Arsch nicht

raus aus unserem Ort und spielst dich irgendwo anders auf?«

»Ich belästige Sie doch nicht«, antwortete El. Er sah aus, als stünde er unter Hochspannung, aber seine Stimme war tonlos.

»Sag Aaron, er soll die Klappe halten.« Rita hatte sich dicht zu Mickys Ohr gebeugt, aber Micky konnte sie kaum hören.

»Sie belästigen mich dadurch, dass Sie hier sind«, schimpfte Aaron und stand auf. »Sie verletzen mein Gefühl für eine geziemende Form, mein Gefühl für Sitte und Anstand, verflucht noch mal.«

»Aaron«, sagte Micky, schob sich neben den alten Mann und griff nach seinem Arm. »Machen Sie keinen Ärger.« Er schüttelte ihre Hand ab, ohne den Blick von El abzuwenden.

»Was sagen Sie dazu, Sie toller Hecht?«

»Ich habe Ihnen doch nichts getan.« Nun lag schließlich etwas beinahe Menschliches in Els Stimme. Ein Quengeln. So wie sich ein verwöhntes Kind anhört. El hatte bereits mehr Worte gesprochen, als Micky ihn je hatte sagen hören. Aber bisher hatte er immer nur in diesem leblosen Singsang geredet.

»Nein, haben Sie nicht. Und ich für mein Teil hab auch nicht vor, Ihnen die Gelegenheit dazu zu geben. Packen Sie Ihren Kram und verschwinden Sie.«

»Aaron!«, rief Micky.

»Ich werde nirgendwo hingehen«, erklärte El.

»Hauen Sie ab!«, brüllte Aaron und klatschte in die Hände.

Zu Mickys Überraschung tat El genau das. Er ging rückwärts zur Tür hinaus und verschwand.
»Das war unverschämt«, meinte sie.
Er hatte gelacht. »Ich bin viel zu alt, um nicht unverschämt zu den Menschen zu sein.«
»Manchmal sind Sie gar nicht komisch.«
Sein Lächeln verschwand. »Manchmal will ich das auch nicht.«
Er warf sich seinen Rucksack über die Schulter und ging. Micky bot ihm an diesem Tag nicht an, ihn zu begleiten. Auch sie konnte El nicht leiden. Aber sie hatte keinen Grund, ihn zu beleidigen, und den hatte Aaron auch nicht.
»Ist das zu glauben?«, fragte sie und sah Rita an.
»Was?«, fragte Rita. »Dass Aaron unverschämt war? Oder dass El drauf und dran war, uns alle zu erschießen?«
Micky zuckte zusammen. »Ist das dein Ernst?«
»Willst du mir erzählen, du hättest das nicht gesehen?«
»El war angespannt.«
»Angespannt? Schätzchen, angespannt bist du, wenn du dringend auf die Toilette musst und dein alter Knabe will die Dusche benutzen. El Hoskins ist nicht angespannt. Der ist aufgedreht wie eine überladene Batterie. Der jagt mir eine höllische Angst ein. Hat er schon immer. Um ehrlich zu sein, was ich gerade gesehen habe, war wie ein Déjà-vu. Aaron hat den Rücken gekrümmt wie Scooter, als El das erste Mal hier reinkam. Bei deiner Vergangenheit willst du mir erzählen, du glaubst nicht, dass mit El irgendwas nicht stimmt?«

»Ja«, gab Micky zu. »Irgendwas stimmt nicht mit ihm. Er ist ein Einzelgänger. Er ist introvertiert. Redet und verkehrt mit niemandem. Und er kompensiert das Gefühl von Unzulänglichkeit mit dieser großen Pistole und dem Bowiemesser, das er an seinem Stiefel trägt.«

»Und?«, fragte Rita nach.

»Und er macht mir Angst.«

»Bingo.«

»Aber er hat nichts Unrechtes getan.«

»Vielleicht nicht. Vielleicht aber doch.«

»Du meinst Scooter? Du hast keine Beweise.«

»Scheiß auf Beweise. El hat es getan.«

Micky sagte nichts.

Auch sie war überzeugt, dass El Clives Hund getötet hatte.

Wer sonst sollte es gewesen sein?

Aber das gab Aaron kein Recht, El absichtlich zu reizen.

Als Micky an diesem Tag den Laden verließ, hielt Rita sie an der Tür zurück.

»Sei vorsichtig auf dem Weg nach Hause«, mahnte Rita.

»Meinst du das ernst?«, fragte Micky. Die Angst in Ritas Stimme ließ sie frösteln. Micky war nie aufgefallen, dass El auf Rita die gleiche Wirkung hatte wie auf sie.

»Ich meine es ernst. Eines Tages wird El explodieren. Lass dir das gesagt sein.«

»Scheiß auf Beweise«, erwiderte Micky, bemüht, den Moment auf die leichte Schulter zu nehmen.

»Pass halt auf dich auf«, bat Rita und ging zurück in den Laden.

Sanft schloss Micky Aarons Augen mit den Fingerspitzen.
Beweise. Scheiße.
Sie wich von Aaron zurück und achtete darauf, dass sie den Tatort nicht noch mehr durcheinander brachte, als sie es schon getan hatte. Als sie jetzt noch einmal aus dem Gras nahe der Hütte trat, bemerkte sie in der Nähe der Treppe kleine umgedrehte Steine und Kratzspuren in der Erde, die in ihre Richtung führten.
Aaron war im oder nahe beim Haus gewesen, als auf ihn geschossen wurde.
Was aber hatte den Brand verursacht?
Vielleicht hatte Aaron das Feuer auf dem Weg nach draußen versehentlich selbst entzündet. Oder der Mörder hatte nicht bemerkt, dass Aaron noch lebte, und hatte die Hütte angezündet, um den Mord zu vertuschen.
Das sollte die Staatspolizei herausfinden.
Aber bevor sie die drei Meilen zum Laden hinunterlief, um diese anzurufen, würde Micky das Polizeiprotokoll missachten. Das Prozedere sah vor, dass man eine Leiche liegen ließ, wie man sie vorgefunden hatte, bis die Spurensicherung Gelegenheit gehabt hatte, sie zu untersuchen. Aber Micky konnte den Gedanken nicht ertragen, dass Aaron derart ungeschützt im Freien lag.
Schneewolken jagten dahin und verdeckten die Wipfel der höchsten Bäume. Es wurde kälter.
Sie ging um die schwelende Hütte herum zu Aarons Lagerschuppen. Irgendetwas – eine Plane, ein alter Vorhang oder auch eine Sperrholzplatte – musste es da geben, womit sie ihn zudecken konnte.

Aaron hatte den Schuppen dicht an die Felswand gebaut, so dass er nur drei Wände hatte errichten müssen. Aber an der Tür hing ein schweres Vorhängeschloss, und sie rüttelte frustriert daran.
Sie eilte zurück zu Aaron, holte die Handschuhe aus ihren Taschen und deckte sein Gesicht und seine Brust mit ihrer Jacke zu. Sie trug lange Unterwäsche unter ihrem Flanellhemd. Das würde genügen, bis sie wieder unten im Tal war.
Sie konnte hören, wie Aarons Stimme in ihrem Kopf erklärte, sie solle nicht so ein verdammter Narr sein.
»Es tut mir Leid, dass ich nicht für Sie da war, Aaron«, sagte sie.
»Ist nicht Ihre Schuld«, erwiderte die Stimme.
Aber sie wusste, dass es ihre Schuld war.
Es war immer ihr Fehler gewesen.
Eine Hand des alten Mannes blieb ungeschützt, und sie dachte an Wade.
Für ihn habe ich auch nichts tun können.
Ich muss zum Laden und die Staatspolizei rufen.
»Ich komme wieder, Aaron«, versicherte sie und schob seine Hand unter die Jacke.
Sie drehte sich um und rannte los.

13:50

Dawn lief keuchend die Treppe hinauf und hielt sich die Seiten. Sie warf einen Blick über die Schulter, aber noch war El nicht aus den Bäumen bei der Brücke aufgetaucht.
Als sie hineinstürzte, balancierte Rita unsicher auf einer Trittleiter und stellte Kartons in ein Regal. Rita eilte zu Dawn, die an der dicken Flügeltür lehnte, die durch ihr schweres Holz Trost versprach, nach Luft schnappte und versuchte, durch eine Kehle zu sprechen, die rau war wie rissige Haut.
»Schätzchen! Was ist los, zum Teufel? Nun sag schon!«
Dawn wusste nicht, was sie zuerst erzählen sollte. Es kam alles in einem Wirrwarr aus ihr heraus.
»El! Er ist gekommen und … meine Mutter … Howard … tot!«
»Scheiße«, flüsterte Rita.
Sie eilte zu einem Haken an der Wand, griff eine mit Öl bespritzte, mit Schaffell gefütterte Jacke und legte sie Dawn um die Schultern.
»Zieh das an«, forderte Rita das Mädchen auf. »Du zitterst.«
Dawn stieß Rita weg. »El! Er kommt. Er bringt alle um.«

Rita nickte.

Sie eilte wieder um den Ladentisch herum und griff sich ein altertümlich wirkendes Zylinderverschlussgewehr, das aussah, als wäre es zwei Nummern zu groß für sie. Aber sie überprüfte die Kammer, als ob sie das schon hundertmal gemacht hätte und löste die Sicherung, ohne hinzusehen.

»Clive wird wirklich bald zurück sein«, erklärte sie. »Er wird wissen, was zu tun ist.«

»Sollten wir nicht jemanden anrufen?«, flüsterte Dawn.

»Ich fürchte, dafür haben wir keine Zeit«, entgegnete Rita, die aus dem vorderen Fenster sah.

13:52

El schlenderte über die Lichtung, als hätte er nicht die geringsten Sorgen.

»Der Scheißkerl guckt, als würde ihm die Gegend gehören«, murmelte Rita. Wut und Angst lagen in ihrer Stimme.

»Er wird uns umbringen«, flüsterte Dawn.

»Den Teufel wird er tun«, sagte Rita.

Sie trat mit großen Schritten auf die Veranda hinaus. Dawn blieb drinnen. Durch das Licht, das die Fenster durchströmte, konnte sie El sehen, der zwanzig Meter entfernt den Weg heraufspaziert kam. Seine rechte Hand lag auf dem Griff seiner Pistole. Durch den Spalt zwischen Tür und Türpfosten konnte Dawn Ritas Rücken sehen. Rita hatte den Kopf gehoben und hielt das Gewehr quer vor ihrem Körper.

Dawn blieb hinter der Tür. Sie wollte Rita zuschreien, dass sie El erschießen solle. Aber die Angst hatte ihr die Sprache verschlagen.

»Das ist nah genug, El!«, rief Rita. Ihre Stimme war jetzt frei von Angst.

El blieb abrupt stehen.

Dawn linste um den Fensterpfosten. Sie konnte nur Els Gesicht sehen. Die verspiegelten Brillengläser sahen aus wie die Augen einer Gottesanbeterin, und so sah Dawn ihn plötzlich. Er war irgendeine Art mörderisches, Fleisch fressendes Insekt. Er stand auf dem ausgetretenen Pfad, der zur Treppe führte, schwieg, wartete und starrte auf seine Beute.

Rita hob das Gewehr einmal an und ließ es wieder auf ihren Ellbogen sinken.

Erschieß ihn!

»Was haben Sie gemacht, El?«, fragte Rita. »Sie sind ja voller Blut.«

Er legte den Kopf schief und sah sie an, als wollte er sagen: »Wer, ich?«

»Ich brauche nur ein paar Sachen, Rita«, erklärte er.

»Heute nicht. Es hat heute 'ne Menge Schießereien gegeben.« Sie schwenkte das Gewehr vorsichtig herum und zielte auf seine Füße.

»Zielen Sie nicht mit dem Ding auf mich«, warnte El.

»Dann kommen Sie nicht näher ran«, antwortete Rita.

El schüttelte den Kopf. Irgendetwas stimmte nicht an der Bewegung. Als ob El im Inneren nicht aus Fleisch und Blut bestünde, sondern eine Art Roboter wäre, der nicht recht unter seine Haut passte.

»Sie gehören hier nicht hin, Rita«, sagte er.

Ihr könnt hier nicht länger bleiben.

El wollte McRay für sich haben, und um es zu bekommen, würde er jeden umbringen.

Dawn wusste in diesem Augenblick, dass El wieder den Punkt erreicht hatte, an dem er explodieren würde. Sie öffnete den Mund, wollte Rita zuschreien, dass sie wieder reinkommen solle, bevor es zu spät war.

Aber es war bereits zu spät.
El machte einen Schritt zur Seite und zog die große Pistole aus dem Halfter. Ungläubig riss Rita das Gewehr herum, und Dawn machte einen Satz zurück, als die zwei Explosionen die Stille erschütterten. Ritas Gewehr fiel klappernd über das Geländer, und Els Schuss warf sie zurück in den Türrahmen und dann in Dawn hinein.
Aus der klaffenden Wunde in Ritas Rücken quoll warmes Blut auf Dawns Brust. Rita fiel wie ein Sack Beton, glitt von Dawn ab und sank auf den Boden.
Er kommt.
Er kommt die Stufen hoch, ich weiß es.
Dawn wartete nicht, um nachzusehen, ob Rita tot war. Sie glaubte nicht, dass El sie schon gesehen hatte. Rita war so schnell nach hinten durch die Tür gestürzt, dass sich El noch um die Ecke und unterhalb der Veranda befand. Dawn hastete gebückt um den Ladentisch. Halb rannte, halb kroch sie durch die offene Tür zum Lagerschuppen.
Ein winziges, aus vier Scheiben bestehendes Fenster warf ein schmutzig goldenes Licht in den Raum. Ein mit Gas betriebener Generator stand neben einer rauen Werkbank, unter der sich eine Reihe von Batterien befand. An den Wänden aus runden Holzblöcken waren Kabel mit Krampen befestigt und führten nach draußen. Die Dielen waren mit Öl verschmiert, und an Nägeln an der Wand hing Werkzeug.
Aber es gab keine Schusswaffen. Die waren alle in Vitrinen eingeschlossen oder irgendwo sicher aufbewahrt, und Dawn blieb keine Zeit, sie zu suchen.

Sie musste raus und weg, bevor El entdeckte, dass sie im Haus war.

»Wo ist Clive?«, fragte El in diesem leblosen Singsang.

Dawn erstarrte in der Mitte des Lagerraums, wusste sie doch, dass es hier nichts gab, wo sie sich hätte verstecken können. Das Entsetzen brannte wie Blitzschläge auf ihrer Haut.

»Wo ist Clive?«

Plötzlich begriff Dawn, dass El nicht mit ihr sprach.

Er redet mit Rita.

Glaubt er wirklich, dass Rita ihm antworten wird?

Aber die Kugel, die das riesige Loch in Ritas Rücken gerissen hatte, musste sie getötet haben.

Ganz langsam und so leise wie möglich schlich sie auf Zehenspitzen zu der großen Schiebetür, dem einzigen Ausgang der Werkstatt.

Ein großer, in einem Ringbolzen steckender Haken sicherte die Tür.

Der Riegel sah aus, als wäre er gut geölt, und glänzte vom häufigen Gebrauch. Die Tür zu öffnen aber würde laut werden. El würde es bestimmt hören und um den Ladentisch herumkommen, bevor sie fliehen konnte. Es waren dreißig Meter bis zum nächsten Unterholz auf der der Landebahn zugekehrten Seite des Ladens.

Sie würde es niemals schaffen.

Sie ließ ihre Hand auf dem Türhaken liegen und betete, dass El gehen möge.

Draußen ertönte der Motor von Clives Four-Wheeler, und Dawn erschrak und biss die Zähne zusammen.

Clive kam zurück.

Und El wartete.
Sie überlegte, ob sie die Tür aufreißen und hinaus auf die Lichtung rennen sollte, um Clive zu warnen.
Als das Motorengeräusch lauter wurde, schob Dawn den Riegel vorsichtig nach oben und quetschte sich dabei schmerzhaft den Finger ein, biss sich aber auf die Unterlippe und unterdrückte einen Schmerzenslaut. Sie zwängte ihre Hand in den Rahmen, überrascht, wie leise die schwere Tür durch die Laufschienen über ihr glitt.
Das diffuse Sonnenlicht draußen blendete sie, und sie eilte in seine willkommene Wärme. Eine drei Meter lange fensterlose Wand aus Holzblöcken schirmte sie von der Vorderseite des Ladens ab. Um die Ecke überquerte der Four-Wheeler die Lichtung.
Sie machte einen Schritt von dem Gebäude weg.
Clive kletterte von seinem Honda. Überraschung trat in sein freundliches Gesicht, als er sie entdeckte. Er streckte ihr eine Hand entgegen, gerade als sie den Mund aufmachte, um ihm zuzuschreien, dass er rennen solle.
Sie fragte sich in diesem Moment, ob Clive wohl das mitten auf seine Brust gerichtete Schrotgewehr spürte.
Dawn konnte die dicken Bleikugeln beinahe sehen, als sie wie metallene Wespen durch die Luft flogen. Die Kugeln trafen Clive so hart in die Brust, dass seine Füße vom Boden abhoben und er rückwärts über dem Sitz des Hondas zusammensackte.

13:54

Marty hob die Hand über seinen Kopf und versetzte dem Nagel einen weiteren Schlag. Das Echo hallte durchdringend durch die Schlucht und erinnerte ihn an die Schüsse, die er zuvor gehört hatte. Er fragte sich, ob sich seine Bauarbeiten für die Leute so anhörten.

Aber jeder, der halbwegs Grips hatte, konnte zwischen einem Schuss und dem Klopfen eines Hammers unterscheiden.

Er rüttelte noch einmal kräftig an den Stützpfeilern für die Waschrinne, um zu prüfen, ob seine provisorische Verstrebung halten würde. Sie schien stabil genug zu sein, aber die Kraft des Wassers, das an den Wänden abprallte und über den unebenen Boden hinabfloss, ließ die Waschrinnen vibrieren, so dass sie ständig neue Streben benötigten. An ihren zehn Meter langen Seiten hatte Marty Stricke und Drähte angebracht und junge Bäume zurechtgesägt, um das Ganze abzustützen.

Aber in Gedanken war er noch immer bei den Schüssen.

Irgendjemand schoss auf ein Kaninchen.

Dann hallte der dritte Schuss das Tal hinauf, und er hielt inne, legte den Kopf auf die Seite und horchte.

Ein Mann verfehlte ein Kaninchen vielleicht zweimal.

Aber es war unwahrscheinlich, dass das Tier auf einen dritten Schuss wartete.
Vielleicht hatte er es verwundet und gab ihm den Gnadenschuss. Was für ein mieser Schütze.
Marty hatte sich wieder an die Arbeit gemacht. Und er hätte den nächsten Schuss nicht einmal gehört, wenn er die Arbeit nicht unterbrochen hätte, um noch einmal an der Waschrinne zu rütteln.
Das war eine Schrotflinte. Ein eher dröhnender Klang. Und weiter weg.
Worauf zum Teufel schossen die da?
Das musste ein Bär sein.
Leute, die auf Grizzlys schossen, machten Marty nervös. Zu dieser Jahreszeit schoss man auf die großen Bastarde nur, um sich selbst zu schützen, und das war immer eine riskante Angelegenheit. Hatte man erst einmal festgestellt, dass man in Schwierigkeiten war, brauchte es eine Kanone, um einen verfluchten Grizzly zu töten. Marty hatte reichlich Erfahrung mit Bären. Sie trieben sich ständig im Tal herum und suchten nach Abfällen oder Beeren. Aber er lebte jetzt seit zwanzig Jahren in der Wildnis und hatte noch nie einen erschießen müssen.
Er versuchte sich genau zu erinnern, woher die ersten Schüsse gekommen waren. Aber mit Geräuschen war das so eine Sache in dem Tal. Die Schluchten und Canyons ließen seltsame Echos und tote Zonen entstehen. In manchen Gebieten dämpfte der dichte Wald den Klang, und in anderen wurde er durch die Felswände verstärkt.

Die Schüsse hatten sich angehört, als wären sie von Howards Grundstück gekommen. Oder vielleicht von Terry Glorianus' oder sogar Mickys Hütte. Aber es konnte auch drüben bei El Hoskins' Haus gewesen sein.
Marty runzelte die Stirn.
Manche von ihnen hatten wie Pistolenschüsse geklungen. Wie eine große 44er.
Der Gedanke, dass El mit seiner Pistole auf einen Bären schoss, hinterließ bei Marty gemischte Gefühle.
Ihm tat jeder Leid, der einem Grizzly mit einer Pistole gegenübertreten musste. Aber die Vorstellung, dass El das passierte, war komisch.
El, die verspiegelte Sonnenbrille glänzend, die Beine gespreizt, die Schultern zurückgenommen wie Gary Cooper, wie er Yogi, dem Bären, gegenübertritt.
»Blödmann«, murmelte Marty und spuckte in den Bach.
Er warf den Hammer zurück in seinen Plastikeimer, legte ein Stück Plane darüber und schnürte sie mit einem Gummiseil fest. Er kletterte wieder auf die Waschrinne und griff sich seine Schaufel. Ein paar Schneeflocken wehten ihm ins Gesicht.
Ein weiterer Schuss ertönte, und er hielt inne.
Was zum Teufel war da los?

13:56

Wieder kauerte Dawn in den Sträuchern. Zweihundert Meter hinter ihr war die Landebahn. Aber dort gab es keine Hilfe.
Clive lag drei Meter von der Vordertreppe entfernt quer über seinem Four-Wheeler.
Und auch wenn Dawn Rita nicht sehen konnte, so erkannte sie doch an der Art und Weise, wie El sich durch die Tür drückte, dass er über ihre Leiche stieg.
Zuerst hatte Dawn gedacht, dass El alles aus dem Laden stehlen wollte.
Er war wieder und wieder hineingegangen und mit den Armen voller Schachteln und Tüten wieder herausgekommen, die er ein paar Meter von Clive und dem Four-Wheeler entfernt aufstapelte. Dann hatte er die Gewehre darüber gelegt, ordentlich zu einer Pyramide aufgestellt.
Sie konnte sich nicht vorstellen, wie er all die Waren auf einmal abtransportieren wollte. Er würde einige dort lassen müssen, wo sie waren, und vielleicht würde sie die Gelegenheit haben, sich ein Gewehr zu schnappen. Selbst wenn er keins der Gewehre zurückließe, könnte sie sich wieder in den Laden schleichen und über das Telefon Hilfe aus Anchorage herbeirufen. Dieser Gedanke

erfüllte sie mit dem ersten wirklichen Hoffnungsschimmer.

Als El diesmal wieder herauskam, trug er einen großen roten Blechkanister und fing an, die aufgestapelten Waffen mit dessen Inhalt zu übergießen. Er griff in die Tasche und holte ein Gasfeuerzeug heraus. Dann nahm er eins der vor Nässe glänzenden Gewehre und brachte es mit der Flamme in Berührung. Der Schaft des Gewehrs fing Feuer, und er warf es zurück auf den Stapel. Der Haufen ging mit einem wütenden Fauchen in Flammen auf. Die Hitze wallte auf, und die Patronen knallten wie Feuerwerkskörper. El trat zurück und näherte sich dabei Dawns Versteck, und sie kauerte sich angespannt zusammen, bereit, sich beim kleinsten Anzeichen dafür, dass er sie entdeckt hatte, tiefer in den Schutz des Waldes zu stürzen.

Er war so nahe, dass sie hören konnte, wie er murmelnd mit sich selbst sprach.

»Ihr könnt hier nicht bleiben«, sagte er. »Keiner von euch kann hier bleiben.«

Er schien einen inneren Streit mit irgendjemandem auszutragen. Dawn hatte keine Ahnung, wer dabei die Oberhand behielt oder ob es diese Art von Auseinandersetzung war oder nicht. Nach einer Minute schlenderte El zurück zum Laden und verschwand durch die Tür in den Lagerschuppen.

14:00

Micky rannte nicht.
Sie *warf* ihre Beine vor sich her, die Böschung hinunter, und ließ ihren Körper folgen. Es war eine taumelnde Art der Fortbewegung, ein kontrollierter Sturz. Aber so brauchte sie weniger Energie.
Lass den Berg die Arbeit machen.
Es ist noch ein langer Weg bis nach unten.
Ich will nicht erschöpft sein, bevor ich dort bin.
Sie hatte die Abzweigung zu Damons Haus fast erreicht. Sie musste anhalten und wenigstens nachsehen, ob Damon zu Hause war, um ihn gegebenenfalls zu warnen. Damon würde geradewegs zu El hinaufmarschieren und ihn ahnungslos grüßen. Er bestand darauf, nett zu El zu sein. Damon war zu jedem nett.
Mehr als alles andere aber wollte sie ihre eigene Hütte erreichen und ihre Waffe in den Händen halten. Plötzlich kam ihr die Pistole gar nicht so böse vor. Sie konnte ihr tröstliches Gewicht spüren. Sie wollte ihre Macht. Weil sie jetzt, wenn sie um eine Ecke rennen und El mit dieser großen Pistole auf dem Weg stehen würde, weniger Chancen hätte als eins der ängstlichen Kaninchen.
Es war El.

Jedes Knirschen ihrer Stiefel auf dem Kies hämmerte seinen Namen in ihren Kopf.
Er ist schlussendlich durchgedreht.
Sie konnte ihn vor sich sehen in jenem Moment, in dem er in diesen dunklen Abgrund in seinem Geist hinüberglitt. Sein Gesicht entsetzlich ruhig, nur ein leichtes Zittern in den Händen. Sein Körper gestrafft wie eine Trommel. Graziös wie ein Tänzer, dabei aber angespannt. Wie der bewaffnete Gangster in dem gepolsterten Schutzanzug. Wie der Killer im Laden ihrer Eltern. Das wäre die letzte Gelegenheit gewesen, ihn aufzuhalten, bevor jemand getötet wurde. Genau dann, als sein Gehirn brodelte, aber noch nicht explodiert war wie eine Stange Dynamit.
Aber wie hätte ich diesen Moment vorhersehen sollen?
Wie hätte ich ihn aufhalten können, bevor das passiert ist?
Ihn erschießen?
Wofür? Weil er vielleicht Clives Hund getötet hat? Weil er verrückt *aussah?* Weil sie und Rita Angst vor ihm hatten und Aaron ihn auf den Tod nicht ausstehen konnte? Weil er sie jedes Mal, wenn sie ihn sah, an die Mörder aus ihrer Vergangenheit erinnerte?
Sie erreichte die Weggabelung und lief durch die Sträucher auf Damons Haus zu. Die Hütte war tief im Wald vergraben, eine Lichtung gab es kaum und die Bäume berührten fast sein Dach. Sie konnte nicht verstehen, warum es ihm gefiel, wie er hier wohnte. Er hasste es noch mehr als sie, eingesperrt zu sein. Er hatte sämtliche Innenwände aus dem Haus herausgerissen, so dass das

Untergeschoss eine einzige große offene Fläche war. Selbst sein Seitengebäude hatte keine Tür.
Aber er hatte sich geweigert, auch nur einen einzigen Baum auf seinem Grundstück zu fällen.
Sie klopfte an die Tür, aber das hohl klingende Echo sagte ihr alles, was sie wissen musste.
Es sah so aus, als ob Damon nicht da war, wie meistens. Irgendwo in den Wäldern unterwegs. Auf der Suche nach dieser verfluchten mythischen Mine.
Sie stieß die Tür auf und ging hinein.
»Damon?«
Das durch die Fenster scheinende Sonnenlicht verwandelte das Innere zu Gold. Sämtliche Flächen waren penibel gesäubert und poliert. Das Geschirrtuch lag ordentlich gefaltet auf dem Spülbecken. Die beiden Stühle standen akkurat neben dem Tisch. Die Bücher in den Regalen neben Damons Lehnstuhl waren alphabetisch geordnet. Wo immer El auch war, hier schien er nicht gewesen zu sein.
Sie trat wieder auf die Veranda hinaus und war im Begriff, die Tür zuziehen.
Ein vom Geschäft der Cables kommendes Knattern von Knallkörpern schreckte sie auf.

14:02

Stan hielt den Spaten auf Schulterhöhe. Das Schaufelblatt lag umgedreht auf der einen halben mal dreieinhalb Meter hohen Seitenwand seiner Wasserrinne. Er hörte kaum, wie der Kies klatschend den Boden des Waschbretts hinunterrutschte oder das Geräusch der South Fork über seinem Kopf. Er versuchte das von weit unten aus dem Tal kommende Knallen einzuordnen.

Er fragte sich, ob es etwas mit den früheren Schüssen zu tun hatte.

Gewehrfeuer war nichts Ungewöhnliches in diesem Tal. Die Menschen schossen andauernd Kaninchen. Stellten die Visiere ihrer Gewehre ein. Und natürlich konnte es zu dieser Jahreszeit sein, dass jemand versuchte, einen Bären zu verscheuchen. Gewehrfeuer störte Stan nicht. Zum Teufel, solange sich niemand im Tal über seine Sprengungen beschwerte, wer war er, über ein kleines Zielschießen zu meckern? Aber das Knallen, das Stan immer noch hörte, kam nicht von jemandem, der Kaninchen jagte.

Es hörte sich an wie eine Feier. Für eine Party war Stan immer zu haben.

Er schaufelte einen weiteren Spaten Kies in die Waschrinne, holte dann heraus, was im Eimer verblieben war, und ließ es hineinfallen. Er hängte den Eimer ans Ende des Spatens, legte ihn sich über die Schulter und kletterte, auf dem schmalen Pfad balancierend, zur Uferböschung. Der Wind fegte den engen Hohlweg hinunter, und tiefe Wolken trieben dahin wie ein Fluss. Einzelne Schneeflocken tanzten im Wind.

Marty würde ihm Ärger machen, weil er so früh Schluss gemacht hatte. Aber er ging den Weg trotzdem hinunter.

Stan machte die leichtere Beute im Kies der hohen South Fork, dort, wo das Flüsschen in den Bergen verschwand. Marty schlug sich mühsam am unteren Lauf des Baches gleich oberhalb Damons Claim durch. Drehte auf der Suche nach seinen Nuggets mit einer zwei Meter langen Eisenstange Felsbrocken um. Aber die beiden teilten sich die Erträge, machten seit der ersten Woche, in der sie sich vor Jahren kennen gelernt hatten, gemeinsame Kasse mit ihren Claims. Marty schimpfte über Stans Faulheit. Aber er wusste, dass Stan das Gold leichter und schneller fand als er. Es war eine faire Partnerschaft.

Stan zog die Kapuze seines Sweatshirts fest über den Kopf, holte seine Handschuhe aus der Gesäßtasche und warf Schaufel und Eimer an den Wegesrand, wo er sie später abholen konnte. Wenn ein paar Zentimeter Schnee fielen, würde das Werkzeug vergraben werden. Und da er günstigerweise während der vergangenen drei Wochen all seine anderen Schaufeln zerbrochen hatte, würde er nicht mehr arbeiten können, bis der Schnee geschmolzen war.

So ein Pech aber auch.

Er überquerte den schmalen Bach, nahm auf der anderen Seite den Weg wieder auf und marschierte bergab. Der Bach schnitt eine tiefe gezackte Bahn durch den Berghang, und zurückweichende Gletscher hatten im Laufe der Jahrtausende zerklüftete Felsbrocken und Kies zurückgelassen, die an den Wänden und auf dem Boden des winzigen Canyons verstreut lagen.

Je weiter flussabwärts er ging, desto deutlicher hörte er es knallen. An der Stelle, an der sich der Canyon zu einer von Bäumen gesäumten Lichtung verbreiterte, entdeckte Stan Marty, der auf seinen Spaten gestützt flussabwärts schaute. Marty trug nie eine Mütze, und sein sonnengebräunter kahler Schädel funkelte zur Begrüßung wie ein Leuchtfeuer.

»An die Arbeit!«, brüllte Stan und schreckte Marty auf. Als Marty herumfuhr, hatte er einen neugierigen Ausdruck im Gesicht. Er deutete mit dem Kopf flussabwärts.

»Was glaubst du, was das ist?«, fragte er mit einem ganz leichten skandinavischen Akzent.

Stan schüttelte den Kopf und schaute stirnrunzelnd in die Richtung, aus der der Lärm kam.

»Ich kapier das nicht.« Er stieg zu Marty hinauf und stellte sich neben ihn. »Hört sich an, als ob Clive irgendwas feiert.«

»Feiert?«

Stan zuckte die Achseln. »Na ja, vielleicht Feuerwerkskörper?«

Marty schenkte ihm diesen Blick, der sagte: *Was bist du, ein Dummkopf?*

Stan hasste diesen Blick.
»Das ist kein Feuerwerk«, erklärte Marty mit Nachdruck. »Hör doch.«
Zum ersten Mal dachte Stan wirklich darüber nach, was er da hörte. Marty hatte Recht. Das hörte sich nicht an wie Feuerwerkskörper. Das klang wie Gewehrfeuer. Nur dass da irgendetwas anders war.
»Hört sich an, als ob Patronen hochgehen. Nagelneue Patronen. Als ob sie jemand in ein Feuer geworfen hat«, fügte Marty hinzu.
Das war es. Die Explosionen hatten diesen sonderbaren Klang. Sie klangen nicht komprimiert wie die Explosion im Innern einer Schusswaffe. Und es fehlten die begleitenden prasselnden Geräusche, die Kugeln erzeugen, wenn sie durch die Bäume fegen.
»Da stimmt was nicht«, sagte Marty, und Stan musste ihm Recht geben. Irgendjemand versuchte, ihnen etwas mitzuteilen.
»Ich denke, wir gehen besser runter zum Laden«, meinte Stan.
Marty nickte und ließ die Schaufel fallen.
»Besser, wir schnappen uns ein paar Gewehre«, setzte Stan hinzu und folgte dem kleineren Mann auf dem Weg hinunter zu Martys Hütte.

14:04

Das Klicken des Riegels an Damons Tür vermischte sich mit dem Rattern des Maschinengewehrfeuers, das aus der Richtung des Ladens kam. Micky erstarrte auf Damons Treppe und horchte.

Was zum Teufel ist das?

Es hörte sich an, als ob zehn Serien Feuerwerkskörper auf einmal hochgingen.

Aber Clive verkaufte keine Knallköper. Die Brandgefahr war zu groß in McRay. Und Einwohner Alaskas feierten sowieso nicht mit Feuerwerk, sondern mit Gewehren.

An jedem anderen Tag wäre Micky vielleicht einfach nur neugierig gewesen.

Aber seit sie Aarons Leiche entdeckt und die Zeit gehabt hatte, sich einiges durch den Kopf gehen zu lassen, während sie den Berg hinunterlief, war sie zunehmend besorgt.

Raben und Eichelhäher kreischten über ihr und verstreuten sich. Der Lärm trieb die Vögel das Tal hinauf.

Ihre eigenen animalischen Instinkte sagten Micky, dass sie flüchten sollte.

Sich verstecken.

Sie ging langsam in Richtung des Hauptweges zurück, horchte und versuchte, das Geräusch zu deuten.
Es hörte sich an wie ein Feuerwerk. Aber das war es nicht.
Was dann?
Kugeln.
Aber das war nicht der regelmäßige stakkatoartige Rhythmus eines Maschinengewehrs.
Nicht das kompakte Geräusch, das aus einer Schusswaffe kommende Kugeln erzeugen.
Das waren Kugeln, die explodierten.
Irgendjemand hatte eine Menge davon in ein Feuer gekippt. Es hörte sich nach ganzen Kisten voller Munition an.
Clive würde so etwas niemals tun. Wie alle anderen auch würde er sein Gewehr abfeuern, wenn er in Not war und würde, wenn nötig, weiter feuern.
Aber er würde keine Kiste mit Patronen hochgehen lassen.
Aaron war seit Stunden tot gewesen.
El hatte jede Menge Zeit gehabt, den Weg wieder hinunterzumarschieren und zum Laden zu gelangen. Wenn er Amok lief und Clive nicht darauf vorbereitet war, konnte es gut sein, dass El Clive und Rita umgebracht hatte.
Aber das erklärte nicht die explodierenden Kugeln.
Oder vielleicht lag sie auch völlig daneben.
Vielleicht gab es eine andere Erklärung für den Lärm, und El war schon oben in den Bergen verschwunden, um sich zu verstecken.
Sie hoffte es.

Soll die Polizei ihn suchen und mit ihm fertig werden.
Das Knallen ließ nach, als sie abbog und am Bach entlang in Richtung ihrer Hütte ging.

In Richtung von Els Hütte.

Sein Grundstück tauchte auf der anderen Seite des Baches zwischen den Bäumen auf, und sie blieb stehen.

Das Haus sah verlassen aus. Aber den Eindruck machte es immer. Die Tür war verschlossen. Sie konnte das Vorhängeschloss am Scharnier erkennen. El war der einzige im Ort, der seine Tür abschloss. Aber zumindest konnte er nicht drinnen sein.

Ihr Atem ging ein wenig leichter.

Das einzige vordere Fenster war sehr dunkel.

Ein Vorhang?

Der Bach war schmal hier und würde ihr nur bis zu den Waden reichen. Sie überlegte, ob sie ihn durchqueren und Nachforschungen anstellen sollte. Aber sie hatte keine Zeit und war noch immer unbewaffnet.

Das hatte oberste Priorität.

Eine Waffe zu holen.

Es ließ sich nicht sagen, wo El gerade war.

Soviel sie wusste, konnte er gleich hinter der nächsten Kurve sein.

14:05

Dawn sah zu, wie die letzten Patronen in den Flammen explodierten. Das Feuer brannte herunter. Die Gewehrschäfte und Pistolengriffe wurden zu schwarzer Holzkohle, und die Läufe waren glühend rot. El war im Inneren des Ladens verschwunden.

Es wurde von Minute zu Minute kälter. Die Winde kamen aus dem Norden und bliesen eisige Luft direkt vom Pol herüber.

Als El zurückkam, hatte er ein Gewehr in den Händen, und seine Pistole steckte wieder im Halfter. Er lehnte die Flinte gegen das Geländer der Veranda und ging zu Clives Four-Wheeler. Er redete und gestikulierte mit den Händen, und Dawn hatte wieder das komische Gefühl, dass er glaubte, mit den Toten kommunizieren zu können. Sie fragte sich, ob er Clive erklärte, warum er nicht länger in McRay leben könne.

El packte Clive an den Hosenaufschlägen und zerrte seine Leiche in Richtung Veranda. Dawn sah weg, als Clives Kopf auf dem Boden aufschlug.

Als sie sich wieder umdrehte, hatte El Clive den halben Weg bis zur Treppe geschleift. Aber er schien nicht damit gerechnet zu haben, dass es ihm so viel Mühe machen würde. Er kniete auf dem Boden, schnaufte, keuchte und redete noch immer. Dann richtete er sich auf, stemmte die Arme in die Hüften, atmete tief durch und betrachtete den Schauplatz. Dawn erinnerte sich, was er zu ihr gesagt hatte, als sie sich am Bach versteckt hielt, dass er sie zu ihrer Mutter nach drinnen bringen wolle, um sie vor den Tieren zu schützen. Sie fragte sich, ob er innegehalten und Howard in ihre Hütte gebracht hatte.

El atmete noch einmal tief durch und griff wieder nach Clives Beinen. Schließlich verschwand er mit der Leiche im Haus.

Dawn nutzte die Gelegenheit und kroch ein wenig tiefer in die Büsche. Für den Fall, dass El beschloss, diese Richtung einzuschlagen, wollte sie weiter weg sein von dem Weg, der zur Landebahn führte. Aber sie brauchte auch eine gute Sicht durch die Zweige auf den Laden.

Solange El im Laden war, konnte sie keine Hilfe herbeirufen. Ihre Mutter und Howard waren tot, und bis das Postflugzeug kam, würden noch Stunden vergehen. El wusste, dass das Flugzeug kommen würde, und Dawn glaubte, dass er auch diesen Fall eingeplant hatte. Ihr schien, als hätte er dies alles seit langer Zeit genauestens durchdacht. Der Gedanke entfachte heiße Wut in ihrem Bauch, die zwar nicht die Angst aus ihr herausbrannte, ihr jedoch ein wenig Kraft gab.

El hatte jeden, mit dem er in Kontakt gekommen war, ermordet, und er hatte das seit wer weiß wie lange geplant. Geplant, Menschen zu ermorden, die stets freundlich zu ihm gewesen waren.

Er kam wieder auf die Veranda heraus und nahm sich

viel Zeit, sich auf der Lichtung umzusehen. Dawn war sich ziemlich sicher, dass El keine Ahnung hatte, dass sie von ihrem Versteck am Bach zum Laden gelaufen war. Er hatte sie nicht gesehen, als er Rita erschoss.

Das war so ziemlich der einzige Vorteil, den sie hatte.

El sah sich noch einmal gründlich um, schulterte das Gewehr und klopfte mit der rechten Handfläche auf den Knauf der Pistole, als wolle er sie richtig in Position bringen. Er trat auf den Weg hinunter neben den Four-Wheeler und schien ihn zu bewundern. Dann kletterte er auf die Maschine, ließ den Motor an, brauste in einer engen 180-Grad-Kurve über die Lichtung und schoss auf dem zu Micky Ascherfelds Haus führenden Weg davon.

Micky war allein.

Und sie wusste nicht, dass El kam oder was er getan hatte.

Aber es gab nichts, was Dawn jetzt für Micky tun konnte. Sie hatte ihre eigenen Probleme.

14:10

Micky eilte den Weg zu ihrer Hütte hinunter, als sie das beruhigende Geräusch von Clives Four-Wheeler hörte, aber sie war noch eine Viertelmeile von ihrer Hütte entfernt, und so wie es sich anhörte, hatte er sie gerade erst von der anderen Seite kommend erreicht.
Warum kam er zurück?
Vielleicht hatte er etwas ganz Einfaches vergessen, wie die Tür zu schließen. Oder er hatte etwas vergessen, das auf ihrer Liste stand. Clive war gut in solchen Dingen.
Sie dachte an die explodierenden Patronen.
War das eine Warnung?
Oder etwas Schlimmeres?
Sie eilte den Pfad hinunter und passte auf, dass sie sich nicht den Fuß vertrat oder durch eine Kurve hetzte und auf den Hintern fiel.
Der Tag wurde dunkler, und der eisige Wind jagte durch die Bäume.
Es begann wie verrückt zu schneien.

14:12

Dawn konnte nicht in den Sträuchern liegen und warten, bis das Postflugzeug eintraf. Sie würde erfrieren, und falls El plante, den Piloten umzubringen – und Dawn war sich dessen jetzt sicher –, würde sie nicht in der Lage sein, ihn aufzuhalten. Ihre einzige Chance war, der Außenwelt eine Botschaft zukommen zu lassen, und dazu musste sie zurück in den Laden.

Sie fürchtete sich nicht so sehr davor, die dreißig Meter offenes Gelände zu überqueren. Sie hatte deutlich gehört, wie der Motor des Four-Wheelers drüben bei Mickys Haus abgeschaltet worden war. El würde mindestens drei oder vier Minuten brauchen, bis er zurück war. Sie würde es hören, wenn der Motor wieder gestartet wurde, und konnte wieder im Wald sein, bevor er auftauchte.

Aber sie wollte nicht zurück in den Laden gehen.

Sie stand in der Mitte des Weges, nahm ihren ganzen Mut zusammen und machte sich gleichzeitig auf die Schüsse gefasst, die sie jede Sekunde von Mickys Haus zu hören erwartete. Die Kugeln würden durch den Wald krachen wie das Knallen einer Peitsche. Sie konnte sie in ihrem Rücken spüren, auch wenn sie auf Micky gerichtet werden würden und nicht auf sie. Schuldgefühle hatten sie gequält, als sie dagestanden und zugesehen hatte, wie El ihre Mutter ermordete. Die Frustration darüber, Micky nicht helfen zu können, war wie ein Messer in ihrer Brust.

Zögernd schlurfte sie den Weg entlang.

Als sie die Mitte der Lichtung ereichte, fühlte sie sich vollkommen ungeschützt. Dann rannte sie los. Je schneller sie rannte, desto ungeschützter fühlte sie sich, bis sie hart gegen die Wand des Blockhauses stieß, sich mit ausgestreckten Armen daran abstütze, während ihr Herz wie verrückt klopfte. Der Schweiß auf ihrer Stirn war eiskalt, und ihre Beine zitterten. Sie starrte auf die Schiebetür und schüttelte den Kopf.

Stattdessen ging sie die Vordertreppe hinauf und warf verängstigte Blicke zurück in die Richtung, in der El verschwunden war, aber es war weder der Four-Wheeler noch ein Schuss zu hören. Ihr kam der Gedanke, dass er den Four-Wheeler vielleicht einfach bei Mickys Haus stehen lassen und zu Fuß zurückkommen würde. Dann würde sie ihn unmöglich hören können. Aber wenigstens würde er dann für seine Rückkehr länger brauchen. Dawn schätzte fünf oder sechs Minuten. Viel Zeit hatte sie nicht. Sie musste rein und wieder raus.

Sie öffnete die Haustür und starrte ins Dunkel.

Bis auf eine hatte El sämtliche Laternen ausgemacht. Diese stand mitten auf der Theke, und seltsame Schatten tanzten durch den überfüllten Laden und vermischten sich mit den Schatten, die das restliche von draußen hereinscheinende Licht entstehen ließ. Die Sonne würde erst in vier Stunden untergehen, aber es sah aus, als wäre

sie das bereits. Der Wind verursachte unheimliche Pfeifgeräusche unter dem Dachvorsprung, und Dawn fiel es schwerer und schwerer, den ersten Schritt in das Innere des Gebäudes zu machen, wo zwei Leichen warteten.
Sie ging leise hinein und lehnte sich mit dem Rücken gegen die Tür.
Der Laden war ein einziges Durcheinander.
Kartons waren aus den Regalen gezogen worden und lagen in verstreuten Haufen an den Wänden und auf dem Ladentisch. Die Vitrinen waren eingeschlagen und die Waren daraus wahllos überallhin geworfen worden.
Nicht einmal der Holzofen war Els Wutanfall entgangen. Die gusseiserne Tür hing nicht mehr in den Angeln, sondern lag auf dem Boden. Dawn konnte nicht feststellen, ob El im Ofen etwas gesucht oder ob er versucht hatte, etwas am Boden zuzudecken.
Ritas Leiche war verschwunden.
Dawn bemerkte Asche zu ihren Füßen, in der sie Spuren hinterließ.
Sollte El zurückkommen, wären ihre Fußabdrücke ihr Todesurteil. Sie sah sich um und entdeckte Ritas Besen, der am Ladentisch lehnte. Sie fegte ihre Spuren weg und achtete nun darauf, wo sie stand.
Die Aschespur führte von der Tür an der gegenüberliegenden Wand entlang in die verglaste Telefonkabine. Es sah aus, als hätte El eine Schaufel genommen, Asche aus dem Ofen geschaufelt und sie in einer breiten Bahn durch den Laden gestreut. Dawn wusste jetzt, welchen Zweck die Asche erfüllte. El hatte das Blut damit aufgesaugt. Er hatte Ritas Leiche in die Telefonkabine ge-

schleift und die Blutspur anschließend mit Asche bedeckt.
Dawn starrte auf den kleinen quadratischen Raum.
Er war ungefähr einen Meter achtzig breit und stand in der hinteren Ecke des Ladens, hatte keine Decke, und die Wände reichten nicht bis zu den hohen Dachbalken; man konnte dort ungestört telefonieren, aber die Wände waren nur bis zur Höhe von Dawns Hüfte aus Kiefernholz. Der Rest war Glas. Das Telefon stand auf dem Tisch, der Hörer lag auf der Gabel. Es war sonst nichts in der Zelle außer zwei Stühlen.
Dawn hatte das Telefon ein paar Mal benutzt. Sie hatte mit ihrer Tante in Kalifornien und ihrer besten Freundin in Anchorage gesprochen. Dawn fiel plötzlich ein, dass sie einen dummen Fehler gemacht hatte, denn sie hatte keine Ahnung, wie man die Funkverbindung herstellte. Clive hatte das immer vom Hinterzimmer aus gemacht.
Aber sie wusste, dass das nur eine Ausrede war.
Sie musste zumindest *versuchen*, jemanden zu kontaktieren.
Wie schwer kann es sein, eine Telefonverbindung herzustellen?
Wahrscheinlich ist es nur ein Schalter.
Sie warf einen Blick auf die Tür zum Arbeitsschuppen hinter der Theke und erinnerte sich daran, wie El Clive durch die Seitentür ins Haus geschleift hatte. Aber die Außentür war jetzt zu, und es sah da drinnen noch dunkler aus als vorher.
Sie ging langsam um den Ladentisch herum und blieb plötzlich stehen. Auf dem Boden lagen Pappe und zer-

brochenes Glas, bedeckt mit etwas, das aussah wie Mehl, und El hatte den Inhalt einer großen Büchse Kaffee über das Durcheinander gestreut. Eins der Regale war zerbrochen. Es sah aus, als hätte El versucht daraufzusteigen. Große gläserne Gefäße, die auf dem Regal gestanden hatten, lagen überall verstreut. Eins lag umgedreht auf dem Deckel mitten auf dem Boden, und eine gezackte Krone aus Glas ragte aus ihm hervor wie eine Art tödliche Falle.

Sie ging vorsichtig weiter und achtete darauf, dass sie nicht auf Kaffee oder Mehl trat und Fußabdrücke hinterließ. Sie erreichte die Tür zum Arbeitsschuppen und linste hinein. Das winzige Fenster ließ kaum Licht herein. Irgendwo in dieser Dunkelheit lag Clives Leiche, und sie hatte das grausige Gefühl, dass er sie mit toten leeren Augen beobachtete.

Sie ging zurück zum Ladentisch, griff sich die Laterne und hielt sie mit beiden Händen vor sich. Sie warf ein gleichmäßiges goldenes Licht, hatte aber auch zur Folge, dass sie zwar die Dinge vor sich sah, darüber hinaus aber nichts erkennen konnte. Der Raum zog sich um sie zusammen. Wann immer sie nach rechts oder links schaute, war da nur lauernde stille Dunkelheit. Sie hatte jetzt eine Leiche im Dunkeln hinter sich und eine vor sich, die sie noch nicht entdeckt hatte.

Sie wusste, dass sie von Ritas oder Clives Leiche nichts zu befürchten hatte. Sie waren im Leben Freunde gewesen. Sie würden ihr im Tod bestimmt nichts tun. Aber ein kindlicher, unvernünftiger Teil ihres Verstandes zweifelte daran.

Wer wusste schon, was mit Menschen geschah, nachdem sie gestorben waren?
Was, wenn sie jetzt von El beherrscht wurden?
Was, wenn sie wie Zombies waren, die unter Els Bann standen?
Oder irgendeine Art von Vampiren?
Sie wollte ihrem Kopf zuschreien, dass er aufhören, sie in Ruhe lassen und mit blödsinnigen Horrorgeschichten verschonen solle. Aber je mehr sie sich dagegen wehrte, desto mehr quälten sie sie, desto feuchter wurden ihre Hände und desto mehr kribbelte ihre Haut. Desto mehr knarrte der Wind, quietschte das Gebäude und verwandelte sich, als ob sich Menschen, die sie nicht sehen konnte, im Dunkel hin und her bewegten.
Sie trat, die Laterne vor sich, in den Schuppen und entdeckte Clive sofort.
Sie schrie.
Der Lärm zertrümmerte die Stille wie Glas, und Dawn hätte beinahe die Laterne fallen lassen.
Clive starrte sie an.
Aber er hatte keine Augen.
Aus zwei ausgestochenen Augenhöhlen sickerte Blut auf seine Wangen.
Dawn drehte sich weg und übergab sich.
Hatte El das mit Rita auch gemacht?
Mit Howard und ihrer Mutter?
Dawn hatte plötzlich eine schreckliche Angst, dass Rita sich von hinten an sie herangeschlichen hatte und im Begriff war, sie zu packen. Sie warf einen Blick zurück in den düsteren Laden. Aber da war niemand.

Sie war so oder so dazu verdammt, eine Leiche hinter sich zu haben. Wenn sie sich dem Laden zuwandte, wäre sie Clive entsetzlich nahe, und wenn sie Clive beobachtete, konnte sich etwas aus dem Laden hinter ihr anschleichen. Sie wischte sich mit dem Hemdsärmel den Mund ab, aber der unangenehm süße Geschmack wollte nicht weggehen.

Clive lehnte aufrecht sitzend an der gegenüberliegenden Wand, die Hände lagen zwischen seinen Beinen auf dem Boden. Um seinen Hintern bildete sich eine kleine Blutlache.

Dawn drückte sich an ihm vorbei und stellte die Laterne auf den Arbeitstisch, drückte den großen Riegel wieder nach oben und schob die Schiebetür halb auf. Mattes graues Licht und mit ihm eisige Luft und wehende Flocken drangen herein. Es fühlte sich eher an wie Februar als wie Anfang Mai. Aber das Wetter war merkwürdig in den Bergen. Es konnte im Dezember tauen, und Dawn hatte auch schon Ende Juni einen irren Schneesturm erlebt. Dies konnte einfach eine Kaltfront sein, die nur für einen Tag hereinwehte, oder sie konnten bald begraben sein.

Sie hatte jetzt mehr Licht und betrachtete den Raum mit der Telefonanlage. Er hatte eine schwere handgearbeitete Tür mit dem Logo der Telefongesellschaft, und eine Fußmatte lag davor. Clive hatte sich stets die Füße abgeputzt, bevor er hineingegangen war. Dawn war das immer albern vorgekommen, da niemand sonst je den Raum betrat. Andererseits aber kamen hier und da vielleicht Leute der Telefongesellschaft vorbei, um an der

Anlage zu arbeiten, und Clive gehörte zu den Leuten, die ihr Haus sauber hielten.
An einem großen stählernen Scharnier hing ein schweres Vorhängeschloss. Es war fast so groß wie ihre Faust, und an der Tür waren keine Angeln zu sehen. Die Tür ging nach innen auf. Dawn überlegte, ob sie ein Brecheisen oder irgendein anderes Werkzeug finden könnte, aber als sie sich im Schuppen umsah, entdeckte sie nur Sägen und Schraubenschlüssel. Also drückte sie sich um Clive herum, warf noch einmal einen Blick in den dunklen Laden und nahm einen großen sichelförmigen Schraubenschlüssel vom Arbeitstisch, konnte damit das Schloss aber nur umdrehen. Der Bolzen des Schlosses war fast so dick wie der stählerne Griff des Schraubenschlüssels. Sie würde die Tür niemals aufbrechen können.
Wo konnte der Schlüssel sein?
Plötzlich vermischte sich ihre Wut auf El und die Welt im Allgemeinen mit ihrer Enttäuschung darüber, dass sie es nicht schaffte, in die Telefonkabine hineinzukommen. Ohne nachzudenken schleuderte sie den Schraubenschlüssel durch den Schuppen und betete sogar in dem Moment, als er ihr aus der Hand rutschte, dass er Clive nicht treffen würde.
Der Schraubenschlüssel klapperte über den Betonboden und zur Tür hinaus.
Wo war der verfluchte Schlüssel?
Dawn konnte sich nur drei Plätze vorstellen, an denen Clive den Schlüssel aufbewahren könnte.
Sie schlich wieder in den Laden hinüber.

Sie durchsuchte die Geldschachtel unter dem Ladentisch, überrascht, dass El darin nicht gewühlt zu haben schien. Andererseits aber war er nicht hinter Geld her. Er hatte es auf den ganzen Ort abgesehen.
Da war kein Schlüssel.
Die andere Stelle war ein Schlüsselanhänger, der an dem Four-Wheeler befestigt war. Sie versuchte sich zu erinnern, ob sie jemals andere Schlüssel am Anlasser von Clives Honda hatte hängen sehen. Nein.
Somit blieb nur noch eine Stelle übrig. Sie stand in der Tür, versuchte Clives leere Augenhöhlen nicht anzusehen und kaute auf der Unterlippe.

14:20

Clives Four-Wheeler war vor Mickys Treppe geparkt, und ihre Haustür stand offen. Der Wind stach ihr ins Gesicht und fegte geräuschvoll durch die Bäume. Große weiße Flocken wehten in dichter werdenden Schauern herein.
Gleich als sie das Ende des Weges erreicht und den Honda gesehen hatte, hatte sie nach Clive rufen wollen.
Aber warum war er jetzt hier?
Er konnte unmöglich so lange gebraucht haben, um wegen der Glasarbeit vorbeizukommen.
Sie dachte an die knallenden Geräusche, die sie gehört hatte, und an den vom Laden heraufziehenden Pulverdampf, den sie jetzt riechen konnte, und wurde von Angst gepackt.
Micky schlüpfte schnell hinter eine große Fichte, als El auf ihre Veranda heraustrat. Ihr Herz pochte wild und ihr Hals zog sich zusammen. El hielt Clives Gewehr in der linken Hand. Er sah sich auf der Lichtung um, als hätte er sie gehört oder gesehen, obwohl das natürlich unmöglich war.
Aber Micky wusste aus Erfahrung, dass Situationen wie diese die Sinne verfeinerten.
Sie erinnerte sich, dass sie *gewusst* hatte, was der bewaff-

nete Gangster auf der anderen Seite der Tür in der Bar gerade tat.

Spürte El, dass sie hier war?

Nach einem Augenblick drehte er sich um, ging zurück in die Hütte und schloss zum Glück die Tür hinter sich.

Aber was macht er da drinnen, und wie ist er an Clives Four-Wheeler und sein Gewehr gekommen?

Clive hätte auf keins von beidem bereitwillig verzichtet.

Vielleicht hatte El sie ihm mit Waffengewalt abgenommen und war gegangen. Aber was hatte das Knallen zu bedeuten?

Hatte El die ganze Munition im Laden vernichtet?

Oder stand der Laden selbst in Flammen?

Konnte das Knallen so laut gewesen sein, wenn die Patronen im Inneren des Ladens explodiert waren?

Micky glaubte es nicht.

Aber nichts davon bewies, dass Clive und Rita tot waren. Micky klammerte sich an diesen Strohhalm. Das Letzte, was sie in Betracht ziehen wollte, war, allein und wehrlos mit einem bewaffneten Irren in McRay übrig zu bleiben.

Wenn El Waffen und Munition zerstören wollte, würde er die Pistole in ihrer Hütte sofort finden. Aber er musste sicher sein, dass das ihre einzige Waffe war. Wahrscheinlich durchwühlte er gerade ihr Haus.

Sie schaute auf den Four-Wheeler und überlegte, ob sie sich davonmachen sollte. Sie war sich ziemlich sicher, dass sie die Maschine würde starten können, sie zu fahren aber war eine andere Sache. Und bis sie den Motor gezündet und herausgefunden hätte, wie man den Gang

einlegte, wäre El sowieso draußen und würde ihr eine Kugel durch den Kopf jagen.
Aber der Honda fesselte trotzdem ihre Aufmerksamkeit.
Sie betrachtete das kleine Funkgerät, das unter dem Benzintank festgeschnallt war.
Es gab ein dazu passendes Gerät unter der Theke im Laden. Clive sorgte dafür, dass beide stets geladen waren, und sobald er ging, schaltete Rita das Funkgerät ein, damit er ihr, falls nötig, eine Nachricht zukommen lassen konnte. Micky konnte sich keinen schnelleren Weg vorstellen als dieses Gerät, um herauszufinden, ob im Laden alle okay waren, und sie wissen zu lassen, was mit Aaron passiert war.
Das einzige Problem war, es zu holen.
Der Four-Wheeler war fünfzehn Meter weit weg und stand völlig ungeschützt da. Die Tür der Hütte war zwar geschlossen, aber wenn El in ihre Richtung schaute, würde sie durchs Fenster leicht zu sehen sein. Er konnte sie direkt durch das Glas erschießen. Sie würde die Kugel, die sie tötete, nicht einmal hören. Sie starrte auf die kleine schwarze Kiste in ihrem ledernen Halfter und wog Notwendigkeit und Chancen gegeneinander ab.
Sie musste herausfinden, ob im Laden noch jemand lebte, aber die Tatsache, dass der Four-Wheeler hier vor ihrer Hütte stand, sprach dagegen. Eigentlich konnte sie sich nicht vorstellen, dass Clive auf ihn verzichtet oder aber dass El Clive und Rita überwältigt und am Leben gelassen hatte. Nicht nach dem, was sie bei Aarons Hütte gesehen hatte. El fesselte die Leute nicht.

Er brachte sie um.

Trotzdem wurde sie von dem Funkgerät angezogen. Zu einer Schusswaffe hatte sie jetzt keinen Zugang. Mit einem anderen normalen Menschen zu sprechen war vielleicht der einzige Weg, ihr eigenes Leben zu retten. Und wenn sie sich klein machte, musste El schon ganz nah am Fenster stehen, um sie zu sehen.

Sie ließ sich auf Hände und Knie fallen, beobachtete die Tür und versuchte abzuschätzen, wie lange er brauchen würde, um ihre Hütte zu durchsuchen. Er konnte jede Sekunde herauskommen. Aber sie musste es riskieren.

Schnell krabbelte sie zu dem Four-Wheeler hinüber, rollte sich hinter dem Hinterrad zusammen und tastete nach dem Druckknopf am Halfter des Funkgeräts. Sie zitterte vor Angst und Kälte, schaffte es aber gerade noch, das Funkgerät in ihre Jackentasche zu stecken, als die Tür knarrte.

Sie erstarrte.

Die Tür öffnete sich nur einen Spalt.

War das der Wind?

Oder spähte El durch den Schlitz und wartete?

Der Wind konnte ihre Tür öffnen. Der Riegel hielt nicht immer, es sei denn, er war von innen fest gesichert.

Aber es konnte genauso gut sein, dass El gehört hatte, wie die Tür aufgeweht wurde, und jetzt durch den Spalt auf die Lichtung hinausschaute.

Was war es?

Unzählige verstreute Schneeflocken tanzten und wirbelten im Wind.

Aber nicht genug, um die Sicht aus ihrer Tür oder dem Fenster zu verdecken.
Eine riesige Fichte hinter der Hütte streifte knarrend einen anderen Baum.
Sie konnte hier nicht bleiben.
Sie rollte sich auf die Seite und glitt schnell wieder hinunter in den Schutz des Waldes. Aber sie hielt dort nicht an. Sie grub sich ins Unterholz und fand eine Stelle, an der sie die Zweige zur Seite ziehen konnte, so dass sie eine begrenzte Sicht auf ihre Hütte und die Lichtung um sie herum hatte.
Es brach kein Gewehrfeuer los.
El hatte sie also nicht beobachtet.
Aber die Haustür schwang jetzt mit dem unterschiedlich stark wehenden Wind vor und zurück.
Irgendetwas verursachte ein Kribbeln entlang ihres Rückgrats. Eine böse Vorahnung überkam sie, und sie schaute mit wachsendem Entsetzen auf den Four-Wheeler.
Sie hatte vergessen, den Druckknopf am Halfter des Funkgeräts zu schließen. Er hing schlaff herunter und wies deutlich darauf hin, dass das Gerät verschwunden war.
Verdammt!
Es kam ihr vor wie Stunden, tatsächlich aber dauerte es weniger als eine Minute, bis El wieder herauskam. Er eilte die Treppe hinunter und kletterte wieder auf den Honda. Er befestigte das Gewehr an der Lenkstange und war im Begriff, auf den Anlasser zu drücken, als er innehielt. Er beugte sich vor und sah nach unten.

Micky wusste, dass er auf das leere Halfter des Funkgeräts starrte.
Sie wurde ganz steif.
Els Hände fielen von der Lenkstange, und sein Blick wanderte unendlich langsam über die gesamte Lichtung und den Bereich der Hütte. Dreihundertsechzig Grad. Als die reflektierenden Gläser seiner Sonnenbrille über sie hinweggingen, blieb ihr nichts anderes übrig, als in ihrer geduckten Stellung zu verharren. Dieses altbekannte Gefühl vollkommener Hilflosigkeit ergriff Besitz von ihr.
Ließ sie es wachsen, würde es sie überwältigen. Sie musste irgendetwas tun, um sich selbst zu helfen, oder es würde damit enden, dass sie hier kauerte und wartete, bis El sie fand.
Ihr kam der Gedanke, dass das vielleicht gar keine so schlechte Idee war. Sich genau hier zu verstecken, bis Hilfe kam.
El hatte schon Aaron ermordet, und wahrscheinlich Terry, Dawn, Rita und Clive.
Micky wusste jetzt, dass die Schüsse, die sie zuvor auf der anderen Seite des Baches gehört hatte, von El abgegeben worden waren. An den Schrei wollte sie nicht denken. Aber er ging ihr von selbst immer wieder durch den Kopf. Der Schrei, den sie als das Lärmen eines Eichelhähers abgetan hatte, klang genau wie der Todesschrei ihrer Mutter. Als ob sich Terry oder Dawn Glorianus die Lunge aus dem Hals geschrien hätte. Warum hatte sie ihn nicht als das erkannt, was er war?
Sie hatte reichlich Gründe, sich ein gutes Versteck zu

suchen und einfach auf jemanden zu warten, der sie retten würde.
Das war es, was sie beim letzten Mal getan hatte.
Und das Mal davor.
Und sie hatte überlebt.
Sie hatte sich versteckt und war am Leben geblieben.
Das Postflugzeug würde in wenigen Stunden ankommen. Und natürlich würde man sich in Anchorage langsam wundern, warum kein Wetterbericht eintraf, und wenn Clive nicht ans Telefon ging, würde die Telefongesellschaft jemanden schicken, um Nachforschungen anzustellen. Sehr bald schon würde die Staatspolizei vor Ort sein.
Aber im Grunde ihres Herzens wusste sie, dass El alle anderen im Ort, die noch am Leben waren, umbringen würde, wenn sie sie nicht warnte. Da draußen waren keine Houstoner Polizisten, und es war unwahrscheinlich, dass El aufgeben und weggehen würde wie der Bursche, der ihre Eltern ermordet hatte.
Wenn sie nichts unternahm, würden noch viel mehr unschuldige Menschen sterben.
Lässig griff El nach unten und knipste das Futteral des Funkgeräts wieder zu. Er startete den Motor, fuhr in einem weiten Bogen über den Rasen vor Mickys Hütte und kam bis auf drei Meter an ihr Versteck heran, als er vorüberfuhr. Sie beobachtete sein Gesicht, als er vorbeibrauste, und atmete unwillkürlich tief ein.
Ihr Verstand spielte ihr einen Streich.
Aber in diesem Moment, als sie seine Haare im Wind wehen sah und das trübe Licht sich in seinen Brillen-

gläsern widerspiegelte, war sie sich sicher, dass er derselbe Mann war, der ihre Eltern ermordet hatte, derselbe Mann, der Jahre später wiedergekommen war, um Wade zu ermorden. Und nun war er hier, in McRay, und suchte noch immer nach ihr.
Sie kroch tiefer in den Schatten der Sträucher, zitterte, umklammerte Clives Funkgerät und betete darum, dass die Dämonen in ihrem Kopf sie in Ruhe lassen würden, während der Four-Wheeler heulend den Weg hinunter- und davonfuhr.

14:25

Clives Körper war noch warm, und sein Fleisch fühlte sich weich an unter seiner Kleidung. Dawn tastete den Stoff ab und entdeckte die Schlüssel sofort. Aber sie herauszuholen war eine andere Sache. Sein blutiges Gesicht war nur Zentimeter von ihrem entfernt, und sie hatte schreckliche Angst, dass er, wenn sie ihre Hand in seine Tasche gleiten ließ, nach oben greifen, sie in seiner toten Umarmung packen und fest an sich ziehen würde. Sie hatte am ganzen Körper eine Gänsehaut.

Sie zwang sich, ihre Finger in seine Hosentasche zu stecken und fummelte widerwillig mit den Fingerspitzen an den Schlüsseln, bis sie den Ring zu fassen bekam, an dem diese hingen. Mit einem Ruck zog sie ihn heraus, während sie hastig von Clives Leiche zurückwich.

Clive rührte sich nicht.

Aber die Schlüssel waren alle viel zu groß für das Schloss. Sie schleuderte sie angewidert quer durch den Raum und machte sich auf die Suche nach einem Hammer. Aber auch der erwies sich als wirkungslos. Sie warf ihn wieder in den Werkzeugkasten und starrte auf das Scharnier.

Durch die Schiebetür hinter sich hörte sie den fernen

Klang des Four-Wheelers, und ihr Atem beschleunigte sich. Sie musste weg. Wenn sie die Lichtung nicht verlassen hatte, bevor El wieder den Weg entlangkam, war sie tot. Als sie vor die Tür trat, schlug ihr ein Windstoß hart ins Gesicht.

Eine winzige Stimme kam aus dem Inneren des Ladens, und sie machte sich fast in die Hose.

Es war ein näselndes Flüstern, und ihr erster panischer Gedanke war, dass Rita noch am Leben war und um Hilfe rief. Dawn ging zurück in den Schuppen und horchte.

»Rita? Clive?«

Die Stimme war kratzig und tief, hörte sich aber an wie Micky Ascherfeld.

Dawn starrte in den Laden. Das Brummen des Four-Wheelers kam näher. Sie traf eine Entscheidung. Sie schob die Schiebetür zu, verriegelte sie aber nicht, und schlüpfte zurück in den Laden.

Die Stimme kehrte zurück. »Rita? Clive?«

Diesmal erkannte Dawn, dass sie aus einem Funkgerät kam. Sie schaute unter den Ladentisch, und dort, neben der Schublade für das Geld, entdeckte sie einen kleinen Empfänger im Taschenformat. Sie nahm ihn in die Hand und tastete nach dem Sendeknopf.

14:27

Micky hielt das Funkgerät an die Wange, schloss die Augen und versuchte, sich zu sammeln. Dawn plapperte in das Funkgerät, und Micky mühte sich angestrengt, sich zusammenzureimen, was das Mädchen eigentlich sagen wollte.
Die Kleine war hysterisch. Sie ließ den Sendeknopf nicht los. Aber Micky bekam genug mit, um zu begreifen, dass El äußerst aktiv gewesen war und sie bisher unglaubliches Glück gehabt hatte. Wenn sie zu Hause geblieben wäre und Aaron nicht besucht hätte, wäre sie jetzt ohne Zweifel tot. Es schien, als ob die meisten anderen das schon waren.
Und nicht nur tot.
Das war Dawns Worten deutlich zu entnehmen gewesen.
So wie Micky es sah, hatte El zunächst Aaron umgebracht. Dann musste es eine sehr kurze Phase der Abkühlung gegeben haben. El war wahrscheinlich den Weg bis zu Damons Haus gefolgt und hatte dann wieder den Bach überquert.
Und wäre Damon nicht mit Marty oder Stan im Wald unterwegs gewesen, wäre auch er jetzt tot.
So nahe dran.

Dann hätte sich El, anstatt zum Haus der Glorianus hinüberzugehen, womöglich gleich sie vorgenommen. Wäre er den Weg heraufgekommen und hätte sie gegrüßt, hätte sein plötzliches Auftauchen sie erschreckt. Aber nicht so sehr, dass sie losgerannt wäre, um die Pistole zu holen. Er hätte sie genauso umgebracht wie die anderen.

Es hörte sich so an, als ob Howard einfach zufällig zur falschen Zeit am falschen Ort aufgetaucht war. Anschließend war El den ganzen Weg bis zum Laden weitergegangen. Dort hatte er Clive und Rita ermordet.

»Dawn!«, schrie Micky in das Funkgerät. »Du musst da raus. Er kommt zurück. Er kommt jeden Augenblick zurück.«

Es folgte eine unangenehme Zeit des Schweigens. »Er ist schon hier.«

Micky drückte das Funkgerät noch fester ans Ohr.

»Versteck dich«, flüsterte sie. »Versteck dich *sofort*. Ich komme.«

»Lass mich nicht im Stich.«

Der klagende Ton in der Stimme des Mädchens schnitt Micky wie ein Messer ins Herz. Sie wusste, wie Dawn sich fühlte. Sie wusste genau, was sie empfand.

»Das werd ich nicht«, versprach Micky. »Aber du musst mir Bescheid sagen, bevor er zu nahe an dich herankommt. Ich will nicht, dass er mich reden hört. Und du redest auch nicht. Verstehst du?«

»Hast du eine Pistole?«

Sollte sie lügen? Das Mädchen würde das womöglich an ihrer Stimme erkennen.

»Nein«, gab sie zu.
»Was willst du dann machen?«, fragte Dawn.
Was zum Teufel sollen wir machen?
»Wir haben Funkgeräte. Das ist schon mal ein Anfang. Wir wissen jetzt, wo er ist und was er tut. Dawn, du musst dich verstecken.«
Micky glaubte das kehlige Brummen des Four-Wheelers über das Funkgerät zu hören, aber es war wahrscheinlich nur die statische Aufladung, als Dawn das Gerät ausknipste. Micky sah zu ihrer Hütte hinauf und bemerkte ein flackerndes, durch ihr vorderes Fenster scheinendes Licht.
Konnte es sein, dass El ihre Pistole übersehen hatte?
Sie rannte die Treppe hinauf und durch die Tür. Der Gestank von Qualm und schmelzendem Kunststoff stieg ihr in die Nase. Das Licht stammte nicht, wie sie angenommen hatte, von einer Laterne, sondern von Flammen, die das Tischbein hinunterrieselten.
Geschmolzener Kunststoff ließ ein flüssiges violettes Feuer entstehen, das von der Tischplatte tropfte und auf dem Boden eine Pfütze bildete. Beißender Qualm brannte in Mickys Augen.
Der Geruch kam von ihrer Pistole, die mitten auf ihrem Arbeitstisch lag. Sie zog ihren Hemdkragen über die Nase und stürzte blinzelnd zu der Waffe.
Was El mit ihrer Waffe gemacht hatte, war bizarr.
Er hatte das Magazin herausgenommen. Dann hatte er mit ihrem gasbetriebenen Schweißbrenner über der Pistole Plastikbecher und -flaschen geschmolzen, hatte die Waffe selbst geschmolzen – diese bestand größtenteils

aus Kunstharz – und sie in eine Art seltsame Statuette verwandelt. Mickys erster Gedanke war, die verunstaltete Pistole aus ihrem Plastikgrab zu holen, aber selbst wenn nicht bereits die leichteste Berührung ihre Fingerspitzen versengen würde, so war die Waffe doch offensichtlich nutzlos.

Sie griff nach ihrer Abwaschschüssel, ließ das seifige Wasser über den Tisch schwappen und trat die restlichen Flammen auf dem Boden aus.

»Er kommt rein.«

Dawns statisch aufgeladene Stimme durchschnitt den Qualm. Micky hätte sich am liebsten durch das Funkgerät zu dem Mädchen durchgewühlt.

Sie wusste, wie der Laden aufgeteilt war. Sie hatte oft genug mit Clive und Rita zu Abend gegessen. Sie hatte mit Rita ihren einzigen Kleiderschrank durchwühlt und versucht, ihr bei der Entscheidung zu helfen, was sie an ihrem fünfundzwanzigsten Hochzeitstag tragen sollte. Es gab nicht viele Stellen in diesem Gebäude, an denen sich ein Mädchen verstecken konnte. Unter dem Bett. In diesem engen Schrank. Unter dem Ladentisch oder hinten im Arbeitsraum. Sollte El das Haus durchsuchen, würde er sie mit Sicherheit finden.

Es war ein Wunder, dass sie und Dawn so lange überlebt hatten. Wenn Aaron, Terry und Howard tot waren, dann hatte El sicherlich auch Marty und Stan getötet, bevor er den Bach zum Laden hin überquerte. Und er zerstörte die Waffen. Das war es, was das Knallen bedeutet hatte. Er hatte sämtliche Munition aus dem Laden zerstört.

Sie warf sich eine Jacke über und ließ das Funkgerät in eine der Taschen gleiten.
Aber sie brauchte eine Schusswaffe.
Und ihr fiel nur ein einziger Ort ein, wo sie jetzt vielleicht eine finden konnte.
Aber der Gedanke, dort hinzugehen, ließ ihr das Blut in den Adern gefrieren.

14:30

Marty und Stan stritten sich wie immer, standen sich breitbeinig, das Gewehr über dem Arm, auf dem schmalen Weg gegenüber, während Schneeflocken so groß wie Silberdollars um sie herumwirbelten. Keiner von beiden lächelte.

»Wenn du zurückgehen und deinen Rucksack holen willst, dann tu das«, sagte Marty mit finsterer Miene.

»Damit kann ich dann unseren Proviant mit zurücknehmen«, erklärte Stan und wurde rot.

»Mir ging es nicht um Proviant. Ich dachte, wir gehen runter und sehen nach, ob es Probleme gegeben hat.«

»Wir können ebenso gut dafür sorgen, dass sich der Ausflug lohnt«, erwiderte Stan. Für ihn machte das absolut Sinn. Warum die ganze Energie verschwenden und dann mit leeren Händen zurückkommen? Mit dem Gewehrfeuer und den Explosionen hatte El wahrscheinlich bloß Dampf abgelassen. Sie würden unten beim Laden ankommen, ordentlich was zu lachen haben und anschließend so viele Vorräte einpacken, dass sie für ein paar Wochen nicht mehr hinunterwandern mussten. Das schien so einfach, dass es selbst Marty begreifen sollte.

»Der Ausflug hat sich gelohnt, wenn wir hinkommen und alles ist in Ordnung«, betonte Marty.

»Warum sollte nicht alles in Ordnung sein?«

Marty schüttelte den Kopf. »Bist du schwer von Begriff?«

»Komm mir nicht so«, fuhr Stan ihn an.

»Ich hab nur gefragt«, beschwichtigte Marty. »Wenn du zurückgehen willst, dann tu das. Ich geh runter und seh nach, was die Schüsse zu bedeuten haben.«

Zornig wie ein zwölfjähriger Junge starrte Stan ihn an. Marty drehte sich um und ging ohne einen Blick zurück den Weg hinunter. Er war noch keine zehn Meter gegangen, als Stan ihm nacheilte, um ihn einzuholen.

»Verdammt, Marty!«, fluchte er und schnaubte hinter ihm vor Wut.

Marty schüttelte den Kopf und ging weiter.

14:32

El kniete im Eingangsbereich des Ladens auf dem Boden. Er hatte Clives Gewehr in der linken Hand, und seine Rechte lag auf dem Pistolengriff. Er schaute zu den Schachteln hinüber, die er auf Ritas Schrotflinte geworfen hatte. Er fing an, Gefallen an dieser Waffe zu finden. Irgendetwas war dran an ihrem Alter und den Abnutzungserscheinungen. Seine anderen Waffen waren alle neu und glänzten.

Aber er hatte das Gewehr nicht draußen im Freien zurücklassen wollen.

Was, wenn Clive und Rita anfingen herumzulaufen und es fanden?

Spärliches Sonnenlicht durchdrang den Schnee draußen und schimmerte silbern über der Asche auf dem Holzboden. El untersuchte den sauberen halbmondförmigen Abdruck eines Stiefelabsatzes am äußersten Rand der Aschespur.

Er hielt seine Fingerspitzen darüber, und er verschwand. Ihm kam der Gedanke, dass das vielleicht gar kein Fußabdruck war, sondern irgendetwas, das in die Asche gefallen war. Vielleicht der Deckel eines der Glasgefäße.

Aber es war nichts in der Art da, und wenn es dort gelegen hatte, wo war es dann jetzt? Der Wind konnte es nicht fortgetragen haben, ohne die Ascheschicht aufzuwirbeln.

Er sah sich im Laden um und versuchte sich genau zu erinnern, wie er ihn zurückgelassen hatte. Aber als er zuletzt hier gewesen war, war er in einem seiner Erstarrungszustände gewesen, und wenn ihn einer davon überkam, konnte er sich später nur an wenig erinnern. Sie waren nur Collagen aus Klang und Licht und starker Hitze, die gleichzeitig außen wie auch in seinem Inneren zu sein schienen. Manchmal, wenn er in einem derartigen Zustand war, schien er Dinge zu empfinden, die über das Wahrnehmungsvermögen normaler Menschen hinausgingen.

Aber das überraschte ihn nicht.

Er wusste, dass er anders war als andere Menschen.

Gelegentlich hörte er zum Beispiel Gerüche oder hatte das Gefühl, einen Klang zu sehen. Die Berührung einer grob behauenen Tischplatte konnte längst vergessene Geschmäcke und Düfte wachrufen, wie das stets passierte, wenn er in Micky Ascherfelds Hütte war.

Die Eingangstür war fast zu, aber es wehte ein kalter Luftzug über sein Gesicht, als er jetzt, das linke Knie auf dem Boden abgestützt, mit einem Finger über den Rand des Abdrucks fuhr, und die Berührung der weichen, staubigen Asche jagte ihm einen Schauer über den Rücken.

Es war nur die Asche von verbranntem Holz.

Nicht weich und flockig und mit Knochenstücken durchsetzt wie die Asche eines Menschen. Aber sie hatte

etwas so Sinnliches für ihn, dass er seine Fingerspitzen an die Lippen führte und die Asche ableckte, den trockenen, staubigen Sand an seinen Zähnen genoss.
Er betrachtete den Abdruck und fragte sich, was ihn verursacht hatte.
Sein ursprünglicher Plan war bereits zur Hälfte verwirklicht.
Es hatte zwar plötzlich und nicht ganz wie geplant angefangen, würde aber lange vor Einbruch der Dunkelheit erledigt sein.
Jeder, der hier weg musste, würde weg sein und das Tal gereinigt. Wenn das Töten abgeschlossen war, würde er zu jeder einzelnen Hütte gehen und sie niederbrennen. Nur seine Hütte würde stehen bleiben. Bevor er den Laden anzündete, würde er natürlich alles herausholen, was ihm nützlich sein könnte, denn er hatte nicht die Absicht, jemals wieder mit der Außenwelt in Kontakt zu treten.
Aber der Abdruck in der Asche enthüllte einen neuen Aspekt, über den er sich bisher kaum Gedanken gemacht hatte.
Was, wenn sich die ursprünglichen Einwohner McRays nicht dazu bewegen ließen, den Ort zu verlassen, wenn sie erst einmal tot waren?
Das wäre womöglich schlimmer, als sie lebend hier zu haben.
Würde er gezwungen sein, in einem Tal zu leben, das von bösen Geistern umlagert war?
El wusste, wie Geister sein konnten.
Brüsk fegte er den Abdruck mit den Fingerspitzen weg

und stand auf, den Lauf des Gewehrs noch immer in der Hand. Er folgte der Aschespur mit den Augen bis zur Tür der Telefonkabine.
Er wusste, wessen Abdruck das war in der Asche. Er konnte nur nicht begreifen, wie er dort hingekommen war.
Eine winzige Ranke der Angst kroch von seinem Bauch in den Unterleib. Er lehnte das Gewehr an die Fensterbank und stieß die Tür zu, ohne die Augen von der Telefonkabine zu nehmen.
Ein Gedanke huschte ihm durch den Kopf, und er holte die Schrotflinte zurück und stellte sie neben das Gewehr.
Er stieg über die Asche und ging langsam um den Holzofen herum, zog die Pistole und spannte den Hahn. Es waren sechs Patronen darin. Wenn es sein musste, konnte er Rita Cabel damit in Stücke reißen. Aber er wusste nun nicht mehr, ob das ausreichen würde.
Sie war bereits tot.
Wenn sie aufgestanden war und herumspazierte, würde eine Pistole sie dann aufhalten?
Und wenn Rita sich bewegen konnte, was war dann mit Clive?
El warf einen Blick in die Dunkelheit der Werkstatt. Und obwohl er nichts erkennen konnte, war er sich doch sicher, dass Clive wusste, dass er da war.
Ein pfeifendes Geräusch ließ ihn zusammenzucken, und Schweißtropfen rannen seinen Nacken hinunter. Aber es war nur der Wind draußen. Er fuhr sich mit der Zunge über die Oberlippe und schmeckte das Salz und

die Asche. Die Pistole lag schwer in seiner Hand, und er nahm die linke Hand zur Hilfe, um sie ruhig zu halten.
Seine zunehmende Angst erregte ihn.
Er genoss die Angst auf eine Art und Weise, zu der andere Menschen, das wusste er, nicht fähig waren. Das war nur eines der Dinge, die ihn anders sein ließen. Das und die Tatsache, dass er wusste – auf eine nüchterne Weise –, dass andere Männer etwas dabei empfanden, wenn sie töteten.
Mitleid.
Reue.
Stolz.
Erlösung.
El fühlte nichts dergleichen. Was er empfand, waren Sinneswahrnehmungen, die so scharf waren wie die eines wilden Tieres. Wenn er tötete, roch er das Blut. Er schmeckte die in der Luft liegende Angst. Er fühlte wie ein Falke, wenn seine Beute zittert und sich in seinen Krallen schließlich nicht mehr rührt.
Das war keine Gefühlsregung.
Es war eine eher barbarische Empfindung. Ein animalisches Gefühl von Sicherheit. Von Dominanz.
Die einzige wirklich menschliche Emotion, die El je erlebt hatte, war die Angst. Und so hatte er angefangen, die Angst zu schätzen wie andere Menschen die Liebe oder die Begeisterung. Manchmal verwechselte er die Angst damit.
El sehnte sich nicht nach Angst oder brachte sich selbst in Situationen, wo sie über ihn kommen würde. Er war

nicht süchtig nach Nervenkitzel. Er war bar jeden Bedürfnisses nach irgendeiner Emotion. Aber wenn die Angst kam, reagierte er nicht so, wie normale Menschen es tun würden. Er ließ sich von der Angst überfahren, genoss das Zittern der Haut auf seinem Rücken. Erfreute sich an der angenehmen Feuchtigkeit seiner Hände, der leichten Beschleunigung von Herzschlag und Atmung.

Er ließ sie wachsen, bis er zum Bersten von ihr erfüllt war.

Dann fing er an, Kraft aus ihr zu ziehen.

Seine Hände zitterten. Er war gleichzeitig in seinem Körper wie auch außerhalb, beobachtete seine Angst wie ein Wissenschaftler, der eine in einem Labyrinth gefangene Ratte observiert.

Er ging langsam um den Ofen herum, die Augen weiter auf die Tür zur Telefonkabine gerichtet, aber seine Ohren lauschten, ob sich irgendetwas hinter ihm bewegte. Er leckte sich noch immer die Lippen, aber seine Zunge war völlig trocken.

Rita lag auf der Seite, gegen ein Tischbein gedrückt. Um sie herum war Asche auf dem Boden verstreut, und ihre Hose, ihr Hemd und ihr Gesicht waren mit einer dünnen Schicht Aschestaub bedeckt. Sie hatte keine Augen mehr. Sie hatten ihn gestört, und so hatte er sie herausgeschnitten.

Er musste. Er hasste den Gedanken, dass sie ihn ansahen. Ihn verspotteten. Ihm folgten. Ihn jagten. Die ersten Augen, die El je genommen hatte, waren die seiner Mutter gewesen.

Auch seine Mutter war zurückgekommen und hatte ihn verfolgt.
Widerliche Schlampe.
El hatte sie in Texas getötet. Im Wohnzimmer des Caravans, den sie sich teilten.
Aber sie hatte nicht aufgehört ihn anzustarren. Als er ihr die Augen herausschnitt, hatte er ihre Tyrannei für immer beenden können. Denn er ließ sie in Texas zurück. Aber er hatte nicht vor, McRay zu verlassen und konnte es nicht erlauben, dass Rita und die anderen ihn verfolgten.
Er wusste, was er dagegen tun musste.
Er stieß die Tür auf und marschierte ohne zu zögern durch die Asche. Die Angst lastete jetzt schwer auf ihm, und er genoss sie in vollen Zügen. Er steckte die Pistole wieder ins Halfter, streckte die zitternden Finger aus und packte den Kragen von Ritas Bluse.
Warum musste sie weiter herumlaufen?
Kannten sie und Clive den Laden so gut, dass sie hier blind herumspazieren konnten?
Konnten sie ihn finden und im Schlaf töten?
Es gab nur einen Weg, um sicherzustellen, dass niemand zurückkommen und ihn verfolgen würde.
Selbstverständlich wusste er jetzt, dass er zurückgehen und die Sache auch bei den anderen zu Ende bringen musste.

14:40

Dawn rutschte auf dem Bauch über die Dielen, die von den Stiefeln, die jahrelang über sie hinweggewandert waren, abgeschliffen waren. Sie wusste, dass es verrückt war, ihr Versteck unter dem Bett zu verlassen. Aber die Neugier machte sie ganz rasend.

Seit das Motorgeräusch des Four-Wheelers verklungen war, hatte sie dort auf dem Rücken gelegen, versucht normal zu atmen und den Bettrahmen umklammert, um das Zittern in den Griff zu bekommen, das ihren Körper quälte. Sie beobachtete die Schlafzimmertür wie ein Falke und wartete darauf, dass El zurückkommen würde.

Sie hörte, wie die Eingangstür aufging. Fühlte, wie ein Luftzug die ein Stück über den Bettrahmen hängende Decke bewegte. Sie wartete und wartete, aber es drang kein Geräusch von unten herauf.

Schließlich hörte sie ihn.

Er sprach wieder mit sich selbst, aber seine Stimme klang merkwürdig und verstärkt. Sie erkannte an der Richtung, aus der seine Worte kamen, und deren Klang, dass er bei Rita in der Telefonkabine war. Die kleine deckenlose Zelle wirkte wie ein Megafon, das seine Stimme die Treppe hinaufschickte.

Er redete wieder mit Rita. »Du wirst mir nicht überall nachlaufen.«

Dawn starrte auf die verstaubten Bettfedern, die nur Zentimeter von ihrem Gesicht entfernt waren, und lauschte.

»Meine Mutter ist mir nachgelaufen. Das Miststück. Aber ich hab sie gestoppt. Und jetzt werde ich dich stoppen.«

Dawn konnte ihn grunzen und irgendetwas kratzen hören.

»Ich hätte es wissen müssen«, sagte El. »Aber jetzt wirst du mir nicht mehr nachlaufen.«

Dawn glitt langsam unter dem Bett hervor, vorsichtig, damit sie nicht mit ihren Kleidern hängen blieb oder ein Geräusch verursachte. Sie kroch leise durch die Tür hinaus auf den Gang und fürchtete sich vor der freien Fläche. Sie kam sich vor wie eine Maus, die einen breiten Küchenboden überquert.

»Das wäre das eine.«

Es war ein ekliges schmatzendes Geräusch zu hören, und Dawn wollte nicht wirklich wissen, was da vor sich ging. Aber eine grausame Hand schob sie vorwärts. Sie schob sich weiter, bis sie zwischen den groben Fichtenästen, die Clive von der Rinde befreit, anschließend lackiert und entlang des Flurs als Geländer angebracht hatte, gerade Els Kopf über dem Rand der Brüstung sehen konnte.

Er drehte seinen Kopf von hier nach da, und Dawn hob mutig ihren eigenen etwas an, um besser sehen zu können.

El spreizte die Beine von Ritas Leiche, und alles, was Dawn von Rita sehen konnte, waren ihre Bluejeans. El arbeitete an irgendetwas nahe ihres Kopfes, und das hässliche schmatzende Geräusch dauerte an. Eine Welle von Übelkeit überkam Dawn, und um zu verhindern, dass sie sich übergab, biss sie sich auf die Unterlippe, bis sie Blut schmeckte.
»Da«, verkündete El.
Seine Stimme klang dumpf und gefühllos wie immer. Es lag keinerlei Befriedigung oder Erregung darin. Das war nicht mehr als ein ausdrucksloser Hinweis darauf, dass eine Aufgabe erledigt war. Als er seine Position veränderte, sah Dawn das große, bluttriefende Messer.
Was machte er da mit Rita?
Was hatte Rita ihm getan, dass er sie für eine Sonderbehandlung ausgewählt hatte?
Irgendetwas erregte Els Aufmerksamkeit, und er drehte sich um.
Hatte er etwas gehört?
Oder genügte ihr auf ihn gerichteter Blick, um ihn vor der Anwesenheit einer anderen lebenden Person im Zimmer zu warnen?
Wenn sie sich auch nur ein ganz klein wenig bewegte, würde er sie in seinem äußeren Blickfeld entdecken.
Er stand auf, und als er über Ritas Leiche stieg und auf die Türöffnung der Telefonkabine zuging, kam Ritas Oberkörper in Sicht, und Dawn unterdrückte einen Schrei.
Ihre Einbildung hatte Gräuel heraufbeschworen, Bilder des Wahnsinns. Aber dies hier war real, und das machte

sie fassungslos. Ritas leere Augenhöhlen starrten zu ihr hinauf, wie es die von Clive getan hatten, und in diesem Moment war sich Dawn sicher, dass Rita im Begriff war zu sprechen. Dass sie etwas sagen würde, um Els Aufmerksamkeit auf sich zu ziehen.

Aber es war nicht der Anblick von Ritas fehlenden Augen, der Dawn lähmte. Es waren ihre Arme.

Einer von ihnen hing von Els Hand herunter.

Der andere war verschwunden.

Dawn wusste, dass sie die Kontrolle verlor. Bald würde sie genauso verrückt sein wie El. Das Entsetzen würde ihr den letzten Funken Verstand austreiben, und sie würde sich ihm bereitwillig hingeben, damit dieser Horror ein für alle Male ein Ende hatte.

El streckte sich, und das blutige Messer baumelte in seiner rechten Hand. Er drehte den Kopf langsam hin und her wie ein Falke, nachdem er getötet hat. Ihr kam der Gedanke, dass er genau das war. Ein Tier. Er brachte nicht aus Wut, Angst oder Hass alle um.

Er brachte sie einfach nur um.

Er empfand dabei weder Mitleid noch Befriedigung.

Und das machte es besonders grauenvoll. Aber irgendetwas tief in ihrem Inneren sagte ihr, dass sie in diesem Augenblick so nahe dran war, El zu verstehen, wie es ihr jemals möglich sein würde.

El atmete tief ein, warf Ritas Arm auf den Boden und legte eine kurze Pause ein, um sein Werk zu begutachten. Er legte seinen Kopf auf die Seite und ließ sich dann wieder auf Ritas Leiche fallen, wobei er diesmal ihre Füße vor sich hatte.

Er hob das blutige Messer hoch über den Kopf und versenkte es direkt über dem Knie in Ritas Oberschenkel.
Noch einmal verscheuchte blankes Entsetzen Dawns Übelkeit. Diesmal würde sie nicht würgen. Sie würde in Ohnmacht fallen.
Aber noch nicht jetzt.
Nicht, solange er hier ist.
Er wird mich sehen oder hören, wie mein Kopf auf dem Boden aufschlägt.
Und dann wird er mich holen kommen.
Er wird mit mir dasselbe machen, was er mit Rita macht.
Und dann ging ihr noch etwas anderes auf, und es traf sie wie ein Schlag.
Ich weiß, wohin er als Nächstes gehen wird.
Er hatte Rita nicht ausgewählt.
Sie war nur die Erste.
El hackte und sägte, wischte sich den Schweiß aus den Augen und schmierte sich das Blut auf seinem Handrücken über das Gesicht.
Als das Jammern des Windes stärker wurde, konnte Dawn die furchtbaren schmatzenden Geräusche glücklicherweise kaum noch hören.

14:42

Micky durchquerte platschend den eiskalten Bach. Das Wasser sickerte in ihre Stiefel, zwickte an ihren Knöcheln und stach sie wie Nadeln. Die Steine waren glitschig, und der Schnee – der jetzt begann, den Boden weiß zu bedecken und sich auf die Zweige zu legen – nahm den Bäumen am anderen Ufer die Konturen.

Sie suchte und fand schließlich das Loch im Unterholz, das Terry Glorianus benutzt hatte, wenn sie zur Fork hinunterging, um Wasser zu holen. Micky kämpfte sich die Böschung hinauf.

Sie starrte auf die geschlossene Tür von Terrys Hütte, als ihr das warnende Knistern einer statischen Aufladung einen Schock versetzte. Sie riss das Funkgerät aus der Jackentasche und war im Begriff, auf die Sendetaste zu drücken.

»Ruf nicht zurück«, flüsterte Dawn.

Micky drehte die Lautstärke auf und presste das Funkgerät fest an ihr Ohr. Der Wind ächzte in den Bäumen, und das Mädchen wisperte nur.

Micky fiel ein, dass Dawns Funkgerät möglicherweise hätte quietschen können, wenn sie den Sendeknopf gedrückt hätte.

Falls Dawn noch im Laden war und El ebenfalls, dann wäre das ein äußerst gefährlicher Fehler gewesen.

»Er ist jetzt dabei, Rita in Stücke zu schneiden.«

Micky wusste, dass bei zahlreichen Serienmorden der Täter aus verschiedenen Gründen Körperteile seiner Opfer abgetrennt hatte. Chikatilo in Russland hatte das getan, weil er sich einbildete, dass sein Bild in den Augen seiner Opfer zurückbleiben und er so vielleicht identifiziert werden würde. Andere schienen in der Verstümmelung einfach Befriedigung zu finden.

Aber irgendetwas sagte ihr, dass es weder die Angst, entdeckt zu werden, noch die Suche nach Befriedigung war, die El antrieb.

El ging methodisch vor.

Warum tat er das?

»Er sagt dauernd: ›Du wirst mir nicht nachlaufen‹«, flüsterte Dawn. *»Er schneidet Rita Arme und Beine ab.«*

Großer Gott.

Du wirst mir nicht nachlaufen?

Glaubte er, die Toten würden aufstehen und laufen?

Micky wünschte sich verzweifelt, Dawn antworten zu können, sie zu fragen, wie es ihr ging, herauszufinden, wie nahe El war, wollte das Mädchen drängen, sich zu verstecken und zu warten. Aber sie wagte nicht zurückzurufen, solange sie nicht sicher sein konnte, dass El außer Hörweite des Funkgeräts war. Also ließ sie die Lautstärke voll aufgedreht und ging den Weg zurück zu Els Hütte.

Der Schnee bildete inzwischen eine seidige weiße Schicht unter ihren Füßen. Er erinnerte sie an das

Seidenfutter von Wades Sarg. An den Glanz, den das Blut ihres Vaters gehabt hatte, das sich vom sauberen Kachelboden abhob. Für Micky würde Weiß immer die Farbe des Todes sein.

14:43

Marty und Stan standen auf Howards Veranda und spähten in die leere Hütte. Sie stritten sich noch immer. Die Tür stand weit offen, und erster Schnee hatte sich auf den Fußboden gelegt.

»Halt die Klappe, Stan«, sagte Marty.

Stan wollte etwas erwidern, aber Marty war bereits hineingegangen.

»Vielleicht solltest du da besser nicht reingehen«, murmelte Stan.

Marty machte ein finsteres Gesicht.

Normalerweise hätte er es als Gipfel der Unverschämtheit betrachtet, die Hütte eines anderen ohne dessen Erlaubnis zu betreten. Das Haus eines Mannes war seine Burg. Wenn ein Mann draußen vom Wetter überrascht wurde und Schutz suchte, war das natürlich etwas anderes. Geh rein, benutze, was du brauchst und ersetze es, wenn du kannst.

Jeder in der Wildnis von Alaska wusste, dass das okay war. Aber dies war kein Blizzard, und sie kamen einfach so vorbei.

»Irgendwas stimmt hier nicht«, erklärte Marty, als er sich in der Hütte umsah.

»Für mich sieht es aus, als wäre alles in Ordnung«, entgegnete Stan, der sich nach wie vor beharrlich weigerte, über die Schwelle zu treten.

Marty überprüfte den Ofen mit der nackten Hand. »Warm.«

»Wahrscheinlich ist er jagen gegangen.«

Marty warf einen Blick auf den Gewehrschrank neben dem Bett. »Er muss einen langen Ausflug vorhaben«, sagte er und ging zu dem Schrank hinüber.

»Wie meinst du das?«, fragte Stan und machte einen vorsichtigen Schritt hinein.

»Er hat alle vier Gewehre mitgenommen.«

Stan schüttelte den Kopf. »Das ergibt keinen Sinn. Warum sollte Howard alle Gewehre dabeihaben?«

»Ja, eben. Und das Schloss an der Vitrine ist aufgebrochen.«

Marty deutete auf beschädigtes Holz an der Stelle, wo die Tür aufgestemmt worden war.

»Vielleicht hat er seinen Schlüssel verloren«, spekulierte Stan.

»Die Sache stinkt«, erklärte Marty und warf Stan wieder einen dieser Blicke zu.

»Komm schon«, sagte Stan, der keine Lust hatte, sich noch länger zu streiten. »Lass uns Clive suchen und rauskriegen, was zum Teufel da los ist.«

Aber Marty rührte sich nicht. Er sah sich langsam in der Hütte um und schaute dann wieder auf den leeren Gewehrschrank.

»Ich begreife das nicht«, meinte er kopfschüttelnd. »Es sei denn, da war ein Bär und alle sind hergekommen und haben sich ein Gewehr geschnappt.«

Aber das ergab keinen Sinn. Es sei denn, alle hatten sich in dem Moment zufällig bei Howard getroffen.
Marty sah hinaus auf den Schnee und wünschte, es hätte früher angefangen zu schneien. Wer auch immer bei der Hütte gewesen war, hätte dann Spuren hinterlassen.
»Komm schon«, forderte Stan ihn auf und wandte sich ab.
Marty wollte ihm gerade folgen, als er Howards Kaffeetasse entdeckte.
»Stan.« Marty befühlte die Tasse. Sie war kalt, aber randvoll.
Stan kam gemächlich zu ihm und berührte ebenfalls die Tasse. Aber es war klar, dass er nicht begriff, was das bedeuteten sollte.
»Warum sollte er sich eine volle Tasse Kaffee eingießen, sie dann stehen lassen und gehen?«, fragte Marty und sah noch einmal zu dem aufgebrochenen Gewehrschrank hinüber. »Howard muss es verdammt eilig gehabt haben. Und er hat hier nicht ganz allein vier oder fünf Gewehre rausgeschleppt.«
»Wahrscheinlich ein Bär.«
»Ich denke nicht, dass das hier irgendwas mit einem Bären zu tun hat.«
»Also, was denkst du *dann?*«
Marty schüttelte den Kopf. »Ich denke, es ist besser, wir finden das raus.«

14:45

Micky konnte es nicht glauben.
Sie stand am Rand des Weges und starrte auf Els Hütte. Auf der Veranda saß ein dicker alter Grizzly und nahm fast die gesamte Treppe ein.
Die Bärin machte sich mit Genuss über eine große schwarze Mülltüte her. Ihre riesigen Krallen kratzten an dem weichen Plastik, und ihre Nase grub sich tief in den lecker riechenden Müll. Sie machte dieses eigenartig schnüffelnde, für Grizzlys typische Geräusch irgendwo zwischen Rülpsen und Schnarchen. Und jedes Mal, wenn sie ihre schwarze Nase aus der Tüte zog, hatte sie Papier zwischen den Zähnen, während sie gierig auf den Speiseresten herumkaute.
Sie presste ihr riesiges Hinterteil gegen die einzige Tür, und Micky überlegte, ob sie ihre Suche abschreiben sollte. Aber die Bärin stand zwischen ihr und ihrer einzigen Chance, eine Waffe zu finden, mit der sie für ausgeglichenere Bedingungen sorgen konnte. Irgendwie musste sie die Bärin dazu bringen, sich zu bewegen.
Das vom jahrelangen Leben in der Wildnis und dem harten Winter gezeichnete Tier hatte seine beste Zeit zweifellos hinter sich. Aber alte Bären wurden so, weil sie zäh waren, und Micky unterschätzte diesen hier

nicht. Sie wog wahrscheinlich gut siebenhundert Pfund, und mit ihren Krallen konnte sie Haut, Fleisch und Knorpel zerfetzen wie Papier.

Aaron meinte, Bären seien intelligenter als Menschen. Man solle sie nicht einfach erschießen. Man müsse lernen, mit ihnen zu verhandeln.

Es gab noch acht oder zehn Mülltüten, deren Inhalt die Bärin noch nicht auf der ganzen Lichtung verstreut hatte.

Offensichtlich hatte sie die vergangene Stunde damit zugebracht, eine Tüte nach der anderen zu öffnen, das Spiel dann satt gehabt und eine davon auf die Veranda gezerrt, um in aller Ruhe daraus zu fressen. Micky trat hinaus auf die Lichtung, wo der Schnee anfing, den Schutt mit einer reinen weißen Decke zu überziehen.

Die Bärin sah neugierig auf.

»Ich werde jetzt da rübergehen und dir noch eine Fertigmahlzeit aufmachen«, sagte Micky und deutete auf die ungeöffneten Tüten. Sie wollte nicht bedrohlich wirken. Sie hatte vor, eine Tüte zu öffnen und den Müll in den Schnee zu werfen, um das alte Muttertier von der Veranda zu locken. Die kalten schwarzen Augen des Tieres durchbohrten den Schleier der dichter werdenden Schneeflocken und folgten jeder von Mickys Bewegungen.

Trotz ihrer Masse waren die großen Bären überraschend flink und behände. Über eine kurze Strecke konnte ein Grizzly mühelos schneller laufen als ein Sprinter, und Micky hatte nicht vor, herauszufinden, wie kurz diese Strecke war.

Sie machte drei langsame, wohl überlegte Schritte auf die Seite der Hütte zu. Die Bärin legte ihren Kopf schief und klemmte die geraubte Tüte weiter fest zwischen ihre Hinterbeine. Noch schien sie nicht beunruhigt zu sein. Sie gab ein Grunzen von sich. Eine Frage in Bärensprache.

Micky machte zwei weitere Schritte, und die Bärin versteifte sich. Micky konnte sehen, wie es in dem dicken Hirn des Tieres arbeitete und seine Augen sich verengten.

»Ich bring dir nur etwas mehr Futter!«, rief Micky über den Wind hinweg.

Kein Problem.

Ohne Vorwarnung hallten die Worte in ihrem Kopf wider, und sie wusste, dass ihr Unterbewusstsein vor ihr erkannt haben musste, dass es ein Problem gab.

Sie erstarrte in der Bewegung.

Die Bärin grunzte nicht mehr.

Sie brummte böse.

14:47

»Der Laden«, sagte Stan.

Er hielt das Gewehr in seiner rechten Hand, den linken Arm hatte er mit geballter Faust in die Hüfte gestemmt. Es juckte Marty, ihm eine runterzuhauen. Er stand auf Howards Treppe und starrte wütend auf Stan hinunter, der ihn wie üblich an einen verwöhnten Teenager erinnerte.

»Irgendjemand hat auf der anderen Seite der Fork geschrien«, erklärte Marty beharrlich und deutete mit dem Kopf auf die zu Terry Glorianus' Hütte führende Brücke. Sie hatten es beide gehört. Die durch den Wind und den fallenden Schnee verzerrte Stimme einer Frau. Es musste Dawn oder Terry gewesen sein. Aber es war schwer zu sagen, von wie weit weg die Stimme gekommen war. »Die Schüsse kamen zuerst vom Grundstück der Glorianus.«

»Was ist mit den ganzen Patronen, die wir knallen gehört haben? Das kam vom Laden. Wir müssen da runter.« Stan sah sich nervös um. »Du weißt, was du denkst. Du weißt es.«

»Wir wissen nichts mit Bestimmtheit«, erwiderte Marty. »Wir haben Schüsse gehört.«

»Und einen Schrei.«

»Vielleicht war's ein Bär.«
»Vielleicht. Aber warum hat Clive dann die ganzen Patronen in die Luft gejagt?«
»Wir wissen nicht, ob es Clive war«, wandte Marty ein.
»Genau.«
»Solange wir hier rumstehen, finden wir es nicht raus.«
»Warum sagst du es nicht?«
»Was?«
»Es war El Hoskins.«
Marty spuckte in den Schnee. »Ich weiß nichts dergleichen.«
»Du hast seit Jahren gesagt, dass El Hoskins eines Tages hochgehen wird wie eine Stange Dynamit. Alle wissen das.«
»Das ist albern. Wir verschwenden nur Zeit, wenn wir hier rumstehen.«
»Wir sollten runter zum Laden gehen und Clive suchen.«
»Vor zehn Minuten wolltest du dich noch davonmachen, zurückgehen und Rucksäcke holen. Jetzt willst du direkt rüber zum Laden gehen«, sagte Marty angewidert. »Geh. Ich werde rausfinden, was das Schreien zu bedeuten hat.«
Er stapfte die Stufen hinunter, so nahe an Stan vorbei, dass er ihn mit der Schulter streifte. Er setzte einen Fuß auf die Brücke und rechnete damit, Stans Schritte hinter sich zu hören, aber das einzige Geräusch war der über ihm heulende Wind und das kaum wahrnehmbare Rauschen des Baches, der an den Holzpfählen der Brücke zerrte.

Marty wartete, als ob er verschnaufen würde. Aber es war noch immer nichts zu hören.

Schließlich drehte er sich um.

Stan stand noch genau da, wo er ihn zurückgelassen hatte, den Arm noch immer in die Hüfte gestemmt, und schmollte.

Marty seufzte. Es war, als würde er ein Kind aufziehen.

Er wartete.

Stan sah weg, ignorierte ihn.

Marty verstärkte den Griff um den Kolben seines Gewehrs und wanderte den Weg wieder hinauf.

»Ich werde jetzt nicht zum Laden gehen, Stan.«

»Wir sollten da zuerst hingehen.«

»Stan, hast du irgendeine Vorstellung, wie viel Zeit wir verschwenden, indem wir uns streiten?«

»Dann streite dich nicht«, entgegnete Stan. »Lass uns gehen.«

Aber Marty schüttelte den Kopf.

»Nein. Zuerst werde ich nachsehen, ob mit Terry und Dawn alles in Ordnung ist. Macht das denn überhaupt keinen Sinn für dich? Wir hören Schüsse. Hier sind zwei unbewaffnete Frauen. Es ist die Zeit, in der die Bären aus dem Winterschlaf erwachen. Lass uns jetzt mal denken.« Er tippte sich mit einem Finger an den Kopf. »Also, wer hat Howards Gewehre mitgenommen?«

Das Einzige, was Marty auf Anhieb einfiel, war, dass jemand in Howards Hütte eingebrochen war und sie gestohlen hatte.

Aber wo war Howard?

Stan hatte Recht. Die ganze Sache stank nach El.

»Ich weiß es nicht«, gab Marty zu. »Ich versuche gerade, daraus schlau zu werden.«

»Wer würde denn so was tun?«, fragte Stan kopfschüttelnd. »Hier kennt doch jeder jeden.«

»Vielleicht ein Indianer.«

»Ja«, bestätigte Stan. »Vielleicht.«

Aber Indianer stahlen nicht, und dass sich einer die Mühe machte, tiefer ins Tal zu wandern als bis zum Laden, war so gut wie ausgeschlossen.

»Ich will nicht alleine weitergehen, Stan«, sagte Marty.

»Na, warum hast du das nicht gesagt?«, fragte Stan.

Marty wanderte wieder über den Bach und horchte auf das Klackern von Stans Stiefeln auf der Holzbrücke.

14:49

Micky stand auf halbem Weg zur Hütte mitten im Müll, der jetzt von einer Schicht aus dünnem nassen Schnee bedeckt war. Die alte Bärin saß aufrecht auf ihren Hinterbacken, ignorierte die Tüte zwischen ihren Beinen und beobachtete Micky.

Sie sah aus wie eine dicke alte Frau, die mit ihrer Tüte Popcorn darauf wartet, dass der Film anfängt. Wäre ein stabiler Zaun zwischen ihnen gewesen, hätte Micky den Anblick vielleicht lustig gefunden.

Sie hatte noch einmal überlegt, ob sie ihre Suche aufgeben und sich zurückziehen sollte. Aber sie musste eine Waffe in die Hände bekommen, und wenn El alle Waffen zerstörte, wie er es mit ihrer getan hatte, lag es am nächsten, in *seiner* Hütte nach einer zu suchen.

Irgendwie musste sie die Bärin von der Treppe weglocken, ohne das Tier zu provozieren. Allerdings hatte ihr Plan, mehr Müll für die Bärin zu verstreuen, einen Haken.

Um an die Tüten zu kommen, musste sich Micky an der Seite der Hütte entlangschleichen und würde so schließlich aus dem Blickwinkel der Bärin verschwinden, und das alte Muttertier wollte zu jeder Zeit wissen, wo Micky war.

Je näher sich Micky Stück für Stück heranschob, desto lauter und drohender wurde das Brummen der Bärin. Sie fletschte träge die Zähne, um Micky zu zeigen, dass sie alles andere als erfreut war. Micky konnte die schmutzig elfenbeinfarbenen Krallen des Tieres sehen, und sie wusste, wie scharf diese sein konnten. Überall im Tal gab es Bärenbäume, beliebte Stellen zum Kratzen, wo die großen Grizzlys auf den Hinterbeinen standen, hinaufgriffen, mit ihren Klauen durch die Rinde fuhren und, drei oder dreieinhalb Meter über dem Boden, bis zu drei Zentimeter tiefe Narben in den Bäumen hinterließen.

»Ich werde dir noch etwas Futter besorgen!«, rief Micky. »Futter!«

Sie kam sich albern vor, weil sie mit einem Bären sprach. Selbst wenn Bären kommunizierten, würden sie Englisch sprechen? Sie versuchte, sich zu erinnern, ob sie das Wort der Athapasken für Futter oder Müll kannte.

Mein Gott.

Bei dem, was die verfluchte Bärin verstand, hätte sie genauso gut *oogahbooga* rufen können. Aber sie redete weiter, sprach mehr sich selbst als der Bärin zuliebe.

»Ich will dich nicht belästigen! Ich besorg dir nur noch etwas Futter!«

Mit jeder Silbe machte sie vorsichtig einen weiteren tänzelnden Schritt durch den Schnee.

Jetzt musste die Bärin den Kopf vorstrecken, damit sie um die Ecke der Hütte sehen konnte. Die Holzblöcke waren an den Ecken versetzt übereinander gestapelt, und Micky konnte das Maul der Bärin sehen, eingerahmt von zwei der rechtwinklig zugeschnittenen Enden.

Als sie die Stelle erreichte, an der sie das eine kalte Auge der Bärin nicht mehr sehen konnte, machte sie einen Satz auf den Stapel Tüten zu.

Sie hatte nicht damit gerechnet, wie glitschig der Müll unter der dünnen Schneedecke geworden war. Mit ihrem zweiten Schritt landete sie auf etwas, das unter ihr hervorschoss. Sie taumelte vornüber, und bevor sie sich wappnen konnte, schlug sie hart mit dem Gesicht auf dem Boden auf. Der Sturz raubte ihr den Atem, und ihr Zwerchfell schrie nach Luft.

Kein Problem.

Sie zwang sich zu einer inneren Bestandsaufnahme, um festzustellen, ob sie sich irgendwo verletzt hatte.

Ihre erste Sorge galt ihrem Rücken.

Sie dachte an die langen qualvollen Wochen zurück, an den Schmerz, der ihr den Rücken hochgeschossen war, die Nächte, die sie in einem Ruhesessel hatte verbringen müssen, weil sie im Bett keine bequeme Position finden konnte.

Aber sie hatte keine Rückenschmerzen.

Gott sei Dank.

Dafür hörte sie ein schniefendes Geräusch hinter sich, und statt des Schmerzes kroch ihr eine grässliche Gänsehaut den Rücken hinauf.

Sie hob ganz langsam den Kopf und drehte sich zur Rückseite der Hütte, wo sie einen flüchtigen Blick auf

eine große schwarze, an den Holzblöcken schnüffelnde Nase erhaschte.
Sie schaffte es, Luft zu holen, atmete aber sofort aus, als das Junge des Muttertiers herbeigetapst kam, um nachzusehen, was die ganze Aufregung zu bedeuten hatte.

14:51

Dawn vergewisserte sich, dass die Lautstärke am Funkgerät weit heruntergedreht war, bevor sie auf die Sprechtaste drückte. Sie war sich nicht sicher, ob Micky sie noch hörte, aber sie brauchte dringend jemanden, mit dem sie reden konnte.

El war noch immer in Clives Arbeitsschuppen. Sie konnte seine Stimme hören, aber nicht verstehen, was er sagte. Sie drückte auf den Sendeknopf und flüsterte Mickys Namen.

Nichts.

Sie drehte die Lautstärke probeweise etwas auf. Nur um ein Haar.

Nichts.

Draußen pfiff der Wind unterm Dachvorsprung, und der Tag war düsterer als je zuvor. Dawn dachte an ihre Mutter, die in ihrer Hütte lag, von Kälte und Dunkelheit umgeben, und Tränen brannten in ihren Augen.

Sie war so allein wie noch nie in ihrem Leben. Dawn hatte seit Jahren kein anderes Familienmitglied gekannt als ihre Mutter, und sie fühlte sich im Stich gelassen und verraten, wenngleich sie eine tiefere Schuld empfand, als sie je für möglich gehalten hätte.

Ich habe nichts unternommen, um ihr zu helfen.

Als El ihr das Messer in den Rücken gestochen hat, habe ich nicht mal geschrien.
Sie hatte einfach regungslos dagestanden, die Luft in tiefen Zügen eingesogen, vollkommen verängstigt, nutzlos. Als er Howard ermordet hatte, war sie genauso wertlos gewesen. Sie wusste, dass Terry oder Howard ihr Leben geopfert hätten, um sie zu retten, und sie hatte absolut nichts für sie getan.
Eine winzige innere Stimme vertrat den Standpunkt, dass es nichts gab, was sie hätte tun können. Dass alles, was sie zu tun versucht hätte, auch ihren Tod bedeutet hätte. Aber es war eine leise Stimme, und sie blieb wirkungslos gegen das gewaltige Schuldgefühl, das in ihr aufstieg.
El fing an, neue Dimensionen anzunehmen.
Dawn begann sich zu fragen, ob El irgendwelche magischen Kräfte besaß.
Wie mühelos er ihre Mutter und Howard und Rita getötet hatte.
Wie er es verstanden hatte, auf Clive zu warten.
Und was machte er jetzt mit ihnen? Warum zerstückelte er sie?
Es kam ihr vor wie irgendein krankes Ritual.
»Micky?«, flüsterte sie ins Funkgerät. »Bist du noch da?«
Vom Laden unten kam das unheimliche Geräusch von El, der eine Melodie summte.

14:55

Der Jungbär musterte Micky neugierig. Er schnüffelte im Müll am Boden um sie herum, während Micky hinter sich ein alarmierendes Geräusch hörte, das Knacken der Stufen unter dem gewaltigen Gewicht des Muttertiers. Dawns Stimme tönte verzerrt aus dem Funkgerät in ihrer Tasche.

Micky konnte nicht danach greifen. Sie hatte Angst, sich zu bewegen oder zu atmen.

Sie konnte die Situation nicht fassen.

Sie stellte sich vor, wie Aaron diese Szene zu Gesicht bekam und lachte.

Ein Bär hinter ihr. Ein Bär vor ihr. Und sie lag in einem Haufen Müll.

Hinzu kam die Tatsache, dass Aaron tot oben im Tal lag. Terry und Howard lagen tot unten im Tal.

Und Dawn rief sie über das Funkgerät, um ihr mitzuteilen, dass El seine Opfer verstümmelte.

Micky wusste nicht, ob sie lachen oder weinen sollte.

Sie wollte aufspringen und die beiden Bären anschreien, sie sollten ihr verflucht noch mal aus dem Weg gehen, weil sie für diesen Scheiß wirklich keine Zeit hatte. Ein Teil von ihr ermutigte sie weiterzumachen. Es würde vielleicht funktionieren. Bären waren dafür bekannt,

dass sie nachgaben, wenn sie mit einem lauten, aggressiven Gegner konfrontiert wurden.
Aber nicht ein Muttertier mit einem Jungen.
Micky wusste, dass sie sterben würde, wenn sie in diesem Augenblick aufstand, wenn sie irgendeine Bewegung machte, die die Mutter als mögliche Bedrohung für ihren Nachwuchs auffasste.
Sie drehte den Kopf, um das Junge zu beobachten, spürte aber das Muttertier gleich hinter sich. Die große Bärin war so nahe, dass Micky sie knurrend atmen hören konnte. So nahe, dass sie eine ordentliche Wolke vom ranzigen Geruch des Tieres abbekam. Sie hatte gehört, dass Bären stanken, aber nicht damit gerechnet, einem jemals so nahe zu kommen, dass sie das tatsächlich erleben würde. Der Gestank war eine Mischung aus verfaulten Abfällen, Kot und nasser Erde.
Aaron sagte, manche Bären seien wie Hunde. Sie mochten es, sich in allem zu wälzen, was stank. Nun hatte sie den direkten Beweis. Der Jungbär ließ sich vor ihrem Gesicht auf alle viere fallen und rollte im Schnee herum, kramte halb leere Konservenbüchsen und Brotbeutel aus Plastik hervor. Er rollte sich wieder auf den Bauch, seine Nase nur Zentimeter von ihrer entfernt. Aus dieser Nähe sah er mit seinen entblößten Eckzähnen alles andere als niedlich und knuddelig aus.
Etwas Spitzes stieß gegen Mickys Nacken.

14:56

Marty hob einen Kissenbezug vom Boden auf und klopfte den Schnee ab. Der Rest der Wäsche bildete seltsame Muster auf dem Rasen vor dem Haus der Glorianus. Stan griff nach unten und nahm ein Bettlaken. Als er den daran haftenden weißen Schnee abschüttelte, entfuhr Marty ein leises Keuchen.

»Scheiße«, sagte Stan.

Sie starrten beide auf den blutigen Stiefelabdruck, der das perfekte Weiß des Baumwollstoffs entweihte.

Sie ließen die Wäschestücke fallen und hoben ihre Gewehre. Sie drehten sich um und standen den dunklen Fenstern der Hütte gegenüber, die sie plötzlich viel bedrohlicher anzustarren schienen. Marty ging in die Hocke und eilte näher zur Wand, damit er kein so gutes Ziel abgab. Er winkte Stan ungeduldig zu, der sich noch immer nach allen Seiten umschaute und in die Hütte spähte. Stan nickte und huschte zu Marty hinüber.

»Willst du, dass man dir den Arsch abschießt?«, zischte Marty.

»Ich hab nichts gesehen.«

»Das haben die auch nicht«, sagte Marty und deutete mit dem Kopf auf die Wäsche.

»Ja«, brummte Stan.

Sie starrten sich für einen Moment zornig an. Marty wusste, dass er das Kommando übernehmen musste, und er wusste auch, das sich Stan mit ihm streiten würde.
Er überlegte, woher die Stimme gekommen sein könnte. Sie hatte sich angehört wie die einer Frau und war kaum durch den sich zusammenbrauenden Sturm gedrungen.
»Meinst du, er ist da drin?«, fragte Stan. Sie wussten beide, wer *er* war. Das war keine Bärenspur auf dem Laken. Und Terry hätte niemals ihre Wäsche draußen im Schnee liegen lassen.
Das musste Els Werk sein.
Er war Dawns und Terrys nächster Nachbar.
Die Schüsse waren aus dieser Gegend gekommen.
Und niemand sonst auf der Welt war ein so verfluchter Spinner wie El.
Vielleicht waren Dawn und Terry entwischt, und El war hinter ihnen her, oder vielleicht hatte er eine von ihnen oder beide mit in seine Hütte genommen. Aber wessen Blut war das dann auf dem Laken?
Oder vielleicht war er da drinnen.
Vielleicht war er verletzt.
Vielleicht war das Els Blut.
Vielleicht war auch alles ganz anders. Er und Stan durften nicht von der Hütte weggehen, bevor sie nicht herausgefunden hatten, ob El da drinnen war oder ob Terry oder Dawn dort waren und ihre Hilfe benötigten. Aber Marty wollte nicht rufen, um das festzustellen. Was, wenn El nicht in der Hütte, aber ganz in der Nähe war? Sie würden ihn bloß auf sich aufmerksam machen.

»Wir müssen rausfinden, ob da jemand drin ist«, sagte Stan laut.

Marty gab ihm einen Klaps auf den Mund.

»Hey!« Stan zuckte zurück und wurde rot.

»Halt die Klappe!«, krächzte Marty. »Willst du, dass er hört, wo wir sind?«

»Das hättest du nicht tun sollen.«

Marty rutschte an der Hütte entlang zur Tür. Er streckte die Hand aus und stieß sie nach innen auf. Stan eilte an dem Spalt vorbei hinter den anderen Türpfosten.

Wenigstens war er so klug, sich nicht absichtlich zur Zielscheibe zu machen.

Die Tür ging langsam knarrend auf.

Marty horchte.

Der Wind übertönte alle Geräusche aus dem Inneren der Hütte. Aber ein großer Fleck verschmierten Blutes führte von der Türschwelle ins Innere.

Stans Kinnlade klappte herunter.

In McRay war definitiv der Teufel los.

14:57

Micky horchte angestrengt.

Aber das Schnüffeln der beiden Bären, das Klopfen ihres Herzens und das Jammern des Windes waren näher und unmittelbarer als die Stimme, die sie hinten am Weg gehört zu haben glaubte.

Sie hatte sich angehört wie die Stimme eines Mannes.

War El aus dem Laden geschlüpft, als Dawn nicht hingeschaut hatte?

Kam er zurück zur Hütte? Sie stellte sich vor, zwischen zwei Grizzlybären und einem Serienmörder gefangen zu sein.

Aber er hatte bestimmt nicht die Zeit dafür gehabt.

Sie schloss die Augen und fing an, die Sekunden zwischen zwei Atemzügen zu zählen, zwang ihre Lunge dazu, nur so viel Sauerstoff aufzunehmen wie nötig, um ihren Körper in Gang zu halten, und versuchte, ihren Herzschlag zu verlangsamen. Sie lockerte ihre Hände und bewegte die Zehen in ihren Stiefeln.

Ihre linke Wange war vom Schnee eiskalt, und sie konzentrierte sich lieber darauf als auf den stinkenden Atem der beiden Bären, der ihr dampfend in die Nase stieg.

Dann spürte sie, wie das Muttertier ihr den Nacken ableckte.

Sie öffnete die Augen und sah gerade noch, wie die lange schwarze Zunge des Bärenjungen über ihre Wange fuhr.
Es kitzelte.
Sie unterdrückte ein Lachen, spürte, wie ihr gepeinigtes Zwerchfell losbrüllen wollte.
Salz.
Sie mochten ihren Schweiß. Wie zwei riesige junge Hunde, die das Gesicht ihres Herrchens ablecken. Das Kitzeln und die Absurdität ihrer Situation waren fast mehr, als sie ertragen konnte.

14:58

»Also irgendjemand muss vollkommen durchgedreht sein.« Stan war kreidebleich, aber er war wieder hereingekommen, und wenigstens musste Marty nicht mehr zuhören, wie er sich in den Schnee übergab.

Marty kniete neben Terrys Leiche. Er hatte eine der Laternen angezündet und auf den Küchentresen gestellt, aber von dort aus verursachte sie gezackte schwarze Schatten, die den hässlichen Anblick noch grausiger machten.

Terrys Oberkörper sah aus, als hätte jemand beschlossen, Sushi daraus zu machen, und der Fußboden war voll von klebrigem Blut. Marty rümpfte die Nase über den Geruch von Urin und Kot, der, wie er wusste, unvermeidliche Folge eines gewaltsamen Todes war. Einem menschlichen Opfer aber war er noch nie so nahe gewesen.

Howard lag schlapp wie ein nasses Handtuch neben dem Holzofen. Bei ihm war nicht annähernd so viel Blut zu sehen wie bei Terry. Aber die breite, zurück zur Tür führende Spur zeigte, wie viel Blut der alte Mann verloren hatte. Marty stand auf und versuchte, sein Zittern in den Griff zu bekommen.

»El hat das getan«, stellte Stan fest und schluckte den

riesigen Kloß in seinem Hals hinunter. »Mann. Der ist total verrückt.«

»Ja.« Marty bekam kaum einen Ton heraus.

»Er hat ihnen die Augen rausgeschitten, verdammt!« Stans eigene Augen waren groß wie Untertassen.

»Wir werden den Scheißkerl töten müssen«, sagte Marty.

Er bemerkte, dass Stans Knöchel an der Hand, die sein Gewehr umklammerte, ganz weiß waren.

»O ja«, stimmte Stan zu.

»Beruhige dich, Stan«, mahnte Marty.

»Ja«, wiederholte Stan, »ich beruhige mich. Ich werde jetzt ruhig.«

»Atme.« Marty holte tief Luft und atmete laut genug aus, dass Stan es hören konnte.

Stan holte einmal tief Luft. Dann noch einmal. In seine Wangen kehrte ein wenig Farbe zurück.

»Wir sollten sie zudecken«, schlug Marty vor.

»Ja«, stimmte Stan zu. »Richtig.«

Aber es gab nichts in der Hütte, womit sie die Leichen hätten bedecken können. Sie gingen nach draußen und machten sich auf die Suche, fanden erst ein Laken, das nicht blutig war, und dann eine Decke. Sie legten die Decke über Terry, hüllten sie behutsam vom Kopf bis zu den Füßen ein und zogen anschließend das Laken über Howard.

Stan hatte es eindeutig eilig, wieder nach draußen zu kommen. Aber als Marty zu ihm ging und sich neben ihn stellte, rührte er sich nicht.

»Was ist?«, fragte Marty und wartete geduldig.

»Ich weiß nicht. Ich hab einfach das Gefühl, dass wir sie nicht so in der Kälte liegen lassen sollten.«

Marty wusste, was er meinte. Sie standen beide unter Schock. Ihr Verstand funktionierte nicht richtig. Tatsächlich wäre es wahrscheinlich das Beste, die Leichen kalt werden zu lassen.

»Wir sollten ein Feuer machen, bevor wir gehen«, erklärte Stan.

»Nein«, erwiderte Marty. »Wir haben keine Zeit. Wir wissen nicht, wo El steckt oder wer sonst noch am Leben ist. Und außerdem können sie nichts mehr spüren.«

Aber Marty konnte an Stans Körpersprache erkennen, dass dies zu einer weiteren Kontroverse führen würde.

»Es ist nicht in Ordnung, wenn wir sie hier so liegen lassen«, verkündete Stan beharrlich.

Marty überlegte, ob er Stan zur Seite schieben und einfach gehen sollte. Er wusste, dass Stan alleine nicht lange in der Hütte bleiben würde. Das Problem war, dass er eigentlich der gleichen Meinung war wie Stan. Irgendwie war es nicht richtig, sie einfach so zurückzulassen. Er wusste, dass es Irrsinn war, für Tote ein Feuer im Ofen zu schüren, aber es ging dabei nicht um Vernunft. Tote hatten auch nichts von den Blumen bei ihrer Beerdigung. Aber man legte sie trotzdem auf ihren Sarg.

»In Ordnung«, sagte Marty und lehnte sein Gewehr neben die Tür. »Lass uns etwas Holz holen.«

15:00

Dawn hörte, wie die Eingangstür auf und wieder zu ging und spürte einen Luftzug unter dem Bett.
El war nach draußen gegangen.
Sie wusste, dass er sie nicht hereinlegte. Zum einen war sie sich ziemlich sicher, dass er nicht wusste, dass sie im Laden war, und zum anderen hatte sie ihn noch immer murmelnd mit sich selbst sprechen hören, als er die Tür hinter sich schloss. Sie drückte das Funkgerät fest an die Wange und flüsterte hinein.
»Micky, bist du da?« Sie hatte die Lautstärke gerade so weit aufgedreht, dass schon eine Maus, die nur knapp zwei Meter von ihr entfernt war, sie nicht mehr hätte hören können.
Aber sie bekam keine Antwort.
Sie fragte sich, ob das andere Funkgerät ausgefallen war. Ihres war noch nicht sehr lange an, aber sie hatte keine Ahnung, wie lange die Batterien halten würden. Oder vielleicht war Micky irgendwo außerhalb der Reichweite. Oder sie hatte das Funkgerät weggelegt, machte irgendetwas anderes und konnte es jetzt nicht hören. Aus welchem Grund auch immer, Dawn hatte jetzt den Kontakt zu dem einzigen anderen Menschen im Dorf

verloren, von dem sie sicher wusste, dass er noch lebte – abgesehen von El.

Das graue Licht des Nachmittags war kaum stark genug, um den dichter werdenden Schnee zu durchdringen, und schimmerte auf den Dielen. Ihre ganze Welt war grau. Sie starrte auf die spiralenförmigen Bettfedern vor ihrem Gesicht, roch den uralten Staub, der sich in ihren Lungen so viel sauberer anfühlte als alles, was sie den ganzen Tag über gerochen hatte.

Was, wenn Micky etwas zugestoßen war?

Ich muss unbedingt wissen, was El gerade tut.

Wenn er weggeht, kann ich vielleicht entkommen.

Aber war sie nicht besser dran, wenn sie einfach blieb, wo sie war?

Immerhin hatte El sie nicht entdeckt, und es sah so aus, als ob das auch so bleiben würde. Wahrscheinlich glaubte er immer noch, dass er sie getroffen hatte und sie verletzt oder tot irgendwo draußen im Wald war. Besser, sie blieb, wo sie war, und wartete, bis Hilfe kam.

Aber wann würde das sein?

Und wer?

Marty oder Stan?

Sie kannte die beiden nicht besonders gut, aber was sie von ihnen wusste, erfüllte sie nicht gerade mit Hoffnung. Sie waren wie ein altes Ehepaar, das sich ständig in den Haaren lag. Sie benahmen sich eher wie Komiker als wie Helden. Und wahrscheinlich hatten sie sich in ihren Hütten verschanzt, warteten neben ihren Holzöfen das Ende des Sturms ab und wussten zu ihrem Glück nicht, was vor sich ging.

Wer dann?
Micky?
Sie hatte all ihr Vertrauen in Micky gesetzt, und nun antwortete Micky nicht.
Damon?
Damon hasste Schusswaffen, und außerdem hatte sie ihn seit Tagen nicht gesehen.
Aaron?
Der alte Mann war eher ein Rätsel als ein Mensch, und außerdem lebte er weit oben im Tal und ließ sich nur selten blicken. Und er war alt. Richtig alt.
Rich, der Pilot des Postflugzeugs?
Es würden noch Stunden vergehen, bis er landete, und vielleicht würde El auch ihn ermorden.
Sie glaubte, dass sie es wahrscheinlich eine Nacht unter dem Bett aushalten konnte.
Aber was, wenn El beschloss, die Nacht im Laden zu verbringen?
Was, wenn er in Clives und Ritas Bett schlief?
Was, wenn sie die ganze Nacht wach lag, auf Els Atem horchte, voller Angst, selbst einzuschlafen und im Schlaf womöglich ein leises Geräusch zu machen, aufzuwachen und zu sehen, wie er sich unter das Bett beugte und sie mit diesen kalten Augen anstarrte? Sie fragte sich, ob er seine Sonnenbrille trug, wenn er schlief.
Sie stellte ihn sich vor, wie er mit der Brille im Gesicht auf dem Rücken lag, sein Atmen sich anhörte, als ob er schliefe, und es dennoch unmöglich war zu sagen, ob seine Augen offen oder geschlossen waren. Das musste der Grund sein, warum er sie trug. Nicht um sich vor der

Sonne oder dem Gleißen des Schnees zu schützen. Nicht um vorzutäuschen, jemand zu sein, der er nicht war.
Er trug die Brille wie eine Maske.
Damit er immer so aussah, als wäre er wach.
Als beobachtete er einen ständig.
Es war sinnlos, auf das Postflugzeug zu warten. El hatte die Absicht, jeden in McRay zu töten. Dawn hatte nicht den Hauch eines Zweifels, dass er auch für Rich einen Plan hatte. Und bis jetzt schienen Els Pläne ohne Schwierigkeiten aufgegangen zu sein. Alle bis auf den, den er für sie gehabt hatte.
El war irgendwo da draußen, und sie musste herausfinden, was er gerade tat. Sollte er sich vom Laden entfernen, würde sie sich nach einem anderen Versteck umsehen. Besser, sie tauchte im Wald unter. Sie wollte gar nicht in Erwägung ziehen, sich in einer der Hütten zu verstecken, da sie dort nie wissen konnte, ob El auftauchen und die Tür einschlagen würde.
Während es draußen von Minute zu Minute dunkler wurde, zwang sich Dawn noch einmal, ihr Versteck zu verlassen.

15:05

Micky schloss die Augen und betete, dass mit Dawn alles in Ordnung war.

Der Speichel des Bärenjungen war so kalt geworden, dass eine hauchdünne weiße Schicht auf ihrer Haut klebte. Die Schicht darunter schmolz langsam durch die Körperwärme, und es machte sie rasend, wie das Schmelzwasser eisig über ihre Wange kullerte. Das Muttertier hatte aufgehört, ihren Nacken abzulecken, schnüffelte nun an ihr und drückte ihr das Maul in die Rippen. Mehrmals fühlte Micky durch ihre Kleidung den Druck einer Kralle.

Aber da war kein reißendes Geräusch, kein qualvolles Schneiden in ihrem Fleisch. Die Bärin testete sie nur.

Micky machte die Augen wieder auf, nur einen Spalt, und sah, dass der Jungbär auf den Hinterbacken saß und sie und seine Mutter neugierig betrachtete. Er sah, wie Mickys Augen aufgingen, und für einen kurzen Moment fürchtete Micky, er würde es seiner Mutter sagen. Es gelang ihr, ein Kichern zu unterdrücken – jede Bewegung, jedes Geräusch von ihr konnte genügen, einen komischen Moment in eine Tragödie zu verwandeln.

Das Funkgerät war seit Dawns letzter grauenvoller Nachricht die ganze Zeit still gewesen. Micky hoffte, dass sich das Mädchen gut versteckt hatte, so vernünftig war, zu bleiben, wo es war, und das Funkgerät nicht anzurühren. Aber sie wusste, was es für Dawn bedeuten musste, dass ihr niemand geantwortet hatte. Sie erinnerte sich an ihre eigene Hilflosigkeit, als sie in Dawns Alter war. Als sie sich gefragt hatte, ob jemals jemand kommen würde.

Sich verraten vorkam.

Und allein.

Sich gejagt fühlte.

Micky erinnerte sich daran, wie sie im Laden ihrer Eltern durch die Lamellentüren des Schranks hinausgestarrt hatte, als der Mann mit der Skimaske sich an sie heranschlich. Minuten, die wie Stunden waren. Schweiß, der ihr in die Augen tropfte. Wie sie durch zusammengepresste Lippen atmete. Alles schien verschwommen zu sein an diesem Tag außer seiner verspiegelten Brille.

Die und die seltsame Art, wie er seine Schrotflinte hielt.

Aus irgendeinem Grund hatte der Bursche den Mittelfinger auf dem Abzug.

Sie konnte sich nicht erinnern, dies der Polizei gegenüber erwähnt zu haben. In der Verwirrung des Augenblicks und wegen ihrer Trauer war es ihr wahrscheinlich entfallen.

Aber jetzt konnte sie es vor sich sehen, als ob sie die Szene durch ein Vergrößerungsglas betrachtete. Genau auf die auf dem Gewehr liegende Hand des Mannes gerichtet.

Ihre Erinnerung war ein merkwürdiges Gemisch aus

unkontrollierbaren Bildern. Der Finger des Killers. Die Blumen um die Leiche ihres Vaters. Der Geruch von Chrysanthemen und von dem chemischen Frischhaltemittel. Die Schreie ihrer Eltern, als sie starben. Das rhythmische Geräusch der Tennisschuhe, die hinter ihr von einem Zimmer ins andere tapsten, während sie auf Händen und Knien durch den verdunkelten Laden kroch. Das Blut an ihren Händen an dem festen Gewebe des Teppichs abwischte. Die schwarz-weißen Linien aus Schatten und Licht, die durch die Lamellentüren gegen die Schrankwände geworfen wurden. Wie Gitterstäbe im Gefängnis.

Der Wind ließ nach, und der Schnee fiel in riesigen, an Seesterne erinnernden Flocken, so dick, dass hinter dem Bärenjungen ein einziges Kaleidoskop aus Weiß zu sehen war. Es war Anfang Mai, und McRay war mitten in einem Blizzard. Sie wusste, dass er die ganze Nacht weitergehen oder aber aufhören und warme Winde den Schnee innerhalb von Stunden oder sogar Minuten schmelzen konnten. Der Sturm war so seltsam wie der Tag.

Sie hatte keine Ahnung, was sie jetzt tun sollte.

Die Leute in McRay redeten ständig von Bären. Aber jetzt schien ihr, als würden all die Ratschläge, die sie in Bezug auf Grizzlys bekommen hatte, nicht einmal einen kurzen Absatz füllen.

Füttern Sie sie nicht. Geraten Sie nie zwischen ein Muttertier und ihr Junges.

Machen Sie ordentlich Krach, dann lassen sie Sie normalerweise in Ruhe.

Wenn einer auf Sie losgeht, stellen Sie sich tot.

Aber sie konnte sich nicht erinnern, dass jemals jemand erwähnt hatte, was sie tun sollte, nachdem sie sich tot gestellt hatte, oder wie lange sie das würde tun müssen.

Wie lang hält die Konzentration eines Bären an?

Und warum zum Teufel interessieren sie sich immer noch für mich?

Ihr fiel wieder ein, dass es sehr schlecht für sie wäre, auf der Erde neben Els Haus zu liegen, falls El zurückkäme.

Der Fußmarsch zum Laden dauerte mindestens fünfzehn Minuten und in dem Schnee wahrscheinlich länger. Aber El hatte Clives Four-Wheeler. Er konnte inzwischen überall sein.

Wie lange war es her, dass Dawn sich gemeldet hatte? Vielleicht fünf Minuten?

Die Tatsache, dass das Mädchen das Funkgerät nicht benutzte, verstärkte Mickys Angst um sie. Wenn Dawn nicht sprach, bedeutete das wahrscheinlich, dass El zu nahe war.

Würde Dawn die Zeit haben, ein letztes Mal durchzurufen, wenn er sie erwischte?

Gibt es irgendwas, das ich dann tun könnte, um ihr zu helfen?

Micky versuchte sich an alles zu erinnern, was sie je über Fälle von Geiselnahmen gelernt hatte. Aber das lief größtenteils darauf hinaus, die Vorgesetzten zu rufen, die dann professionelle Unterhändler einschalten würden, und El nahm sowieso keine Geiseln. Es gab nichts, womit sie ihm drohen oder was sie ihm versprechen konnte.

Was mache ich, wenn der Funkspruch gerade jetzt kommt?

Greife ich nach dem Funkgerät und riskiere, dass mir mein Arm abgerissen wird?

Warum tat Gott ihr das an?

Micky versprach sich selbst, irgendwann in der Zukunft eine Antwort darauf zu verlangen. Irgendjemand würde ihr sagen müssen, warum. Sie würde keine unbestimmten Erklärungen von irgendeinem Psychiater akzeptieren. Sie würde verlangen zu wissen, was für ein Gott bei drei verschiedenen Gelegenheiten drei Killer hinter derselben Frau hergeschickt hatte. Drei Männer mit durchschlagkräftigen Schusswaffen und der Absicht, jemanden zu töten, dem sie noch nie begegnet waren.

Na ja, El war sie begegnet. Wenn man das eine *Begegnung* nennen wollte. Tatsächlich aber kannte sie ihn nicht besser, als sie die beiden anderen gekannt hatte, und damit schloss sich für sie der Kreis zu ihrer Obsession von dem bewaffneten Gangster, der immer wiederkam.

Obwohl es unmöglich war, sagte ihr ihr Kopf immer wieder, dass exakt derselbe Albtraum noch einmal ablief. Dass hinter all den Morden ein und derselbe Mann steckte. Genauso wie sie im Krankenhaus gewusst hatte, dass der Bewaffnete in der Bar derselbe Mann war, der ihre Eltern getötet hatte.

Konnte es sein, dass er aus dem Gefängnis entkommen war?

Ausgeschlossen.
Hatte Gott einen derartig schwarzen Humor?
Sicher.
Derselbe Mann.
Wieder und wieder.
Gab es dazu nicht einen alten Spruch?
Wen die Götter töten wollen, den machen sie zuerst verrückt.
»Ich hab diese Scheiße wirklich langsam satt«, sagte sie.
Erst als das Bärenjunge grunzte und nach hintenüber fiel, wurde ihr bewusst, dass sie laut gesprochen hatte. Ein heftiger Schlag traf sie in den Nacken, und ihr Kopf wurde so heftig erschüttert, dass ein rasender Schmerz ihren Rücken hinunterschoss.
Aber was sie zunächst für das überraschte Knurren des Muttertiers gehalten hatte, war in Wirklichkeit das Brummen von Clives Four-Wheeler irgendwo in der Ferne.

15:08

Das behagliche Feuer wärmte Terry Glorianus' Holzofen. Terry und Howard lagen zugedeckt unter ihren Leichentüchern. Und Marty und Stan waren auf halbem Weg unterwegs zu Els Hütte.

Stan wollte noch immer direkt zum Laden hinunterlaufen und nachsehen, was dort vor sich ging, aber Marty hatte ihn mühsam davon überzeugt, dass sie besser daran taten, erst Els Grundstück zu inspizieren. Wenn El dort war, dann würde einer von ihnen das Haus überwachen und der andere zum Laden laufen, um Hilfe zu holen. Wenn er weg war, dann war er wahrscheinlich bereits unten beim Laden, und sie konnten in seiner Hütte nachschauen, ob es dort irgendeinen Hinweis darauf gab, was er tat. Es bestand auch die Möglichkeit, dass er den Bach überquert und zu Mickys Hütte gegangen war.

Der Schnee wirbelte über ihre Wangen, in die Augen und den Mund, bemüht, einen harten Tag zu mildern.

Stan ging wie üblich hinterher und redete, und Marty wünschte sich nichts so sehr, als dass er die Klappe halten würde.

»Was ist, wenn du dich irrst? Was ist, wenn es nicht El

war?«, fragte Stan. »Was ist, wenn El tot in seiner Hütte liegt? Was machen wir dann?«

Marty schüttelte den Kopf, ohne sich umzusehen.

»Schätze, dann werden wir rausfinden müssen, wer es getan hat«, sagte er lakonisch.

»Zum Teufel, wer sonst würde so was machen?«, fragte Stan schwer atmend.

»Woher zum Teufel soll ich das wissen? Sei still! Was war das?«

Marty hätte schwören können, dass er direkt vor sich wieder die Stimme einer Frau gehört hatte. Aber Stan hatte gequasselt, und dazu kamen der Wind und der Schnee, sein eigener Atem und das Pumpen seines Herzens, und Marty war sich nicht sicher. Seine Muskeln spannten sich, und er legte den Finger um den Abzug seines Gewehrs.

»Was hast du gehört?«, fragte Stan.

Marty warf ihm einen Blick zu, der Steine zum Schmelzen gebracht hätte, und Stan war ausnahmsweise einmal still.

Marty deutete mit dem Gewehr auf den Weg vor sich, und Stan verstand den Wink, kam nahe heran und ging schweigend hinter ihm her.

Sie waren nur noch Meter von der Lichtung bei Els Hütte entfernt.

»Ich dachte, ich hätte eine Stimme gehört«, sagte Marty.

»Bei El?«, flüsterte Stan.

In diesem Augenblick hörten sie aus der Richtung des Ladens, wie mit seinem unverkennbaren Klappern der Motor des Four-Wheelers angeworfen wurde.

»Willst du warten und sehen, ob Clive auftaucht?«, flüsterte Stan.
Marty schüttelte den Kopf.
»Vielleicht sollten wir«, schlug Stan vor.
»Jetzt kotzt du mich wirklich an«, fauchte Marty.

15:10

Das Bärenjunge war Mickys Gesicht so nahe, dass sie an *seiner* Nase hätte lecken können.
Sie bekam von hinten einen Schlag auf den Kopf, der jedoch nicht so heftig war wie zuvor. Offenbar war die Bärin zu der Überzeugung gekommen, dass dieses Menschending keine Gefahr für ihr Junges bedeutete. Jetzt wollte sie einfach wissen, wie es funktionierte.
Vielleicht würde sie als Nächstes herauszufinden versuchen, ob es essbar war.
Plötzlich erregte irgendetwas die Aufmerksamkeit des Jungbären. Er schaute kurz zu seiner Mutter hinüber, dann wieder den zu Terrys Grundstück führenden Weg hinunter und anschließend wieder zu seiner Mutter. Die Bärin gab ein tiefes Knurren von sich, und ihr Junges machte ein erstauntes Gesicht.
Der in der Ferne brummende Four-Wheeler war zu weit weg, um das Interesse der Bären zu erregen.
Wonach hielten sie also Ausschau?
Vielleicht war das gar nicht El auf dem Four-Wheeler.
Was, wenn es Dawn war?
Was, wenn El zu Fuß den Weg heraufkam und Dawn auf dem Four-Wheeler geflohen war?
Machte das Sinn?

Micky hatte keine Zeit, sich zu entscheiden.
Das Knurren der Bärin wuchs zu einem Brüllen an.
Micky hörte vertraute Stimmen, ignorierte das Jungtier und rollte sich auf den Rücken, als sie spürte, dass sich die Bärin knurrend abwandte.
Marty und Stan tauchten nacheinander am Rand der Lichtung auf. Micky sah ihren entsetzten Gesichtsausdruck, als der mächtige Grizzly den Hügel hinunter auf sie zuraste wie ein mit Zähnen und Krallen ausgestatteter Zug, der sich selbstständig gemacht hat.
Marty hob sein Gewehr.
Stan versuchte mit zitternden Händen, es ihm gleichzutun.
Sein erster Schuss ließ den Schnee zu seinen Füßen aufspritzen. Er bebte am ganzen Körper, während er sich damit abmühte, eine weitere Patrone in die Kammer zu schieben.
Marty hielt sein Gewehr auf Schulterhöhe, zielte und drückte ab. Das Gewehr zuckte, und er schob ruhig eine weitere Patrone in die Kammer. Die riesige Grizzlybärin schien ausgewichen zu sein, und die Kugel war irgendwo eingedrungen, hatte ihr aber keine tödliche Verletzung beigebracht. Sie war langsamer geworden, hielt aber nicht an. Auf der engen Lichtung klang ihr Brüllen voll Wut und Schmerz wie der Motor eines Düsenflugzeugs. Die riesige Masse ihres Körpers raste unaufhaltsam weiter.
Stan schaffte es, sein Gewehr anzuheben, und feuerte, aber diesmal geriet der Schuss zu hoch, und anschließend kämpfte er wieder mit dem Bolzen.

Marty feuerte noch einmal, und dann hatte die Bärin sie erreicht.

Stan wurde von dem heranstürmenden Tier zur Seite gerissen, verlor sein Gewehr und stürzte zwischen die Bäume. Die Bärin landete auf Marty, und er versuchte fieberhaft, sich fest an die mächtige Kreatur heranzuziehen. Er hielt sich am Fell und der Haut fest, verzweifelt bemüht, ein Teil der Bärin zu werden, während die sich in seinen Rücken und seine Seiten krallte.

»Erschieß sie!«, schrie Micky Stan zu, der zitternd auf die Knie fand.

Micky rannte rutschend und schlitternd über den glitschigen Schnee den Hügel hinab zu Martys Gewehr, das neben dem Weg lag. Stan wirkte benommen, starrte mit glasigen Augen auf Marty und die Bärin, die ihr tödliches Ballett tanzten.

Marty schrie, als die langen Klauen sein Fleisch und seinen Knorpel wie Sensen durchbohrten. Sein Kopf klemmte fest unter dem Kinn der Bärin, und sie nagte und knirschte mit den Zähnen, schob ihren Kopf brutal vor und zurück und versuchte ihre Zähne in ihn hineinzubekommen. Martys Fußspitzen suchten strampelnd im Fell an den Hinterbeinen und am Bauch der Bärin nach Halt. Und seine Finger waren im Pelz ihres dicken Halses vergraben.

Micky fiel hin, schaffte es aber, ihre Finger um den Schaft von Martys Gewehr zu schließen, als die Bärin direkt über sie hinwegstolperte und Marty rückwärts zum Wald schleppte.

Sie hob das Gewehr und richtete es auf die hünenhafte

Gestalt aus Haut und Haaren, Zähnen und Klauen, aber die Bärin drehte und wendete sich immer wieder und verkrallte sich wie ein behaarter Moloch. Das Fell des Tieres war von Martys und seinem eigenen Blut bedeckt. Und Micky fürchtete, dass sie statt der Bärin ebenso gut Marty treffen könnte.

Aber Marty schrie immer wieder, jemand solle schießen, und Micky wusste, dass es sehr bald keine Rolle mehr spielen würde, wen von beiden sie traf.

Sie richtete das Gewehr auf die sich windende Masse, ohne auf irgendwelche lebenswichtigen Organe zu zielen und schoss. Das Gewehr zuckte in ihrer Hand, und der Knall tat ihr in den Ohren weh.

Die Bärin richtete sich auf und stieß Marty von sich, als wäre er ein Kleidungsstück, das sie geprüft und nicht nach ihrem Geschmack befunden hatte. Er sackte am Boden zu ihren Füßen zusammen. Sie schüttelte sich und wankte an Stan vorbei durch die Sträucher, als wäre das dichte Unterholz aus Gaze. Aber sie taumelte beim Laufen, und Micky bemerkte eine breite Blutspur im Schnee.

Der Jungbär stürmte quiekend wie ein verängstigtes Ferkel den Hügel hinunter und seiner Mutter hinterher, und für einen Moment tat er Micky Leid. Sie wusste, wie es war, sehen zu müssen, wie ein Elternteil erschossen wurde. Die Angst- und Schmerzensschreie von jemandem zu hören, den man immer für unverwundbar gehalten hatte.

Aber dann wandte sie sich wieder Marty zu.

Er lag mit ausgestreckten Armen und Beinen quer über

dem Weg. Auf der rechten Seite seines Gesichts hatte sich von der Kopfhaut bis hinunter zum Kinn ein Fetzen aus Haut und Haaren gelöst. Dieser bedeckte sein Auge und seine Nase und legte leuchtend rote Muskeln und weiße Knochen frei. Martys Ohr hing an einem Faden Haut, und sein rechter Arm schien in einem unmöglichen Winkel verdreht zu sein.

Aber er atmete.

Micky kroch zu ihm und schob den großen Fetzen Haut vorsichtig, so genau wie sie nur konnte, in seine normale Position zurück.

Sein Gesicht wirkte jetzt runzlig, als hätte er zu viel Fleisch.

»Wir müssen ihn reinbringen«, erklärte sie Stan und deutete mit dem Kopf auf Els Hütte. »Hier draußen wird er am Schock oder an Unterkühlung sterben.«

Stan rührte sich nicht.

»Es ist El, oder?«, fragte er.

»Ja«, bestätigte Micky.

»Vielleicht ist er in seiner Hütte.«

»Nein. Die ist abgeschlossen. Er ist beim Laden. Er hat Clive und Rita umgebracht, und Dawn versteckt sich im Geschäft.«

»Terry und Howard hat er auch umgebracht.«

»Ich weiß.«

Stan warf einen Blick zurück auf den Weg und schaffte es schließlich, eine weitere Patrone in die Kammer seines Gewehrs zu schieben. »Sind Sie sicher, dass er beim Laden ist?«

»Ich glaube, er benutzt Clives Four-Wheeler. Ich weiß

nicht, wo genau er in diesem Augenblick ist. Stan, wir müssen Marty reinbringen.«

»Meinen Sie, er könnte die Schüsse gehört haben?«

Sie dachte darüber nach. Sie war sich ziemlich sicher, dass sie nach dem letzten Schuss den Four-Wheeler gehört hatte. Es war mehr als wahrscheinlich, dass El die Schüsse wegen des Motorengeräuschs nicht mitbekommen hatte, aber genau ließ sich das unmöglich sagen.

»Ich weiß es nicht.«

Sie presste einen Finger auf Martys Hals. Sein Puls war kräftig, aber er atmete flach.

Stan schaute weg und starrte in Richtung der Glorianus-Hütte. »Er hat ihnen die Augen rausgeschnitten. Mein Gott. Er hat ihnen die Augen rausgeschnitten. Wir werden ihn töten. Oder?«

»Können Sie Marty an den Schultern nehmen, wenn ich seine Füße trage?«, fragte sie.

»Ich denke schon«, antwortete Stan.

Sie schafften es gerade so, auch wenn sie auf der Hälfte der Böschung anhalten mussten, damit Micky sich ausruhen konnte.

Marty murmelte vor sich hin, versuchte zu sprechen, war mal ohnmächtig, mal bei Bewusstsein. Micky wusste, dass er im Augenblick keine großen Schmerzen hatte. Das würde später kommen.

Wenn er dann noch lebte.

Sie trugen ihn die Treppe hinauf, und für einen Moment starrten sie beide auf das Vorhängeschloss. Niemand in McRay schloss seine Hütte ab. Es war, als hinge dort ein

Schild, auf dem stand: *Schaut mich an! Ich gehöre hier nicht her! Ich traue euch nicht!*

»Wovor hat der denn Angst?«, fragte Stan.

»Vor uns«, antwortete Micky.

Sie ging zu dem einzigen kleinen Fenster hinüber und stellte fest, dass es mit einer Decke verhangen war. Ohne zu zögern, schlug sie es mit dem Ellbogen ein und beseitigte anschließend mit der Stiefelsohle die restlichen Scherben. Sie riss die Decke herunter, kletterte hinein, drehte sich um und lehnte sich hinaus.

»Ziehen Sie ihn hier rüber«, erklärte sie Stan. »Sie müssen ihn zu mir durchschieben. Wir müssen ihn hier reinschaffen.«

Stan nickte und machte sich an die Arbeit. Als er Marty aber näher zum Fenster zog, hielt er inne und starrte auf den Schnee hinter sich auf der Veranda.

Eine breite Blutspur befleckte den jungfräulich weißen Schnee.

Micky schluckte an einem Kloß in ihrem Hals, während sie und Stan Marty hochhoben. Mit Martys rechtem Arm stimmte definitiv etwas nicht. Er war schlaff und biegsam, und sie wusste, dass sie vielleicht irreparablen Schaden anrichteten, indem sie Martys Gewicht darauf legten.

Als sie ihn rückwärts ins Zimmer zog, schlugen seine Füße auf dem Boden auf, und Stan kletterte hastig durchs Fenster, um ihr zu helfen.

Der wirbelnde Schnee folgte ihm hinein.

Die Hütte war fast genauso angelegt wie die von Micky. Der Holzofen stand in der Ecke am anderen Ende, und

wo bei ihr die winzige Küche war, hatte El eine Werkbank.
Els Einrichtung aber unterschied sich sehr von ihrer eigenen.
Obwohl die Hütte nur von dem Licht erhellt wurde, das durch das eingeschlagene Fenster schien, ließ das, was sie hier sahen, Micky und Stan abrupt innehalten.
»Heilige Scheiße«, sagte Stan und drehte sich langsam um.
Micky fehlten die Worte.
Jeder Zentimeter Platz an der Wand schien bedeckt zu sein. Da gab es Gewehre, Schrotflinten, Revolver und automatische Pistolen. Die Rückwand war anscheinend verschiedenen Typen von Maschinengewehren und Maschinenpistolen gewidmet. In der Ecke am anderen Ende waren Kisten mit Munition bis zur Decke gestapelt.
Er hat das alles und fährt mit nur einem Gewehr und der Pistole durch die Gegend?
Warum?
Wenn er geplant hat, jeden im Ort umzubringen, warum rüstet er sich dann nicht aus wie Rambo, kämpft sich durch McRay und lässt es Kugeln regnen?
»Wie hat er sich nur all diese Waffen besorgt, ohne dass es jemand gemerkt hat?«, fragte Stan.
»Niemand weiß, was mit Richs Flugzeug ankommt«, antwortete Micky. »Eine Kiste ist eine Kiste.«
Stan schaute auf die Maschinenpistolen. »Sind die legal?«
»Nein. Aber sie sind leicht zu kriegen, wenn man jeman-

den kennt, der sie verkauft. Ich wette, El hat eine Zeit im Gefängnis gesessen. Da drinnen ergeben sich eine Menge Verbindungen.«

Marty stöhnte zu Mickys Füßen.

»Machen Sie eine Lampe an und hängen Sie die Decke wieder vor das Fenster«, befahl Micky kurz angebunden und ließ sich neben Marty auf den Boden sinken. Stan beeilte sich zu gehorchen. Er sah sich um und nahm schließlich eine kurzläufige Schrotflinte von der Wand neben der Tür. Er hängte die Decke wieder auf und legte anschließend das Gewehr auf den Saum des behelfsmäßigen Vorhangs, um zu verhindern, dass er wieder aufflatterte. Auf einer Seite stob noch Schnee herein, aber der Wind pfiff nicht mehr durch die winzige Hütte.

Auch wenn sie es nicht gerne tat, blieb Micky nichts anderes übrig, als Marty umzudrehen, um die Wunden auf seinem Rücken zu untersuchen, den die Bärin zerfetzt und aufgeschlitzt hatte. Sie konnte nur vermuten, was diese fünfzehn Zentimeter langen Krallen dem weichen Gewebe angetan hatten. Wenn sie unter dem Brustkorb eingedrungen waren, konnte es gut sein, dass sie seine Nieren oder die Milz erwischt hatten oder noch tiefer gedrungen waren. Vielleicht verblutete er, und es gab nichts, was sie dagegen tun konnte. Aber wie schlimm die Verletzungen auch waren, so schrecklich wie in ihrer Fantasie, mit der sie nur Zeit verschwendete, konnten sie unmöglich sein.

Und Marty blieb keine Zeit.

Micky atmete tief durch und drehte ihn auf die Seite.

Seine Jacke, sein Hemd und seine Unterwäsche hatten gegen die messerscharfen Klauen nicht mehr Schutz geboten als eine Schicht Gaze. Der Stoff war zerfetzt und verdreht und bildete blutige Klumpen. Micky drehte Marty vorsichtig auf den Bauch. Sie schaute Hilfe suchend zu Stan auf und sah sofort, dass er dagegen ankämpfte, sich zu übergeben.

»Haben Sie ein Messer?«, fragte sie.

Stan griff suchend unter seine Jacke. Tastend öffnete er den Verschluss, reichte ihr sein Messer und sank neben ihr auf die Knie.

»Mein Gott, wie entsetzlich«, murmelte er.

Sie klappte die fünfzehn Zentimeter lange Klinge auf und atmete noch einmal tief durch. Sie packte den verklebten, zerknautschten Stoff, schnitt ihn ab und warf ihn auf das zerbrochene Glas in der Ecke. Noch immer sickerte Blut auf den Boden, aber Micky fiel sofort auf, dass es nicht herausspritzte.

Das war ein gutes Zeichen.

Natürlich schloss das innere Blutungen nicht aus.

Sie riss und schnitt an Martys Kleidung, bis er von den Schultern bis zum Gürtel nackt war.

Zwei Krallen hatten die Verletzungen verursacht.

Zwei gleiche Schnitte in der Haut und den Muskeln führten diagonal von seinem Lendenwirbel bis zu seinem rechten Schulterblatt hinauf. Beide waren dunkelrot und voll von frischem warmem Blut. Micky sah Stan fest in die Augen, wollte, dass er sich auf sie konzentrierte, aber er weigerte sich, sie anzusehen, und starrte stattdessen auf den Boden.

»Mein Gott«, murmelte er wieder und wieder.
Sie hatte Angst, dass er kurz davor stand, ohnmächtig zu werden. Aber seine Augen waren auf irgendetwas fixiert. Sie warf einen Blick über die Schulter. Was sie für einen kleinen Läufer gehalten hatte, war in Wirklichkeit ein graues Tierfell. Es sah vertraut aus, aber unter diesen Umständen brauchte sie einen Moment, bis sie begriff, woran es sie erinnerte. Das Fell war schäbig, und sie fragte sich, warum El sich damit abgab. Das einzig Bemerkenswerte daran war die nahezu perfekte weiße Blesse.
Scooter.
»Mein Gott«, sagte sie und wiederholte damit Stans Worte.
Sie streckte die linke Hand aus, packte Stan am Kinn und zwang ihn, sie anzusehen. »Sie müssen eine Nadel und einen Faden finden.«
Stan ignorierte sie. Er kniete neben dem abgewetzten Fell, fuhr mit den Fingern hindurch, hob es an und steckte seine Finger durch mehrere große Risse. Er warf Micky einen Blick zu. »Der hat wie ein Verrückter auf den Hund eingestochen«, erklärte er.
»Wir haben nicht viel Zeit, Stan«, erwiderte Micky. »Schauen Sie nach, ob sie Alkohol oder irgendwas finden, das wir als Antiseptikum benutzen können, und irgendein sauberes Stück Stoff, ein Bettlaken oder so was. Und machen Sie ein Feuer.«
Es dauerte eine Ewigkeit, bis Stan ihre Worte begriffen hatte, aber schließlich legte er die Tierhaut behutsam hin. Dann hetzte er durch die Hütte, wühlte in Ge-

schirrschränken, warf Teller, Silbergeschirr, Töpfe und Konserven zur Seite. Hin und wieder hielt er inne und starrte auf irgendetwas, als hätte er einen Schatz entdeckt. Micky wurde bewusst, dass sie dem armen Stan alles auf einmal zugemutet hatte. Sie erhob sich und fing an ihm zu helfen.

Aber sie war langsam, und das hatte zwei Gründe.

Sie war erschöpft. Der Stress der vergangenen drei Stunden hatte mehr an ihren Kräften gezehrt als ein zwölfstündiger Marathonlauf. Sie fühlte sich, als könne sie ihre Glieder kaum noch bewegen.

Und Els Hütte war ein so seltsamer Ort. Das hätte genauso gut die Rückseite des Mondes sein können. Micky konnte sich nicht vorstellen, dass ein Mensch hier wirklich für längere Zeit leben konnte.

Es war nicht nur das Fell von Clives Hund, das wie eine obszöne Trophäe auf dem Boden lag. Oder die Tatsache, dass das Haus mehr ein Waffenlager war als ein Zuhause. An dem Inneren der Hütte war etwas … *faul.*

Während sie neben dem Ofen kniete und anfing, Anmachholz behutsam zu einer kleinen Pyramide aufzuschichten, sah sie sich eingehend im Erdgeschoss um.

Die Ausstattung hatte absolut nichts Menschliches.

Stan hatte die Geschirrschränke ausgeräumt, und auf dem Fußboden standen zwei große Töpfe und ein kleinerer. Daneben stand eine Schüssel, lagen mehrere Löffel, ein Messer und eine Gabel. Die Regale waren gut gefüllt, aber an Lebensmitteln schien es dort nur

Schweinefleisch und Bohnen zu geben. Der Stuhl neben dem Ofen war offensichtlich das einzige Möbelstück. Aber wie konnte das sein?

War es möglich, dass El seit Jahren auf diesem Stuhl mit der geraden Lehne gesessen und die Waffen an der Wand betrachtet hatte?

Oder hatte er Stunde um Stunde auf Scooters Fell gestarrt?

»Alkohol!«, verkündete Stan und lächelte nervös. Er hatte einen kleinen Schrank neben dem Küchentresen geöffnet. Darin befanden sich Dosen mit Chemikalien, ein paar Werkzeuge wie eine spitze Zange und ein Hammer.

Micky nahm die Zange. Diese konnte nützlich sein, um die Nadel zu packen, wenn sie Martys Rücken nähte. Über der Werkbank gab es noch einen anderen flacheren Schrank, der mit einem Vorhängeschloss entsprechend dem an der Haustür verschlossen war. Aus einem Impuls heraus griff sie unter die Werkbank, tastete sie mit den Fingern ab und fand den Schlüssel an dem Nagel, den sie intuitiv dort vermutet hatte.

»Hab dich«, flüsterte sie. Sie öffnete den Schrank und starrte auf die vier Stangen Dynamit sowie auf mehrere drei Zentimeter lange Schachteln, die ihr nichts sagten. Sie wollte nach einer von ihnen greifen, als Stan ihre Hand packte. Sie sah ihn überrascht an. Er zitterte nicht mehr.

»Tun Sie das nicht«, sagte er.

»Sie wissen, was das ist?«

Er nickte und musterte argwöhnisch den Schrank.

»Ja. Und ich weiß auch, wo er sie her hat. Marty und ich haben uns seit Monaten deswegen gestritten. Er hat geschworen, ich hätte das Dynamit und die Sprengkapseln verlegt. Aber das hab ich nicht. Ich dachte, er wäre es gewesen und hätte mir für seinen Fehler die Schuld gegeben.«

»Scheiße«, flüsterte Micky und dachte daran, was El mit Dynamit alles anstellen konnte.

»Wir sollten es verstecken«, schlug sie vor, aber Stan starrte noch immer auf den Schrank.

»Ja, klar«, stimmte er zu. »Das, was davon übrig ist.«

»Wie viel war es denn?« Ein flaues Gefühl breitete sich in ihrem Magen aus.

»Es sollten acht oder neun Stangen mehr da sein.«

»Was könnte man mit so viel Dynamit machen?«

Stan pfiff durch die Zähne. »Für den Anfang könnte man diese Hütte in Zahnstocher zerlegen.«

»Toll«, murmelte Micky und wandte sich wieder Marty zu. »Gehen Sie nach oben und versuchen Sie, eine Nadel und einen Faden für mich zu finden.«

Sie entdeckte die Streichhölzer, mit denen Stan die Lampe angemacht hatte, zündete weitere Lampen an und anschließend das Anmachholz im Ofen. Sie legte vorsichtig ein paar größere Stücke Holz um das winzige Feuer, kniete sich wieder neben Marty und hörte zu, wie Stan im oberen Stockwerk herumstöberte. Ihre Augen ruhten auf der schmalen Leiter, mit deren Hilfe er auf den Dachboden geklettert war, und plötzlich wurde sie von panischem Schrecken erfasst.

»Stan!«, rief sie. »Hören Sie auf damit! *Sofort!*«

Die Dielenbretter knarrten leise, als Stan zum Rand des Speichers hinüberkroch.
Sein Gesicht war wieder ganz weiß.
»Was ist los?« fragte er mit bebender Stimme.
»Seien Sie sehr, sehr vorsichtig. Passen Sie auf, was Sie tun. Können Sie sehen da oben?«
Micky artikulierte jedes einzelne Wort, als wären ihr Kiefer und ihre Lippen aus Holz.
Stan nickte. »Es gibt hier ein kleines Fenster.«
»Achten Sie auf mögliche Fallen.«
Stans weißes Gesicht wurde noch blasser.
»In Ordnung«, sagte er.
Als sie sich in dem kargen Erdgeschoss umsah, fiel ihr noch etwas anderes ein.
Sie schaute wieder zu Stan hinauf. »Sind da oben auch Gewehre?«
»Hier oben gibt's eine Menge Gewehre. Und auch eine Wand voller Messer. Hier steht ein Bett und ein Schrankkoffer voll mit seinen Kleidern.« Stan lächelte scheu und streckte die Hand aus. »Aber ich hab Nähzeug gefunden.«
»Gut«, sagte sie und winkte ihn wieder nach unten.
»Ich hab noch nie so viele Gewehre gesehen«, bemerkte Stan, als er ihr die Plastiktüte mit den Garnrollen, Näh- und Stecknadeln überreichte.
Sie schüttelte den Kopf. »Amokläufer haben meistens ein Waffenlager.«
»Dann hatte er das also alles genau geplant.«
»Vielleicht auch nicht. Sie sammeln die Schusswaffen, weil sie sich minderwertig vorkommen. Paranoid sind.

Die Waffen geben ihnen ein Gefühl von Sicherheit. Von Macht.«
»Wahrscheinlich trägt er ein Maschinengewehr mit sich«, murmelte Stan und starrte auf die Wand hinter dem Arbeitstisch.
»Nein. Als ich ihn sah, hatte er nur die Pistole und Clives altes Gewehr dabei.«
Stan runzelte die Stirn. »Warum sollte er, wenn er die hier alle hat?« Er wedelte mit den Armen durch den Raum.
»Weil er mit der Pistole vertraut ist«, vermutete Micky. »Es geht darum, die Kontrolle zu haben. Mit der Pistole fühlt El sich wohl, weil er sie die ganze Zeit bei sich trägt. Diese Waffen hier sind einfach dazu da, dass er sich zu Hause sicher fühlt. Er fühlt sich hier wahrscheinlich am verwundbarsten, weil er in der Hütte schläft.«
»Warum hat er dann Clives Gewehr dabei?«
»Ich denke, er hat Angst, dass Clive von den Toten wieder auferstehen, das Gewehr nehmen und ihn damit umbringen könnte.«
Stans Kinnlade klappte herunter. »Das ist verrückt.«
»Ja.«
»Was, denken Sie, war der Auslöser für ihn?«
»Ich weiß es nicht. Das kann alles Mögliche gewesen sein.«
Sie sank wieder neben Marty auf die Knie, und schließlich gelang es ihr, den widerspenstigen schwarzen Faden in die Nadel einzufädeln. Sie tunkte ihn in den Alkohol im Deckel der Flasche, ließ Nadel und Faden in ganzer

Länge mehrmals durch die Flüssigkeit gleiten. Im Krankenhaus wurde so etwas anders gemacht, aber sie hatte keine große Wahl.

»Stan«, sagte sie, starrte auf die Wunden und nahm ihren ganzen Mut zusammen. »Bringen Sie die Lampen hier rüber. Und holen Sie mir das Laken von Els Bett und weichen Sie es in Alkohol ein.«

Er beeilte sich zu gehorchen.

Micky atmete lange und tief aus und legte die Hände auf Martys Haut. Er fühlte sich kalt an, und sie wusste nicht, ob das daran lag, dass ihre Hände vom Feuermachen warm waren, oder ob es das gefährliche Zeichen für einen Wundschock war.

Sie beugte sich zu Martys Gesicht herunter und hob sein Augenlid an. Die Pupille war nicht erweitert, und sie glaubte, dass das gut war. Sein Kiefer bewegte sich, und sie fragte sich, ob er wieder zu sich kam. Aber dann hörte die Bewegung auf, und sie ließ das Lid wieder zufallen.

Besser, er bleibt bewusstlos. Zumindest, bis ich fertig bin.

Stan zerrte geräuschvoll das Laken von der Matratze oben, und Micky fragte sich, wie lange El wohl darauf geschlafen haben mochte.

Sie konnte genauso gut schon mal anfangen.

Martys Fleisch sah aus wie ein rohes Steak.

Mit ruhiger Hand griff sie nach dem unteren Ende der ersten klaffenden Wunde und drückte sie zusammen. Mit der anderen Hand führte sie die Nadel ein und war überrascht, wie leicht sie durch die Haut drang. Sie machte einen Knoten, zog ihn fest und machte zum

Schluss einen weiteren Knoten. Sie durchschnitt den Faden mit Stans Hirschmesser und wiederholte die Prozedur einen guten Zentimeter weiter oben an der Wunde. Als sie drei Nähte fertig hatte, war Stan mit dem Bettlaken zurück. Unter seinen rechten Arm hatte er mehrere Bücher geklemmt, die wie Hauptbücher aussahen.

»Die lagen unterm Bett«, erklärte er.

»Legen Sie sie auf den Boden und holen Sie noch ein Messer. Ich brauche Verbände und Stofffetzen, um das Blut gründlich abzuwischen, und stellen Sie dann einen Topf Wasser auf den Ofen.«

Sie würde Stan auf Trab halten müssen. Wenn er länger als eine Minute dastand und Marty anstarrte, würde er wahrscheinlich in Ohnmacht fallen.

Als Stan anfing, das Laken zu zerreißen, erinnerte das Geräusch Micky an das hohe Heulen des Four-Wheelers.

Wo ist El jetzt?

Sie beobachtete die Decke, die vor dem Fenster hing und im nachlassenden Wind nur leicht flatterte.

»Stan«, forderte sie ihn leise auf. »Stan, hören Sie auf damit.«

Es wurde augenblicklich still in der Hütte.

»Stan, ich hab Clives Funkgerät da draußen verloren. Das andere hat Dawn. Sie müssen rausgehen und das Funkgerät suchen. Okay?«

»Okay.« Stans Antwort war mehr ein Flüstern als ein Sprechen. Aber er zögerte nicht. Er war schon an ihr vorbei, zum Fenster hinaus und hatte die Decke hinter sich zugezogen, als Micky begriff, dass sie ihn nicht nur dorthin geschickt hatte, wo vielleicht El wartete, sondern wo sich auch ein verwundeter Bär herumtrieb.

Aber was hätte ich sonst tun sollen?

Sie stand auf und zog die Decke zurück.

»Stan«, rief sie. »Stan, seien Sie vorsichtig!«

15:20

Auch wenn er sie nicht aufgehalten hatte, so hatte der erste Schuss die alte Bärin doch am schwersten verletzt. Die achtzehn Gramm schwere Bleikugel hatte die dünne Fettschicht durchbohrt, die noch vom vergangenen Winter übrig geblieben war, hatte ihr das linke Schlüsselbein gebrochen und hatte Zentimeter neben ihrem Herz eine Arterie getroffen. Aber sie konnte diese Wunde nicht mit der Zunge erreichen, und es war der zweite Schuss, der ihr am meisten Schmerzen bereitete. Diese Kugel war unterhalb ihrer Rippen eingedrungen, hatte ihr die Milz zerrissen und war in ihren Gedärmen stecken geblieben, die sich jetzt langsam mit Blut füllten. Sie schaukelte ein wenig vor und zurück auf dem harten Boden, versuchte eine Position zu finden, in der der Schmerz sie nicht wie Nadelstiche traf. Sie atmete kurz und schnell, und eine Tatze zitterte und kratzte seltsame Muster in die Erde.

Sie wusste nicht, dass sie starb.

Aber ihr Instinkt sagte ihr, dass sie sich versteckt halten und ihre Wunden pflegen sollte.

Als die Kugeln sie durchbohrten, hatte sie jeden Gedanken an ihr Junges aufgegeben. Sie wusste nur, dass sie von den Gewehren fortkommen musste, die ihr das

Fleisch verletzten. Sie hatte den Mann fallen lassen, war in den Wald gehastet und hatte sich krachend einen Weg durch die zweieinhalb Meter hohen Sträucher gebahnt, als wären sie aus Krepppapier.
Sie rannte blindlings auf das Geräusch des Baches zu, bis sie hineinstürzte und die eine halbe Tonne schwere Masse ihres Körpers stolpernd, rutschend und rollend flussabwärts bewegte.
Sie kannte die Gegend gut.
Obwohl sie einen Aktionsradius von fünfzig Meilen hatte, bewegte sie sich selten mehr als zehn aus ihrem Tal hinaus. Sie war ein Müllbär. Sie wusste, wie man nach Beeren und kleinen Nagetieren suchte und im Frühling Lachse fing. Aber die leichteste Beute waren stets der Abfallhaufen und die Speisereste bei den Hütten und am Weg. Sie hatte seit vier Jahren bei der Hütte desselben Mannes herumgestöbert, wobei sie immer gewartet hatte, bis er gegangen war.
Ein paar Mal hatte er sich an sie herangeschlichen und versucht, sie zu erwischen. Aber das war ihm nie gelungen.
Diesmal hatte ihr Junges sie abgelenkt, und so war sie unvorsichtig gewesen. Sie hatte die Absicht gehabt, auf ihren Sprössling aufzupassen und gleichzeitig zu essen.
Die Frau hatte sie erschreckt.
Aber die Frau war kein Problem, und sie hatte nicht den Geruch von Schießpulver an sich, den die Bärin mit Schmerz und Tod in Verbindung brachte.
Dann kamen die Männer.
Die Männer und ihre Gewehre.

Sie war so sehr mit der Frau beschäftigt gewesen, dass sie nicht gehört hatte, wie sie sich näherten.
Sie hatte unter Schmerzen humpelnd die letzte Hütte passiert. Vor ihr, so wusste sie, öffnete sich das Land, und es kam noch eine Hütte, dann der Wald und dann der Fluss. Sie würde es nicht so weit schaffen. Und schließlich war ihr auch ihr Junges wieder eingefallen. Es würde sie suchen.
Sie kämpfte sich die Böschung hinauf, schob mit ihrer gesunden Schulter die Sträucher zur Seite und grub sich tief hinein, aber nicht so weit, dass sie wieder auf den Pfad stieß. Sie war nahe genug, um ihn zu riechen, aber sie würde hier nicht gesehen werden. Nach einer Weile hörte sie ihr Junges schreien und brachte ein tief aus ihrer Brust kommendes leises Brummen zustande, das einen reißenden Schmerz durch ihren Körper jagte. Der Jungbär fand sie und leckte ihr das Gesicht ab, und sie schubste ihn hinter sich, damit sie anfangen konnte, sich ihre Wunden zu lecken.
Das Junge kuschelte sich an sie und schnüffelte nervös.
Hier würden sie sicher sein.
Es sei denn, die Männer entdeckten ihr Lager.

15:45

Dawn kniete unter dem Fenster an der Vorderseite des Ladens, die Augen knapp über dem Sims. Die Sonne stand hinter den Bergen, war aber offiziell noch nicht untergegangen. Das würde noch vier Stunden dauern. Aber der dichte Schnee und das schwache Licht tauchte alles in ein gespenstisches Leuchten. Dutzende Male war sie sich sicher gewesen, El zu sehen, wie er einem Geist ähnlich aus den wirbelnden Schneeflocken auftauchte, nur um festzustellen, dass ihr das Licht, das Wetter und ihre angsterfüllten Sinne einen Streich gespielt hatten.

Sie wusste, wo El war.

Sie hatte ihn während einer kurzen Flaute im stärker werdenden Sturm entdeckt, als sie zum ersten Mal zum Fenster gegangen war. Er war wieder unten bei der Brücke.

Sobald sie den Four-Wheeler hatte wegfahren hören, war sie aus ihrer Lethargie erwacht und unter dem Bett hervorgerutscht. Sie war die Treppe hinuntergeeilt und, sorgsam darauf bedacht, nicht zu Rita hinüberzuschauen, zum Fenster gerannt. Sie wollte sehen, wohin El fuhr. Wollte herausfinden, ob sie eine Chance hatte, zu entkommen und sich ein besseres Versteck zu suchen.

El war zur Brücke gerast und hatte dort angehalten. Er nahm etwas aus dem Rucksack, den er hinten auf dem Honda festgeschnallt hatte, ging über die Brücke und verschwand unter ihr. Er tauchte einige Male auf und verschwand wieder, hielt einmal kurz inne, um etwas anderes aus seinem Rucksack zu holen, aber aus dieser Entfernung und wegen des dichter werdenden Schnees und des schlechten Lichts konnte Dawn nicht erkennen, was er da machte.

Trotzdem dachte sie, dass sie Micky Bescheid sagen sollte.

Sie schaute noch einmal hin, aber El war noch immer unter der Brücke. Also rannte sie wieder nach oben und holte das Funkgerät. Aber sie wartete mit dem Sprechen nicht, bis sie wieder unten war. Es war wunderbar, wieder reden zu können und sich keine Sorgen machen zu müssen, dass El sie hören könnte.

»Micky!«, sagte sie. »Micky! Bist du da?«

Keine Antwort.

War das verfluchte Ding kaputt?

Vorne gab es einen Knopf, und als sie ihn drückte, piepte das Gerät.

Bedeutete das, dass die Batterie okay war, oder war das eine Warnung, dass der Strom zur Neige ging?

Sie hatte keine Ahnung.

Oder war Micky etwas zugestoßen?

Bei dem Gedanken setzte ihr Herz aus.

Micky war ihr einziger Kontakt zu einem anderen lebenden Menschen. Wenn Micky etwas zugestoßen war, dann war sie wirklich allein. Allein und hilflos.

Sie hatte keine Ahnung, wie man sich selbst verteidigt, weil ihre Mutter nicht gewollt hatte, dass sie irgendetwas über Gewalt, Mord oder den Tod lernte. Sie war wie ein kleiner Vogel, der viel zu früh aus seinem Nest geschubst worden war, und nun war sie ohne Schutz und musste für sich selbst sorgen.
Wie?
Benutze deinen Kopf.
Wenn du wie ein kleines Tier bist, dann denk nach, wie Tiere überleben.
Was würde ein Tier in einer solchen Situation tun?
Sich verstecken.
Hol dir was zu essen und Wasser aus dem Laden.
Such dir einen Platz irgendwo im Wald.
Verkriech dich.
Sie sah wieder nach draußen, konnte die Brücke aber noch immer nicht erkennen. Sie beobachtete die in der Dämmerung tanzenden Schneegespenster. Aber von dem Four-Wheeler war nichts zu hören. Sie sah auf das Funkgerät in ihren Händen und fasste einen Entschluss. Sie durfte es nicht die ganze Zeit anlassen, weil die Batterie mit Sicherheit nicht so lange halten würde. Sie würde es später wieder versuchen. Sie drehte an dem oberen Knopf, bis er mit einem Knacken einrastete.
Dann wandte sie sich wieder dem Laden zu und ging hinter die Theke, um nach Vorräten für ihr Lager zu suchen.

15:48

Micky begutachtete ihr Werk und nickte. Zweiundsechzig schwarze Stiche schlossen jetzt die beiden ausladenden Risse auf Martys Rücken. Die Wunden waren runzlig und rot, aber sie hatte alles Blut weggewischt, jetzt nässten die Wunden nur noch ein wenig und die Flüssigkeit gerann schnell. Sollte er überleben, würde er zwei scheußliche Narben zurückbehalten, und sie wusste nicht, was sie mit den darunter liegenden Muskeln hätte tun können, ob die Wirbelsäule beschädigt war oder er irgendwelche anderen inneren Verletzungen hatte.

Das sollte ein Arzt herausfinden. Sie hatte getan was sie konnte, um sein Leben zu retten.

Stan kniete ihr gegenüber und war noch immer furchtbar blass. Aber seit die Wunden geschlossen waren, schaffte er es hinzusehen. Und tatsächlich war er eine große Hilfe gewesen, als er erst einmal mit dem Funkgerät zurück war. Er war ohne Vorwarnung durch die Wolldecke gestürmt, hatte sie zu Tode erschreckt und sein Gewehr in der einen und das Funkgerät in der anderen Hand geschwenkt.

»Da hat jemand gesprochen!«, rief er. »Dadurch hab ich es gefunden. Ich hab's im Schnee gehört!«

»Dawn?«, fragte Micky.
»Das konnte ich nicht erkennen. Ich hab's gefunden und zurückgerufen, aber keine Antwort bekommen.« Er reichte Micky das Funkgerät.
»Dawn«, sagte sie und drückte auf die Sendetaste. »Dawn, bist du da?« Sie wiederholte den Funkspruch mehrmals, aber die einzige Antwort, die sie erhielt, war das Knistern der statischen Aufladung.
War das Dawns letzter Anruf?
Hatte El sie entdeckt?
War er durch den Laden geschlichen, hatten seine Stiefel auf den Dielenbrettern Geräusche erzeugt, während Dawn irgendwo hockte und wartete? Hatte das Mädchen in einer Ecke gekauert, unfähig, sich zu bewegen oder zu atmen?
Schluss damit!
Es musste unzählige Gründe geben, warum Dawn nicht antwortete. Wahrscheinlich war El ihr einfach zu nahe, und sie hatte das Funkgerät abgeschaltet, damit er es nicht hörte. Bei dem Gedanken, dass sie und Stan Dawn ungewollt hätten verraten können, lief Micky ein Schauer über den Rücken.
Dawn hatte eine Verbindung zu Micky hergestellt. Ihre Stimme über das Funkgerät war wie ein Ruf aus der Vergangenheit. Es war unheimlich gewesen, als ob das Funkgerät nicht mit einem sechzehnjährigen Mädchen irgendwo in den Tiefen des Tals von McRay verbunden wäre, sondern mit einem anderen Mädchen, das sich Jahre zuvor in einem dunklen Zimmer in einem düsteren Gebäude in Houston versteckt hatte. Es war nicht

Dawn Glorianus, die Micky vor sich sah, als sie in das Sende- und Empfangsgerät sprach. Sie redete mit der jungen Micky Ascherfeld. Versuchte ihr zu versichern, dass alles gut werden würde. Sie wissen zu lassen, dass Hilfe unterwegs war.

So wie sie damals Hilfe bekommen hatte.

Aber war es für Dawn zu spät?

War es für sie alle zu spät?

Micky starrte auf das rohe Fleisch und den Knochen, wo der Hautfetzen noch immer lose an der Seite von Martys Gesicht hing. Sie biss die Zähne zusammen und versuchte, einen Entschluss zu fassen. Marty stöhnte. Stan sah sie erwartungsvoll an.

Es konnte lange dauern, bis sie professionelle ärztliche Hilfe für Marty bekommen würden.

Sollte sie die Wunde in seinem Gesicht einfach so offen lassen?

Sie hatte sie so gut sie konnte mit Alkohol abgetupft. Obwohl er bewusstlos war, war das ein solcher Schock für Marty gewesen, dass es seinem Kiefer ein Stöhnen und eine ruckartige Bewegung entlockt hatte. Aber sie hatte weitergemacht, bis sie sein Gesicht vollständig gesäubert hatte, und war dabei so weit gegangen, den zehn Zentimeter breiten Hautfetzen zurückzuziehen und Sand und Haare der Bärin abzuwischen.

Aber sollte sie es einfach so lassen und verbinden?

»Stan«, sagte sie. »Ich denke, ich sollte sein Gesicht nähen.«

Stan nickte nur, als hätte er gedacht, das sei schon beschlossen gewesen.

»Ich bin kein Chirurg, Stan. Ich könnte ihn fürs Leben zeichnen.«
Eine hysterische Lachsalve kam aus Stans Mund, und Micky konnte nicht anders, als ebenfalls zu lachen. Sie schauten auf die fünfzig Zentimeter langen Risse hinunter, die sie soeben vernäht hatte, und sahen sich dann wieder an.
»Also gut«, lenkte sie ein.
Es musste sein. Sie fürchtete, dass die Haut absterben würde, wenn sie die Wunde nur verband, bis Marty professionelle Hilfe bekam. Wenn sie sie zusammennähte, bestand zumindest die Chance, dass die Haut genügend durchblutet würde. Vielleicht verfügten die Chirurgen über irgendetwas, um sein Gesicht zu retten.
Das Problem war, dass die Haut nicht glatt aufgerissen war.
Unten am Ohr und an den beiden Enden der Wunde, nahe der Kopfhaut und außen am Kiefer, war die Haut eingerissen und gespannt, und der Hautlappen war ausgefranst und uneben. Sie konnte nicht sicher sein, dass sie die Haut in etwa so zusammennähte, wie sie gewesen war, und die von ihr verwendete Nadel war gerade und nicht gekrümmt wie die eines Chirurgen. Es würde eine entsetzliche Arbeit werden, besonders um das Ohr herum. Das Bild der an Eisenbahnschienen erinnernden Narben im Gesicht von Frankensteins Monster schoss ihr durch den Kopf, und sie fragte sich, ob Marty sie später jedes Mal, wenn er in den Spiegel schaute, hassen würde für das, was sie hier tat.
Überraschenderweise unterdrückte Stan seine Angst

und tupfte sanft Martys Gesicht ab, während sie nähte. Die Haut war weicher, dünner und geschmeidiger als auf seinem Rücken und leichter zu nähen. Aber es war schwerer, sie fest zusammenzuziehen. Und die Nadel blieb immer wieder an Muskeln und Knochen hängen. Die Stiche zerrten an Martys Gesicht, spannten seine Haut und hinterließen Löcher, die Schlitzen ähnelten und die sie erneut an den alten Film mit Boris Karloff erinnerten.

»Der wird wieder«, meinte Stan. Er warf Micky dabei einen Blick zu, wie es vielleicht ein zehnjähriges Kind tun würde, das über den Körper seines liebsten Haustiers hinweg einen Tierarzt ansieht. Micky wurde von Gewissensbissen geplagt.

»Ich tue mein Bestes, Stan«, erklärte sie und fühlte sich dabei noch inkompetenter als zuvor. Sie starrte auf das Puzzle aus blutiger Haut und Fleisch.

Es ist einfach wie Glas.

Zerbrochene Stücke.

Setze sie so zusammen, dass sie passen.

Das ist alles, was du zu tun hast.

Hoffentlich würde Marty am Leben bleiben.

Hoffentlich würde er leben können mit dem, was sie ihm hier antat.

15:49

El saß mit dem Rücken zum Laden auf dem Four-Wheeler und konzentrierte sich auf den Weg auf der anderen Seite der Brücke.
Das gegenüberliegende Ufer war mal besser, mal weniger gut zu erkennen, aber der Sturm schien ein wenig nachzulassen. Im Osten hellte der Himmel auf, und seine eigenen Spuren waren deutlich zu sehen. Er wünschte sich mehr Schnee.
Aber er wünschte ihn sich nicht so, wie andere es tun würden.
Er schloss die Augen und *wollte* ihn.
Er *zwang* ihn herunter.
Er *verlangte* danach, dass die Flocken fielen.
Er hatte das früher schon getan. Hatte allein in seiner Hütte gesessen, im Dunkeln, nur sein Gesicht war durch einen kleinen Spalt, den die Decke, mit der das Fenster verhängt war, offen gelassen hatte, zu sehen gewesen. Hatte stundenlang ununterbrochen dagesessen und bewirkt, dass das Wetter ins Tal hinunterkam. Er hatte Regen, Wind, Schnee und Graupelschauer herangezogen. Und er wusste, dass er das auch jetzt tun konnte. Er wollte, dass der Schnee seine Spuren verdeckte.
Aber seine Kräfte schienen nachgelassen zu haben, und

als die Schneeflocken weniger wurden, starrte er durch sie hindurch auf den Weg zu Howards Hütte. Er hatte vorhin, als er unter der Brücke beschäftigt war, Schüsse gehört, auch wenn er nicht sagen konnte, woher sie gekommen waren, weil er den Motor des Four-Wheelers hatte laufen lassen. Sein erster Gedanke war es gewesen, dass er entdeckt worden war. Er hatte sich geduckt, die Waffe gezückt und sich an den gefrorenen Kies unter den unbehauenen Brückenpfeilern geschmiegt. Seine Gedanken rasten, und eisige Schauer der Angst jagten ihm über den Rücken. Er atmete schneller, saugte die Angst auf wie eine Pflanze, die ihre Blätter der Sonne entgegenreckt, und seine Sinne wurden wach.

Zuerst ein Schuss.

Dann noch einer.

Das Echo hallte donnernd von den Bergen wider, aber beim zweiten Knall war er sich sicher, dass die Schüsse weiter weg abgegeben worden waren, als er zunächst gedacht hatte.

In der Nähe von Terrys Haus.

Oder vielleicht seinem eigenen.

Marty oder Stan. Micky nicht.

Sie hatte nur die Pistole, und er wusste, wo sie in ihrer Hütte alles aufbewahrte. Sie war ordentlich. Genau wie er. Ein Platz für alles, und alles an seinem Platz. Und sie hatte nur die eine Waffe.

Als El erkannte, dass die Gefahr weit weg war, fingen sein Körper und sein Geist an, sich zu beruhigen. Sein Atem wurde ruhiger, und die willkommene Angst ließ langsam nach. Er fühlte sich beinahe wie ein Spielzeug zum Aufziehen, das nach und nach abläuft. Manchmal trübte sich Els Bewusstsein, bis es verlosch wie eine flackernde Kerze.

Er konnte stundenlang die Wand anstarren, und wenn er wieder zu sich kam, konnte er sich nicht erinnern, woran er gedacht hatte. Aber er wusste, dass er nicht geschlafen hatte. Er hasste Schlaf. Im Schlaf war er entsetzlich verwundbar. Schutzlos. Der Gedanke an Schlaf jagte El eine Form von Angst ein, die den Geist abstumpfen ließ und die selbst *er* nicht genießen konnte.

Selbst wenn er, in benommenes Schweigen versunken auf die Wände seiner Hütte stierte, nahm er wahr. Nahm wahr auf eine Art und Weise, die andere vielleicht niemals verstehen würden, aber er wusste, dass er merken würde, wenn sich jemand seiner Hütte näherte.

Er hatte die Pistole immer in seinem Schoß liegen.

Er würde auf sie vorbereitet sein.

Bereit, sich zu verteidigen.

Über den Schlaf aber hatte er keine Macht. Der kam und ging von allein.

El hatte seit Tagen nicht geschlafen. Und er wollte auch jetzt nicht schlafen.

Aber er lud seine Batterien wieder auf.

Er stützte sich auf Clives Gewehr und Ritas Schrotflinte, die jetzt über der Lenkstange festgeschnallt waren, und starrte in den umherwirbelnden Schnee. Wenn sich irgendjemand auf dem Pfad bewegte, würde er schnell wieder voll da sein. Wenn jemand redete, würde er es hören. Wenn Marty oder Stan den Weg herunterkamen, würde er sich in den Schutz des Ladens zurückziehen und auf sie warten.

Aber für einen kurzen Moment brauchte er es, in den Schnee zu starren.

16:05

Micky und Stan zogen Marty nahe zum Ofen hinüber, der jetzt eine angenehme Wärme abgab, und deckten ihn mit einer Decke vom Dachboden zu. Die groben Stiche, mit denen ihn Micky von der Stirn bis zum Kinn vernäht hatte, waren dunkelrot verkrustet, bluteten aber nur leicht, und Marty stöhnte mehr. Micky fasste das als ein Zeichen dafür auf, dass er stark war und keinen Wundschock bekommen würde, also hoben sie seinen Kopf an und versuchten, es ihm so bequem zu machen wie möglich.

»Ich werde zum Laden gehen«, verkündete Micky und inspizierte ein Gewehr, das sie von der Wand neben der Tür genommen hatte. Es schoss mit schweren 44-kalibrigen Pistolenkugeln. Sie überprüfte die Kammer, um sicherzugehen, dass es geladen war.

»Sie bleiben bei Marty«, bestimmte sie.

Aber Stan war bereits auf den Beinen und schüttelte den Kopf. »Wir sollten hier warten«, erwiderte er.

»Worauf warten, Stan?«

»Auf Hilfe«, erklärte er und wischte seine Hände nervös immer wieder an seiner Hose ab, obwohl er kein Blut an ihnen hatte. »Hier sind wir alle zusammen. Wir haben Gewehre. El ist allein. Wir sollten warten.«

»Stan, wir können nicht einfach nur hier rumsitzen und warten. Dawn versteckt sich unten beim Laden. Sie ist ganz allein.«

»Sie können da nicht alleine runtergehen«, sagte Stan. Stan war an sich fügsam, aber es sah nicht so aus, als ob er sie alleine aus Els Hütte gehen lassen würde.

Doch irgendjemand musste bei Marty bleiben, und ob es ihm passte oder nicht, sie war diejenige, die dafür ausgebildet war, einem bewaffneten Mann gegenüberzutreten, und nicht Stan.

War das nicht schmeichelhaft?

»Ich will ihn nicht alleine zurücklassen,« erklärte Micky und deutete mit dem Kopf auf Marty. »Er könnte einen Wundschock bekommen.«

»Ich wüsste nicht, was ich dann machen sollte. Er braucht Hilfe, und die kriegt er nur, wenn wir sie rufen. Das geht nur vom Laden aus.«

»Stan. Ich will mich nicht streiten.«

»Dann tun Sie's nicht«, erwiderte Stan und griff nach seinem Gewehr.

Sie erinnerte sich an all die Auseinandersetzungen zwischen Stan und Marty, die sie im Laufe der Jahre miterlebt hatte. Sie hatten komisch gewirkt. Das war jetzt nicht der Fall. Aber sie spürte, dass sie sich nicht würde durchsetzen können, egal, was sie sagte.

»In Ordnung«, sagte sie, zog die Decke zur Seite und schlüpfte aus dem Fenster. Sie hielt sie zurück, damit Stan ihr folgen konnte. Der Schnee war nur zwei, drei Zentimeter tief, und der Wind wurde schnell wärmer. Die Wolken über ihnen standen bereits höher und stiegen weiter. Wenn die Temperatur noch weiter zunähme, würde sich der Schnee in Schneematsch verwandeln und in weniger als einer Stunde verschwunden sein. Im Moment aber konnte Micky in der dünnen weißen Schicht lesen, was vorgefallen war. Die taumelnden Schritte, das Blut. Sie starrte auf die Stelle, an der der Kampf stattgefunden hatte, und schauderte.

Sie zog das Funkgerät aus der Tasche und rief Dawn noch einmal.

Noch immer keine Antwort.

»Ich möchte diesen Weg nicht runtergehen«, bekannte sie und deutete mit dem Kopf auf die Stelle, an der Marty so übel zugerichtet worden war.

Bei dem Gedanken, den Platz zu passieren, an der die Bärin ihn angefallen hatte, lief ihr ein Schauer über den Rücken. Vor ihrem geistigen Auge sah sie noch einmal den wilden Angriff, die Bärin, die sich blitzschnell bewegte, mit ihrem braunen Fell und ihren messerscharfen, mit Blut bedeckten Krallen.

Stan sah auf den Schnee hinunter und schüttelte den Kopf.

»Ich auch nicht«, sagte er.

Sie legte ihren Finger auf den Abzug des Karabiners.

»Was meinen Sie, wo die Bärin hingelaufen ist?«

»Keine Ahnung.«

»Meinen Sie, sie lebt noch?«

»Die Bastarde sind zäh«, erklärte er. »Aber sie ist ziemlich übel getroffen worden, sonst wäre sie nicht weggerannt. Trotzdem könnte sie schon ziemlich weit sein.«

»Oder sie steckt gleich hier zwischen den Bäumen und

wartet auf uns.« Micky deutete mit dem Gewehrlauf auf den zu Terrys Haus führenden Weg.
»Ja.«
»Wir werden den Bach durchqueren«, entschied sie. »Wir können dem unteren Weg folgen. Der ist offener. Falls die Bärin in der Nähe ist, werden wir sie leichter sehen.«
Sie begann die Treppe hinunterzugehen.
»Warten Sie«, entgegnete Stan und verschwand wieder in der Hütte.
Als er wieder auftauchte, hatte er die Hauptbücher bei sich.
»Beweise«, sagte er und eilte die Stufen hinunter.
»Wofür?«
Die Bücher drohten, ihm unter den Armen wegzurutschen. »Ich wette, das ist ein Tagebuch.«
Vielleicht.
Serienmörder führten oft Tagebuch. Aber sie glaubte nicht, dass sie und Stan im Moment Beweise brauchten. Was sie brauchten, war Hilfe.
»Lassen Sie sie hier«, wies sie ihn an und drehte sich um.
Sie warf einen Blick zurück über die Schulter und sah, wie Stan die Bücher widerwillig unter die Veranda schob. Dann beeilte er sich, sie einzuholen und lief keuchend neben ihr her.
Micky bemerkte, dass Stan sich immer wieder umschaute, zwischen die Bäume spähte und einen Blick über die Schulter warf. Die Bärin und El beunruhigten sie genauso wie ihn. Aber Stans Gesicht war gleichzeitig offen, neugierig und ängstlich. Und er blieb nahe bei ihr. Sehr

nahe. Einmal mehr kam ihr der Gedanke, wie sehr er doch einem verängstigten kleinen Kind ähnelte.

Als sie den Bach erreichten, wartete Stan auf Mickys Okay, bevor er die Böschung hinunterrutschte.

»Wie lange waren Sie und Marty zusammen?«, fragte Micky, um Stan abzulenken.

»Zwanzig Jahre«, sagte Stan. »Ungefähr.«

»Oh«, erwiderte Micky. »Das war mir gar nicht bewusst.«

Sie musterte den Bach. Er war ein natürlicher Schießstand. Lang und gerade. Es würde nicht länger als eine Minute dauern, ihn zu durchqueren. In der Mitte aber würden sie auf glitschigen Steinen balancieren müssen und ein gutes Ziel abgeben.

»Ich weiß nicht, was ich ohne Marty machen würde«, sagte Stan.

Micky sah ihm fest in die Augen.

»Er wird schon wieder, Stan.«

Stan nickte und biss sich auf die Unterlippe.

»Wirklich«, versicherte Micky und betete, dass sie nicht log.

16:15

El saß regungslos auf dem Four-Wheeler. Es hatte ganz aufgehört zu schneien, und auch wenn Dawn nicht fühlen konnte, dass die Temperatur draußen anstieg, bemerkte sie doch, dass das natürliche Licht im Laden zunahm.

Sie hatte jetzt nicht nur einen ziemlichen Vorrat an Lebensmitteln und eine Plastikflasche Wasser, sondern auch ein besseres Versteck gleich im Inneren des Ladens entdeckt!

Das Schlafzimmer im Obergeschoss war kaum mehr als ein geschlossener Speicher mit einem polierten Boden aus Fichtenholz und einer schrägen Decke aus Kiefernbohlen über grob zurechtgesägten Sparren. Aber die Decke reichte nicht bis auf den Fußboden, sondern stieß auf jeder Seite des Dachvorsprungs auf eineinhalb Meter hohe Drempelwände, und diese wiederum waren mit vertikal angebrachten Bohlen verkleidet. An der dem Bett gegenüberliegenden Wand stand ein großer Kleiderschrank, der bis auf ein ein Meter achtzig breites Stück, das Rita mit einer Wolldecke verhängt hatte, zum Raum hin offen war.

Dawn hatte überlegt, sich hinter der Decke zu verstecken, aber als sie hineinkroch, merkte sie, dass sie die

Tür immer noch sehen konnte, und außerdem musste El nur die Decke zur Seite ziehen und sie wäre tot.

Aber als sie wieder aus dem Schrank herauskletterte, stolperte sie und stieß einen Karton zur Seite. Und plötzlich lag ihre Hand nicht mehr auf Holz, sondern auf dem Griff eines Metallschranks. Sie steckte den Kopf zwischen Ritas Mäntel und Clives Schneemobilhosen und starrte plötzlich auf eine Tür, die aus der kiefernen Verkleidung der Drempelwand herausgeschnitten worden war. Sie zog sie auf und entdeckte einen dunklen dreieckigen Tunnel, der sich über die ganze Länge des Dachbodens erstreckte. So weit Dawn sehen konnte, war er mit Pappkartons und Stapeln weiterer Decken und Kleider gefüllt.

Bei ihrem nächsten Ausflug nach unten fand sie eine Taschenlampe. Sie brachte Dosen mit Sodawasser und Schokoriegel, die sie hinter dem Ladentisch hervorgeholt hatte, in das Versteck. Sie räumte die Kartons um, damit es so aussah, als wäre der gesamte Tunnel mit ihnen gefüllt, tatsächlich aber gab es einen schmalen verschlungenen Weg, durch den sie zu der winzigen Höhle gelangen konnte, die sie sich am anderen Ende gebaut hatte. Mit einer künstlichen Wand aus Kartons, Kleidern und Decken konnte sie das Ganze absperren.

Es war perfekt.

Selbst wenn El die Tür entdecken sollte, hieß das noch nicht, dass er hinter den Kartons suchen würde.

Nicht, wenn ich still bin.

Aber wie kann ich wissen, ob er im Schlafzimmer ist?

Vielleicht war ihr Versteck überhaupt nicht perfekt.

Tatsächlich sorgte sie sich, noch während sie ihr Nest ausstattete, dass sie in dem gut isolierten Tunnel seine Rückkehr überhört haben könnte. Sie eilte wieder hinunter zu ihrem Beobachtungsposten unter dem Fenster. Aber er war immer noch bei der Brücke, den Rücken über die Lenkstange gekrümmt, als ob er irgendetwas unglaublich Interessantes betrachtete, das am Vorderreifen des Four-Wheelers klebte.
Was machte er da?

16:17

Mickys Beine brannten wie Feuer. Sie waren bis zu den Oberschenkeln durchnässt, und das eiskalte Wasser schwappte in ihren Stiefeln. Sie und Stan trotteten den Weg entlang, Stan trat geräuschvoll auf, und seine Hose klatschte gegen seine Beine. Sie versuchten beide, etwas von der beißenden Kälte loszuwerden. Aber es wehte bereits ein warmer Chinook-Wind in Böen durch das Tal. Die Temperatur kletterte jetzt auf über zehn Grad, und die Kaltfront war so plötzlich verschwunden, wie sie heraufgezogen war.

Die Wolken über ihren Köpfen zerstreuten sich wie erschreckte graue Vögel, und der Himmel zwischen ihnen war so klar, dass Micky sich an jedem anderen Tag in ihm hätte verlieren können. Dünner Schnee knirschte noch unter ihren Schritten, der sich aber schnell in Matsch verwandelte. Die Flocken, die an der rauen Rinde der hohen Fichten haften blieben, schmückten die Bäume mit diamantenen Fäden. Der Wald glitzerte weiß und platinfarben.

Auf diesem Schnee gab es kein Blut. Hier gab es keine offenen, klaffenden Wunden. Kein Stöhnen, kein kehliges Keuchen und kein garstiges Brüllen. Genau hier, in diesem Augenblick, konnte man fast meinen, es wäre

nichts passiert in McRay. Dass das alles nur ein schrecklicher Traum war.
Aber nicht allzu weit hinter ihnen lag Marty und klammerte sich ans Leben.
Und hinter ihm lag Aaron.
Und irgendwo vor ihnen war El.
»Stan?«, fragte Micky. »Haben Sie Damon heute gesehen?«
Stan schüttelte den Kopf. »Glauben Sie, dass er vielleicht ...«
»Er war nicht in seiner Hütte.«
»Er kann überall gewesen sein. Ich bin mir sicher, mit ihm ist alles okay. Sie kennen Damon. Wenn er nach Gold sucht, ist er oft tagelang unterwegs. Dies ist ein guter Tag, um woanders zu sein.«
»Ja.«
Micky hielt das Gewehr schräg nach links vor dem Körper, so dass der rote Warnstreifen am Sicherungsknopf zu sehen war. Bevor Micky die Treppe vor Els Hütte hinuntergegangen war, hatte sie zu ihrer eigenen Beruhigung alle sieben Kugeln herausgenommen und ersetzt. Sie waren groß, schwer und hart in ihren Händen. Sie konnten einen Mann in Stücke reißen, sofern er keine Schutzkleidung trug. Und die zumindest hatte El nicht, da war sie sich sicher. Dawn hätte das bemerkt. Sie hätte sich dazu geäußert. Ein Mann, der in McRay einen kompletten Schutzanzug trug, würde auffallen.
Micky sah sich weiterhin um, und auch Stan blieb wachsam. Sie wussten nicht, wo zum Teufel El steckte, und

jetzt gab es irgendwo in der Umgebung eine verwundete Bärin.
Was nun?
Sie hatten den halben Weg zur Lichtung zurückgelegt, waren am Glorianus-Haus vorbei und ungefähr gegenüber von Howards Hütte, auch wenn die hinter der Böschung und den Bäumen noch nicht zu sehen war.
Aus einer Laune heraus griff Micky in ihre Jackentasche und drehte die Lautstärke des Funkgeräts auf. Sie bekam nur noch die letzten Worte mit, aber sie packte es und zog es rasch heraus.
»Schätze, du bist weg …«
»Nein! Dawn! Bist du das?«
»Micky?«
Mickys Herz schmolz wie der Schnee. Ihre Knie wurden schwach. Stan kam näher heran und horchte.
»Ja! Ich bin's! Wo bist du?«, fragte Micky.
»Ich bin immer noch im Laden. Ich kann El sehen.«
»Wo ist er? Ist bei dir alles in Ordnung?«
»Ich bin okay. Ich hab ein Versteck gefunden. Aber ich bin jetzt vorne am Fenster. El ist schon eine ganze Weile unten bei der Brücke.«
»Bei der Brücke? Kannst du ihn sehen?«
»Ja.«
»Was macht er?«
»Er sitzt einfach da«, sagte Dawn. *»Auf dem Four-Wheeler, mit dem Rücken zu mir, und starrt vor sich hin.«*
Das machte Sinn. Micky erinnerte sich, wie Wade einmal gesagt hatte, dass Amokläufer oft ein Leben in

spartanischer Selbstzucht führten. Es gab nur wenig oder nichts in der Welt um sie herum, das ihnen Vergnügen bereitete. Sie lebten in Wahnvorstellungen, konnten und wollten ihren Wahn aber oft nicht erklären. Sie dachte an die karge Einrichtung von Els Hütte. An den einzigen Stuhl und die verdunkelten Fenster.

Lebte er die ganze Zeit so?

Saß für wer weiß wie lange auf diesem Stuhl?

Starrte an die Wände?

Sie erschauderte.

»Dawn, wir kommen.«

»Wir?«

»Stan und ich.«

»Wo ist Marty?«

»Marty ist verletzt.«

»El?«

»Nein. Uns hat eine Bärin angegriffen.«

»Machst du Witze?«

Es hörte sich tatsächlich haarsträubend an. Kein normaler Mensch würde glauben, dass den Bewohnern von McRay an einem einzigen Tag so viel passieren konnte.

»Nein«, entgegnete Micky. »Es ist mein Ernst.«

»O Mann,« sagte Dawn.

Das brachte die Situation gut auf den Punkt.

»Dawn«, fuhr Micky fort, »Stan und ich kommen den unteren Weg herunter. Ich werde das Funkgerät wieder in die Tasche stecken und so leise drehen, dass ich dich gerade noch hören kann, und ich werde nichts sagen, weil ich beide Hände für mein Gewehr brauche. Verstehst du?«

»Ja.« In ihrer Stimme lag Angst. Das Mädchen wollte nicht wieder in der Stille zurückgelassen werden.

»Ich möchte, dass du mir Bescheid sagst, sobald El sich rührt. Besonders, wenn es so aussieht, als hätte er uns kommen hören. Okay?«

»Okay.«

»Sagen Sie ihr, dass sie den Kopf unten halten soll«, ergänzte Stan.

»Das weiß sie«, erwiderte Micky.

Nur dreißig Meter weiter vorn konnte sie die Lichtung sehen. Sie wappnete sich für die Konfrontation, packte das Gewehr fester, aber nicht zu fest. Sie biss die Zähne zusammen und zwang sich, langsamer zu atmen.

»Wir werden ihn töten müssen«, stellte Stan fest. »Oder?«

»Lassen Sie nicht zu, dass er auf uns schießt, Stan. Wenn er sich benimmt, als ob er aufgeben will, okay. Aber seien Sie vorsichtig und lassen Sie nicht zu, dass er sich uns gegenüber einen Vorteil verschafft. Meinen Sie, Sie können ihn erschießen, wenn es sein muss?« Sie starrte in Stans wässrig braune Augen und dachte daran, dass er nicht einmal auf die ihn angreifende Bärin hatte schießen können. Wie zum Teufel wollte er dann El erschießen?

»Ja«, sagte Stan und schluckte schwer. »Ich denke schon. Ja.«

»Okay«, erwiderte Micky und wandte sich wieder dem Weg zu. »Also los dann.«

16:19

Die Bärin schubste ihr Junges zur Seite. Es wachte auf, gab aber keinen Laut von sich, da es ihre Stimmung spürte. Ihre Ohren waren gespitzt und ihre Nase schnupperte zuckend in der Luft. Sie starrte zurück auf den Bach, auf den Weg, den sie gekommen war. Die Stimme des Mannes hatte sie aus ihrem dumpfen, von Schmerzen erfüllten, halb wachen Zustand gerissen. Es war eine der Stimmen, die sie gehört hatte, bevor sie verletzt worden war, und ein neues Gefühl der Bedrängnis betäubte ihren Schmerz. Der Mann war wieder da. Mit seinem Gewehr. Sie kämpfte sich mühsam auf die Beine, brummte und schubste ihr neugieriges Junges tiefer ins Gebüsch.

Es waren jetzt zwei Stimmen zu hören, und sie erkannte sie beide.

Sie kamen auf sie zu, gleich auf der anderen Seite des Baches.

16:20

Ein kleiner Streifen Licht drang in Els Gehirn. Ein schmales zögerndes Etwas, das sein Bewusstsein kitzelte.

Irgendwo zu seiner Linken.

Vielleicht war es durch ein vertrautes Geräusch ausgelöst worden.

Zart wie Morgenluft.

Etwas, das seine Aufmerksamkeit erforderte.

Er blinzelte.

Nahm ganz langsam mehr um sich herum wahr.

Licht in seinen Augen. Blauer Himmel und blassblauer Schnee, der ihn unten reflektierte.

Kalte Hände mit Fingern auf kaltem Stahl. Das Gewehr und die Lenkstange.

Seine Beine und sein Hintern waren steif, weil er zu lange in einer ungewohnten Position gesessen hatte.

Der schwache Geruch von Holzfeuer.

Von Pulverdampf.

Von Kiefernholz.

Von Blut.

Er leckte sich die Lippen.

Salz.

War das eine Stimme oben auf dem Weg?

Er drehte sich nach links und löste, ohne hinzuschauen, den Riemen, an dem Clives Gewehr befestigt war.
»Er sieht in eure Richtung«, flüsterte Dawn in das Funkgerät.
Keine Antwort. Micky hatte gesagt, dass sie nicht antworten würde.
Aber hörte sie sie? Micky hatte gesagt, sie solle Bescheid sagen, wenn El irgendetwas tat.
»Er dreht sich um und schaut auf den Weg.« Als Dawn den Knopf losließ, gab das Funkgerät ein Pfeifen von sich, und so wusste sie, dass es noch Strom hatte.

Micky blieb hinter einem kleinen Bestand an Fichten stehen, der ihr die Sicht auf die Brücke und den Laden versperrte. Stan erstarrte direkt hinter ihr.
»Wie kann er uns denn gehört haben?«, flüsterte er.
Micky hätte ihm eine runterhauen können.
War er bescheuert?
Sie hatte keine Ahnung, wie Els Gehör dermaßen fein sein konnte. Vielleicht war es das gar nicht. Vielleicht hatte er übernatürliche Kräfte. Vielleicht unterschied sich sein Gehirn so sehr von dem normaler Menschen, dass er gespürt hatte, dass sie den Weg herunterkamen.
Spielt das eine Rolle?
Sie guckte über die Schulter nach Stan, aber er sah sie nicht an. Er sah über *seine* Schulter.
Über den Bach.

Die alte Bärin krachte nicht durch die Sträucher.
Sie fiel aus ihnen heraus.

Sie stolperte durch ihren stachligen Durchgang im Unterholz zum Bachufer hinunter. Ihr linkes Vorderbein gab unter ihr nach, und sie rollte den Hügel hinab und ins Wasser wie eine siebenhundert Pfund schwere, mit Pelz bedeckte Kanonenkugel. Als sie sich auf ihren gesunden drei Beinen erhob, starrte sie plötzlich direkt in die Augen eines der Männer, die sie verletzt hatten.
Und in die der Frau.
Für eine Sekunde sahen die drei einander in schockiertem Schweigen an.
Dann brach die Hölle los.

16:21

Micky versuchte, sich gleichzeitig umzudrehen und das Gewehr hochzuheben.

Aber Stan drängte sich an ihr vorbei und fing an zu rennen. Micky geriet in Panik, schoss blind drauflos, über den Kopf der Bärin hinweg, drehte sich um und lief hinter ihm her.

Das Schlimmste, was ich machen kann, ist rennen.

Die Bärin konnte sie mühelos einholen.

Sie wusste, dass die Bärin sie in Stücke reißen konnte, so wie sie es mit Marty getan hatte.

Aber nichts davon hinderte ihre Beine daran, sich auf und nieder zu bewegen wie Kolben, während ihre Füße im Schneematsch und dem Schlamm auf dem Weg ausrutschten, von den nassen und gefrorenen Gliedern ganz zu schweigen. Nichts davon unterdrückte das Geräusch ihres eigenen Atems und des stampfenden und platschenden dreibeinigen Grizzlys, der schnaufend versuchte, den Rückstand aufzuholen.

Hier fand ein Rennen statt, und Micky wusste, dass es ein Rennen war, das entweder sie oder Stan zwangsläufig verlieren würde.

»Er greift nach dem Gewehr!«, schrie Dawn in das Funkgerät. »Micky! Er greift nach dem Gewehr!«
Micky holte Stan ein und stieß ihn vorwärts. Sie spürte die trommelnden Schritte der Bärin hinter sich und sah vor sich El, wie er das Gewehr hob.
»O mein Gott!«, schrie Dawn in das Funkgerät.
Die massige Gestalt der Bärin stieß Micky zur Seite und krachte in Stan hinein und rollte über ihn hinweg.
Sie waren nur noch dreißig Meter von El entfernt.
El schoss.
Die Bärin stieß einen schrillen Schrei aus und wandte sich ihrem neuen Angreifer zu, stand auf den Hinterbeinen und sah für Micky, die flach auf dem Rücken lag, aus, als wäre sie sechs Meter groß.
El feuerte noch einmal.
Die große Bärin taumelte und fiel in sich zusammen wie eine schlecht gefaltete Landkarte.
Stan begann sich aufzurichten, und Micky stellte fest, dass sie keine Luft bekam. Sie konnte nur kraftlos seinem Rücken zuwinken.
El lud sein Gewehr nach. Er stieg vom Four-Wheeler und kam gemächlich auf sie zu.
Ohne Angst.
Ohne Nervosität.
Und er trug diese verfluchte Brille. Micky wusste, dass er jeden Moment abdrücken würde, solange Stan noch benommen war und unter Schock stand. Stans Gewehr lag drei Meter hinter ihm, wo er es fallen gelassen hatte, als die Bärin ihn umwarf. Sie sah sich nach ihrem eigenen Gewehr um. Es war da, nur Zentimeter neben ihrer

Hand. Sie schob die Finger über den Kolben, aber El löste seine linke Hand vom Gewehr und machte ihr ein Zeichen, dass sie das lassen solle.

Sie gehorchte.

Als er sich Stan bis auf zwei Schritte genähert hatte, legte El den Kopf auf die Seite und wartete.

Schließlich nahm Stan ihn stirnrunzelnd wahr und nickte.

Micky sah, dass Stans Knie ein wenig nachgaben, aber er hielt sich aufrecht und starrte am langen Lauf des Gewehrs entlang. Aus dem Funkgerät war glücklicherweise nichts mehr zu hören. Micky betete, dass El in der Aufregung Dawns Schreie nicht bemerkt hatte.

Als El sich sicher war, dass er Stans Aufmerksamkeit hatte, stellte er sich hinter ihn und drückte ihm den Gewehrlauf ins Kreuz.

»Schieb das Gewehr weg«, sagte El und sah Micky an.

Für eine Sekunde war sie unfähig, sich zu rühren. Sie starrte auf die Brillengläser, und alles wurde schwarz. Die Stimme war kalt und gefühllos, und das Gesicht gehörte nicht länger El. Es war ein Gesicht aus ihrer Vergangenheit. Ein unerträgliches Gesicht, das immer wieder erschien und in der Gegenwart herumspukte. Aber sie schob das Gewehr weg, und als er sagte, sie solle aufstehen, tat sie es.

»Gehen Sie voraus«, sagte er. »Zum Laden.«

16:24

Als sie die Treppe vor dem Haus erreichten, überraschte Stan sie alle beide, indem er einen Satz zur Tür machte.

Micky konnte nicht mal mehr schreien.

Clives Gewehr zuckte in Els Händen, und Stan stürzte vornüber, ein kleines Loch zwischen den Schulterblättern. Seine Hand fiel über das Treppengeländer, und er hing dort, das Gesicht gegen die Balustrade gedrückt, wie ein Kind, das eine Party beobachtet, zu der es wegen seines Alters nicht eingeladen worden ist.

El zog seine Pistole und spannte den Hahn, hielt sie in der rechten und das Gewehr in der linken Hand. Leuchtend rotes Blut vermischte sich mit dem Schneematsch und bildete unter Stan eine Pfütze. El wandte sich von ihm ab, als wäre er ein uninteressantes Stück Fauna und seine Zeit nicht wert.

Micky sah El an und schüttelte den Kopf.

»Ich werde da nicht reingehen«, sagte sie. Sie musste Dawn Zeit geben, sich zu verstecken. »Sie werden mich hier umbringen müssen.«

Els Gesicht war wie milchiger Granit, die Backenknochen beinahe sichtbar durch seine blasse Haut hindurch, seine Lippen blutige Schlitze. Er war entsetzlich ruhig.

Er winkte mit der Pistole die Treppe hinauf, aber sie starrte ihn einfach an und fragte sich, wie es sich wohl anfühlen würde, wenn die große Kugel sie durchbohrte. In Houston hatte sie den Schuss durch ihre Schulter nicht gespürt.

Werde ich ihn diesmal spüren?

Wahrscheinlich nicht.

Der Tod könnte eine Gnade sein.

Das Leben war es nicht gewesen.

»Ich werde Ihnen nichts tun«, sagte El, als er sah, dass sie tatsächlich nirgendwohin ging.

»Aber sicher nicht«, erwiderte sie und starrte auf das Blut, mit dem sich Stans Hose langsam voll saugte. Aber eine kleine Stimme in ihrem Kopf sagte ihr, dass sie von Anfang an gewusst hatte, dass El ihr nichts tun würde.

Natürlich nicht.

Sie starrte in die Brillengläser und wusste, noch bevor er mit dieser abstoßend monotonen Stimme sprach, was er sagen würde.

Lag da jetzt nicht ein ganz leichtes Klagen in ihr?

Ein winziges Zeichen, dass er gekränkt war?

Hatte ihr Zweifel an ihm etwas beinahe Menschliches in El berührt?

Gab es da irgendetwas Menschliches in El?

»Ich würde Ihnen nie etwas antun«, erklärte El. »Ich hab das alles für Sie getan.«

16:25

Marty war nicht bei Bewusstsein.
Aber bewusstlos war er auch nicht.
Er befand sich in diesem eigenartigen Zustand, in dem der Schmerz zwar real, aber vage und nur undeutlich zu spüren war.
Drückten sich da heiße Eisen gegen seinen Rücken?
Versuchte da jemand, seinen Arm von der Schulter abzudrehen?
Auch hatte er das seltsame Gefühl, dass sein Gesicht zu straff auf die Seite gezogen war, als ob sich die Knochen in seinem Schädel ausgedehnt hätten, während seine Haut gleichzeitig geschrumpft war wie ein Stück geschmolzener Kunststofffolie. Die Decke kratzte an seinem Gesicht wie Sandpapier.
Er konnte die Finger seiner rechten Hand nicht spüren, aber die andere Hand krallte sich an den rauen Holzfußboden. Als er die Augen öffnete, erkannte er seine Umgebung nicht, aber zumindest schien er irgendwo drinnen zu sein.
Wo war Stan?
Er versuchte sich herumzurollen, und flüssiges Feuer schoss ihm den Rücken hinauf und explodierte in seinem Kopf.

Es war ein klirrendes metallisches Geräusch zu hören, und die Wärme und das sanfte Licht, die sein Gesicht überfluteten, verwirrten ihn. Er starrte in eine flackernde, goldene, nur Zentimeter von seinem Gesicht entfernte Glut hinauf. Sein Verstand sagte ihm, dass er an einem Holzofen lag, dagegen geknallt war, die Tür geöffnet und das Feuer innen freigelegt hatte.

Er schob sich von dem Ofen weg, ließ sich wieder seitlich auf den Boden fallen und versuchte, sich zu konzentrieren. Sein Kopf lag auf Fell. Auf grauem Fell. Er blinzelte. Dann fuhr er mit den Fingern hindurch.

Er hatte es schon früher gefühlt.

Sehr oft.

Marty hatte Scooters weiße Blesse direkt vor der Nase.

»Verdammt«, murmelte er.

El *hatte* Scooter also getötet.

Der Scheißkerl war verrückter als eine Wanze.

Martys Blick wurde ein wenig klarer, und er konnte gerade so die Schusswaffen an der anderen Wand erkennen.

»Scheiße.«

Viel verrückter als eine Wanze.

Warum hatten Stan und Micky ihn hier zurückgelassen? Ausgerechnet in Els Hütte?

Was, wenn der verrückte Mistkerl zurückkam?

Er entdeckte die Laterne, die auf dem Küchentresen leuchtete, und wurde von ihr angezogen wie eine Motte vom Licht. Er kämpfte sich am Geschirrschrank hoch, und die Schmerzen schossen ihm wie Blitzstrahlen den Rücken rauf und runter.

Was zum Teufel will ich mit einer Laterne?
Aber sein Verstand und sein Körper standen nicht in Verbindung. Nur eine Sekunde zuvor hatte er die Laterne für irgendetwas gewollt ...
Er kniete sich neben den Küchentresen und legte, so erschöpft, als hätte er gerade den Mount Everest bestiegen, die Wange darauf. Er griff nach der Laterne, und alles, was dabei herauskam, war, dass er sie auf den Boden fallen ließ. Flüssiges Coleman-Gas lief aus, und es entstand ein grässliches Zischen, als es Feuer fing und quer über den Boden auf seine Decke zuraste.
Marty fiel in Ohnmacht.
Als er wieder zu sich kam, waren die Schmerzen noch schlimmer als vorher. Sie jagten in Wellen über die Haut auf seinem Rücken. Sein ganzer Körper pochte vor Schmerzen. Ein paar Minuten später roch er Qualm und wagte es, die Augen ganz zu öffnen. Dann erinnerte er sich an die Laterne.
Flammen züngelten über den Boden und streichelten die an der Wand aufgereihten Gewehre. Seine Decke brannte, und Scooters Fell glühte. Das vertraute Knistern von brennendem Holz – normalerweise ein so tröstliches Geräusch – ließ Martys bereits überreizte Nerven jetzt vor Entsetzen vibrieren.

16:26

Dawn beobachtete, wie El Micky und Stan zum Laden führte.
Sie konnte nicht glauben, dass beide El in die Hände gefallen waren.
Wie hatte El das gemacht?
Hatte wieder ein Bär angegriffen?
Es war einfach zu unwirklich.
Sie schüttelte ihre Trance ab und schlich von dem Fenster weg. Zurück in die verhasste Umarmung des Ladens, der ihr langsam vorkam wie ihr Grab.
Er *war* ein Grab.
Sie teilte ihn mit Toten.
Sie rannte die Treppe hinauf und war halb durch die Schlafzimmertür, als draußen auf den Stufen Stiefel stapften und ein weiterer Schuss im Laden widerhallte.
Entweder Micky oder Stan war tot.
Dawn wartete nicht, bis sie herausgefunden hatte, wer von beiden.
Sie huschte zurück in ihre Höhle, zog, so gut es ging, die aufgehängten Kleider zusammen und achtete darauf, dass sie sich nicht in der Tür verklemmten, die sie anschließend zuzog. Sie knipste die Taschenlampe an, die sie in Clives Arbeitsschuppen gefunden hatte, und

kroch langsam und leise wie eine Maus durch das Labyrinth aus Pappkartons. Schließlich krabbelte sie hinter die letzte der Schachteln und stopfte alte Kleidungsstücke und Decken drum herum, bis sie sich vollständig verbarrikadiert hatte.

Die Wände, die schräge Decke und auch der Boden waren gut isoliert, so dass sie nun von Wärme, Stille und Angst umgeben war. Sie knipste das Funkgerät an, aus und wieder an, um sich zu vergewissern, dass es noch funktionierte. Das leise Geräusch statischer Aufladung war zu hören, und sie drehte es lauter und legte es neben sich auf den Boden.

Ihr kam der Gedanke, dass ihr Versteck womöglich winzig kleine Spalten haben könnte. Spalten, die sie vielleicht nicht bemerkte. Für diesen Fall schaltete sie die Taschenlampe aus, denn sie wollte doch nicht, dass El ihr Licht aufleuchten sah.

Nun war sie allein in der Dunkelheit, und hier würde sie bleiben.

16:27

Flammen tanzten hypnotisierend nur Zentimeter von Martys Gesicht entfernt.

Er war sich schwach bewusst, dass er in Gefahr war, und versuchte, seinen Kopf in Gang zu setzen, damit ihm wieder einfiel, was er zuvor getan hatte. Er erinnerte sich an die Bärin, die sich rasend auf ihn gestürzt hatte.

Aber wo war Stan?

Wo war Micky?

Er und Stan waren aus dem Wald gekommen, und da war Micky, und dann war der riesige Grizzly über ihnen.

Was hatte Micky bei Els Hütte gemacht?

Warum haben sie mich hier gelassen?

Er hatte nur eine äußerst vage Erinnerung an den Angriff. An die blitzenden Krallen und die riesige Tatze, die so kräftig war wie der Arm eines Schaufelbaggers. Die an ihm riss. Die sich in sein Fleisch grub. Aber all das schien eher eine Wahnvorstellung als die Wirklichkeit zu sein.

Die Flamme flackerte auf, und durch die Wand aus Schmerzen hindurch versengte die Hitze sein Gesicht.

Er wich zurück. Ein Blitzstrahl des Schmerzes entlud sich in seinem Nacken, und er schrie auf. Sein Körper zuckte dabei, und die brennende Decke, auf der er zusammengebrochen war, schlug ihm ins Gesicht. Er schrie noch einmal, drehte sich instinktiv zur Seite und rollte sich glücklicherweise von der Decke weg und nicht in sie hinein.

Aber er lag auf seinem verletzten Arm, und der Schmerz war so heftig, dass er ihn blind machte. Er stieß sich von dem Holzofen weg und versuchte, auf die Knie zu kommen. Er konnte jetzt wieder besser sehen, wenn auch noch immer verschwommen. Er zog sich am Küchentresen hoch und kam noch einmal mühsam auf die Knie. Er schaffte es, den Kopf so weit zu drehen, dass er die Decke sehen konnte, die mitten im Zimmer in Flammen stand, und erkannte, dass er sich nach draußen schleppen musste, bevor die ganze Hütte Feuer fing. Aber er konnte die Muskeln in seinem Körper nicht dazu bringen, auf seine verzweifelten Forderungen zu reagieren. Die brennende Decke verursachte einen unerträglichen dichten Qualm. Während Martys Kopf klarer wurde, begannen sich seine Lungen mit den giftigen Dämpfen zu füllen. Er versuchte aufzustehen, verlor erneut das Gleichgewicht, griff mit dem gesunden Arm hektisch um sich und stieß den kleinen Holzofen um, so dass der auf die Seite fiel. Er sah mit Entsetzen, wie sich rot glühende Kohlen auf den Boden ergossen und ihn auch dort noch in Brand setzten, wo er nicht bereits Feuer gefangen hatte.

»Geht das denn endlos so weiter, verdammt«, murmelte er.

Er stieß sich weg und kroch auf die Tür zu.

16:30

Micky saß im Schaukelstuhl und beobachtete El angestrengt.

Für einen Mann, der fast jeden im Ort umgebracht hatte, wirkte er unverschämt gelassen. Aber das war typisch für Amokläufer. Sie erinnerte sich an die ruhigen sicheren Bewegungen des Mannes ohne Gesicht in dem dunklen Massageraum. Wie er in aller Ruhe nachlud, während er von Lärm und Tod, Zerstörung und Wahnsinn umgeben war. Sie erinnerte sich an das unheimliche Geräusch, das der Mörder ihrer Eltern gemacht hatte, als er sie im Blumenladen durch einen Raum nach dem anderen verfolgt hatte. Er hatte kein Wort gesagt. Das Einzige, woran sie sich erinnerte, war das rhythmische Tappen seiner Tennisschuhe.

Kein Problem.

Tapp. Tapp. Tapp.

Langsam und ruhig. Wie ein Schaufensterbummler, der beiläufig nach seiner Beute sucht.

Auch den Mann in der Bar hatte sie nie sprechen hören. Sie war dem Prozess ferngeblieben; der Anklagevertreter hatte auch ohne sie alle Zeugenaussagen gehabt, die er brauchte. Aber der Mann hatte nie gesprochen, und Micky hatte sein Gesicht nie gesehen. Sie hatte es nicht über sich gebracht, sich ihn im Fernsehen oder in den Zeitungen anzusehen. Weder ihn noch seinen Komplizen.

Es war die Ruhe der drei Männer, die sie gelähmt hatte. Ihre selbstsichere Art. Die hatte sie geschafft. Und genauso verhielt sich El jetzt.

Was soll ich tun?

Das Polizei von Houston kam ihr diesmal nicht zu Hilfe. Und sie kam auch nicht und rettete Dawn. Und früher oder später würde El merken, dass Marty fehlte. Marty hätte in seinem Zustand keine Chance. El würde ihn schlachten wie ein Schaf.

El machte jetzt irgendetwas hinterm Ladentisch, das Micky nicht sehen konnte.

»Bleiben Sie einfach, wo Sie sind«, sagte er, und ein Glas der Sonnenbrille ragte drohend über den Rand der Theke. »Bin in zwei Sekunden bei Ihnen.«

Das Gewehr lag auf dem Ladentisch, fast außerhalb seiner Reichweite, aber Micky kam gar nicht auf die Idee, dass sie aufspringen und es erreichen könnte, bevor er seine Pistole ziehen und sie niederschießen würde. Sie sah sich rasch in dem Durcheinander um, suchte den mit Asche bedeckten Fußboden, die verstreuten Schachteln und zerbrochenen Gefäße ab, aber es war keine Waffe zu sehen. El tauchte wieder auf, und auf seinen zusammengekniffenen Lippen lag etwas, das man fälschlicherweise für ein Lächeln hätte halten können. In der linken Hand hatte er eine Rolle silbergraues Klebeband.

Er kam ruhig auf sie zu, riss einen sechzig Zentimeter

langen Streifen ab und band ihr linkes Handgelenk an der Stuhllehne fest.
»Warum bringen Sie es nicht einfach zu Ende und erschießen mich?«, fragte sie.
»Ich tue das für Sie«, sagte er, schüttelte den Kopf, ließ sich vor ihr auf die Knie fallen und band ihr linkes Bein fest.
Sie trat mit ihrem rechten Stiefel nach seinem Kopf, legte alle Kraft hinein, die sie hatte. Ihre Fußspitze erwischte seine Schläfe, und er fiel hintenüber. Aber er hielt noch immer die Pistole in der Hand, verzog das Gesicht zu einer Grimasse und sah benommen zu ihr auf. Die Brille hing schief in seinem Gesicht, und ein Auge lag frei. Der Tritt hatte ihn nur benommen gemacht. Sie würde ihn unmöglich überwältigen können.
Aber Micky konnte den Blick nicht von seinem Auge abwenden, das nun sichtbar war.
Die Pupille war groß und erweitert, und die Iris hatte die Farbe von grauem Stein. Das Augenlid hing lose herunter, als könnte er mitten im Satz einschlafen. Und genau wie sie vermutet hatte, war da nichts. Kein Fenster zu Els Seele. Nur eine leblose, kameraartige Linse, die sah, aber nichts enthüllte, analysierte, aber nichts anerkannte.
El war eine Maschine.
Er aß.
Er schlief.
Er tötete.
Hatte er Sex?
Ist es das, worum es hier geht?

Sex?

Brachte er jeden in McRay um in dem kranken Irrglauben, dass er und sie danach glücklich leben könnten?

Killer lebten oft in Fantasiewelten. Das Problem war, dass ihre Fantasien früher oder später auf die harte, wirkliche Welt trafen und sie dann gezwungen waren, Anpassungen vorzunehmen. Anpassungen wie Aaron, Terry, Howard und Stan. Und viele von ihnen, wenn nicht alle, waren wegen tatsächlicher oder eingebildeter Unzulänglichkeiten sexuell frustriert, so dass das Ganze, selbst wenn El bekam, was er wollte, und jeden in McRay bis auf sie beide auslöschte, ihn ziemlich bald anöden würde. Er würde unfähig sein, seine Rolle auszufüllen, und, weil ihm seine eigene Unfähigkeit einen Strich durch die Rechnung machte, seine Wut gegen sie richten.

Wahrscheinlich würde sie einen noch weit grausameren Tod sterben als alle anderen.

Es war sinnlos zu versuchen, mit ihm zu reden, aber sie konnte nicht anders.

»Sie werden damit nicht durchkommen, El«, verkündete sie und bemerkte, noch während sie sprach, dass sie einen Fehler gemacht hatte.

Er zog die Lippen auseinander, so dass er aussah, als wären seine Wangen aufgeschlitzt worden. Er rückte die Brille gerade, rappelte sich auf und stellte sich neben sie. Blitzschnell schlug er ihr mit dem Handrücken ins Gesicht. Sie wurde blind vor Schmerzen und schmeckte salziges Blut.

Er bückte sich ruhig und klebte ihr Handgelenk fest.
»Ich heiße Eldred.«
Sie nickte entschuldigend.
Er kniete sich neben ihren Stuhl, riss ihr Bein nach hinten und klebte es am Bein des Schaukelstuhls fest.
»Niemand wird sie vermissen«, erklärte er, stand auf und untersuchte sein Werk.
»Natürlich wird man das«, entgegnete sie. »Clive gibt den Wetterbericht durch.«
»Das werde ich machen«, sagte er. »Ich hab den Schlüssel für die Telefonkabine.« Er klimperte mit Schlüsseln in seiner Tasche.
Aber er wirkte unsicher, als hätte dies nicht zu seinem ursprünglichen Plan gehört, und Micky fragte sich, wie sein Gehirn eigentlich arbeitete.
Welch seltsamer Eintopf kocht in diesem Schädel?
Würde es für einen normalen Menschen überhaupt als Denken erkennbar sein?
»Sie werden merken, dass es nicht Clive ist«, wendete sie ein.
»Clive ist gestorben. Ich bin der neue Besitzer des Ladens.«
»Sie meinen nicht, dass das jemandem merkwürdig vorkommen wird?«
»Hören Sie auf damit«, sagte er. Er hatte die Stimme nicht gehoben, aber sie merkte, dass sich sein Körper ein wenig straffte, und zog in Erwartung eines weiteren Schlages den Kopf zurück. Nach einer Sekunde aber entspannte er sich.
Er setzte die Brille wieder richtig auf, und sie sah, dass er

ihr nicht ins Gesicht schaute. Seine Aufmerksamkeit galt ihrer Jacke. Ihr fiel das Funkgerät wieder ein, und sie versuchte, unauffällig ihre Position zu verändern, um es hinter sich zu schieben, aber er beugte sich vor und zog es aus ihrer Tasche.

Er sah es sich genau an, berührte es, ohne aber auf den Sendeknopf zu drücken, und drehte ein wenig an der Lautstärke und der Rauschunterdrückung.

Ein Test.

»Wo ist Dawn?«, fragte er.

»Woher soll ich das wissen?«

Er deutete mit dem Kopf auf das Funkgerät. »Ich hab sie gehört.«

War das möglich?

Konnte er das Mädchen aus der Entfernung gehört haben, über die Lichtung hinweg, in der Aufregung, als die Bärin angriff und sie und Stan plötzlich auftauchten?

Vielleicht.

Sie durfte nicht den Fehler machen, seine Sinne mit denen gewöhnlicher Menschen zu vergleichen. Els Sinne waren vielleicht nicht schärfer, aber er wurde nicht durch gewöhnliche Emotionen behindert. Er hatte wahrscheinlich nicht die geringste Angst empfunden, als die Bärin angriff, es lediglich als Input registriert wie ein Computer. Ein normaler Mensch hätte alles bis auf die wichtigste Information ausgeblendet, sein Kopf hätte sich Informationen, die für sein Überleben nicht unmittelbar nötig wären, systematisch verschlossen. El aber konnte das alles sehr wohl aufgenommen haben, um es einer späteren Prüfung zu unterziehen.

»Ich weiß nicht, wovon Sie reden«, sagte sie.
»Warum sind Sie so?«
»Wie?«
»Ich hab das alles für Sie getan«, wiederholte er.
Was wollte er von ihr hören?
Danke?
Auch wenn sie die Vorstellung körperlich krank machte, sich bei dem Monster, das vor ihr stand, zu bedanken, wusste sie doch, dass es genau das war, was sie zu tun hatte. Irgendwie musste sie so lange mit seinem Wahn umgehen, bis sie sich einen Vorteil verschaffen konnte. Bis sie diese eine kleine Chance erhielt, zu überleben, die fast alle Opfer bekamen. Manche ergriffen sie, andere nicht. Und mache von denen, die es taten, überlebten es nicht. Aber wenn sie ihn jetzt reizte, würde er wütend werden und sie sowieso umbringen, und dann wäre Dawn allein.
So wie *sie* alleine gewesen war.
Das durfte sie nicht zulassen.
»Danke«, sagte sie.
Er starrte sie für einen langen Moment an.
Dann nickte er und schaltete das Funkgerät ein.
»Komm raus, Dawn«, sprach er hinein. »Oder ich werde Micky töten.«
Habe ich ihn vollkommen falsch verstanden?
Hat er die ganze Zeit gelogen?
Kann es sein, dass es Dawn ist, die er will?
»Nun komm schon raus«, wiederholte er. »Ich werd mich um dich kümmern.«
Er hielt das Funkgerät auf Armlänge von sich weg,

drehte sich um und stierte auf Micky hinunter. Ein dünnes Lächeln breitete sich langsam in seinem Gesicht aus.

Nein.

Ich hatte Recht.

Er belügt Dawn.

»Sie ist im Laden«, sagte er, und Micky gefror das Herz. »Richtig?«

Sie versuchte mit all ihrer Willenskraft, sich nichts anmerken zu lassen. Ein Pokerface beizubehalten. Aber selbst das kam ihr vor wie Verrat. Sie erkannte, dass El in ihr las wie in einem Buch, denn sein Lächeln wurde nun unglaublich breit und schnitt sich in seine Wangen.

»Sie ist es«, bestätigte er. Aber statt der Pistole zog er das riesige Bowiemesser aus der Scheide an seinem Stiefel und hielt das Funkgerät liebevoll in der anderen Hand.

»Wenn Sie ihr etwas antun«, erklärte Micky, »werde ich niemals tun, was Sie wollen.«

»Mit der Zeit werden Sie verstehen«, versicherte er ihr. »Ich wusste, das würden Sie erst nicht. Aber Sie werden verstehen.«

Er führte das Funkgerät an die Lippen und sprach mit klarer, ruhiger Stimme.

»Ich weiß, dass du im Laden bist, Dawn. Ich werde dich finden.«

16:32

Marty konnte über das Prasseln des Feuers hinweg kaum etwas hören. Der Qualm war so dicht, dass er nicht hindurchsehen konnte.

Es war so heiß, dass er überzeugt war, auch sein Haar würde bald Feuer fangen, und der Schmerz im Rücken und in seiner Schulter war wie eine weitere Flamme, kaum zu unterscheiden von der ihn umgebenden extremen Hitze.

Als er erkannt hatte, dass die Tür von außen verschlossen war und es keine Möglichkeit gab, sie zu öffnen, hatte er sich wieder flach auf den Boden fallen lassen. Jetzt hielt er sich beide Hände vor Mund und Nase und atmete das bisschen Luft ein, das noch in der Hütte war.

Er rollte sich an der Tür zu einer Kugel zusammen, seine Augen tränten, und seine Nase und sein Hals brannten von dem beißenden Gestank. Das Feuer hatte sich auf dem Fußboden ausgebreitet und kroch die Leiter zum Speicher hinauf. Es versengte den Arbeitstisch und glitt die Holzblöcke hinauf wie flüssiges Licht.

Die Schachteln mit Munition in der anderen Ecke waren ihm nicht entgangen. Flammen züngelten herausfordernd an der Pappe. Er würde nicht nur verbrennen. Er

hatte sich direkt neben einem Pulverfass zusammengerollt.
Nachdem er den Versuch aufgegeben hatte, durch die Tür nach draußen zu gelangen, hatte er sich für ein paar Sekunden gegen diese gelehnt, überzeugt, dass er eingeschlossen war und nun sterben würde, dass er gekocht werden würde wie eine Gans. Er hätte fast aufgegeben. Von Zeit zu Zeit aber spürte er einen kalten Windhauch auf seinen Wangen.
Er hob die Hand und wartete.
Tatsächlich zog eine Brise vorüber, und er sah kurz ein flackerndes Licht. Er tastete mit der linken Hand und fühlte die raue Wolldecke, die das Fenster versperrte. Er packte sie und versuchte, sich an ihr hochzuziehen, riss sie aber nur herunter und sie legte sich über ihn wie ein Leichentuch. Eine kalte Windböe brauste über ihn hinweg, und er hörte das Feuer hinter sich fauchen. Er warf die Decke zur Seite und starrte plötzlich in den blauen Himmel.
Die Hitze war so stark, dass er nicht atmen konnte, und die Flammen hatten die Decke erfasst und griffen nun mit glühenden Fingern nach ihm. Er ignorierte seine Schmerzen, zog sich hoch und über den Fenstersims, schleppte sich auf die Veranda und anschließend hinunter in den Matsch und das Gras am Fuße der Treppe.
Er lag auf seiner unverletzten Seite, rang nach Luft und starrte zur Vorderseite der Hütte hinauf, als Flammen durch das Fenster brachen und gen Himmel schossen, schwarzen Rauch ausspuckend. Drinnen explodierten die ersten Patronen. Wieder warf ihn die Hitze zurück.

Er war kurz davor, wieder ohnmächtig zu werden. Aber er wusste, dass er erst weiter von dem Haus weg musste, oder er würde mit Sicherheit sterben.
Er schleppte sich mühsam durch den Schneematsch und ärgerte sich über das merkwürdige, surrende Geräusch über seinem Kopf.
War das real? Oder nur ein weiteres Symptom der Verletzungen, die ihm die Bärin zugefügt hatte?

16:34

Micky konnte El nicht sehen, aber sie schloss aus den Geräuschen, dass er seine Durchsuchung des Arbeitsschuppens abgeschlossen hatte. Sie wusste auch, dass Clives Leiche dort bei ihm war, denn El sprach mit ihm.

Sie hatte gehört, wie El das Vorhängeschloss an der Tür der Telefonkabine auf- und zugemacht hatte, auch wenn sie nicht verstand, wie er sich vorstellte, dass Dawn durch eine verschlossene Tür dort hineingekommen sein sollte. Er warf mit Gegenständen um sich, und es war wieder das Geräusch von zersplitterndem Glas zu hören.

Wird dies, falls ich überlebe, das einzige Geräusch sein, an das ich mich erinnere, wenn ich an McRay denke?

Oder werde ich mich an Martys Stöhnen erinnern? An seine Schreie, als die Bärin über ihn herfiel?

Oder daran, wie Dawn sich voller Angst über das Funkgerät bei mir gemeldet hat?

Sie hatte keine Ahnung, wo Dawn sich versteckt haben könnte. Wie die anderen Gebäude im Ort war auch der Laden auf kurzen Pfählen gebaut, und es gab keinen Keller, nicht einmal einen wirklichen Kriechgang unter der Hütte. Zugang war nur von außen möglich. Dawns letzter Anruf war aus dem Inneren des Ladens gekommen, und Micky war sich ziemlich sicher, dass das Mädchen noch hier war. Aber sie betete, dass sie sich irrte. El suchte an Orten, an denen sich keine Kakerlake hätte verstecken können, geschweige denn ein junges Mädchen.

Als El zurückkam, bemerkte Micky eine Veränderung in seiner Haltung.

Er hatte ein wenig von seiner übertriebenen Selbstsicherheit verloren. Seine Bewegungen waren ruckartiger, als ob eine unsichtbare Fliege vor seinem Gesicht herumschwirrte und er sie mit der Zunge einfangen wollte. Er ging auf und ab und schwang das große Messer vor sich wie ein Blinder, bewaffnet mit einem messerscharfen Stock. Er sah unter den Ladentisch, unter die Regale, stieß mit den Füßen Kartons zur Seite, in denen nicht einmal Platz für Schuhe war, geschweige denn für ein junges Mädchen. Und er redete unaufhörlich durch das Funkgerät auf Dawn ein.

Drohend.

Dann gut zuredend.

Dann quengelnd.

Dann wieder drohend.

Hatte er jemals mit irgendeiner dieser Methoden Erfolg gehabt?

Oder war er so losgelöst von jeglicher Erfahrung mit menschlicher Gesellschaft, dass er keine Ahnung hatte, wie man mit wirklichen Menschen umging?

Micky versuchte vergeblich, sich vorzustellen, was in seinem Kopf vor sich gehen mochte. Es war unmöglich, vernünftig mit ihm zu reden, weil sich sein logisches

Denken – wenn man es denn logisches Denken nennen konnte – auf einer Ebene abspielte, die für sie unerreichbar war, die sie niemals verstehen würde. Er kalkulierte mit Zahlen, die sich verdreht hatten, bevor sie sein Gehirn erreichten, und so war der Output für jeden, der in der geistig gesunden Welt lebte, wie Micky, zwangsläufig überhaupt nicht wiederzuerkennen.
Vielleicht konnte ein professioneller Psychiater begreifen, was er tat.
Für sie aber war das zu hoch.
Was sie jedoch erkannte, war, dass ein Teil seines Plans durcheinander geriet, und El wirkte entsprechend verwirrt.
Als er weiter in das Funkgerät sprach, bemerkte sie, dass er die Hälfte der Zeit vergaß, die Sendetaste zu drücken, so dass bei Dawn sehr seltsame, bestenfalls halbe Sätze ankommen mussten.
Und er sah immer wieder auf die Uhr.
Micky versuchte, das Zifferblatt zu erkennen.
Es muss inzwischen spät nachmittags sein.
Rich wird jetzt bald kommen.
El hatte vor, den Piloten umzubringen. Da war sich Micky sicher. Und er wollte, dass McRay möglichst normal aussah, wenn das Flugzeug eintraf. Es durften keine Leichen herumliegen oder Leute frei herumlaufen, die Rich warnen würden.
Aber Stan war draußen und hing über dem Treppengeländer.
Dawn war drinnen, und sie und Stan vermasselten Els Zeitplan.

El bewegte sich hinter ihr hin und her, und sie drehte sich unter Schmerzen, um ihn beobachten zu können. Er wühlte in Gummistiefeln und Schlafsäcken, schlitzte sie wütend mit dem Messer auf und sprach murmelnd in das Funkgerät.

»Dawn, komm raus. Du kannst nicht entkommen. Und wenn du nicht rauskommst, werde ich Micky töten müssen.«

Micky wartete, bis er wieder mit dem Daumen auf die Taste drückte.

»Er lügt, Dawn!«, brüllte sie aus vollem Hals.

Der Klang ihrer Stimme hallte von den Dachsparren zurück wie der Schrei einer verwundeten Fledermaus.

16:40

Dawn lag in der Dunkelheit auf den Knien. Sie presste ihre Fäuste so fest gegen ihre Schläfen, dass sich ihr Kopf anfühlte, als würden Pflöcke hineingetrieben. Sie versuchte, Els Stimme und den Schrei, der aus dem Funkgerät gekommen und durch die Dielen unter ihr gehallt war, zu verdrängen.

Der Schrei war so unerwartet gekommen, dass sie das Funkgerät hatte fallen lassen.

Es lag nur Zentimeter neben ihrem Gesicht, aber sie wollte es nicht mehr berühren. Als Els zusammenhanglose Reden herausgesickert und in die Enge ihrer künstlichen Höhle eingedrungen waren, hatte es angefangen, sich schmierig und unheimlich anzufühlen. Jedes Mal, wenn El sprach, schien er in der pechschwarzen Dunkelheit mit schuppigen Händen nach ihr zu greifen, und sie schauderte jedes Mal.

Mickys Schrei hatte sich in Dawns verängstigte Seele geschnitten und ihr augenblicklich neuen Schrecken eingejagt. Es war, als hätte Dawn einer Horrorgeschichte zugehört, erzählt irgendwo weit weg, und irgendwie war ihre Seele immun dagegen geworden. Solange die Stimme aus dem Funkgerät kam, konnte sie sie nicht berühren, musste sie nicht daran denken, dass sich der

Mann am anderen Ende der Verbindung nur wenige Meter entfernt im Erdgeschoss befand. Sie konnte ihn auf Armlänge von sich weg halten und, wenn sie es wagte, sogar einen Knopf drücken und seine Stimme abschalten.
Mickys Schrei aber kam wie aus dem Nichts, dröhnte aus dem winzigen Lautsprecher, durchschnitt das Kiefernholz und die Isolierung und berührte ihr Herz.
Der Horror war wieder real.
Und ganz nah.

16:41

Mickys Hals schmerzte, weil sie den Kopf so weit nach hinten gedreht hatte, aber sie war wie gelähmt und starrte in ihr doppeltes Spiegelbild in den funkelnden Gläsern über Els süffisantem Grinsen.

Das Messer hatte aufgehört umherzuzappeln. Er legte den Kopf ganz langsam auf die Seite und schaute über die Schulter zur Treppe.

Er hatte es also gehört.

Micky hatte gehofft, ihr Schrei hätte ihn überrascht. Geschockt. Er hatte ohne Zweifel so ausgesehen, als er herumgefahren war und sie angestarrt hatte. Sie hatte gebetet, dass er nach dem Schrei den Aufschlag von etwas Hartem auf dem Boden über ihren Köpfen nicht gehört hatte. Micky hatte kräftig an dem Schaukelstuhl gezerrt, so getan, als versuche sie, sich zu befreien. Sie wusste nur zu gut, dass es kein Entkommen für sie gab, hoffte aber, das Geräusch, das sich zum Glück nicht wiederholte, damit zu übertönen.

Aber er hatte es gehört. Sie konnte es an seinem Gesicht sehen. Daran, dass er den Kopf drehte.

»Ich komme jetzt, Dawn«, verkündete El und lächelte in das Funkgerät. Seine Stimme war wieder ruhig, und Micky fragte sich, wie ein Mensch so schnell von einer

Verfassung in die andere wechseln, von einem nervösen Tier zu einem selbstsicheren Killer werden konnte. »Ich hab aber nicht viel Zeit.«

»Wie spät ist es, El?«, fragte Micky so ruhig wie nur möglich.

»Was?« Er blieb stehen, eine Hand auf dem Treppengeländer und die andere, die das Messer hielt, hing locker herab. Es war das erste Mal, dass sie so etwas wie Neugier in seinem Gesicht sah. Bei allem, was an diesem Tag geschehen war, konnte ausgerechnet eine harmlose Frage wie die nach der Uhrzeit in diesen brodelnden Kessel vordringen, den er ein Gehirn nannte?

»Ich habe gefragt, wie spät es ist«, erklärte Micky.

Er sah wieder auf die Uhr.

Würde er es ihr sagen?

Nein.

Und die Frage war ein Fehler gewesen.

Er verzog wieder die Lippen, und das Messer zitterte in seiner Hand. Ohne sie anzusehen drehte er sich um und begann erneut die Treppe hinaufzusteigen.

»Die *Uhrzeit*, El!«, brüllte sie. Aber er ignorierte sie jetzt vollkommen. »El! Sagen Sie mir verdammt noch mal, wie spät es ist!«

Sein Rücken verschwand durch die Schlafzimmertür.

16:42

Marty konnte das verdammte Surren nicht aus den Ohren kriegen.
Das Geräusch vermischte sich mit dem gedämpften Knattern explodierender Munition und erinnerte Marty an das Geräusch, als ein Wespennest draußen vor seinem Fenster losbrach, als er ein Kind war. Die wütenden Insekten hatten wie verrückt gesummt und waren gegen die Scheibe geklatscht.
Inzwischen hatte er sich fast bis zur Baumgrenze unten am Weg geschleppt. Er hatte schmutzige Blutflecken an den Händen, sah sich um und stellte fest, dass er wieder an der Stelle gelandet war, wo der Kampf mit dem Grizzly stattgefunden hatte.
Heute?
Gestern?
Sein rechter Arm war nicht zu gebrauchen. Der Schmerz dort und in seinem Rücken pochte so sehr, dass ihm die Luft wegblieb, wenn der Höhepunkt einer neuen Schmerzwelle erreicht war. Aber er bekam ein Gefühl dafür. Der Schmerz rollte langsam über ihn hinweg und pulsierte mit seinem Herzen. Es war, als ob die Nerven in seinem Rumpf und seinen Armen alle auf das durch seine Venen fließende Blut abgestimmt wären und als ob

der pochende Schmerz zu einem wachsenden und wachsenden donnernden Crescendo würde, das ihn bis an den Rand der Dunkelheit brachte und schließlich über ihn hinwegrollte, dann für eine Minute oder so nachließ und in seinem ganzen Körper nur einen dumpfen, den Geist betäubenden Schmerz zurückließ.

Das Surren aber machte ihn rasend. Wie Moskitos auf Amphetaminen. Und es wurde lauter. Nicht wie Moskitos. Wie Bienen. Nervtötend, gefährlich und etwas, auf das er sich eigentlich konzentrieren musste, wenn ihn nur der verfluchte Schmerz atmen lassen würde.

Und natürlich war da das Feuer.

Selbst aus dieser Entfernung konnte er die Hitze spüren. Qualm drang durch die Fenster der Hütte, an den Rändern der Tür und unterm Dachvorsprung hervor. Aber die Hitze war ihm jetzt willkommen. Der kalte Boden griff seine wenigen verbliebenen Kräfte an, und er wusste, dass er die Kraft aufbringen musste, aufzustehen und Schutz zu suchen.

Er brauchte Hilfe.

Er versuchte, sich in eine knieende Position zu hieven, aber das war, als versuchte er, einen Lastwagen anzuheben. Ihm fehlte die Kraft, und seine mit blutigem Dreck verschmierten Finger fanden keinen Halt. Seine Hand rutschte immer wieder unter ihm weg. Für einen Moment lag er da, die Wange auf dem Handrücken, hielt den Atem an, ließ eine weitere Schmerzwelle über sich ergehen und horchte auf das gottverdammte Surren.

Es wuchs zu einem dumpfen monotonen Brummen an.

Dann ein hoher Schrei.
Und plötzlich wusste er, was es war.
Das Geräusch donnerte über ihn hinweg und verschwand, und er kämpfte wieder, ignorierte die Schmerzen und grub seine Finger auf der Suche nach Halt in den eisigen Kies. Seine Brust fühlte sich an wie brennende Bänder aus Eisen, aber schließlich fand er auf die Knie und schwankte wie ein Betrunkener. Das war alles, was er tun konnte, um sich aufrecht zu halten. Sein Körper wollte zuerst nach rechts und dann nach links kippen. Er riss sich jeweils zu stark in die Gegenrichtung und brauchte seine ganze Kraft, um zu verhindern, dass er wieder aufs Gesicht fiel.
Aufrecht konnte er das Feuer besser sehen. Offensichtlich gab es im Obergeschoss ein Fenster nach hinten hinaus. Eine dünne Flamme wie von einem riesigen Gasfeuerzeug schoss dort zum Himmel. Sie kam Marty schön vor. Wie ein Zeichen Gottes. Er sah die Flamme in unsichtbaren Luftströmen flackern and peitschen, wirbeln und sich mit den dunklen Rauchwolken vermischen.
Das Surren kehrte zurück.
Er versuchte aufzustehen.
Aber das war ein Fehler.
Ein Knie verdrehte sich, und er fiel vornüber und landete hart auf seinem Handgelenk.
Er balancierte so für endlose Sekunden und fragte sich, wie viel Schmerz ihm noch zugemutet werden würde. Dieser neue durchfuhr ihn wie ein Blitz, schoss sein Handgelenk hinauf in den Ellbogen und wühlte sich durch seine Schulter. Er biss sich fest auf die Unterlippe,

stieß sich zurück und hockte nun wieder unsicher auf den Knien.
Das Flugzeug näherte sich von oberhalb des Tals. Marty konnte hören, wie das Surren näher kam, und in dem Moment, als es seiner Meinung nach über dem Dach der Hütte auftauchte, fing er wild an zu winken. Er schaffte es nicht einmal, die Augen dabei offen zu halten. Vor Schmerzen fielen sie ihm zu, und er fragte sich, ob er seine Unterlippe zerbiss. Aber er hörte, wie Rich über ihn hinwegdonnerte und betete, dass er ihn gesehen hatte.
Er winkte ein letztes Mal, dann schwanden ihm die Kräfte, und er spürte, wie er wieder in den Dreck rutschte.

16:44

Eine Diele knarrte.

Dawn ließ eine Hand lautlos über den Boden gleiten, fand das Funkgerät und schaltete es leise aus. Sie brauchte es nicht mehr. El war im Schlafzimmer. Das Funkgerät würde ihr nicht helfen, und wenn er etwas sagte und sich selber hören konnte, würde es sie verraten.

Sie kniete auf dem Boden, ihre rechte Seite gegen harte Nägel und die kratzige Isolierung gepresst. Mit ihrer linken Seite berührte sie Pappkartons. Sie hielt ihre Knie fest umklammert, und ihre Stirn lag auf dem Rücken ihrer Hände auf dem Boden.

Scheinbar für eine Ewigkeit bestand ihre ganze Welt aus dem unglaublich lauten Pochen ihres Herzens.

Dann hörte sie, wie El im Kleiderschrank herumwühlte. Sie rechnete damit, dass jeden Moment die Tür aufgehen würde, aber aus irgendeinem Grund passierte das nicht. Hin und wieder war ein Rumsen oder Quietschen zu hören, nicht aber das charakteristische Geräusch von Holz auf Holz, das, wie sie wusste, die eng gebaute Tür erzeugen würde.

Was tut er da?

Den Schlafzimmerschrank durchsuchte er bestimmt nicht. Darin war kein Platz, um sich zu verstecken.

Sie konnte ihn reden hören und nahm an, dass er noch immer über das Funkgerät mit ihr sprach. In seiner Stimme lag so etwas wie Wut oder Frustration, aber es war nicht die Wut eines normalen Menschen.
Dann hörte sie es.
Sie fühlte es.
Und im Geist sah sie es vor sich.
Die kleine versteckte Tür ging auf.
El steckte seinen Kopf in ihren Tunnel.
Die verspiegelten Brillengläser überblickten den schmalen Raum, die Stapel mit Kartons und alten Kleidungsstücken.
Dawn hielt den Atem an und wartete darauf, dass er etwas sagen würde, und als er es tat, biss sie sich auf die Unterlippe und unterdrückte ein Schluchzen.
»Dawn?«
Nun konnte sie sich nirgendwo mehr verstecken.
Sie erinnerte sich daran, wie er über ihrer Mutter das große Messer gehoben hatte.
Dawn konnte es fühlen, konnte spüren, wie es ihr Fleisch durchschnitt, ihren Brustkorb durchbrach und ihre Organe zerfetzte.
Sie zitterte in der Dunkelheit. Jeder Muskel in ihrem Körper zuckte, aber irgendwie schaffte sie es, keine Geräusche zu verursachen.
»Dawn.«
Die Stimme war so ruhig. So gar nicht bedrohlich.
Wie konnte sie mit etwas so Bösem verbunden sein?
»Dawn, Schätzchen, ich weiß, dass du da bist. Nun komm schon raus.«

Sie hörte, wie die Tür mit einem Kratzen aufging. Stoff raschelte, als El sich durch die schmale Öffnung zwängte. Irgendetwas verhakte sich und zerriss, und er fluchte. Noch ein Quietschen und er war drin. Seine Anwesenheit verpestete die Luft um sie herum. Das Böse drängte in ihren papiernen Zufluchtsort wie ein dunkler Fluss aus Blut.

»Lassen Sie sie in Ruhe!«

Mickys Schrei drang aus allen Richtungen gleichzeitig zu Dawn herauf.

»Verdammt noch mal, El! Lassen Sie sie in Ruhe, Sie Scheißkerl!«

Dawn drückte ihren Kopf so fest auf ihre Hände hinunter, dass ihre Finger schmerzten. Sie wünschte, Micky würde aufhören zu schreien. Wenn Micky schrie, konnte Dawn El nicht hören.

Ist er näher gekommen?

Oder hat er innegehalten und Micky zugehört?

Eine Diele knarrte, und Dawn wusste, dass er näher herangekrochen war.

»Komm schon, Dawn«, lockte er und ignorierte die Rufe von unten.

Er sprach ruhig, als hätte er sie nicht einmal gehört.

»Komm schon. Zwing mich nicht, da reinzukommen und dich zu holen.«

Er war jetzt näher gekommen, und sie hörte, wie Kartons knirschten und dann herumgestoßen wurden. Ein Teil ihrer Höhle war einfach verschwunden.

Dann noch einer.

Sie versuchte, sich vorzustellen, was er da machte. Wie

lange es dauern würde, bis er die letzte Schachtel wegräumen und über ihre nutzlose Festung aus Pappkartons auf sie herunterstarren würde. Er fluchte, und sie hörte, wie etwas zerfetzt und zerrissen wurde und dazu seinen schweren Atem. Es musste anstrengend für ihn sein, die Kartons umzuräumen. Es war schon für Dawn sehr eng hier, und El war so viel größer als sie.

Und da war noch ein anderes Geräusch.

Ein von draußen kommendes dumpfes Surren.

Wie ein Schwarm Bienen.

»Hören Sie das, El?«, schrie Micky. »Hören Sie das, Sie alter Scheißkerl?«

Das Zerreißen hörte auf, und das Surren wurde lauter, aber Dawn hatte inzwischen eine solch fürchterliche Angst, war so gelähmt, dass sie das Geräusch, obwohl sie wusste, dass sie es kennen sollte, nicht einordnen konnte.

»Das ist Rich, Sie Scheißkerl!«, brüllte Micky. »Er wird Stans Leiche entdecken! Er wird Sie bei der Staatspolizei melden!«

Konnte das wirklich sein?

Konnte es sein, dass sie gerettet waren?

Aber Dawn spürte, wie die Kartons neben ihr weggeschoben wurden.

El war auf der anderen Seite und versuchte, den fest gestopften Schlafsack und die Decken zu entfernen.

Sie war wie eine Maus, die zu lange in die Augen einer Schlange gestarrt hatte. Sie konnte nichts weiter tun als darauf zu warten, dass das Gebilde aus Kartons auseinander brach, und sie wusste, dass sie einfach so daliegen

und nicht einmal aufschauen würde, wenn El das Messer in ihren zitternden Rücken stieß.
Sie würde ihm nicht ins Gesicht sehen können. Ein dumpfer, nicht von der Vernunft geleiteter Teil ihres Gehirns hatte die Kontrolle übernommen und sagte ihrem Körper, dass ihr nichts passieren könne, wenn sie blieb, wo sie war, und nichts unternahm. Sie versuchte, sich davon zu überzeugen, dass sie allein dann sicher war, wenn sie sich nicht nur tot stellte, sondern zu einem Nichts wurde.
Sie konzentrierte sich auf den Schmerz in ihrer Lippe und ihren Händen und auf die Luft, die sich in ihrer Brust staute, als das Surren wieder lauter wurde und sich zu einem Donnern steigerte, bis es im Tal widerhallend verklang.
»Er hat Stan gesehen!«, schrie Micky.
Warum hält Micky nicht den Mund?
Sie macht ihn nur noch wütender.
Aber der Karton hörte auf, sich zu bewegen.
Dawn konnte spüren, wie das Gewicht von Els Hand die Wand aus Pappschachteln fest gegen ihre Rippen drückte.
Sie wusste, dass er nur das große Messer in den Karton zu treiben brauchte, und er konnte sich den Weg frei schneiden und sie zusammen mit den Kartons in kleine Stücke zerlegen.
Er konnte die grässliche Klinge hineinrammen wie ein Zauberkünstler, der Schwerter in einen Korb stößt, nur dass sie am Ende nicht wieder auftauchen und sich verbeugen würde.

»Fünf Uhr«, meldete sich die Roboterstimme.
Dawn schlug die Augen auf und konnte gerade so die Maserung des Holzes unter ihren Händen erkennen. Sie wagte nicht, sich zu bewegen oder ein Geräusch zu machen.
Was war mit fünf Uhr?
»Zu früh. Warum kommt er zu früh?«
Rich.
Er redet von Rich.
Aber Rich kam nicht immer nach Zeitplan.
»Er ruft jetzt in Anchorage an!«, brüllte Micky.
»Halten Sie den Mund!«, rief El und gab damit Dawns Gedanken wieder.
»Er ruft die Polizei, El! Die werden Sie niederschießen wie einen Hund, wenn sie erst mal hier sind!«
»Halten Sie verdammt noch mal den Mund!«
Er hämmerte gegen die Kartons, und Dawn wurde an die Wand gedrückt, war aber mucksmäuschenstill. El konnte nicht wissen, dass sie gleich auf der anderen Seite war. Da konnten genauso gut noch zehn weitere Reihen Kartons stehen. Sie fühlte sich nicht sicher, spürte aber einen leisen Hoffnungsschimmer in ihrem Herzen.
»Sie werden Sie niederschießen und Bilder von Ihnen machen ohne Ihre verdammte Sonnenbrille, El!« Diesmal schlug El so fest gegen die Kartons, dass sich der Schlafsack über Dawns Rücken legte und etwas mehr Licht hereindrang.
El hatte keine Laterne oder Taschenlampe mitgebracht. Er suchte in dem schwachen Licht, das in den Kleider-

schrank drang und durch die winzige Tür fiel. El musste das unglaublich düster vorgekommen sein. Dawn aber hatte das Gefühl, als wäre gerade das Licht eines Suchscheinwerfers auf sie gefallen, und sie war El jetzt so nahe, dass sie seinen Körpergeruch riechen konnte. Er hatte einen moschusartigen, animalischen Duft.

Sie hielt den Atem an, um zu verhindern, dass der Schlafsack sich bewegte.

Ein heftiges Rumpeln erschütterte den Boden, die Wände und die Decke. Im Inneren des Tunnels hörte es sich an wie ein fernes Donnergrollen. Aber Donner war ein Ereignis, zu dem es im Landesinneren von Alaska nur alle zehn Jahre einmal kam. Dawn hatte es noch nie gehört, seit sie nach McRay gezogen war.

Nein.

Das war Dynamit.

»Die Brücke«, hörte sie El murmeln.

Seine Stimme war direkt in ihrem Ohr.

Eine schwere Stille hing über dem Laden, und dann kehrte aus der Ferne das Surren des Flugzeugs zurück.

»Hören Sie das, El?«, spottete Micky. »Rich fliegt im Kreis. Er hat Stan gesehen. Haben Sie die Explosion gehört? Was immer sie gerade in die Luft gejagt haben, Rich hat es gesehen. Ihre Zeit ist abgelaufen, El! Sie sind erledigt!«

»Halten Sie den Mund!«

Dawn konnte nicht verhindern, dass sie zurückzuckte. Es hörte sich an, als wäre El direkt vor ihrem Gesicht. Seine Stimme war so nahe, dass er gesehen haben musste, wie der Schlafsack sich bewegte.

Noch einmal krachten die Kartons gegen sie, und dann hörte sie, wie El sich fluchend durch diese hindurch wieder nach draußen drängte.
Er ging.

16:50

Micky hatte es geschafft, sich zu drehen und herumzuhüpfen, bis der Schaukelstuhl der Treppe direkt gegenüberstand. Aber der El, der die Stufen herunterkam, war nicht derselbe El, der sie hinaufgegangen war.

Sein Gesicht war aschfahl. Das Messer zuckte in seiner Hand, und die andere Hand hielt den Griff der Pistole – die noch immer im Halfter steckte – so fest umschlossen, dass seine Knöchel kreidebleich waren. Er drehte den Kopf hastig von rechts nach links, versuchte, dem Flug des Flugzeugs durch die Wände und die Decke hindurch zu folgen, als wäre es eine Spottdrossel, die sich auf ihn stürzte, um ihr Nest zu verteidigen. Er hatte sein Kinn auf die Brust gedrückt, was den seltsamen Eindruck noch verstärkte.

Aber es war kein Blut an seinem Messer.

Und Micky hatte auch keinen Schrei gehört.

Sie musste annehmen, dass er Dawn noch nicht gefunden hatte.

Um ihrer eigenen geistigen Gesundheit willen musste sie es glauben.

Denn wenn er Dawn umgebracht hatte, würde sie mit der Schuld nicht leben können. Sie hatte ihre Eltern im

Stich gelassen. Sie hatte die Tänzerin im Stich gelassen und dann Wade. Sie hatte selbst bei Aaron versagt. Und schließlich bei sich selbst. Dawn aber würde sie nicht im Stich lassen. Irgendwie würde sie das Mädchen lebend hier rausbringen.

Und dann, als sie beobachtete hatte, wie Els Rücken oben auf der Treppe verschwunden war, hatte sie sich gefühlt, als ob ihr sogar dieses bisschen Erlösung verwehrt werden würde. Sie hatte geschrien, um ihn abzulenken, ohne nur im Geringsten zu glauben, dass es funktionieren würde. Aber ihre Schreie waren alles, was sie hatte.

Und er hatte sich ablenken lassen.

Zumindest für den Augenblick.

Allerdings hatte sie keine Ahnung, was El als Nächstes tun würde.

Er starrte ihr direkt ins Gesicht, und mit seinen steifen Bewegungen und dem funkelnden Messer in der Hand erinnerte er sie an Jack Nicholson in *Shining*.

Soll ich mit ihm reden?

Er hatte gesagt, sie solle den Mund halten.

Bin ich besser dran, wenn ich gehorche?

Sie konnte hören, wie Richs Flugzeug draußen über der Lichtung kreiste.

Selbst wenn Rich Stans Leiche nicht entdeckt hatte, würde er sich fragen, warum niemand nach draußen kam, um ihn zu begrüßen. Wenn es Els Hütte war, die explodiert war, wie sie vermutete, dann hatte auch das mit Sicherheit bei Rich die Alarmglocken läuten lassen.

Was war bei Els Haus passiert?

Hatte Marty sich irgendwie selbst in die Luft gejagt? Oder hatte er die Hütte absichtlich zerstört, um Rich zu warnen?

Sie glaubte nicht, dass Marty sich in einem Zustand befand, in dem er das fertig bringen würde, aber sie betete, dass es so war. Trotzdem, sie würde sich auf das Schlimmste vorbereiten müssen.

Sie beobachtete El und wartete.

»Fünf Uhr«, sagte er und schüttelte den Kopf.

Wovon redete er?

»Fünf Uhr«, wiederholte er und eilte an ihr vorbei zum Fenster.

Er reckte den Kopf und beobachtete das über ihm kreisende Flugzeug.

Sie hoffte, dass er etwas Blödsinniges tun würde, wie nach draußen zu gehen und auf Rich zu schießen. Ein Flugzeug in der Luft zu treffen und mit einem Revolver größeren Schaden anzurichten war so gut wie unmöglich, aber Rich würde El bestimmt sehen und begreifen, dass in McRay irgendwas fürchterlich schief lief.

Aber El wartete nur.

Würde Rich landen? Oder würde er in Anchorage anrufen und anschließend weiter kreisen und auf Hilfe warten?

Das wäre vernünftig. Das wäre es, was ein einzelner Polizeibeamter tun würde. Aber Rich war kein Polizist. Er war Pilot eines Postflugzeugs in einem abgelegenen Dorf in der Wildnis. Es konnte sehr gut sein, dass er auf der Landebahn aufsetzte und in den Ort kam, um nachzusehen, was los war.

Natürlich würde er zuerst in Anchorage anrufen.
Oder nicht?
Sie hörte, wie das Flugzeug zu ihrer Rechten und über ihrer Schulter verschwand. Sie konnte sehen, wie El sich fest gegen das vordere Fenster lehnte.
Zu ihrem Entsetzen schob er das Messer zurück in die Scheide an seinem Stiefel und holte das Gewehr. Er drehte sich um und starrte sie an, und sie warf ihm einen, wie sie hoffte, hasserfüllten Blick zu.
»Ich komme wieder«, erklärte er. Wieder lag eine tödliche Ruhe in seiner Stimme, aber sie bemerkte, dass seine Hände immer noch zitterten.
Die Nerven? Oder Angst? Oder beides?
Sie antwortete nicht. Sie wollte, dass er ging.
Der Himmel mochte ihr beistehen, aber sie wollte, dass er hinaus zur Landebahn ging, um nach Rich zu sehen, damit sie und Dawn eine Chance hatten zu entkommen. Sie betete, dass Rich El sehen und wegfliegen würde, aber darüber hinaus wollte sie einfach, dass El sein Messer und sein Gewehr nahm und lange genug draußen blieb, damit sie und Dawn versuchen konnten zu fliehen. Sie wusste, dass sie es bis in den Wald schaffen konnten, wenn sie erst einmal hier raus waren. Sie konnten sich so lange verstecken, bis die Polizei kam, selbst wenn das Tage dauern sollte, selbst wenn Rich nicht durchgerufen hatte.
Wenn sie nur El entwischen konnten.

17:00

El trat auf die Plattform vor dem Laden hinaus. Er schaute kurz zu Stan, der regungslos über dem Geländer hing.

Warum war das Flugzeug vor fünf Uhr gekommen?

El wusste, dass die Post um fünf eintreffen würde, denn so hatte er es geplant.

Howard hatte ihn überrascht, als er unerwartet bei Terrys Haus aufgetaucht war, und dass Dawn in den Bach rannte, war auch nicht geplant. Aber das war in beiden Fällen Zufall gewesen. Er hatte Howard einfach in Terrys Hütte gebracht und war davon ausgegangen, dass Dawn tief im Gebüsch verbluten würde.

Alles war dem Zeitplan entsprechend gelaufen.

Er hatte Howards Waffen zerstört und die Brücke präpariert für den Fall, dass Stan und Marty entweder zufällig vorbeikommen würden oder aber um herauszufinden, was der Lärm zu bedeuten hatte. Und er war zu jeder Zeit darauf vorbereitet gewesen, Micky gegenüberzutreten, falls sie auftauchen sollte.

Womit er aber nicht gerechnet hatte, war, dass ein Bär, Stan und Marty ihn gleichzeitig aus dem Wald heraus angreifen würden.

Sein erster Gedanke war, dass Stan und Marty den Bären

irgendwie abgerichtet hatten. Das Tier griff *ihn* an. Aber bereits als er abdrückte, hatte er erkannt, dass der große Grizzly in Wirklichkeit Stan angriff. Für einen Moment war er enttäuscht, als er erkannte, dass er den Bären hätte seine Arbeit machen lassen können, aber ihm fiel ein, dass das Tier womöglich auch Micky angegriffen hätte, und das durfte er einfach nicht riskieren.

Bären waren einfach zu unberechenbar.

Bären waren verrückt.

Und das war der Punkt, an dem die Dinge anfingen, aus dem Ruder zu laufen.

Er hatte vorgehabt, Stan im Laden zu erschießen. Aber Stan hatte ihn überrascht, indem er zu fliehen versuchte.

Doch das war kein Problem.

Er musste nur Micky fesseln und Stan zu Clive in den Schuppen schleppen.

Aber dann entdeckte er, dass Dawn nicht tot im Wald lag. Dass sie am Leben war, irgendwo drinnen im Laden …

Und die Explosion.

Was zum Teufel war das?

Fünf Uhr!

Das Postflugzeug sollte um fünf auftauchen!

El schlug so fest auf den Griff der Pistole, dass ein reißender Schmerz seinen Arm hinaufschoss.

Er hatte vorgehabt, im Laden rechtzeitig fertig zu sein, damit er ohne Eile zur Landebahn fahren und auf die Ankunft des Flugzeugs warten konnte. Er war die Szene im Kopf wieder und wieder durchgegangen, denn von seinem ganzen Plan versprach eigentlich nur der Mord

auf der Landebahn genau aufzugehen. Und es musste genau aufgehen.
Weil nur Clive, Rita oder Rich mit Menschen außerhalb McRays sprechen konnten.
War Rich jetzt nervös?
Hatte er Stan entdeckt?
El warf einen Blick auf Stans Leiche, und sein Kopf drehte und wendete die Dinge auf diese seltsame Art und Weise, mit der er Ereignisse seiner ganz eigenen Realität anpasste.
Nein.
Rich hatte nichts gesehen.
Rich war nicht gewarnt worden.
Er hatte nicht gehört, dass Schüsse abgefeuert wurden.
Hatte nicht gehört, wie die Munition draußen vor dem Laden hochging.
Er würde landen und sich vielleicht, wenn er El auf Clives Four-Wheeler sitzen sah, fragen, warum Clive nicht da war, um ihn zu begrüßen, aber er würde eher neugierig als alarmiert sein.
Ich werde warten und wie ein guter alter Junge winken, während Rich die Post auslädt.
Dann werde ich bis unter den Flügel heranfahren und ihn erschießen.
Fünf Uhr, verdammt.
Er befestigte Stans und Martys Gewehre zusammen mit Ritas Schrotflinte an der Lenkstange, legte Clives Gewehr ungeschickt darüber und behielt es in der linken Hand, während er mit dem rechten Daumen den Motor des Four-Wheelers aufheulen ließ. Mit dem sperrigen

Stapel Waffen ließ sich der Honda kaum noch manövrieren, aber er hatte das Gefühl, dass er jetzt sämtliche Schusswaffen brauchte. Er musste sie in seiner Nähe haben.

El lächelte.

Wenn er nur ein klein wenig Glück hatte, würde Richs Neugier ihn töten.

17:02

Micky hörte, wie der Four-Wheeler knatternd davonfuhr, und empfand zum ersten Mal an diesem Tag fast so etwas wie Erleichterung. Sie starrte zum Treppenabsatz hinauf und betete, dass sie Recht gehabt hatte.

An dem Messer war kein Blut gewesen.

El hatte nichts davon gesagt, dass er Dawn gefunden hatte.

Sie hatte keine Schreie gehört. Keinen Kampf.

Und er war nicht die Treppe heruntergekommen und hatte murmelnd mit Dawns Leichnam geredet.

Aber natürlich war Micky im Moment mit Klebeband an einem Stuhl festgebunden. Verschnürt wie eine Weihnachtsgans. Das stellte ein kleines Problem dar.

»Dawn!«, brüllte sie. »Dawn! Kannst du mich hören? El ist weg.«

Stille.

»Dawn! Alles ist in Ordnung! Er ist weg. Antworte mir!«

Stille.

Irre ich mich?

Ist das Mädchen doch tot?

Nein.

Das kann nicht sein.

Micky weigerte sich, diese Möglichkeit zu akzeptieren.

Sie wusste genau, was los war.

Sie war Dawn gewesen.

Das Mädchen war wie gelähmt. Genau wie sie es gewesen war.

Und egal, was die Polizei sagte, Micky wusste, dass ihre Bewegungsunfähigkeit andere Menschen das Leben gekostet hatte. Egal, was die Seelenklempner sagten. Egal, was Onkel Jim oder Damon oder Aaron sagte. Dass sie sich versteckt hatte, hatte ihr das Leben gerettet. Aber zu einem schrecklichen Preis.

»Dawn!«, schrie sie noch einmal. »Du musst mir zuhören! Er ist weg, aber wir haben nicht viel Zeit!«

17:05

Dawn kauerte unter dem Schlafsack und konnte noch nicht glauben, dass El sie nicht hereinlegte. Dass er nicht mit erhobenem Messer darauf wartete, dass sie sich bewegte. Sie hatte die Augen so fest geschlossen, dass die Lider schmerzten und Tränen auf ihre Handrücken tropften. Es gab nichts, wo sie sonst hingehen konnte, keine Fluchtmöglichkeit und kein Versteck.

Sie hörte Micky rufen, versuchte aber, die Schreie auszublenden. Sie konnte nicht glauben, dass El wirklich weg war, und selbst wenn, was konnte sie tun? Schusswaffen waren keine mehr da, und sie hätte auch gar nicht den Mut gehabt, ihm mit einer Waffe gegenüberzutreten. Bis auf sie und Micky hatte er jeden im Ort getötet, und nun würde er Rich umbringen.

Was erwartete Micky?

Dawn wollte nur noch schlafen. Sie wollte die Augen geschlossen halten, bis ihr Kopf ganz leer war, und dann würde alles in Ordnung sein. Dann konnte ihr nichts wehtun. Sie würde einfach verschwinden, und falls sie jemals zurückkam, würde alles besser sein. Die Polizei oder irgendjemand anderes würde El weggebracht oder getötet haben.

Ich hoffe, sie bringen ihn um.
Sie stellte sich verschiedene Todesarten für ihn vor. Sie wollte, dass er so litt, wie ihre Mutter gelitten hatte. Sie wollte, dass sie ihn in kleine Stücke schnitten und diese dann verbrannten.
Scher dich zum Teufel.
Sie erinnerte sich, wie der gute alte Howard direkt in den Lauf von Els Gewehr gestarrt und genau dies gesagt hatte. Sie wünschte, sie hätte Howards Stärke. Sie wünschte, sie hätte den Mumm gehabt, El ins Gesicht zu springen, ihm die Brille herunterzureißen und denselben Fluch auszustoßen. Sie wusste, dass sie Howard für den Rest ihres Lebens würde hören können.
Scher dich zum Teufel.
»Dawn! Du musst mir helfen!«
Mickys Ruf durchschnitt den Nebel in Dawns Kopf.
Sie schloss die Augen noch fester und versuchte, auch ihre Ohren zu schließen.
Was will sie?
Soll ich gehen?
Was, wenn das ein Trick ist?
Was, wenn El Micky eine Pistole an den Kopf hält und sie zwingt, nach mir zu rufen?
Er würde so etwas tun. Und wenn sie sich zeigte, würde er abdrücken und Micky direkt vor ihren Augen eine Kugel in den Kopf jagen. Bevor er sich *sie* vornahm. Wieder die Treppe hochkam mit diesem Robotergesicht und diesen Augen eines Außerirdischen und diesem schrecklichen Messer. Um zu schneiden und zu stechen.

Und zu töten.
»Dawn, Schätzchen! Er ist weg. Ich weiß, was du durchmachst! Aber wenn du dich versteckst, kommt er zurück, und selbst wenn du überlebst, du wirst dich selbst hassen! Hilf mir!«
Wovon redet sie?
Warum kann sie nicht den Mund halten?
Dawn hasste sich bereits selbst.
Es war nicht nötig, dass ihr Micky davon erzählte.
Sie bewegte ganz leicht ihre linke Hand und hob den Schlafsack behutsam zwei Zentimeter vom Boden hoch.
Dann horchte sie.
Nichts rührte sich.
Es war kein Atmen zu hören.
Es war nur ihr Kopf, der darauf beharrte, dass El ihr noch immer auflauerte.
Aber das bedeutete nicht, dass ihre zweite Vermutung falsch war.
Es konnte sehr gut sein, dass er Micky die Pistole an den Kopf oder das Messer an den Hals hielt. Dass er sie zwang zu rufen.
Aber Micky würde das nicht tun.
Dawn öffnete die Augen einen Spalt breit, als ihr das bewusst wurde.
Micky würde niemals nach ihr rufen.
Eher würde sie sich von El eine Kugel in den Kopf jagen lassen.
Und eine andere kleine Stimme sagte ihr, dass es unwahrscheinlich war, dass El Micky eine Pistole an den

Kopf halten würde; langsam bekam sie eine dunkle Ahnung davon, was El vorhatte.
Er hatte Micky nicht umgebracht wie ihre Mutter oder Howard.
Er hatte sie lebend im Laden zurückgelassen und stattdessen Dawn gesucht.
Weil er erwartete, dass Micky bei ihm blieb, wenn alle anderen tot waren.
Er war in sie verliebt!
Oder was auch immer er in seinem verkorksten Hirn für Liebe hielt.
Er würde Micky nicht umbringen.
Und wenn er sie nicht umbrachte, dann war Micky ihre einzige Hoffnung.
Dawn hob den Schlafsack weit genug an, um über den letzten Karton sehen zu können, der den Tunnel noch versperrte. Ein schwaches Licht fiel auf die Dachsparren, und sie konnte die rosafarbene Isolation aus Fiberglas sehen.
Aber keinen Schatten.
Sie holte tief Luft, zog sich den Schlafsack vom Rücken und biss sich auf die Unterlippe wegen des gleitenden Geräuschs, das der Stoff verursachte. Wahrscheinlich hätte es nicht einmal eine Maus wahrgenommen, aber in der Enge ihres Tunnels ließ das Geräusch Dawn zusammenzucken.
»Dawn! Bitte, Schätzchen! Wir haben nicht viel Zeit!«
Die Stimme flehte, und Dawn fragte sich, ob Micky wirklich helfen konnte oder ob sie ihr Versteck nur aufgab, damit sie schneller starb.

Vielleicht hat Rich ein Gewehr.
Vielleicht wird Rich den Scheißkerl töten.
»Dawn!«
Ich komme!, dachte sie, die Worte lautlos artikulierend. Ganz, ganz langsam kroch sie um den letzten Karton.

17:06

El stand am Ende der kurzen, mit Kies bedeckten Start-und-Lande-Bahn. Zu seiner Linken konnte er durch einen niedrigen Bestand an Fichten und Birken gerade noch den trüben, die ganze Flut des Frühlings mit sich führenden Kuskokwim erkennen. Der Fluss war so breit, dass er das andere Ufer nicht sehen konnte.
Der Four-Wheeler stand versteckt zwischen den Bäumen.
Das Postflugzeug war einmal so tief über seinem Kopf gekreist, dass er Richs Gesicht auf der Pilotenseite hatte erkennen können. Es war eine kraftvolle kleine Maschine, wie Buschpiloten sie wegen ihrer Tragkraft sowie wegen ihrer Fähigkeit, auf einer Briefmarke starten und landen zu können, bevorzugten. Aber die meisten der Flugzeuge waren weit über fünfzig Jahre alt, und als das Postflugzeug jetzt am Himmel kreiste, klang es so, als sei sein Motor nicht viel größer als der des Four-Wheelers. El war versucht, die Pistole zu ziehen und den kleinen Flieger vom Himmel zu schießen.
Er musste alle Lücken schließen.
Rich war die einzige verbliebene Verbindung zur Außenwelt.
Das Telefon war kein Problem.

Er hatte mitgehört, wie Clive den Wetterbericht durchgegeben hatte, hatte es so eingerichtet, dass er bei zahlreichen Gelegenheiten im Laden war, wenn Clive den Bericht formulierte, und wusste daher genau, was er sagen musste. El hatte darüber nachgedacht, so zu tun, als *wäre* er Clive, hatte es sich aber noch einmal überlegt. Er würde einfach sagen, Clive sei beschäftigt, und ihnen dann später erzählen, dass dieser krank geworden und gestorben sei.

In der Wildnis starben Menschen.

Damit musste gerechnet werden.

Nach und nach würde er dann melden, dass alle in McRay gestorben seien.

Falls irgendjemand fragen sollte.

Auf den Gedanken, dass Rich vermisst werden könnte, kam El gar nicht. Dinge, die nicht in seinen Plan passten, wurden nicht ignoriert, sie existierten einfach nicht.

Rich beschrieb einen weiteren Kreis, und das Flugzeug neigte sich in einem steilen Winkel zur Seite.

Was macht er da?

Lande das verfluchte Ding!

El trat auf die offene Lichtung hinaus.

Er lächelte breit und winkte.

17:08

Dawn streckte ihren Kopf in das trübe Dämmerlicht des Schlafzimmers.
Es blendete sie.
Sie schirmte ihre Augen ab und wartete darauf, dass sie sich dem Licht anpassten, ihre Ohren gespitzt wie bei einem Kaninchen.
Micky hatte aufgehört zu rufen. Vielleicht hatte sie es aufgegeben.
Oder El sorgte dafür, dass sie still war.
Der Gedanke ließ Dawn erstarren, halb drinnen, halb draußen aus dem Versteck. Für eine lange Minute kniete sie da und horchte.
Was, wenn er da unten im Laden ist?
Was soll ich tun?
Wieder reingehen und mich verstecken?
Wenn sie das tat, würde El sie früher oder später finden.
Sie atmete lang und tief aus und erhob sich so leise wie möglich, schlich Schritt für Schritt voran, damit die Dielen nicht knarrten, wie sie es bei El getan hatten.
Kurz vor der Schlafzimmertür blieb sie auf Zehenspitzen stehen und versuchte, über den Rand des Treppenabsatzes zu linsen. Sie konnte das durch das vordere Fenster scheinende Licht und neue Fußabdrücke sehen,

die den Teppich aus Asche verunstalteten. Die Tür stand halb offen. Falls El gegangen war, hatte er sich nicht die Mühe gemacht, sie zu schließen. Ein Lichtstrahl drängte sich herein, als müsste er gegen die von El verursachte Finsternis ankämpfen.

Dawn machte einen weiteren zaghaften Schritt vorwärts, und ihre und Mickys Blicke trafen sich. Dann schlossen sich Mickys Augen und öffneten sich wieder. Sie nickte zufrieden und lächelte.

»Er ist nicht hier, Dawn«, erklärte Micky mit heiserer Stimme. »Komm bitte her und binde mich los.«

17:09

Das Flugzeug donnerte über Els Kopf, verlor rasch an Höhe, und der Motor stotterte.
El sah zu, wie die Räder Kies verspritzten, das Flugzeug abbremste, die Landeklappen ausfuhr und der Motor im Leerlauf lief.
Rich ließ das Flugzeug am anderen Ende der Landebahn langsam ausrollen. Der Motor heulte noch einmal auf, Rich machte eine 180-Grad-Wendung, und dann war alles still.
El blinzelte.
Er hatte erwartet, dass Rich zu ihm zurückrollen würde. Warum hatte das Flugzeug am anderen Ende der Landebahn gehalten?
Er wusste nicht, ob er zwanglos hinübergehen und Rich begrüßen oder warten sollte.
Seine Finger klopften nervös auf den Nussbaumgriff der Pistole.
Das Flugzeug stand einfach da, und die von der Windschutzscheibe reflektierte tief stehende Sonne schien ihm in die Augen.
Hingehen? Lässig tun und warten?
Dies war die Art von Situation, in der El nicht gut war. Er hatte dafür keinen Plan.

Er stocherte mit der Stiefelspitze im Kies und kaute auf seiner Unterlippe.
Am anderen Ende der Landebahn rührte sich nichts.
Was machte der Scheißkerl da?
Zwischen Els Schulterblättern breitete sich ein angenehmer Schauder aus.
War Rich am Funkgerät?
Hatte Micky Recht?
El hatte keine Ahnung, ob der Motor des Flugzeugs laufen musste, damit man das Funkgerät benutzen konnte, aber als er es sich recht überlegte, nahm er es nicht an. Er starrte zu den hohen Berggipfeln hinauf und fragte sich, ob Rich mit jemandem Kontakt aufnehmen konnte.
Vielleicht.
El schlenderte auf das Flugzeug zu.
Als er zehn Schritte gegangen war, sprang die Seitentür des Flugzeugs auf, und zwei gestiefelte Füße betraten die Landebahn. Aber das Fenster in der Tür reflektierte genau wie die Windschutzscheibe Licht, und das Gefühl einer Bedrohung hinter den beiden spiegelnden Flächen jagte El ein angenehmes Kribbeln der Angst den Rücken hinauf. Er konnte das zu den Füßen gehörende Gesicht nicht sehen, und er hatte nicht mit dem Klang des Megafons gerechnet und hielt inne.
»Das ist weit genug!«
Die Stimme hörte sich hart und nasal an durch die elektrische Verstärkung. Sie verklang krächzend zwischen den Bäumen wie der Ruf einer einsamen Krähe.
El versuchte zu lächeln und zu winken, aber gerade als er sie brauchte, versagte seine Stimme.

War das ein Gewehrlauf zwischen der Tür und dem Flugzeug?
Er sah sich um.
Er war nicht wirklich auf der Landebahn. Stattdessen stapfte er neben ihr über den weichen Moorboden, und bis zu den nächsten Bäumen waren es vielleicht zwanzig Meter.
Er warf einen Blick zurück, aber bis zum Four-Wheeler, wo das Gewehr lose am Sitz lehnte, war es genauso weit.
Finde deine Stimme wieder! Sag etwas!
Aber El war es nicht gewöhnt zu rufen. Er pflegte nur zu murmeln.
Er winkte wieder blöde und machte zwei weitere Schritte vorwärts.
»Keinen Schritt weiter!«
Die Stimme klang noch schärfer jetzt, aber es hatte sich Angst hineingeschlichen.
Hatte Rich ein Gewehr oder bluffte er nur?
Es war mehr als wahrscheinlich, dass er eins im Flugzeug hatte.
Er wäre ein Narr, würde er ohne ein Gewehr in eine solche Gegend fliegen.
In diesem Fall, so beschloss El, war es Zeit, auf das Schicksal zu vertrauen.
Er winkte noch einmal, machte für den Fall, dass Rich ein Gewehr hatte, einen Schritt zur Seite, zog die Pistole und begann, während er vorrückte, zu feuern.

17:10

Schüsse hallten durch die offene Tür.

Dawn lag auf den Knien und zerrte mit bloßen Fingern an dem Klebeband. Sie fand kein loses Ende und konnte das hartnäckige Zeug auch nicht abpulen, und dass Micky sie zur Eile drängte, frustrierte sie nur noch mehr.

Sie starrten einander an, als ein weiterer Schuss von den Bergen widerhallte.

Micky schloss die Augen und fluchte.

»Such ein Messer«, wies sie Dawn an. »Irgendwas Scharfes. Schnell.«

Dawn schüttelte den Kopf.

»Du musst, Dawn«, erklärte Micky. »Mach!«

»Er hat alle Messer mitgenommen. Er hat sogar Ritas Schere aus der Nähmaschine genommen. Ich hab überall geguckt.«

Natürlich, dachte Micky. *Keine Schusswaffen. Keine Messer. Keine scharfen Gegenstände oder irgendwas, das als Waffe dienen könnte. Sämtliche Waffen in McRay gehörten jetzt El.*

Denk nach!

Sie starrte durchs Fenster auf den blauen Berghang, nahm ihren ganzen Mut zusammen, setzte all ihre Schlauheit ein und versuchte, einen Ausweg zu finden.

El war nur ein einzelner Mann. Sicher hatten sie eine Chance, schließlich doch mit ihm fertig zu werden. Ihre Vorfahren hatten Mammuts allein mit ihrem Mut und mit Werkzeugen aus Stein bezwungen. Mit kaum mehr hatten Eskimos seit Tausenden von Jahren Eisbären gejagt. Und Els Hirn war bedenklich durcheinander. Das sollte ihnen einen winzigen Vorteil verschaffen.

Oder doch nicht?

Hatte es irgendeinen der anderen gerettet?

Bewiesen die Schüsse nicht, dass er gerade Rich ermordet hatte?

Aber die anderen waren alle überrascht worden. Sie hatten nicht gewusst, was auf sie zukam.

Sie und Dawn *wussten* es.

Und es blieben ihnen zumindest ein paar Minuten, um zu versuchen zu fliehen. Wenn sie es aus der Tür schafften, bevor El zurückkam, dann konnte ihre Idee, sich zu verstecken, bis Hilfe kam, funktionieren. Sie würden nicht nach einer Waffe suchen. Sie würden El nicht gegenübertreten, sondern würden sich einfach verstecken und warten und ihn den Behörden überlassen.

Die Sonne wurde draußen vom Schnee auf einem der Gipfel reflektiert, brach sich im Fenster und schien ihr direkt ins Gesicht. Der heftige Schmerz ließ sie die Augen schließen, und sie fluchte leise. Aber als sie sie wieder aufschlug, stand ihr ins Gesicht geschrieben, dass ihr eine Idee gekommen war.

»Schlag das Fenster ein«, sagte Micky. »Nimm eine Scherbe und schneide das Klebeband durch.«

Dawn sprang auf, um der Aufforderung nachzukommen. Sie durchsuchte rasch das von El hinterlassene Trümmerfeld. Unter einem Stapel Decken entdeckte sie den Stiel einer Axt. Sie stürzte geradewegs zum Fenster und holte, ohne zu zögern, zu einem kräftigen Schlag aus. Das Krachen und Klirren versetzte Micky zurück in die Bar, und für eine Sekunde sah sie nur noch Wades aus dem Fenster des Streifenwagens hängende leblose Hand vor sich.

Dawn lehnte sich auf den Axtstiel und untersuchte die Glassplitter, die auf die Plattform vor dem Haus hinausgefallen waren. Micky schüttelte den Kopf. In dem hölzernen Rahmen steckten tödlich aussehende dreieckige Scherben, die strahlenförmig von der Stelle in der Mitte ausgingen, an der Dawns Schlag gelandet war. Die durchsichtigen Dolche waren zwanzig bis sechzig Zentimeter lang und ragten leicht nach außen, wie ein nach der Welt schnappender kristallener Hai.

Micky kämpfte mit ihren Fesseln. »Hol dir Handschuhe oder ein Stück Stoff! Irgendwas, womit du deine Hände schützen kannst. Schnell.«

Dawn verschwand hinter dem Ladentisch.

Zwei weitere Schüsse ertönten. Unterschiedliche.

Dann noch einer.

Dann heulte der Motor eines Flugzeugs auf.

17:11

El kauerte sich neben dem Four-Wheeler zusammen und kümmerte sich um die Wunde an seiner rechten Wade.

Der Propeller des Flugzeugs ließ am anderen Ende der Landebahn losen Kies aufspritzen, und die Maschine begann bereits zu rollen. El stützte die Pistole auf dem rechten vorderen Kotflügel ab und feuerte die letzten drei im Zylinder verbliebenen Kugeln rasch hintereinander ab.

Das Flugzeug nahm Geschwindigkeit auf.

El hatte gespürt, dass Rich im Begriff war zu schießen, noch bevor er das Glänzen des Zielfernrohrs sah, und diese Intuition sowie das aufblitzende Licht lösten in seinem Kopf etwas aus. Er hatte den Schuss nicht gehört, der ihn ins Bein traf und herumwirbeln ließ, wusste nicht, dass diese Bewegung ihm wahrscheinlich das Leben gerettet hatte, als Richs zweiter Schuss fehlging und den Punkt traf, an dem sich nur den Bruchteil einer Sekunde zuvor Els Kopf befunden hatte.

El stolperte mit steifem Bein zum Four-Wheeler zurück, kauerte sich dahinter und versuchte, den Atem anzuhalten.

Dann überkam ihn der Schmerz. Aber nicht allzu sehr.

Noch nicht.
Aber das würde noch kommen, und er konnte sich sein Bein nicht ansehen.
Unmöglich.
Das Blut anderer Leute machte ihm nichts aus.
Sein eigenes aber konnte er nicht ertragen.
Das würde Micky in Ordnung bringen müssen.
Nachdem er sich um Rich gekümmert hatte.
Er schob die leere Pistole zurück in sein Halfter und griff über den Sitz nach Clives Gewehr.
Das Flugzeug war jetzt fast bei ihm.
Er fragte sich, ob Rich aus dem Fenster würde schießen können.
Wahrscheinlich nicht. Er musste das Flugzeug fliegen.
El packte das Gewehr am Lauf und zog es über den Sitz.
In seinem Ohr kam es zu einer heftigen Explosion. Ein heißes Zittern durchrann seine Handflächen, wanderte den Arm hinauf und in die Schulter. Er fiel auf den Motor des Four-Wheelers zurück, und das Gewehr polterte auf der anderen Seite des Hondas auf den Boden.
Er zitterte so sehr, dass seine Zähne klapperten.
Von seiner rechten Hand ging ein dumpfes brennendes Gefühl aus, und als er sich über das Gesicht wischte, verschmierte er Blut in hellen Streifen auf seinen Wangen.

17:12

Dawn zog ruckartig an einer dreißig Zentimeter langen Glasscherbe, die Hände in ein Frotteehandtuch gewickelt.

Über ihr ließ das Donnern des Flugzeugs die Dachsparren erzittern. Rich brachte das Flugzeug so tief über dem Laden in Schräglage, dass Micky überzeugt war, das Fahrgestell würde das Dach durchbohren.

Rich war also noch am Leben.

Aber wenn El tot wäre, wäre Rich bestimmt ins Dorf gekommen, um nach Überlebenden zu suchen.

Dawn umfasste die Glasscherbe mit dem zusammengeknüllten Stoff, achtete genau auf die grausigen, im Dämmerlicht schimmernden Kanten und eilte wieder zu Mickys Stuhl. Micky starrte auf die gezackte Scherbe und bemerkte den unsauberen Bruch, die prismatischen Ränder, die auf eine hauchdünne messerscharfe Kante hindeuteten. Dawn hatte, ob sie das wusste oder nicht, eine gute Wahl getroffen. Das Skalpell würde das Klebeband wie Butter durchschneiden, falls das Mädchen nicht gleich Mickys Arm durchsäbelte.

Dawn durchtrennte vorsichtig die Fesseln auf Mickys linker Seite, schnitt behutsam an den Stellen, an denen das Band am Stuhl und nicht an Mickys Haut klebte.

Micky staunte, wie beherrscht Dawn war. Tief in den Augen des Mädchens war ihre wachsende Angst zu sehen. Aber sie blieb dort hinten, von Dawn fest in Schach gehalten, und ihre Hände waren angespannt, zitterten aber nicht. Als Mickys Arm frei war, streckte sie die Hand aus und ließ ihre geübten Finger über das Glas gleiten. Sie nahm es Dawn ab, die es bereitwillig hergab, und durchschnitt das Klebeband an ihrem anderen Arm und dann an ihren Füßen.

Das Flugzeug kreiste.

Dawn sah Micky prüfend an, und irgendetwas passierte zwischen den beiden, bevor das Mädchen in Mickys Arme sank.

Micky wollte sie für immer halten. Sie spürte, wie Dawns starke Lunge arbeitete und wie warme Tränen an ihrem Hals brannten. Sie strich dem Mädchen sanft über die Haare.

»Wir müssen rausfinden, was er tut«, sagte Micky.

Dawn nickte.

Sie bewegten sich vorsichtig auf das zertrümmerte Fenster zu und spähten in den dem Ende zugehenden Tag hinaus. Rich beschrieb einen weiteren Kreis, und Micky winkte, auch wenn sie nicht glaubte, dass er sie sah.

Von El war keine Spur zu sehen.

»Er winkt zurück!«, rief Dawn und deutete auf den Himmel.

Das Geräusch des Flugzeugs hallte auf der Lichtung wider wie das Brummen einer Kettensäge und ließ Mickys Zähne knirschen. Aber es war ein willkommener Schmerz.

Sie warf einen raschen Blick auf das offene Gelände vor ihnen und versuchte einzuschätzen, wie ihre Chancen standen, es bis in den fernen Schutz der Bäume zu schaffen, bevor El zurück sein würde. Doch während sie noch darüber nachdachte, starrte Dawn weiter gespannt auf das Flugzeug und schirmte ihre Augen dabei mit den Händen ab.

Rich kreiste nicht mehr.

Er flog im Sturzflug auf den zur Landebahn führenden Weg zu.

Micky versuchte, sich darüber klar zu werden, ob sich das Flugzeug seltsam anhörte.

Ob irgendetwas abgeschaltet war.

Dann kam ein Gewehrschuss aus den Bäumen.

Das Flugzeug drehte scharf nach links ab, und der Lärm des Motors wurde schwächer.

Das Geräusch des Four-Wheelers trat an seine Stelle, und Micky sah ihn langsam aus dem Wald kommen.

Sie drehte sich zu Dawn um. Das Mädchen stand mit offenem Mund wie versteinert da und starrte El über die Lichtung hinweg an.

»Nach oben!«, schrie Micky und stieß Dawn zurück. »Los!«

17:13

Das Flugzeug schwirrte umher wie ein verdammter Moskito.

Warum landet er nicht oder haut hier ab?

El wollte, dass Rich entweder verschwand oder starb, damit er ihn ein für alle Male aus dem Kopf hatte. Die Erinnerung an Terry Glorianus verblasste bereits. Clive und Rita waren lediglich vorübergehende Enttäuschungen. Das war die Art, wie sein Verstand arbeitete. El befasste sich mit dem Hier und Jetzt.

Er plante für einen begrenzten Zeitraum. Von der Zukunft hatte er nur eine vage Vorstellung, auch wenn er sie auf seine Weise ausfüllen konnte. Die Vergangenheit aber war eher bedeutungslos.

Er wünschte sich bloß, dass es mit dem gottverdammten Flugzeug ein Ende hatte, weil er wusste, dass es ihn nicht länger belästigen würde, wenn es weg war, und er zurück zu Micky gehen konnte.

Micky würde sein Bein in Ordnung bringen.

Das war es, was in seinem Kopf vor sich ging, als er sich der Lichtung näherte. Wie hitzig er und Micky sich getrennt hatten, hatte er schon vergessen. Sie nahm den Platz hinten in seinem Kopf ein, den sie während der vergangenen letzten Jahre belegt hatte. Sie war sein

Mädchen. Micky würde sich um ihn kümmern und ihn lieben, wenn alles andere, was in McRay und Umgebung ablenkte, erst einmal erledigt war.

Er hatte sich dieses Szenario jahrelang bildhaft vorgestellt, bis es so real für ihn geworden war, dass er einfach danach handeln *musste.* Die anderen würden ihn umbringen. Er wusste es. Wusste es schon seit langem. Rita, Clive, Howard und die anderen. Jedes Mal, wenn er ihnen begegnete, hatte er die Hand auf der Pistole gehabt. War bereit gewesen. Hatte darauf gewartet, dass sie ihren ersten Schritt machten.

Der Plan war weder einfach aus dem Nichts entstanden, noch hatte er lange Monate dagesessen und dessen exakten zeitlichen Ablauf skizziert.

Alles hatte sich während endloser Winternächte wie ein langsamer, immer wiederkehrender Traum zusammengefügt.

Bis er Schwierigkeiten hatte zu glauben, dass es nicht bereits geschehen war. Der einzige Grund, warum er sicher war, dass er es jetzt nicht träumte, war, dass sich alles nicht so wiederholte, wie es das sollte.

Rich sollte inzwischen tot sein.

Und Dawn auch.

Dann würden die anderen vorbeikommen und ihm direkt in die Falle gehen.

Um kurz nach sechs würden er und Micky zusammen zu Abend essen.

Als er auf die Lichtung fuhr, flog das Flugzeug dicht über seinen Kopf hinweg, und er hielt an, hob das Gewehr und gab zwei weitere schnelle Schüsse ab. Er re-

petierte, aber das Gewehr war leer. Er warf es ins Moos und riss an den Gummibändern, mit denen die anderen Flinten befestigt waren. Aber er zitterte, und die Finger seiner verletzten Hand wollten ihm nicht gehorchen. Er gab es auf und tastete mit der Linken nach seiner Pistole.
Sie war leer.
Er zwang sich, sich zu beruhigen.
Seine rechte Hand pochte, und die Finger waren steif wie ein Brett. Er hatte sich selbst mitten durch die Hand geschossen und dachte immer wieder, wie sehr ihn das Christus ähneln ließ. Aber er konnte sich diese Wunde genauso wenig ansehen wie er sich zwingen konnte, einen Blick auf das blutige Loch in seiner Wade zu werfen.
Das Flugzeug machte einen Sturzflug wie ein tollwütiger Bomber, und El duckte sich jedes Mal, wenn es über ihn hinwegflog. Aber es gelang ihm, alle sechs leeren Patronen zu entfernen und nachzuladen. Als Rich wieder auf ihn herabstürzte, benutzte El beide Hände und schoss aufs Geratewohl schnell auf den Bauch des Flugzeugs. Seine verletzte Hand rutschte an dem Zylinder entlang, und er schob versehentlich eine der noch nicht abgefeuerten Patronen nach vorn.
Er fluchte und schoss noch zweimal auf das Flugzeug, war sich ziemlich sicher, dass er ihm ein paar Löcher verpasst hatte, und schob die Pistole wieder in den Halfter. Als er aber versuchte, mit seiner verletzten rechten Hand Gas zu geben, ließ er den Four-Wheeler absaufen. Er fluchte noch einmal und drückte auf den Startknopf,

bis sein Daumen schmerzte, aber der Honda war tot. Empört stieg er ab und versetzte der Maschine mit seinem gesunden Fuß einen Tritt, woraufhin ihm ein rasender Scherz das Bein hinaufschoss.
Er spuckte in den Schneematsch und humpelte auf den Laden zu.

17:14

Micky presste ihren Rücken gegen die halb offene Tür zum Schlafzimmer.

Dawn war wieder in ihrem Versteck. Mit einem Auge spähte sie durch die Tür zu Micky, die den Axtstiel hochhielt wie ein Schlagmann, der auf einen herangeschleuderten Ball wartet.

»Micky!«, flüsterte Dawn, streckte einen schlanken Finger durch den Türspalt und deutete auf die Spitze des Stiels. »Er könnte ihn sehen!«

Micky sah auf, nickte und ließ das massive Hickoryholz auf ihre linke Schulter fallen.

»Mach die Tür zu, aber nicht ganz«, zischte sie und sah zu, wie Dawn ihrer Bitte nachkam. »Wenn ich sage, dass du rennen sollst, dann rennst du, kapiert?«

Keine Antwort.

»Wenn ich's dir sage, rennst du an mir vorbei und zur Tür raus, und bleib bloß nicht stehen. Hast du verstanden?«

»Ich will dich nicht alleine lassen.«

»Du tust das, verstanden?« Mickys Gesicht war hart, aber ihre Augen waren sanft.

»Ja.« Die Stimme hörte sich an wie das Quieken einer Maus.

Micky drehte und wendete den glatten Stiel zwischen den Fingern, ließ ihre Muskeln spielen und bereitete sich darauf vor auszuholen. Der Stiel kam ihr als Waffe albern vor, aber er war alles, was sie hatte. Er würde reichen müssen.

Sie dachte an ihre Mutter und ihren Vater.

An Wade.

An die Tänzerin.

An Aaron.

Und all die anderen.

Alle waren umgekommen.

Aber Dawn nicht.

Dawn würde es hier raus schaffen, egal, was dafür nötig war. Egal, was es kostete.

Draußen kreiste das Flugzeug weiter, schien aber einen größeren Abstand zu wahren.

Rich musste inzwischen um Hilfe gerufen haben. Aber bis aus Anchorage Hilfe kam, würden mindestens zwei, wenn nicht drei Stunden vergehen. Er würde wahrscheinlich über ihnen die Stellung halten, damit er die Polizisten zu El führen konnte, wenn sie kamen. Sie fragte sich, wie lange das kleine Flugzeug in der Luft bleiben konnte.

Micky hörte unten ein Ächzen und Fluchen, und zuerst dachte sie, es wäre Marty. Es hörte sich nicht an wie El. Irgendetwas schlug hart auf dem Boden auf, und dann klapperte etwas anderes quer durchs Zimmer. Entweder war El wütend, weil sie entwischt war, oder er war verletzt. Sie betete, dass es beides war. Irgendetwas, das ihn beim Denken störte. Ihn ablenkte. Hoffentlich glaubte

er, dass sie und Dawn entkommen waren, und machte sich nicht die Mühe, den Laden zu durchsuchen.
»Ich weiß, dass ihr da oben seid!«, rief er. »Ihr blöden Ziegen! Ihr habt auf der ganzen Treppe Aschespuren hinterlassen!«
Micky starrte voller Entsetzen auf ihre Füße.
Weder sie noch Dawn hatte sich Gedanken um die Asche gemacht, als sie zum Fenster stürzten. Und als sie erkannten, dass es sinnlos war zu versuchen, über die Lichtung zu entkommen, waren beide, ohne nachzudenken, die Treppe hinaufgerannt. Ein wildes Durcheinander von Fußabdrücken zog sich mitten durch das Schlafzimmer. Eine undeutliche Spur führte hinüber zu Dawns Versteck. Micky schloss die Augen. Als sie sie wieder aufschlug, waren sie feucht von Tränen der Enttäuschung.
»Blöde Ziegen!«, brüllte El mit überschnappender Stimme.
Er war definitiv verletzt. Er kreischte und jammerte abwechselnd und schnappte zwischendurch nach Luft.
Aber mit jedem Schritt kam er der Treppe näher, und Micky war angespannt wie die Feder an einem Schnappmesser. Sie hörte das Klicken, das entstand, wenn man den Hahn einer Pistole spannte.
Wenn sie ihn richtig traf, würde er umfallen wie ein nasser Sack, und sie würde nicht zulassen, dass er wieder aufstand. Sie ließ ihre Muskeln spielen, lockerte sie und spannte sie wieder an. Sie würde wieder und wieder auf ihn einschlagen, seinen Schädel zerschmettern, ihm das Genick brechen, seinen Brustkorb zertrümmern, bis er

tot war und sie ihm die verspiegelte Brille abnehmen und sehen konnte, was dahinter war.

Hörst du mich, Gott?

Ich werde die Augen dieses Scheißkerls sehen.

Das schuldest du mir.

Die erste Treppenstufe knarrte, und es war ein knirschendes Geräusch zu hören, als würde El das Geländer aus seinen Verstrebungen reißen.

»Scheiße.« Es war eher ein Stöhnen als ein Fluchen, aber Micky hörte das Knarren einer weiteren Treppenstufe.

Die kleine Tür öffnete sich einen Spalt, und Micky schüttelte heftig den Kopf. Die Bewegung brach ab. Dawn sah hinaus, und Micky wusste genau, was das Mädchen empfand.

Kein Problem.

Zum ersten Mal artikulierte sie die Worte so, dass Dawn sie von ihren Lippen ablesen konnte.

Wieder knarrte eine Stufe.

Wieder ein Fluchen.

Els Schritte waren seltsam ungleichmäßig. Sie hörten sich ungewöhnlich zögerlich an, als würde er jede Stufe erst mit einem Bein hochsteigen und das andere dann nachziehen, und wenn er den nächsten Schritt machen musste und sein ganzes Gewicht auf seinem verletzten Bein lag, dann stöhnte er auf. Entweder war er vom Four-Wheeler gefallen, oder Rich hatte ihn angeschossen.

Zwei rasche Schritte, dann ein keuchender Atemzug.

Dann wieder einer.

Wie viele Stufen sind es?

Bestimmt zehn oder mehr. Vielleicht zwölf.

Wie viele hat er bereits genommen?

Vier?

Fünf?

Sie konnte sich nicht erinnern. Aber er war nahe. Sein Atmen hörte sich an, als wäre er gleich in ihrem Nacken. Aber er war noch nicht oben.

Noch nicht.

Sie atmete langsamer und horchte.

»Ich hab das für Sie getan«, erklärte El. Das war das Jammern eines gekränkten Kindes, eines verwöhnten Bürschchens, das für etwas bestraft wurde, für das es seiner Meinung nach nichts konnte. »Für uns!«

Der Gedanke, dass er die ganze Zeit dort in seiner Hütte gesessen, von ihr geträumt, an sie gedacht, Gott weiß was für Fantasien über sie gehabt hatte, machte sie krank. Dann hatte sie plötzlich ein neues Bild vor Augen, und sie sah El so deutlich, als würde sie sich einen alten Schwarzweißfilm anschauen.

In ihrer Hütte.

Er war schon vorher dort gewesen.

Sie wusste das so sicher, wie sie wusste, dass sie den nächsten Atemzug tun würde. So sicher, wie sie wusste, dass ihr Herz schlagen würde.

Und die Wut in ihr explodierte und steigerte sich zu blankem Hass.

»Sie müssen mir helfen, Sie Miststück!«

Knarr.

Sie sah El in ihrem Stuhl sitzen.

Ihre Glasarbeit berühren.

Sah ihn auf ihrem Bett.
Stellte sich vor, wie er …
Ihre Fingernägel gruben sich in den Axtstiel.
Knarr.
Dieses unmenschliche Monster war in ihrem Haus gewesen?
Hatte in ihren privaten Sachen gewühlt?
Dieses Stück Dreck fantasierte von *ihr?*
Dieses *Ding* wollte Dawn ermorden?
Er war jetzt direkt auf der anderen Seite der Tür. In jedem seiner keuchenden Atemzüge klang rasender Schmerz mit.
Der Axtstiel in ihren Händen kam Micky jetzt nicht mehr albern vor. Er fühlte sich an wie die Keule eines Kriegers.
»Ich bin verletzt.«
Wieder das Jammern. Knirschend wie zerbrochenes Glas bohrte es sich in ihre Seele.
»Sie *müssen* mir helfen.«
Komm nur rein.
Ich helfe dir.
Die Diele knarrte.
Micky straffte sich.
Bewegte sich die Tür des Verstecks ein wenig?
Noch ein Schritt und seine Stiefelspitze tauchte auf. Er war nur noch Zentimeter entfernt und durch eine Holztür von ihr getrennt, die eine Kugel nicht aufhalten würde. Micky war gespannt wie der Hahn einer Pistole, und der Axtstiel lag jetzt nicht mehr auf ihrer Schulter. Sie hatte ihn angehoben und hielt ihn bereit, zwei Zentime-

ter von ihrer linken Schläfe entfernt. Sie warf einen Blick auf ihre Füße und bemerkte ein dünnes Rinnsal von Els Blut, das sich über den Fußboden schlängelte. Zufrieden schloss sie für eine Sekunde die Augen.

Mach noch einen Schritt.

Nur noch einen verdammten Schritt.

»Kommt raus, ihr Schlampen!«

Die Wildheit des plötzlichen Schreis, der blinde Hass, der in ihm lag, versetzte ihr einen Schock, und fast hätte sie nach Luft geschnappt.

»Kommt raus!«

Der Schrei wühlte sich aus der Tiefe von Els Lunge hervor. Offenbar glaubte er, dass sie und Dawn beide in dem Versteck waren.

Der Pistolenschuss dröhnte wie ein Donnergrollen durch das kleine Zimmer. Metallbügel klapperten, als ein alter Mantel gegen die anderen Kleider flatterte. Splitter von Kiefernholz wirbelten durch die Luft. Micky war wie gelähmt.

Hatte er Dawn getroffen?

Mickys Muskeln glichen Metallbändern. Ihre Finger hielten den Axtstiel so fest umklammert, dass sie schmerzten.

Mach noch einen verdammten Schritt, du Monster!

Plötzlich sah sie seinen Rücken, als er zwei Schritte auf den Schrank zutaumelte. Sie trat vor und holte zu einem brutalen Schlag auf die Seite seines Kopfes aus, wollte ihm das schwere Ende des Stiels auf die Schläfe knallen.

Aber El schoss wieder.

Der Schuss warf ihn zurück, und der Axtstiel schlug weiter unten am Griff auf. Die Wucht wurde abgeschwächt, und ein grässlicher Rückschlag schoss Mickys Arm hinauf.

El taumelte zur Seite und fuhr herum, um die Pistole auf sie zu richten. Sie konzentrierte sich mehr auf die Waffe als auf seinen Kopf, riss den Stiel hoch und zielte auf sein Handgelenk, während das ein Zentimeter große Loch im Lauf unerbittlich herumwirbelte.

Der Stiel schlug im gleichen Moment auf Els Handgelenk auf, in dem er mit dem Finger auf den Abzug drückte.

Wieder erschütterte der Knall das Zimmer, und Micky spürte, wie die brennende Hitze einer Kugel sie in die linke Schulter traf, ihr den Atem raubte und sie nach hinten und auf die Knie warf.

Aber ihr Zorn stärkte sie.

Diesmal nicht.

Mag sein, dass du mich hast.

Aber Dawn kriegst du nicht.

Ihren linken Arm hatte die Kraft verlassen. Sie konnte den Axtstiel kaum noch halten.

Aber El hatte die Pistole fallen lassen. Er taumelte, bemüht, sich auf den Beinen zu halten. Noch ein Schlag, und er wäre vielleicht k.o. Aber sie kam nicht an seinen Kopf heran, und sie hatte nur eine unverletzte Hand. Sie beobachtete wie in Zeitlupe, wie El das große Jagdmesser von seinem Stiefel in seine linke Hand gleiten ließ.

Sie knallte ihm den Axtstiel mit aller Kraft zwischen die Beine und freute sich zu sehen, wie sich die Wut in seinem Gesicht in Überraschung und dann in Schmerz verwandelte.

El sank schwerfällig auf die Knie, und während Erschöpfung und Schmerz sie überwältigten, schleuderte Micky den Stiel aus der Rückhand und traf ihn hart an der rechten Seite seines Halses. Er krachte mit dem Gesicht auf den blutverschmierten Boden.

Sie ließ sich auf ihre unbrauchbare linke Hand fallen und sank, als die sie nicht stützte, auf die Dielen, das Gesicht Zentimeter von Els verspiegelten Brillengläsern entfernt. Sie wollte sie ihm vom Gesicht reißen, aber ihre Arme gehorchten ihr nicht.

»Komm raus!«, versuchte sie Dawn zuzurufen, aber es war keine Luft in ihrer Lunge.

Sie atmete in tiefen Zügen ein und versuchte es noch einmal, aber ihre Stimme war kaum mehr als ein Flüstern.

»Dawn! Komm raus! Lauf weg!«

Sie hörte ein leises Knarren, und die kleine Tür ging auf. Dawn drückte sich an die Wand, so weit weg von El, wie sie nur konnte. Micky versuchte zu nicken, aber mehr konnte sie nicht tun, brauchte sie doch all ihre Energie, um weiter zu atmen, und sie konnte nur verschwommen sehen.

»Lauf weit weg«, wiederholte Micky. »Warte, bis Hilfe kommt. Lass dich bis dahin nicht blicken. Verstehst du? Halte dich versteckt, egal was passiert!«

Dawn verschwand hinter der Tür, und Micky sackte zu Boden.

17:20

Micky kam zu sich, als sie die Stufen auf dem Hintern herunterrutschte.
Von ihrer Schulter strahlten unerträgliche Schmerzen aus, und ihr Hinterkopf brannte wie Feuer. Sie krallte sich ans Geländer, während El sie brutal an den Haaren weiterzerrte.
Er atmete nicht mehr.
Er schnappte nach Luft.
Als sie im Erdgeschoss angekommen waren, ließ er sie fallen wie einen Sack, lehnte sich an die Wand und riss das Messer aus seinem Stiefel. Sein Gesicht war verzerrt und nicht wiederzuerkennen. Vor seinem linken Ohr schwoll eine hässliche Beule an, und sein Wangenknochen schien irgendwie nicht an der richtigen Stelle zu sitzen.
Hab ich das getan?
Die Pistole steckte wieder im Halfter.
Aber das Messer schwang in seiner Hand hin und her wie ein Metronom.
»Stehen Sie auf.« Seine Stimme war jetzt kalt vor Wut.
Hass?
Nein. Das war mehr.
Das Gefühl, verraten worden zu sein.

Micky rührte sich nicht.
»Stehen Sie auf!«
Der Schrei war schärfer als das Messer. Sie schauderte davor zurück, versuchte aber aufzustehen.
Der Schmerz in ihrer Schulter schoss ihr ins Genick und verschmolz mit dem Brennen an ihrem Hinterkopf. Fast hätte sie wieder das Bewusstsein verloren. Warmes Blut rann zwischen ihren Brüsten herunter und durchnässte ihr Hemd. El trat ihr mit dem Stiefel in die Rippen, und noch mehr Schmerzen erschütterten ihren Körper.
Wenn ich ohnmächtig werde, bringt er mich um.
Sie konzentrierte sich auf seine verschmierte Brille, während sie sich an einem Pfosten des Geländers hochzog, ihre Wut gab ihr dabei Kraft. Aber auch im Stehen krümmte sie sich, wegen der Schmerzen und aus dem instinktiven Verlangen heraus, die Wunde an ihrer Schulter zu schützen. Sie war froh zu sehen, dass auch El nicht ganz aufrecht stand, auch wenn sie nicht wusste, ob das auf seine Beinverletzung zurückging oder auf den Schlag in seine Weichteile. Es kümmerte sie auch nicht.
Er schlug mit seiner verletzten rechten Hand zu und traf sie mit dem Handrücken am Kiefer, spritzte noch mehr Blut auf ihre Wangen und jagte sie aus dem Flur in den Laden.
Sie musste weglaufen.
Und jetzt war der Moment gekommen.
El humpelte, und Blut tropfte von seinem Knöchel.
Aber sie konnte sehen, dass er noch größere Kraftreserven hatte, und auch wenn sein Bein verletzt war, würde

sie doch nicht weit kommen. Außerdem musste sie Dawn Zeit geben zu fliehen. Der Gedanke, dass das Mädchen jetzt vor El sicher war, tröstete Micky

In Dawns Fall habe ich nicht versagt.

Wieder schlug El ihr ins Gesicht. Sie wurde gegen den Ladentisch geschleudert und hielt sich mit beiden Händen an ihm fest. El packte sie an den Haaren, zog ihren Kopf hoch und knallte ihn auf das Holz.

Vor Schmerzen wurde ihr schwarz vor Augen, und es war ein ekliges Knirschen zu hören, als ihre Nase brach.

»Leck mich am Arsch«, stieß sie lispelnd zwischen blutigen Lippen hervor.

»Leck dich selbst«, erwiderte El, stach das Messer tief in den Ladentisch und schlug ihr mit der geballten Faust ins Gesicht.

Der Schlag trieb sie einen halben Meter weiter den Ladentisch entlang. Ihre Rippen pochten, und sie wusste, dass sie eine Menge Blut verlor, wo die schwere extragroße Kugel Gott weiß was für ein Loch in ihre Schulter gerissen hatte. Die rasenden Schmerzen ihrer gebrochenen Nase vermischten sich mit denen der Schussverletzung, der gebrochenen Rippen und gezerrten Muskeln, bis sie nur noch ein einziger zitternder Schmerz war.

Jetzt wird er mich töten.

El riss das große Messer aus dem Holz der Theke.

Jetzt.

Aber wenigstens ist Dawn entkommen.

Dawn kauerte neben der untersten Treppenstufe, gegenüber von Stans Leiche. Sie drückte sich an die Holzblöcke, die Augen auf das hoch über ihr kreisende Flugzeug gerichtet.

Sie hörte, wie El drinnen Micky die Treppe hinunterzerrte.

Dawn konnte die Schläge und das Fluchen hören. Hörte, wie etwas auf der Theke aufschlug.

Und sie begriff, dass El es sich anders überlegt hatte.

Er wird Micky umbringen.

So wie er Stan getötet hatte. Wie er Clive und Rita getötet hatte.

Wie er Howard und ihre Mutter getötet hatte.

Warum kreist das Flugzeug immer weiter?

Warum kommt Rich nicht runter und hilft?

Er sollte irgendetwas tun.

Nicht sie.

Sie war nur ein sechzehnjähriges Mädchen.

Niemand konnte von ihr erwarten, dass sie etwas unternahm.

Sie hatte nichts getan, um Howard zu helfen. Sie hatte nichts getan, um Clive und Rita zu helfen. Oder Stan.

Sie hatte nichts unternommen, als El ihre Mutter ermordet hatte.

Und es ist meine Schuld.

Ich hätte etwas tun müssen.

Micky hatte ihr gesagt, dass sie weglaufen solle. Dass sie sich verstecken solle. Micky war eine Erwachsene.

Wenn Hilfe kam, würde sie ihnen erzählen, was Micky gesagt hatte.

Gesagt hatte.
Als ob Micky schon tot wäre.
Aber sie war nicht tot.
Noch nicht.
Micky ist nicht tot!
Lauf weg!
Versteck dich!
Sie schaute sich rasch auf der Lichtung um.
Sie würde nicht vorne hinausrennen, wo El sie sehen konnte. Besser, sie schlich sich hinter dem Laden vorbei und lief vielleicht hoch in Richtung der Hütten von Marty und Stan. Weit oben ins Tal.
Els Gemurmel drang durch die Haustür. Leise. Unverständlich. Und wieder hatte es diesen Grauen erregenden Klang einer Maschine an sich. So redete er, wenn er im Begriff war zu töten.
Mickys Schrei schoss über die Lichtung wie ein Seil, das über eine Klippe schrammt. Dawn hatte das Gefühl, mit ihm abzustürzen.
Micky hatte ihr geholfen, als sie das nicht musste.
Micky hätte sich mit El arrangieren können, bis Hilfe kam, und hätte so wahrscheinlich überlebt.
Dawn warf einen Blick über die Schulter auf den am Rand der Lichtung zurückgelassenen Four-Wheeler; auf die Gewehre, die noch immer an der Lenkstange festgeschnallt waren.

El sackte gegen den Ladentisch, hielt das Messer Zentimeter vor Mickys Gesicht. Sie hatte das merkwürdige Gefühl, beide Seiten der Klinge gleichzeitig sehen zu können. Zum einen das Messer selbst, und dann war da die doppelte Spiegelung in Els Brille.

»Ich hab es für Sie getan«, stieß El hervor und presste sich an sie.

Sie schob sich von ihm weg und drückte sich an der Theke entlang.

»Sie haben das für sich selbst getan, El«, zischte sie.

Wieder glühten seine Wangen vor Wut, und das Messer fuhr durch die Luft.

Sie wappnete sich, wartete auf den eisigen Stoß, das kalte Brennen des Metalls, mit dem die Klinge sie durchbohren würde. Aber ein leises Schwirren vibrierte in ihren Ohren, und noch einmal mühte El sich damit ab, das Messer aus der Platte des Ladentischs zu ziehen.

Micky wollte um sich schlagen, ihn an den Haaren packen und ihm das Gesicht einschlagen. Aber sie hatte keine Kraft mehr.

Er rutschte den Tresen entlang, bis sein Körper wieder den ihren berührte.

»Ich wollte, dass nur noch wir da sind«, erklärte er und führte die Schneide des Messers, die scharf war wie eine Rasierklinge, ganz leicht um ihren Hals. Der oberflächliche Schnitt hinterließ eine brennende Wärme auf seinem Weg, die mit all den anderen Schmerzen verschmolz, die ihr ins Bewusstsein drangen.

»Jetzt werde ich Sie töten«, sagte er. »Genau wie all die anderen.«

»Bringen Sie's hinter sich, Sie nichtsnutziges Arschloch.«

Sie riss ihm die Brille herunter und zertrümmerte sie auf

dem Ladentisch. Für einen kurzen Augenblick entdeckte sie etwas in seinen Augen, das sie dort nicht erwartet hätte.
Etwas Menschliches.
Dann merkte sie, dass er Schwierigkeiten hatte, klar zu sehen.
Seine Brille war ärztlich verordnet.
Er musste sie tragen.
Sie konnte nicht anders. Sie lachte ihm ins Gesicht.
Der verrückte Killer.
Der Mann, der ein ganzes Dorf dezimiert hatte.
Sehschwach.
Ein kurzsichtiger Irrer.
Micky Ascherfeld, tot in den Händen eines Massenmörders mit Bifokalbrille.
Es tat ihr nur Leid, dass er ihr Lächeln nicht sehen würde, bevor sie starb. Sie spreizte die Hände auf dem Ladentisch, um das Gleichgewicht zu halten. Sie wollte dem Scheißkerl aufrecht gegenüberstehen. El stieß sich vom Ladentisch ab und setzte an, auf sie loszugehen.
Mickys rechte Hand glitt über das Glas, mit dem Dawn sie losgeschnitten hatte.

Dawn griff nach den Gummibändern, mit denen die Gewehre an der Lenkstange des Hondas befestigt waren. Ihre Hände zitterten so sehr, dass sie die Haken, die sie lösen wollte, nicht greifen konnte. Aber sie würde nicht zulassen, dass El Micky umbrachte.
Ich darf es nicht.
Sie warf einen Blick zurück zum Laden und schnappte

nach Luft, als Damon platschend den Bach durchquerte. Er kämpfte sich die Böschung hinauf und rannte stolpernd über die Lichtung.

»Wo ist Micky?«, fragte er keuchend. Mit einer Hand hielt er sich die Seite, mit der anderen half er ihr, die verhedderten Riemen zu entwirren. Die Gewehre fielen polternd zu Boden. Damon schnappte sich Ritas Schrotflinte.

»Im Laden. Mit El. Er bringt sie um.« Dawn griff nach einem Gewehr. Aber Damon packte sie an der Schulter.

»Du bleibst hier.« Er drehte sich um und stürzte auf den Laden zu.

Dawn lehnte sich gegen den Four-Wheeler und betete, dass Damon es rechtzeitig schaffen würde. Sie wünschte sich von ganzem Herzen, El tot aufgebahrt zu sehen. Sie wollte ihm ins Gesicht spucken. Aber sie rechnete jetzt jede Sekunde damit, Micky schreien zu hören, während El das Messer in sie hineinstieß.

Dawn versuchte, ihren Atem unter Kontrolle zu bringen, während sie einen Blick zurück zur Brücke warf.

Micky stach wild mit der Scherbe um sich, und Blut spritzte aus der klaffenden Wunde in Els linkem Bizeps. Das Glas bohrte sich bis auf die Knochen durch ihre Handflächen. Aber sie musste zuschlagen, bevor El es konnte. Sie stach noch einmal zu und ignorierte dabei ihre Schmerzen.

Ich muss ihn erledigen.

Ihr zweiter Schnitt war tiefer als der erste. Die Scherbe streifte den Knorpel und die Sehnen in Els Arm.

Er brüllte. Es war ein Schrei, der Wut, Schmerz und sein Gefühl, verraten worden zu sein, ausdrückte.
Er versetzte ihr einen Faustschlag, und für einen Moment machte der Schmerz sie blind. Aber die Hand mit dem Messer hing unbrauchbar an seiner Seite herunter.
Er wich vor ihr zurück, während sie wieder und wieder den glitzernden Dolch schwang.
Sie taumelte hackend auf ihn zu. Stechend. Schwenkte wild ihren Arm, um zu verhindern, dass er das Gleichgewicht wieder fand und nach der Pistole griff.
Er blinzelte, wich humpelnd zurück und versuchte, ihren Angriff mit seiner verletzten Schusshand abzuwehren, ohne dabei erneut geschnitten zu werden. Sie waren wie zwei blutverschmierte Kampfhähne, erschöpft bis zum Umfallen, aber noch immer fest entschlossen zu töten.
El stolperte zurück gegen den Schaukelstuhl und zog ungeschickt die Pistole aus dem Halfter. Er biss die Zähne zusammen, als er den Hahn mit dem Daumen zurückzog und die Pistole auf Mickys Gesicht richtete. Sie hielt mitten in der Bewegung inne, und das Glas glitzerte blutrot in dem Licht, das in einem flachen Winkel durch die Fenster schien.
Ich bin tot.
Aber ich brauche nur genug Zeit, um dem Scheißkerl die Scherbe ins Herz zu stoßen.
Nur einen Moment der Unachtsamkeit. Einen Herzschlag lang. Einen Wimpernschlag.
Den Bruchteil einer Sekunde.

El zog die Lippen zusammen, und seine kurzsichtigen Augen wurden schmal. Sein Finger spannte sich auf dem Abzug. Die Tür flog krachend auf, und El warf einen Blick über die Schulter.

In dem schwächer werdenden Licht war nur Damons Silhouette in der Tür zu sehen. Er stand schweigend auf der Veranda und richtete Ritas Schrotflinte auf El.

Micky holte unbeobachtet mit dem Glas aus und rammte die Scherbe tief mitten in Els Körper. Der Hahn seiner Pistole fiel auf einen leeren Zylinder, als der gezackte Splitter seinen Bauch durchschnitt, anschließend eine Kurve nach oben beschrieb und seinen linken Lungenflügel durchbohrte. Die Pistole fiel krachend auf den Boden. El griff nach dem Glas, und Blut quoll aus der Wunde.

Er sank auf die Knie und starrte Damon mit einem verblüfften, kindlichen Gesichtsausdruck unverwandt an.

»Es ist vorbei«, keuchte Micky.

»Ich hab ihr nichts getan«, stammelte El. »Ich wollte ihr nichts tun.«

Damon schoss durch die offene Tür. El wurde zurückgeschleudert gegen den Holzofen, und Micky rutschte in der Asche und dem Blut aus und kämpfte darum, auf den Beinen zu bleiben. Entsetzen verzerrte Damons Gesicht. Er rannte hinein, warf die Schrotflinte auf das Fensterbrett und beeilte sich, Micky aufzufangen, bevor sie fiel.

Er half ihr in den Schaukelstuhl und kniete sich vor sie hin. Er riss ihr das Hemd auf, knüllte einen der Zipfel zusammen und presste den Stoff an die Schusswunde in ihrer Schulter. Sie griff nach oben und drückte ihre Hand darüber.

»Halt das fest«, sagte er.

Er warf einen Blick auf ihre blutigen Hände. »Mein Gott, Mick.«

Sie dachte, er würde sich übergeben. Stattdessen warf er seine Jacke auf den Boden, riss sich sein eigenes Hemd herunter und wickelte es fest um ihre andere Hand.

»Wo bist du gewesen?«, fragte sie.

»Wo ich immer bin.« Seine Stimme klang, als fühlte er sich schuldig. Er war nicht da gewesen, als sie ihn brauchte. »Ich hab Schüsse gehört. Ich bin zum Claim runtergelaufen, aber Stan und Marty waren weg. Howard war auch weg. Dann bin ich zu Terrys Haus gelaufen.«

Er warf Micky einen Blick zu, und sie nickte.

Draußen auf der Veranda knarrte eine Diele, sie drehten sich beide um und sahen Dawn, die Sonne im Rücken, in der Tür stehen.

»Ich bin okay, Dawn«, erklärte Micky, als das Mädchen durch die Tür schlüpfte.

»Ich hab gesagt, du sollst warten«, sagte Damon.

Dawn schob sich zu Micky hinüber und stellte sich neben sie, Damon gegenüber.

»Aaron ist auch tot, Damon«, fuhr Micky fort.

Damon nickte, als hätte er nichts anderes erwartet.

Micky biss sich auf die Unterlippe. Das Adrenalin schwand dahin, und der Tag begann, sich mit der Schwere eines Berghangs auf sie zu legen.

»Nachdem ich Aaron gefunden hatte, bin ich als Erstes

zu deiner Hütte gegangen, um dich zu warnen«, erklärte sie Damon.
Er berührte ganz sanft ihre Nase, und ein brennender Schmerz flackerte auf. »Gebrochen.«
»Puh!«
»Tut mir Leid. Sonst noch irgendwas, worum ich mir Sorgen machen sollte? Ich sehe sonst keine Löcher. Wenn nicht, gehe ich jetzt und signalisiere Rich zu landen. Wir brauchen Hilfe.«
»Ich werd schon wieder«, verkündete Micky. Ihr Herz, das den ganzen Tag über erbarmungslos gepocht hatte, fing endlich an, langsamer zu schlagen.
»Warum sind Sie durch den Bach gerannt?«, fragte Dawn.
»Was?«, erwiderte Damon und runzelte die Stirn.
»Warum sind Sie durch den Bach gewatet?«
Damon zuckte mit den Achseln. »Irgendwas sah auf der Brücke nicht in Ordnung aus.«
»El hat lange da unten gesessen«, erklärte Dawn.
»Ich dachte, er hätte da vielleicht eine Bombe versteckt«, bemerkte Micky. Sie hatte Mühe, den Kopf hochzuhalten. »El hat Marty und Stan Dynamit gestohlen.« Der Gedanke an Marty versetzte ihrem Herzen einen Stich. »Marty ist schwer verletzt. Wir haben ihn in Els Hütte zurückgelassen.«
»Ich glaube, Els Haus ist in die Luft geflogen«, sagte Damon.
»Vielleicht ist Marty rausgekommen«, mutmaßte Dawn.
»Vielleicht«, flüsterte Micky, ohne daran zu glauben.

»Ich werde Hilfe holen«, verkündete Damon und ging zur Tür.

»Er hätte uns die Augen rausgeschnitten«, murmelte Dawn und wandte ihre Aufmerksamkeit wieder Els Leiche zu.

»Was?«, fragte Damon und drehte sich in der Tür um.

»Er hat ihnen die Augen rausgeschnitten«, sagte Dawn, ohne aufzuschauen. »Und dann hat er sie zerschnitten.«

»Sprich nicht davon, Dawn«, sagte Micky, die versuchte, Dawns Gedanken auf etwas anderes zu lenken. Auf irgendetwas anderes. Sie wollte nicht, dass sich Dawns Gedanken für den Rest ihres Lebens um diesen Tag drehten, so wie ihre für so lange Zeit um den Horror gekreist waren, den sie erlebt hatte.

»Ihre Augen?«, fragte Damon. »Er hat ihnen die Augen rausgeschnitten?«

»Du hast Terry gefunden?«, fragte Micky. Sie wollte nicht mehr sagen, solange Dawn neben ihr stand.

»Ja«, bestätigte Damon, der Dawn immer noch anstarrte. »Danach bin ich gleich hergekommen, als ich drüben bei der Landebahn die Schüsse hörte.«

»Und du hast das nicht bemerkt?«, fragte Micky. Sie erinnerte sich an Stans Entsetzen. An den Ausdruck in seinem Gesicht, als er von der grausigen Entdeckung erzählt hatte. Wie konnte Damon ihre Leichen gefunden und das nicht bemerkt haben?

»Irgendjemand hat Aarons Haus angezündet«, erklärte Micky.

»El«, stellte Damon fest.

»Die Hütten der anderen hat er nicht abgebrannt.«

»Vielleicht hatte er keine Zeit.«
Machte das Sinn? El hatte so sicher gewirkt, bis er wegen Richs vorzeitigem Eintreffen nervös geworden war.
»Vielleicht ist er gar nicht dort gewesen«, spekulierte sie.
»Wie kann er nicht dort gewesen sein, Micky?«
»Vielleicht ist El gar nicht zu Aarons Haus gegangen«, wiederholte sie und fühlte sich noch schwächer als zuvor.
»Das ist verrückt, Micky.«
»Wirklich?«
Dawn hatte sich umgedreht und sah ihnen zu. Micky bemerkte den neugierigen Ausdruck im Gesicht des Mädchens. Die glänzenden Augen. Dawns Lippen öffneten sich ein wenig, und ihre Wangen hingen herab.
»Sie wollten nicht, dass ich mit Ihnen reinkomme«, bemerkte sie, und ihr Blick wanderte von Damon zu Els Leiche.
»Wo bist du den ganzen Tag gewesen, Damon?«, fragte Micky.
»Das hab ich dir doch gesagt. Ich hab nach der gottverdammten Mine gesucht.«
Micky nickte. »Du bist Aaron besuchen gegangen. Stimmt's?«
»Warum sollte ich Aaron besuchen?«
»Genau das will ich wissen. Warum hast du ihn getötet, Damon?« Sie wusste im Grunde ihres Herzens, dass es stimmte. El war nicht zu Aarons Hütte gegangen. Das war nicht nötig. Aaron kam nur noch selten in den unteren Teil des Tals hinunter. El wusste, dass er unten alle töten und sich dann in aller Ruhe um den alten Mann

kümmern konnte. Und Aaron hatte seine Augen noch gehabt. El hätte den Alten niemals in dem Zustand gelassen. »Warum hast du Aaron ermordet?«

»Das ist verrückt, Mick«, erwiderte Damon. Aber er schlich durchs Zimmer und nahm die Schrotflinte von ihrem Platz. Mickys Herz hämmerte wie eine Trommel. Ihr blieb die Luft im Hals stecken.

»Aaron hatte beide Augen noch«, zischte sie.

»Vielleicht hatte El es eilig.«

Dawn stahl sich von Micky weg. Damon machte zwei Schritte auf den Schaukelstuhl zu.

»Du hast von Aaron nicht gekriegt, was du wolltest«, sagte Micky. »Stimmt's?«

»Red keinen Unsinn. Du weißt, dass ich keiner Fliege was zuleide tun kann.«

»Du hast El erschossen.«

»Er war im Begriff, dich umzubringen.«

»Nein, das war er nicht. Er lag bereits im Sterben. Hattest du Angst, er würde etwas sagen, das dich verraten hätte? Mein Gott! *Ich hab ihr nichts getan.* El hat gesagt, *ich hab ihr nichts getan. Du* hast ihm gesagt, dass er *mir* nichts tun soll!«

»Er würde dir niemals etwas tun! Er war von dir besessen. Ich kann nicht glauben, dass du das nie gemerkt hast.«

Das Ausmaß des Grauens war nicht zu ermessen. Zu akzeptieren, dass ein Psychopath wie El Amok lief, war eine Sache. Eine andere war es, zu begreifen, dass Damon jemanden ermordet hatte. Eines aber verstand sie sofort.

»Du hast El dazu gebracht«, stellte sie fest. »Irgendwie hast du das alles ausgelöst. Warum, Damon? Wie?«

Damon zielte mit der Schrotflinte auf ihre Brust.

»Ich hab das nicht gewollt, Micky. Nichts davon.«

»Richte das Gewehr nicht auf mich, Damon.«

Die Traurigkeit in seinem Gesicht war beängstigender als Wut.

»Ich hab das nicht gewollt«, wiederholte er. »Der alte Mistkerl wollte mir nicht sagen, wo die Mine ist.«

Sie konnte nicht glauben, dass letzten Endes alles darauf hinauslief. All die Ermordeten. Nicht nur in McRay. Sondern alle Ermordeten in ihrer Vergangenheit. War es bei allen um Geld gegangen?

Der Bursche, der den Laden ihrer Eltern ausraubte.

Die beiden Psychopathen, die mit dem gestohlenen gepanzerten Truck durch Houston wüteten.

Jetzt das.

Aber als sie in Damons Augen starrte, wusste sie, dass sie sich irrte. Hier ging es nicht um Geld. Stan hatte Recht gehabt. Damon ging es allein um das *Finden*. Er musste unbedingt wissen, wo die Mine war. Und er war von seiner Suche so besessen, dass er bereit gewesen war, dafür zu töten.

»Es gibt keine Mine«, sagte sie ruhig. »Das ist ein Mythos.«

»Es gibt sie! Sie ist hier. Der Scheißkerl wollte sie nicht abtreten! Ich weiß nicht, was passiert ist. Wir haben uns angebrüllt, und der alte Bastard hat nach seinem Gewehr gegriffen. Ehrlich, ich wollte ihn nicht töten, Mick. Aber er hat das Gewehr auf mich gerichtet, und ich hab es ihm weggerissen und auf ihn gerichtet. Das Nächste, woran ich mich erinnere, ist, dass das verfluchte Ding losgegangen ist. Ehrlich! So ist es passiert.«

»Also hast du Aarons Hütte angezündet, um den Mord zu vertuschen. Aber dann hast du dir Sorgen gemacht, dass jemand den Brand untersuchen und dabei entdecken könnte, wie Aaron gestorben ist. Also hast du El dazu gebracht, Amok zu laufen.«

Und plötzlich wurde ihr noch etwas anderes klar. »Du hast es die ganze Zeit gewusst«, flüsterte sie. »Du hast gewusst, dass El gefährlich ist, und du hast mir immer gesagt, das sei er nicht. Du hast das seit Jahren geplant!«

»Nein!«, rief er. »Ich wusste von den Schusswaffen, klar. Aber man hätte El unter Kontrolle halten können. Ich *habe* ihn unter Kontrolle gehabt. Ich war derjenige, der ihn die ganze Zeit davon abgehalten hat, jemandem etwas anzutun.«

»Aaron ist aus dem Haus gekrochen. Ich hab ihn am Ende der Lichtung gefunden.«

»Unmöglich.«

»Er wäre verbrannt.«

»Ich wollte ihn nicht töten«, wiederholte er. Aber der Gedanke, dass Aaron bei lebendigem Leib hätte verbrennen können, schien etwas Menschliches in Damon zu berühren. Sein Blick wurde ein wenig sanfter. Er ließ die Schrotflinte ein Stück sinken, so dass Micky nicht mehr direkt in den langen dunklen Lauf starrte.

Dawn machte einen Schritt rückwärts und verschwand aus Damons peripherem Blickfeld.

»Wie hast du El dazu gebracht, dass er Amok läuft?«, fragte Micky.

Sie verstand jetzt. Damon wusste, wenn er El dazu bringen konnte, jemanden umzubringen, würden alle glauben, El hätte auch Aaron ermordet. Zwei verschiedene Mörder an einem Tag in einem Ort von der Größe McRays wären einfach zu unglaublich.

»So war es nicht. Ich wollte nicht, dass er jemanden umbringt.«

»Tatsächlich? Und was sollte ihn aufhalten?«

Dawn griff nach unten und holte unauffällig Els Pistole hervor.

Micky wollte dem Mädchen irgendwie ein Zeichen geben. Ihr klarmachen, dass die Pistole leer war. Aber sie wagte es nicht, Damons Aufmerksamkeit auf Dawn zu lenken. Womöglich würde er sich einfach umdrehen und sie töten.

»El hat mir vertraut. Ich war der Einzige, der mit ihm gesprochen hat. Ich musste ihm nur erzählen, dass alle in McRay ihn hassten. Dass sie vorhätten, ihn heute umzubringen. Er hat es gefressen. Hat gesagt, er hätte es die ganze Zeit gewusst. Und dass er genau wüsste, was er zu tun hätte.«

»Du hast ihn losgehetzt wie einen tollwütigen Hund, Damon. Du bist nicht besser als Vegler.« Sie spie den Namen hervor, und Damon machte ein Gesicht, als hätte sie ihn geohrfeigt. »Vegler hat dich krank gemacht. Und jetzt bist du nicht besser als er.«

»Ich hab nicht gewollt, dass jemandem was passiert«, jammerte Damon.

»Du hast also dafür gesorgt, dass El glaubte, ich wäre sein Freund«, fuhr Micky fort.
»Das hab ich, ja. Aber ich wusste, dass er dir sowieso nichts tun würde. Ich hab nicht *geglaubt*, dass er dir etwas tun würde. Er hatte schon Pläne mit dir.«
»Allerdings.«
»Ich wollte nicht, dass er irgendjemandem etwas tut. Es war alles ein Versehen.«
»Ein Versehen? Damon! Sechs Menschen sind tot!«
Das Schrotgewehr zitterte in seinen Händen. »Ich bin El zu Terrys Hütte gefolgt. Ich hatte noch Aarons Gewehr. Ich wollte El aufhalten, bevor er jemandem etwas tut. Wollte den Scheißkerl umbringen. Wirklich!«
»Warum hast du es dann nicht getan?«
Dawn hob mit beiden Händen die Pistole. Sie richtete sie auf Damons Hinterkopf.
»Das Scheißgewehr hatte Ladehemmung. Ich bin El nachgelaufen und wollte den Hahn spannen, aber der saß fest. Die Kugel war total verklemmt, und ich bin in Panik geraten. Ich war gerade am Rand der Lichtung angekommen, als ich Terry hörte. Ich hab Dawn in die Sträucher rennen sehen, und dann ist Howard aufgetaucht.«
»Und El hat ihn umgebracht.«
»Ja.«
»Was dann?«
Dawn biss die Zähne zusammen und spannte mit beiden Daumen den Hahn der Pistole.
Micky straffte sich.
»Ich bin El gefolgt«, erklärte Damon. »Hab auf meine

Chance gewartet. Aber der Scheißkerl hat alle Gewehre kaputt gemacht. Er hat das von Howard zertrümmert, bevor er es in den Wald geworfen hat. Er hat sogar Clives ganze Munition verbrannt.«

Micky dachte an ihre eigene Pistole, die in einem Haufen geschmolzenem Kunststoff lag. Aber sie schüttelte den Kopf.

»Els Haus war voller Schusswaffen.«

»Und da war eine Bärin. Ich war verdammt nah dran, in sie reinzulaufen.«

»Ich wünschte, das wärst du.«

»Sag so was nicht, Mick.«

»Was wirst du jetzt tun?«

Sein Blick wurde wieder hart. Seine Finger spannten sich auf dem Abzug.

»Ich kann nicht ins Gefängnis gehen, Mick. Du weißt, dass ich das nicht kann. Ich würde verrückt werden.«

»Du bist schon verrückt, Damon. Sie werden dich kriegen. Die Cops werden jeden Zentimeter in diesem Tal durchkämmen. Sie werden rausfinden, was passiert ist.«

»Dann bin ich schon weg.«

Dawn zog mit einem Klicken den Hahn an Els Pistole zurück, aber Damon wandte den Blick keinen Moment von Micky ab. Das Lächeln, das über seine Lippen glitt, war so traurig wie seine Augen. Er hob das Gewehr wieder an.

»Ich liebe dich«, sagte er zu Micky und ignorierte Dawn völlig. »Aber ich kann nicht ins Gefängnis gehen. Du weißt, dass ich das nicht kann. Tut mir Leid.«

»Du hast nie jemanden geliebt außer dir selbst«, antwortete Micky.

Dawn drückte den kalten Lauf der Pistole an Damons Hinterkopf. »Sie haben meine Mutter umgebracht«, sagte sie.

»Die Pistole ist leer«, sagte Damon.

Dawn drückte ab.

Zwei Schüsse gingen donnernd los.

Ladenschluss

Das Ornament am oberen Ende des Schaukelstuhls hing an einem Splitter herab. Micky atmete tief und langsam aus und untersuchte sich auf neue Verletzungen. Aber sie hatte keine. Dawn half ihr auf die Beine, und die beiden stiegen über Damons Leiche und gingen zur Tür.

Das Gesicht des Mädchens war totenblass, und seine Augen waren weit aufgerissen.

Micky wusste, dass sie es beruhigen musste, bevor es einen Schock erlitt.

»Danke«, keuchte Micky. »Du hast uns das Leben gerettet. Du bist nicht einfach weggelaufen und hast dich versteckt wie ich, als ich in deinem Alter war.«

Sie taumelten hinaus auf den Treppenabsatz und lehnten sich gegen das Geländer. Keine von ihnen sah auf Stan hinunter.

»Ich hatte solche Angst«, stammelte Dawn weinend. »Ich dachte, Damon hätte Recht. Ich dachte, die Pistole wäre leer.«

»Das dachte ich auch«, antwortete Micky und fragte sich, ob sich ihr Glück zum Besseren wendete.

Sie suchte über den Bäumen nach Rich. »Wenigstens musst du dich nicht den Rest deines Lebens damit auseinander setzen, ob du nicht doch etwas hättest tun können.«

»Meine Mutter«, erwiderte Dawn. »Da hab ich überhaupt nichts getan.«

Ja.

Was sage ich dazu?

»Dawn, es gab nichts, was du hättest tun können. Du warst allein. Du hattest keine Waffe.«

»Du verlierst eine Menge Blut«, stellte Dawn fest, starrte auf Mickys Schulter und verzog das Gesicht.

Micky zog den mit Blut durchtränkten Stoff ab. Die Kugel hatte ihr Schlüsselbein gestreift und eine offene Wunde quer über ihre Schulter hinterlassen. Sie glaubte nicht, dass eine Arterie getroffen war. Dann wäre sie schon tot. Aber wenn der Knochen vollständig zertrümmert war, würde das bedeuten, dass ihr eine weitere schmerzhafte Zeit der Rehabilitation bevorstand.

»Ich werd schon wieder.«

»Was kann ich jetzt tun?« fragte Dawn.

»Signalisiere Rich zu landen«, antwortete Micky, die wusste, dass es wichtig war, das Mädchen zu beschäftigen. Sie deutete hinaus auf die Lichtung. »Bei dir wird er runterkommen.«

Dawn tat, wie ihr geheißen, und Micky bemerkte, wie sich die Schultern des Mädchens strafften, jetzt, wo sie etwas zu tun hatte.

Noch habe ich sie nicht gerettet.

Nicht, wenn sie sich Vorwürfe macht.

Das werde ich nicht zulassen.

Rich neigte seine Maschine für einen letzten Überflug

und verschwand über den Bäumen in Richtung Landebahn.

Dawn warf einen Blick zurück zum Laden in Erwartung weiterer Instruktionen.

»Geh und hol ihn!«, rief Micky. »Es liegt jetzt an dir.«

Tag der Eröffnung

Micky saß auf der Betonbank in der Mitte des weit offenen Rundbaus, der Eingang und Mittelpunkt der neuen Wellsgate-Einkaufspassage im stetig wachsenden Westen von Houston war. Hinter ihr erzeugte ein Springbrunnen leise Geräusche, wenn sein Wasser plätschernd und gurgelnd durch ein blau gekacheltes Flussbett lief, das eine überdachte Dschungellandschaft speiste.
Kauflustige eilten vorüber, darauf erpicht, als Erste in den Geschäften zu sein, die am Eröffnungstag spektakuläre Schnäppchen anboten. Erstklassiges Mobiliar, Elektrogeräte auf dem neuesten Stand der Technik und gehobene Damen- und Herrenmode inklusive eines ausgefallenen Ladens für Dessous, auf den auch Männer immer wieder einen unauffälligen Blick warfen. Draußen näherten sich die Temperaturen 37 Grad. Drinnen jedoch würde es für immer so kalt sein wie ein einem Tiefkühlfach, wie die Texaner es lieben.
Micky ignorierte das rege Treiben der Menge. Stattdessen studierte sie das Oberlicht aus Buntglas über ihr, das halb so groß war wie ein Fußballfeld und durch das das Licht Regenbogen auf den Boden zeichnete. Sie hatte zwei Jahre gebraucht, um das gigantische Werk zu

vollenden, und mehr daran verdient als viele Künstler in ihrem ganzen Leben. Aber das Geld war zweitrangig. In erster Linie war sie stolz auf die Arbeit.

Sie bemerkte, wie Käufer auf ihrer fieberhaften Suche nach Sonderangeboten stehen blieben, ihre Augen von den Lichtreflexen zu ihren Füßen nach oben wandern ließen und staunend auf das Glas über ihnen starrten. Allein die Größe und die Komplexität des Werkes fesselte sie. Das sich verändernde Licht, das von draußen hereinfiel, erweckte das Glas zum Leben, ließ es schimmern und flackern, als wäre es elektrisch geladen. In jedem Gesicht sah Micky Ehrfurcht, Staunen und gelegentlich ein verstehendes Nicken.

Das machte sie froh.

Ihr Herz steckte in dieser Arbeit.

Sie war von einer nachdenklichen Qualität, die die Aufmerksamkeit auf sie zog, wie ein fernes Donnergrollen über einem unsichtbaren Horizont. Aber als sich die Mittagssonne dem Zenit näherte, nahm das Düstere der Komposition ab, wurde gebändigt und schließlich besiegt. Dann glühte die Decke aus Glas wie mit einem inneren Feuer, strahlte Hoffnung und Erneuerung aus.

Wiedergeburt.

So nannte sie es, auch wenn das niemand erfahren würde außer den wenigen, die das kleine Messingschild unter dem Übersichtsplan lasen. Micky Ascherfelds Name würde nie ein Begriff sein. Aber das war ihr ganz recht.

»Es funktioniert«, murmelte Micky und dachte daran, was es sie gekostet hatte, dorthin zu kommen, wo sie nun war.

Sie dachte an Marty. Sie hatte in den vier Jahren, die seit den Morden vergangen waren, ein paar Briefe von ihm bekommen. Er hatte sechs Wochen länger im Krankenhaus gelegen als sie, war aber anschließend gleich wieder nach McRay gezogen. Seine Narben hatte er mit einem Lachen abgetan, aber über den Verlust seines besten Freundes kam er nicht so leicht hinweg. Aber Micky war erfreut gewesen, zu hören, dass eine Familie mit zwei kleinen Jungen in das frühere Haus der Cabels gezogen war. Wenigstens war er nicht mehr allein.
Ein paar Monate nach diesem ersten Brief hatte Marty ihr wieder geschrieben. Er schickte ihr ein Stück Erz mit einer zweieinhalb Zentimeter dicken Schicht leuchtend gelben Goldes darin. Und die Kopie einer Übertragungsurkunde der Mine, in der sie und Dawn neben ihm als Mitbesitzer genannt wurden.
Es gab tatsächlich eine Mine.
Damon hatte Recht gehabt.
Aaron hatte die ganze Zeit gewusst, wo sie war.
Fast unmittelbar nach seiner Rückkehr nach McRay fing Marty wieder an, seinen Claim zu bearbeiten. Ein Jahr nachdem er zurückgekommen war, war er zu Aarons Haus hinaufgewandert, um nachzusehen, ob sich im Geräteschuppen des Alten eine Schaufel fand. Auch ohne Stan war Marty immer noch auf der Suche nach Schaufeln. Er schrieb, er habe sich schuldig gefühlt, weil er das Schloss an Aarons Lagerhaus aufgebrochen hatte. Aber er brauchte das Werkzeug, und der Schuppen würde sowieso zerfallen. Als er die Tür aufstieß, wäre er beinahe in Ohnmacht gefallen.

Es war überhaupt kein Arbeitsschuppen. Es war der Eingang zu der verlorenen Mine.
Aaron musste die im Gestrüpp versteckte Mine Jahre zuvor entdeckt haben. Er hatte den Anbau errichtet, um sie zu tarnen. Deshalb war er aus Mickys Hütte unten beim Laden aus- und hoch oben ins Tal gezogen.
Nicht um den Menschen aus dem Weg zu gehen.
Um in der Nähe seiner Mine zu sein.
Sie dachte lächelnd an den alten Mann, der die ganze Zeit über Bescheid gewusst hatte. Was für einen herrlichen Spaß musste er gehabt haben.
Micky versuchte, das Stück Erz in der Mitte des Fensters über ihr zu entdecken, aber aus dieser Entfernung war es nicht zu sehen.
Dawn war nach den Morden zu ihrer Tante in Kalifornien gezogen. Aber sie hing sehr an Micky. Also war Micky nach ihrer Entlassung aus dem Krankenhaus nach San Francisco gezogen, um in der Nähe des Mädchens zu sein. Dass sie ihre Beziehung aufrechterhielten, hatte ihnen beiden gut getan. Mit den Jahren hatte Dawn die ganze dunkle Schönheit ihrer Mutter entwickelt, ohne von der Aura der Anspannung und Angst umgeben zu sein, die Terrys ständiger Begleiter gewesen war.
Micky baute sich ein Studio auf und verkaufte ihre Arbeiten über eine dort ansässige Galerie. Schließlich nahm sie auch Auftragsarbeiten an. Aber sie weigerte sich, zu ihrem alten Stil zurückzukehren. Stattdessen öffnete sie sich für neue, wildere Formen, die aus einer tiefen Quelle in ihrem Inneren emporstiegen. Mit jeder neuen Arbeit wuchs ihre Reputation, bis sie den Auftrag

bekam, das Oberlicht für das Einkaufszentrum zu gestalten. Dafür musste sie zurück nach Texas ziehen und einen großen Raum in einem Lagerhaus anmieten. Dawn war inzwischen achtzehn geworden und hatte sich an der Universität von Houston eingeschrieben.
Micky hatte darauf bestanden, dass Dawn in San Francisco einen Therapeuten aufsuchte und die Therapie auch in Houston fortsetzte. Aber Dawn ließ keine Gelegenheit aus, darauf hinzuweisen, dass Micky selbst sich weigerte, sich einer Therapie zu unterziehen.
Das Licht, das durch die abstrakte Glasarbeit fiel, tanzte zu ihren Füßen, und Micky sah zu, wie es seltsame neue Muster entstehen ließ.
»*Du* bist meine Therapie«, sagte sie.
Als sie merkte, dass sie laut gesprochen hatte, wurde sie rot und lächelte dann, nicht sicher, ob sie von Dawn oder dem Oberlicht geredet hatte.
Sie wischte sich eine Träne aus dem Auge, dann hielt sie die Hand schräg und ließ die Träne in die Wasserrinne tropfen.
Sie lächelte über die Spiegelung ihres eigenen Gesichtes im Wasser und über die der Glasdecke. Sie konnte sich leicht Dawns Gesicht neben ihrem vorstellen.
»Vielleicht ihr beide«, flüsterte sie.

Ein erster Roman ruft auf Seiten des Autors viel Dankbarkeit hervor. Entsprechend möchte ich Scott und Sandy Dennis, Jen Richardson und Marcy McCormick dafür danken, dass sie mich unentwegt unterstützt und verschiedene Entwürfe des vorliegenden Textes sowie unzählige andere Manuskripte gelesen haben. Dank auch an Irene Kraas, meine unermüdliche Agentin. Und Kate Miciak, der besten Lektorin in diesem Geschäft (Dummheit ist ihr ein Gräuel), danke ich dafür, dass sie dieser Arbeit weit mehr Zeit und Energie gewidmet hat, als man von ihr hätte erwarten dürfen. Nicht zuletzt ein Kompliment an Caroline Miller für ihre Zivilcourage; möge sie zahllose neue Talente hervorbringen.

Die Fälle von Tony Hill und Carol Jordan bei Knaur:

Val McDermid

Tödliche Worte

Roman

Der Profiler. Die Kommissarin. Der raffinierte Psychopath. Auf einer blutgetränkten Matratze wird in grotesk verrenkter Haltung die Leiche einer Prostituierten gefunden. Die Szene erinnert bis ins Detail an eine Mordserie, die zwei Jahre zurückliegt und mit einem Schlag aufhörte, als Derek Tyler gefasst wurde. Aber Tyler kann das neue Opfer eigentlich nicht getötet haben. Er sitzt hinter Gittern im Hochsicherheitstrakt einer psychiatrischen Haftanstalt und spricht mit niemandem ein Wort. Doch seine jahrelange Erfahrung als Profiler sagt Tony Hill, dass es nur Tyler gewesen sein kann. Detective Chief Inspector Carol Jordan glaubt das nicht. Ihr Team startet eine gewagte Undercover-Action, um den Killer zu stellen. Und das wird Carol noch bereuen …

Knaur Taschenbuch Verlag